엘리아냥 장편소설

악당의 누나는 오늘도 고통받고

악당의 누나는 오늘도 고통받고 3

엘리아냥 장편소설

초판 1쇄 찍은 날 | 2020년 2월 21일
초판 2쇄 펴낸 날 | 2020년 10월 8일

지은이 | 엘리아냥
펴낸이 | 권태완 우천제

편집책임 | 유안진
편집 | 박가연 박은정 손혜진 심성경 장현아

펴낸곳 | (주)케이더블유북스
등록번호 | 제25100-2015-43호
등록일자 | 2015. 5. 4
WFN | 제3-059호

주소 | 서울특별시 구로구 디지털로31길 38-9 에이스테크노타워 1차 401호
전화 | 02-867-4626 팩스 | 02-866-4627
E-mail | cl_production@kwbooks.co.kr

ISBN 979-11-293-4689-6 04810
979-11-293-4686-5 (set)

엘리아냥 장편소설

악당의 누나는 오늘도 고통받고

III

Contents

Chapter 12

리디아 위드그린의 봄(2)

성희롱범을 퇴치하고 나니 에시가 귀가했다. 나는 문득 라임 엑스트가 운이 좋다는 생각이 들었다.

만약 에시가 있었을 때 그랬어 봐. 그땐 내가 말리지도 못한다. 내 앞에서는 순순히 놓아주는 척해도, 다음 날 틀림없이 심하게 훼손되어 신원을 알 수 없는 젊은 남자의 시체가 발견되었을걸. 라임 엑스트는 나한테 촛대로 주둥이만 처맞고 끝난 걸 천운으로 여겨야 한다.

'설마 그걸 노리고 온 건 아니겠지? 에시가 없는 틈을 타서?'

뭐, 그럴 리가 있나. 나는 더는 뇌리에 남겨둘 가치도 없는 라임 엑스트에 대한 생각을 치워 버리곤 에시를 마중했다. 그런데 황성에 다녀온 에시가 웬일로 드러내 놓고 귀찮다는 표정을 짓고 있었다. 나는 조각 같은 얼굴에 떠오른 노골적인 표정에 순간 멈칫했다.

가만, 저거 지금 처음 보는 표정이 아닌 것 같은데?

"에시. 설마 황실에서 또 남부에 내려가래?"

내 기억력은 자기 일에 최선을 다했다. 저 표정은 틀림없이 몬스터

토벌 때문에 남부로 내려가게 되었던 날 보여주었던 얼굴이다. 하지만 몬스터는 이미 싹 쓸어버리고 왔잖아?

“비슷해.”

“비슷하다고?”

“사랑의 신전 고위 관계자 중에 마법사를 끼고 도망친 인간이 있는데, 그걸 잡아 오라고.”

에시는 다녀왔다는 인사를 하듯 내 이마에 입을 맞춘 뒤 말했다. 자연스럽기는. 나는 얼굴을 살짝 붉혔다가 물었다.

“그걸 왜 너한테 시키는데?”

“글쎄.”

“혹시 황제 폐하가 직접 내린 명령이야?”

“맞아.”

에시가 내 머리카락을 매만지며 대답했다. 나는 에시에게 머리카락을 얌전히 내맡긴 채로 지난 황제와의 대담을 떠올렸다.

‘설마…… 이 양반…… 복수하는 건 아니겠지?’

한 제국을 통치하는 황제가 그렇게 쪼잔할까 싶지만, 어쩐지 연적 운운하며 황태자가 내게 차였음을 언급하던 황제의 모습이 머릿속에서 떠나질 않았다.

‘으음.’

나는 침음을 삼켰다. 갑자기 황제가 다 큰 아들 둔 그냥 아저씨로 느껴지는 건 뭘까.

“얼마나 걸리는데?”

조심스럽게 물었더니 곧장 대답이 흘러나왔다.

“정확히는 알 수 없지만 최악의 경우 국경을 넘었을 것도 생각하라고 하더군.”

으악! 그럼 하루, 이틀로 되는 게 아니잖아!

내 표정에 경악이 너무 또렷하게 떠올랐는지 에시가 나를 보며 입을 열었다.

"가지 말까."

"응?"

"안 가도 돼."

"……황제 폐하가 직접 내린 명령이라며."

심지어 심부름꾼이나 문서를 통한 것도 아니고 황궁으로 불러서 직접 이야기했다.

"상관없어."

에시는 늘 상관없다고 한다. 이럴 줄 알았지. 가만 보면 에시한테 상관있는 건 나 말고는 따로 없는 것 같다. 크흠, 나는 내 생각에 내가 민망해져선 귓가를 붉히곤 헛기침을 했다.

"됐어. 다녀와. 그 정도는 기다릴 수 있으니까."

"가기 싫어졌어."

"왜?"

"내가 못 견딜 것 같아서."

에시는 만지작거리던 머리카락을 놓고 대신 내 손목을 쥐었다. 그러곤 손목 안쪽에 가볍게 입을 맞췄다. 짧은 온기와 간지러운 감각에 몸이 움찔했다.

"……뭘 못 견디는데. 내가 보고 싶어서?"

"여러 가지 의미로."

에시가 내 손목에서 완전히 입을 떼지 않고 씩 웃었다. 으, 으악. 또 나왔다. 아무리 생각해도 에시가 날 때부터 가지고 태어났으리라 확신할 수 있는 사람 유혹하기. 그리고 그건 특히 나한테 잘 통한다. 나는 열심히 유혹당하느라 심장이 쿵쾅거렸다.

'아직 대낮인데…….'

나도 모르게 그런 생각을 하다가 멈칫했다. 아니, 뭔 상상을 하는 거야?

연속해서 헛기침을 뱉고 에시를 보며 말했다.

"하지만 그래도 내가 다녀오라고 하면 다녀올 거지?"

"……뭐. 그건 그렇지만."

에시가 순간 허를 찔린 표정을 지었다. 그 표정이 사랑스러워서 나는 웃음을 터뜨렸다. 충동이 이끄는 대로 에시의 입가에 키스한 뒤 말을 이었다.

"그럼 다녀와. 나는 네가 돌아올 때까지…… 나름 준비할 게 떠올랐거든."

방금 떠올랐지만 괜찮은 생각인 것 같다. 응, 나쁘지 않아. 아니, 꽤 좋은데?

그때 에시가 별안간 내 손목을 끌어당겼다. 에시는 소파에 앉아 있고 나는 그 앞에 서 있었다. 갑자기 잡아당기는 바람에 나는 중심을 잃고 에시의 위로 걸터앉았다.

"에, 에시?"

나 지금 어디 앉아 있니? 당황해서 몸을 일으키려는 순간 단단한 팔이 고집스럽게 허리를 감아왔다. 에시가 내 어깨에 낮은 숨을 내쉬며 속삭였다.

"어쩌지. 키스를 받는 바람에 그 이후로는 아무것도 생각이 안 나는데."

야, 야!

"너 지금…… 앗."

하마터면 당황스러운 소리가 새어 나갈 뻔한 입을 다물었다.

지금 보니 에시가 앉아 있는 소파는 상당히 넓었다. 이걸 앉으라고 만든 건지 누우라고 만든 건지 분간되지 않을 정도로.

"잠…… 깐, 아."

나는 결국 그날 밤 읽다 말았던 〈허리……〉 책을 다시 펼쳤다.

에시는 내 부탁 아닌 부탁에 따라 황제의 명을 이행하기 위해 저택을 비웠다. 기꺼운 일은 아니었지만 신전의 고위 관계자란 인간이 마법사를 끼고 어디까지 도망쳤든, 그를 잡아 오는 일이 그렇게 오래 걸릴 것 같지는 않았다.

"아…… 내 마력…… 진짜 겨우 회복했는데……."

에시가 황성에서 지원해 주겠다는 마법사 대신 게르그를 데리고 출발했기 때문이다. 좋은 생각이었다. 확실히 게르그보다 이동 마법에 능통한 마법사를 찾기란 힘들겠지.

나는 반대하지 않았다. 새파랗게 질린 게르그의 안색은 미안하지만 외면하기로 했다.

'나도 에시와 너무 오래 떨어져 있는 건 싫으니까.'

다만 게르그 덕에 '준비 시간'이 조금 촉박해졌다. 나는 베시와 함께 저잣거리로 나서는 걸음을 재촉했다.

"베시, 내가 전에 물어봤던 반지 말이야."

"네, 아가씨."

"두 사람이 꼭 동일한 디자인이어야만 하는 거야?"

그러니까 한 치의 어긋남조차 용납하지 않을 정도로?

"음, 어떤 차이를 두시려는지 모르겠지만 원칙적으로는 보석만 같은 걸 쓰시면 돼요."

"그래?"

"네. 보편적으로 쓰이는 보석은 정해져 있지만……."

그렇다면 이 세계에서도 역시 보석은 다이아몬드일까.

나는 기억 속에 스치듯 자리매김한 기혼자들의 왼손 약지를 떠올리려 애썼다. 음, 과연 전혀 기억나지 않는군.

나는 쓸모없는 기억을 더듬다가 돌연 씩 웃었다. 이유라곤 없이 갑자기 제멋대로 웃음이 나왔다.

베시는 나를 보며 알 만하다는 표정을 지었다. 이윽고 나를 따라 픽 웃어버린 베시가 말을 이었다.

"대체로 잘 쓰인다 뿐이지 그것만 쓰는 건 아니니까 마음에 드는 보석으로 고르셔도 괜찮아요."

"아하."

그렇단 말이지. 뭐, 아직 따로 마음에 둔 뭔가가 있는 건 아니지만.

나는 싱글벙글했다. 그때 오가는 대화를 묵묵히 듣고 있던 호위 기사 머슬 키우스가 조심스럽게 끼어들었다.

"저, 실례가 아니라면…… 혹시…… 지금 이 상황은 제가 생각하는 그겁니까?"

나는 집채만 한 풍채로 나와 베시를 믿음직하게 호위해 주고 있는 기사를 돌아보았다. 전신의 근육이 적당한 수준을 넘어 넘치게 발달한 머슬 키우스는 오늘 다베리 경을 대신해 내 호위를 맡은 기사였다.

다베리 경은 오늘 따로 할 일이 있는 것 같았다. 뭔지는 모르겠지만 꽤 중요하고 바빠 보여서 그에게 휴가를 주었다.

나는 큼큼, 목을 가다듬곤 머슬 키우스를 향해 입을 열었다.

"머슬 경이 생각 중인 그게 과연 뭘까요?"

"그건…… 어, 그러니까……."

"맞아요. 그거."

나는 짓궂게 들릴 수도 있는 잔웃음을 터뜨렸다. 그냥 실없게 웃음이 샜다.

베시가 고개를 흔들었다.

"그렇게 좋으세요?"

"응."

회피하거나 둘러대지 않고 즉답했다.

"좋아."

에시를 황제의 명에 따라 잠시 멀리 떠나보내면서 나는 다름 아닌 이런 걸 계획했다.

'호적을 정리하는 것도, 약혼반지도 내가 늦었지만…….'

이건 내가 더 빠를걸? 바로 프, 프러포즈는!

나는 지금 베시와 함께 결혼반지를 보러 가는 중이다. 꽃다발도 사야지. 전형적이지만 프러포즈에는 꽃이니까. 안개꽃으로 할까.

"어머."

이건 내가 낸 소리가 아니다. 베시도 아니다.

"어머, 어머."

범인은 바로 머슬 키우스였다. 그는 근육이 가득한 몸을 비비 꼬며 수줍은 감탄사를 연발했다. 의외로 어울렸다.

"맙소사, 제가 그동안 눈치가 없었네요. 축하드립니다. 그런데 상대는 누굽니까?"

"눈치는 그동안 있었던 게 아니라 지금도 없는 것 같은데."

베시가 작게 중얼거렸다.

쉿. 나는 그녀를 향해 얼른 손가락을 입에 붙여 보인 후 머슬 키우스를 돌아보았다.

"비밀이에요. 그리고 오늘 일도 비밀로 부탁해요. 그렇게 해줄 수 있죠?"

"핫, 물론입니다!"

머슬 키우스가 자기 입에 못을 박는 시늉을 했다.

좋아, 좋아. 보석상을 집으로 부르지 않고 구태여 직접, 그것도 조용히 나온 것은 소문이라도 나면 곤란하기 때문이다. 서프라이즈란 말이야. 에시를 놀라게 해줄 거라고!

'놀라겠지?'

놀랐으면 좋겠다. 나는 머릿속으로 펼치는 상상의 나래에 실실 웃으며 걸음을 옮겼다.

그때였다. 누군가가 내 손목을 잡아챈 건.

"……!"

발을 멈췄다. 머슬 키우스가 자리에서 움직이려는 순간 상대방이 내 손목을 놓았다.

"아, 미안합니다."

상대는 곧바로 내게 사과했다. 번지르르한 옷을 갖춰 입은 수려한 외모의 남자였다.

"공자님, 무슨 일이십니까?"

남자 또한 귀족인지 그의 뒤로 호위인 듯 보이는 기사가 다가왔다. 기사와 머슬 키우스의 시선이 서로 맞부딪쳤다. 남자는 나를 향해 겸연쩍은 듯 웃어 보였다.

"실례했습니다. 이런 곳에서 뵐 줄은 몰라서 저도 모르게……."

"누구신가요?"

남자가 말을 높였으니 나도 일단 공대로 맞받았다.

남자는 마치 귀공자처럼 보였다. 옷차림이나 그를 뒤따르는 기사 때문이 아니더라도 생김새 자체가 그랬다. 다시 말해 귀티 나는 외모였다는 말이다.

남자가 자신을 소개했다.

“시커머트 후작가의 삼남, 이너 시커머트입니다.”

귀에 익은 이름이었다. 그러니까 가문의 이름 쪽이.

“시커머트 후작가라면, 얼마 전에 초대장을 보낸…….”

“맞습니다.”

남자는 즉각 긍정하더니 이어서 내게 고개를 숙였다. 그가 허리를 깊숙이 꺾자 기사가 깜짝 놀랐다.

“공자님!”

“대신 사죄드리겠습니다. 정말 죄송합니다. 제가 심부름을 부탁한 이가 공녀님께 큰 무례를 저질렀다고 들었습니다.”

“아, 그건…….”

라임 엑스트 말인가. 그건 사실이지. 하지만 그렇다고 저렇게 대신 사과할 줄은 몰랐다.

기사는 안절부절못했다. 자기가 모시는 가문의 도련님이 죄인처럼 머리를 숙이는 게 당혹스러운 모양이었다.

음, 확실히 나도 당황스럽다. 책임을 느끼는 건 이해하지만 어쨌든 잘못한 쪽은 따로 있는데.

“됐어요. 괜찮으니 이만 고개를 드세요.”

“사죄를 받아주시는 겁니까?”

“일단 공자께서 사과할 일이 아니에요.”

“받아주시기 전까지는 고개를 들지 않겠습니다.”

이것 보게? 나는 초조한 기색의 기사를 흘긋 보았다. 흐음. 평소에 어디 가서 자주 고개 숙이고 다니는 인물은 아닌 것 같은데. 하긴, 후작가라면 분명 남부럽지 않을 가문이다. 남한테 이렇게 허리를 굽힐 일이 잦을 리 없지.

나는 그냥 남자가 바라는 답을 주기로 했다.

“알겠어요. 공자의 사과를 받을 테니 이만하세요.”

"공녀님."

남자가 곧바로 고개를 들었다. 그는 기뻐 보였다. 내가 사과를 받아준 게 뭐가 기쁠 일이지? 가만히 있었어도 어차피 시커머트 가문에 책임을 물을 일은 없었을 텐데.

"감사합니다. 약소하지만, 제가 보상의 뜻으로 선물을 보내 드려도 되겠습니까?"

"괜찮아요."

뭐? 부담스러워.

솔직히 방금 사과도 과했다고 생각한다. 그러나 남자는 나와 생각이 다른 듯했다.

"부탁입니다. 공녀님께서 받아주시지 않는다면 제 마음이 편하지 않을 것 같습니다."

"……그럼 그러세요."

내가 왜 네 마음까지 신경 써야 하느냐는 말로 거절하기엔 난 그렇게 모진 사람이 아니다. 그리고 이 남자에게 사감이 없었다. 고작 선물을 받지 않겠다는 문제로 시머커트 후작가와 마찰을 만들고 싶지는 않았다.

"감사합니다."

남자의 얼굴이 환해졌다. 감사할 것도 많지.

"아, 혹시 어딜 가시던 중입니까? 실례가 아니라면 제가 모셔다드리고 싶습……."

"아뇨."

나는 단칼에 거절했다. 이것만은 고민할 것도 없다.

"됐어요. 괜찮아요. 볼일이 남지 않았다면 이만 서로 갈 길 갔으면 하는데요."

내가 어떻게 너한테 프러포즈용 보석을 고르는 모습을 보여주겠니? 보석 가게에 간다는 것 자체도 알리고 싶지 않다.

“우연한 만남이었으나 뜻깊었습니다. 살펴 가시길.”

나는 남자가 뭐라고 더 말하지 못하게 아예 작별 인사까지 해버렸다. 남자가 우물쭈물하는 사이 기사가 잘됐다는 듯 나섰다.

“가시죠, 공자님. 이미 시간이 꽤 지체됐습니다.”

“아…… 그래.”

남자가 마지못한 기색이 역력한 눈치로 물러났다. 미련이 그득 묻어나는 시선이 내 얼굴에 제법 오랫동안 머물렀다.

‘뭐지.’

나는 남자, 이너 시커머트가 멀어지는 것을 황당한 눈으로 응시하다가 뒤돌았다.

“확실히 잘생겼던데요.”

외출에서 돌아와 저녁 식사를 마치고 쉬는데 베시가 대뜸 그런 말을 꺼냈다.

“무슨 소리야?”

“낮에 마주쳤던 공자님 말이에요.”

가게를 여러 곳 돌아보느라 하루 종일 제법 설었다. 베시가 다리 마사지를 해주려는지 대야와 향료를 가져왔다. 내가 이불 바깥으로 다리를 빼내자 베시가 대야를 바닥에 내려놓으며 말했다.

“시커머트 후작가의 막내 자제분의 인물이 출중하다는 얘기는 전부터 들었거든요. 과연 듣던 그대로던걸요.”

나는 잠시 침묵하다 받아쳤다.

“알렉스한테 이를 거야.”

"어머, 아가씨! 제가 설마 그런 뜻으로 말했겠어요?"

당황한 베시가 허둥거리는 바람에 대야가 엎어질 뻔했다. 나는 예상보다 훨씬 당황하는 베시를 보다가 그만 풋 웃어버렸다. 티는 안 내도 알렉스와의 관계가 순탄한가 보네.

베시는 나를 원망스럽게 흘긋 본 후 허리에 손을 얹었다.

"정말, 저보다는 아가씨께서 걱정하셔야죠."

"응? 나?"

"시커머트 공자님 말이에요. 척 봐도 아가씨께 관심이 있어 보이던데요?"

"으응?"

나도 모르게 그게 무슨 말이냐고 손사래를 치려다 멈칫했다.

"……그런가?"

사실 짚이는 게 전혀 없는 건 아니었다. 상대의 태도를 돌이켜 보면 솔직히 그렇게 느껴지는 구석이 없잖아 있었다. 나는 진지한 태도를 취했다.

"역시 그런 걸까?"

"제 눈에는 확실하게요. 아가씨께서 느끼기에도 그러셨죠?"

베시가 내 다리 밑에 수건을 깔아주었다. 그러고는 종아리에 향료를 펴바르면서 어깨를 으쓱했다.

"하여간, 보는 눈은 있어서."

"그런데 나 그 공자랑 초면인데. 어제 그 길에서 처음 봤어."

"이전에 연회나 모임 같은 데서 스치듯 보셨겠죠. 다만 아가씨는 잊으셨고, 공자는 그날 이후 줄곧 아가씨를 향한 연심을 간직해 온 게 아닐까요?"

베시가 로맨스 소설 같은 이야기를 했다. 나는 눈매를 가늘게 떴다.

"바른대로 말해. 그거 어젯밤에 읽고 잔 소설이지?"

“어쩜, 귀신같으시네. 어제는 아니고 일주일 전이에요.”

“그것 봐.”

“하지만 아가씨, 아예 없는 일은 아니잖아요?”

베시가 내게 돌아누우라고 눈짓했다. 나는 엎드려 누웠다. 다리의 뭉친 근육을 풀어주면서 베시가 말을 이었다.

“귀족 사교계에서는 외려 흔하게 일어나는 일이기도 하다고요. 가까운 예로 당장 전 주인님 내외만 하시더라도 그렇고.”

“부모님이?”

“그럼요. 낭만적이었죠. 황성에서 열린 가면무도회에서 주인마님을 보시고 한눈에 반한 주인님께서 그날 이후 삼 일 밤낮 동안 가면의 여인을 찾아…….”

“또 과장한다, 또.”

베시는 가끔 자기가 읽은 로맨스 소설과 주변의 이야기를 멋대로 섞어버리는 경향이 있었다.

베시가 호호 웃었다.

“이번에는 정말 과장이 아니라고요. 주위에 물어보시면 다들 저처럼 대답할걸요.”

“……그래?”

“한때 사교계를 풍미한 로맨스였죠. 지켜보는 제 가슴이 다 설레었다고요. 운명처럼 느껴져서.”

나는 다리를 주물러 주는 베시의 숙련된 손길을 느끼며 묵묵히 베개에 뺨을 기댔다. 문득 나도 모르게 부모님의 상황에 나와 에시를 대입해 보았다.

전에는 이렇게 생각했던 적이 있다. 한집에서 자랐기 때문에 에시에게 정이 든 거라고. 에시도 마찬가지로 나를 누이로 여기고 대하며 성장했기에 내가 소중해진 거라고.

그래서 만약 처음부터 우리가 남남이어서 바깥에서 우연히 마주치는 게 첫 만남이었다면, 지금의 이런 관계는 불가능하지 않았을까…… 그런 생각을 했었다.

'하지만 그렇지 않았겠지.'

어떤 식으로 만났든지 나와 에시는 결국 지금처럼 되었을 거다. 왜냐면 운명이니까. 무려 천 번을 이어질 수밖에 없도록 영혼으로 맺어져 있으니까.

"……히."

안 웃으려고 고개를 파묻었는데 베갯잇 사이로 그만 웃음이 샜다. 안 돼, 너무 뜬금없어.

그때 마사지를 해주던 베시의 손이 잠시 느려지는가 싶더니 돌연 주제가 바뀌었다.

"그러고 보니 생각났어요. 제가 왜 시커머트 후작가의 막내 자제분을 기억하고 있었는지."

"응? 잘생겼다는 얘기를 들어서 그렇다며."

"그것만 가지고 제가 굳이 기억에 새기고 있었겠어요?"

그래? 하지만 누구누구가 잘생겼다더라는 건 생각보다 흔히 들리는 소식이 아니다. 특히 그게 누구나 인정할 정도의 미남이라면 더욱이.

잘생긴 남자가 희소한 것은 이 세계에서도 마찬가지였다. 성비의 차이는 아닌 것 같은데, 아무래도 여자보다 자길 가꾸는 비율이 낮아서 그런가.

헉, 가만. 사실 여기엔 다른 비밀이 있는 게 아닐까? 실은 황태자와 에시가 태어나면서부터 이 세계 남자들의 미모를 흡수한 걸지도. 두 사람의 인간적이지 않은 외모는 그래야만 말이 된다. 특히 누구보다도 에시가…….

잡생각이 제멋대로 뻗어나가는 사이 베시의 말이 이어졌다.

"그 공자님, 성격이 아주 까칠하다는 것 같아요."

"응? 성격?"

"네. 그 공자님의 눈에 잘못 보여서 매질을 당하거나 쫓겨난 사용인이 한둘이 아니래요."

"뭐야, 매질은 심했다."

"그 사용인들이 무슨 잘못을 해서 그랬던 건지는 모르겠지만…… 하여간 너그러운 성정이 아니라는 것만은 확실해요."

베시가 덧붙였다.

"그래도 얼굴이 워낙 잘생겼으니까 공자를 보겠다고 후작가에 취업하는 하녀가 여전히 많다고 하더라고요."

"세상에나."

그럴 거면 차라리 우리 저택에 취업을…… 아니, 아니다. 에시가 나한테 하도 잘해서 잊고 있었다. 걔 사이코패스지, 참. 매질을 당하거나 쫓겨나는 편이 죽는 것보다는 낫겠지. 암.

"아무튼 그렇다고 들었어요. 뭐, 아가씨께서 신경 쓰실 만한 내용은 아니지만."

"그건 맞아."

나는 다시 정자세로 편하게 돌아누웠다. 뭉쳤던 근육이 풀어지니 노곤했다.

"이차피 앞으로 다시 볼 일도 없을 텐데. 성격이 파탄 났든 아니든 무슨 상관이야?"

시커머트 후작가에서 혹여 재차 초대장을 보내온다고 한들 가지 않을 생각이다. 미안하지만 정말 내게 관심이 있는 거라면 더욱 응해줄 수 없는 일이었다.

'이건 시커머트 본인을 위한 것이기도 하지.'

"베시, 혹시나 해서 말인데 에시에겐 굳이 말하지 마. 애꿎은 생명을 해치긴 싫거든."

농담인 줄 알았는지 베시가 웃었다.

"그럼요, 아가씨."

농담 아닌데.

계르그는 흘긋 곁눈질했다. 햇빛에 노출된 새하얀 머리카락이 장소를 가리지 않고 고집스럽게 눈부셨다. 한숨이 흘러나왔다.

'내 신세야…….'

누가 이런 상황을 예상이나 했을까? 동굴에서 갓 풀려났을 때만 해도 짐작조차 못 했다. 천하의 이 계르그가 이런 신세가 될 줄은.

'이건 반칙이잖아. 뭐 저런 인간이 다 있어?'

계르그는 옆 사람에겐 들리지 않을 투정을 머릿속으로 실컷 툴툴거렸다.

처음부터 그다지 인간 같지 않은 인간이라고는 생각했다. 마족이라 인간의 생김새 구별에 둔한 계르그의 눈에도 저건 보통이 아니구나 싶었던 외모.

그러나 외모는 에시라는 인간이 가진 특징의 극히 일부에 지나지 않았다. 진짜는 그가 지닌 말도 안 되는 힘에 있었다. 정말이지 상식적으로 수긍이 가지 않았다.

'고위 마족이 건 동굴의 마법을 무식하게 힘으로 깨부술 때부터 알아봤어야 했는데.'

밤사이 에시를 기습하고 도망치려 했다가 역으로 죽기 직전까지 두들겨 맞고 다시 얌전한 노동력 제공자가 된 계르그가 회한의 눈물을 훔쳤다.

'빌어먹을 내 인생, 아니, 마생…….'

그때였다. 인간의 품에서 미약한 신호 같은 것이 울렸다. 계르그는 이제 저것이 무얼 의미하는지 알고 있었다.

–마스터.

곧 작고 동그란 구체가 모습을 드러냈다. 구체에서 타인의 목소리가 새어 나왔다. 쯧쯧. 계르그는 내심 혀를 찼다. 물론 절대 겉으로는 들리지 않게.

'저 음습한 놈.'

"보고해."

–예. 우선 지난번에 보고드렸던 날까지는 아무 일도 없었습니다. 그런데 어제 오전 X시 경 저잣거리에서 이너 시커머트라는 자가 그분의 손목을 붙잡았습니다.

에시는 짧게 침묵했다가 구체에 대고 입을 열었다.

"어느 쪽이지?"

–오른손입니다.

"하던 대로 처리해. 요란하게는 말고."

–알겠습니다.

계르그는 고개를 내저었다. 누군지는 몰라도 불쌍하게 됐다.

계르그가 생면부지의 인간에게 안타까운 감정을 느끼는 사이 구체의 목소리가 이어졌다.

–그리고 저택의 기사 다베리 삭이 사람 하나를 처리하는 정황을 확인했습니다.

"다베리가?"

–젊은 남자였습니다만, 자세한 상황을 조사해 볼까요?

"……아니. 그냥 둬. 다베리였다면 알아서 했겠지."

구체에서 지체 없는 복종의 답이 흘러나왔다. 아직 끝이 아니었다.

바로 이어서 최종 보고가 따라붙었다.

–마지막 보고입니다. 그분께서 저잣거리 유명 보석상에서 반지를 예약 구매하셨습니다. 비슷한 디자인으로 한 쌍을 주문하신 것으로 미루어 결혼반지로 추정됩니다.

순간 게르그는 눈이 튀어나갈 뻔했다. 뭐? 무슨 반지?

'세상에, 그 여자도 미쳤군. 저거랑 결혼할 생각을…….'

저런 거랑 평생을? 게르그는 진저리쳤다. 인간들은 비위도 좋아. 하긴, 전에 둘이서 때와 장소를 가리지 않고 불붙는 걸 보고 대략 눈치는 챘었다만.

'자기들이 시도 때도 없이 눈만 맞으면 그랬던 거면서 괜히 애꿎은 나만 탓하고…… 씨이.'

생각하니 다시 억울해졌다. 눈물이 날 것 같았다. 그러다가 게르그는 문득 정적이 꽤 오래 이어지고 있다는 사실을 눈치챘다. 슬쩍 인간을 쳐다보았다.

말없이 침묵을 유지하는 인간은 기분이 굉장히 좋아 보였다. 얼마나 좋아 보였냐면, 쳐다보는 게르그가 짜증 나서 소름이 왕창 돋았을 정도로.

'으.'

웩이다. 웩.

구체는 잠시 에시의 대답을 기다리는 듯하더니 먼저 말했다.

–지난번에 구해두신 반지는 어떻게 하시겠습니까?

"버려."

–보석상 예약은.

"취소해."

에시는 잠깐 주저하는 기색도 없이 명령했다.

–분부대로 하겠습니다.

이윽고 통신이 끊겼다. 에시는 구체와 연결이 끊긴 뒤에도 한동안 구체에서 시선을 거두지 않았다. 덕분에 게르그는 속이 나빠졌다. 구체를 응시하는 인간의 눈빛이 게르그의 기분을 너무 더럽게 만들었기 때문에.

"뭐 해?"

"……."

"출발해."

그때 인간의 시선이 게르그에게 향했다. 언제 구역질이 날 만큼 온건하고 부드러웠었냐는 듯 무감한 눈매는 건조하기 짝이 없었다.

'하…….'

게르그는 어쩐지 밀려오는 서러움을 삼키며 지도를 펴고 장거리 이동 마법 주문을 외웠다. 오늘따라 자신이 동굴에 갇히자마자 떠나 버린 옛 애인이 사무치게 보고 싶었다.

이너 시커머트가 가문으로 보낸 선물은 꽃다발이었다. 예상에서 크게 벗어나지 않는 붉은 장미 꽃다발.

'그래, 이 정도면 약소하지.'

받고 나서는 그러려니 했다. 어쨌든 그는 내게 약소한 선물을 보내겠다고 말했고, 난 받아준다고 답했었으니까. 나는 꽃을 아무 데나 눈에 잘 띄지 않는 곳에 장식해 두라고 한 뒤 이너 시커머트를 잊으려고 했다. 그러나 그게 끝이 아니었다.

꽃다발은 예고에 불과했다. 이어서 편지, 향수, 자수, 무슨 과자, 티 세트……. 이너 시커머트는 자꾸만 내 앞으로 이런저런 선물을 보냈다. 그러다가 보석 목걸이까지 도착했을 때는 이건 아니다 싶어 거절

편지를 보냈다.

그랬더니 이너 시커머트가 직접 저택으로 찾아왔다. 오른손에 붕대를 감은 채로. 나는 기별도 없이 찾아온 불청객을 내쫓으러 응접실에 들어섰다가 시선을 사로잡는 새하얀 붕대를 보곤 멈칫했다.

'손목이 왜 저래?'

이너 시커머트는 오른쪽 손목에 붕대를 칭칭 감은 것으로도 모자라 부목까지 대고 있었다.

'부러졌나?'

아니, 어쩌다가? 내가 저잣거리에서 이너 시커머트를 마주쳤던 건 기껏해야 사흘 전이다. 고작 사흘 만에 멀쩡하던 사람이 대뜸 부상자가 되어 나타나니 당황스럽지 않을 수 없었다.

이너 시커머트는 나를 발견하자마자 앉아 있던 자리에서 벌떡 일어섰다.

"공녀님."

나는 그의 반가워하는 표정을 보곤 정신을 차렸다.

"그날 이후 처음 뵙습니다. 그간 잘 지냈습니까?"

으음……. 원래 응접실에 들어오자마자 바로 나가라는 말부터 꺼내려고 했는데, 저놈의 붕대 때문에 축객령을 뱉을 타이밍을 놓쳤다. 이너 시커머트의 손목에 감긴 붕대가 자꾸만 사람의 시선을 강탈했다. 아, 대체 왜 환자가 돼서 나타난 거냐고.

나는 주저하다 결국 한숨과 함께 입을 열었다.

"잘 지냈냐는 질문은 나보단 공자에게 필요한 것 같은데요. 손목은 괜찮은가요?"

"아, 이건……."

이너 시커머트가 머쓱하게 웃었다. 그는 어쩌다 손목을 다쳤는지 내게 그다지 밝히고 싶지 않은 것 같았다. 넘어졌나?

"면목 없습니다. 이거 부끄러운 모습을 보였네요."

"다친 건 부끄러운 게 아니죠."

그게 정말 넘어져서 부러진 거라고 해도 말이다. ……아니, 그런데 어떻게 넘어지면 손목이 부러지지? 나는 골절상을 입을 정도로 화려하게 넘어지는 이너 시커머트를 상상해 보다가 고개를 젓고 말했다.

"그것보다는, 연락도 없이 이렇게 불쑥 남의 가문에 찾아온 걸 더 부끄럽게 여겨야 하지 않을까요?"

일부러 꽤 냉랭한 목소리로 말했다. 순간 환자를 상대로 좀 너무한 게 아닌가 하는 생각도 들었지만 그건 잠깐이었다. 어차피 전에도 말했듯 이건 이너 시커머트 본인을 위한 것이기도 하다.

괜히 말랑하게 대했다가 상대가 지금처럼 계속 저택에 찾아오기라도 했다간 곤란해진다. 그러니까 이너 시커머트의 목숨이 곤란해진다. 이건 다 소중한 한 생명을 살려보겠다는 내 노력이었다. 상대방이 알아줄지는 모르겠지만.

이너 시커머트는 내 지적에 잠시 멈칫하는가 싶더니 이윽고 표정을 시무룩하게 바꿨다. 유순한 눈매가 한결 아래로 처지면서 전반적인 분위기가 순식간에 처량해졌다.

자, 잠깐. 저거 그거 아냐? 그거 같은데. 비 맞은 강아지. 이너 시커머트는 비 맞은 강아지 같은 얼굴을 하고는 내게 조심스럽게 물었다.

"제가 보낸 선물이 마음에 안 드셨나요……?"

나는 알 수 없는 죄책감과 보호 본능을 동시에 자극하는 상대의 얼굴에 정신이 팔렸다가 뒤늦게 그의 말을 인식했다.

가만, 방금 뭐라고 한 거야? 지금 논점이 그게 아니지 않나?

'아니지, 엄밀히 말하면 저것도 문제이긴 하니까.'

말이 나온 김에 선물도 이야기하기로 했다.

"마음에 들고 아니고를 떠나 부담스러워요. 내가 받을 이유가 없는 선물이니까요."

"하지만 분명 받아주겠다고 하지 않으셨습니까."

그건 네가 약소한 선물이라고 해서 그랬고. 다이아몬드 목걸이가 약소해?

그렇게 되물으려다가 문득 약소할 수도 있겠다는 생각이 들었다. 으음, 그래. 하기야, 사람마다 기준은 다른 법이니까. 뭐, 좋다.

나는 선물의 절대적 값어치에 대한 논의는 생략하기로 하고 말을 받았다.

"내가 받겠다고 말한 건 공자가 처음 보냈던 꽃다발까지예요. 그 이상은 아니고요. 그러니 더는 아무것도 보내지 말아요."

"……보석을 좋아하시는 줄 알았는데요."

얘 좀 봐라? 그 말이 여기서 왜 나와?

핀트도 어긋났고, 서로의 견해를 이해하기에도 아무런 도움이 안 되는 말이다. 나는 황당한 소리를 들었다는 뜻으로 고개를 한쪽으로 기울이며 팔짱을 꼈다.

"내가 보석을 좋아하는 게 지금 이 상황과 무슨 상관이죠? 내가 보석을 아무리 좋아해도 그걸 공자에게 받을 이유는 없어요."

나는 별로 보석을 좋아하는 편도 아니었지만, 좋아하다 못해 환장했다고 하더라도 이너 시커머트가 보낸 목걸이는 안 받았을 거다. 당연한 이야기잖아.

상대에게서 대꾸가 돌아오지 않았다. 나는 어깨를 으쓱했다.

"이만 돌아가세요. 앞으로는 오늘처럼 연락 없이 찾아오지도 마시고요. 실례예요."

친한 사이면 몰라도 나와 이너 시커머트는 친하지 않다. 그리고 친해져서도 안 되지. 나는 그대로 몸을 돌렸다. 그런데 그때 이너 시커머트가 내 손목을 덥석 잡아챘다.

……이 인간은 남의 손목을 함부로 붙잡는 게 취미인가? 붙들린 손목을 황당한 눈으로 응시하다가 힘껏 뿌리쳤다. 이너 시커머트는 순순히 내 손목을 놓았다. 놓은 건지, 놓친 건지는 모르겠지만.

나는 이너 시커머트에게 재차 손목이 붙잡히지 않도록 그와 거리를 벌렸다.

"공녀님."

"더 다가오면 문밖의 기사를 부르겠어요."

그 말에 내 쪽으로 한 걸음 내디디려던 이너 시커머트의 발이 우뚝 멈췄다. 미안하다. 나도 너를 치한 취급하고 싶지는 않았어. 그러게 왜 자꾸 손목을 잡고 그러니?

이너 시커머트는 그 자리에 못 박힌 듯 멈춰 서서는 안절부절못하는 얼굴로 말했다.

"……제가 잘못했습니다, 공녀님. 그러니 노여움을 풀어주세요."

별로 노엽지는 않은데. 하지만 굳이 말해주지는 않았다.

"무엇에 대해 사과하는지는 모르겠지만, 그런다고 내가 했던 말을 번복하는 일은 없을 거예요. 말했던 대로 그만 돌아가세요."

"공녀님……."

두 번이나 축객령을 내렸는데도 이너 시커머트는 자리에서 움직이지 않았다. 대신 그는 입술을 깨물며 나를 쳐다보았다. 물기 어린 파란색 눈동자가 나를 직시했다. 청명한 파란색 눈동자는 눈물이 고이면 눈물 대신 바닷물이 흘러내릴 것 같았다.

나는 그 호소하듯 애처로운 눈동자를 보며 순간 단어 하나를 떠올렸다.

'미남계.'

떠올리고 나니 너무 그럴듯해서 깜짝 놀랐다.

정말? 이게 그거라고? 바로 그?

'오호라…….'

나는 뒤이어 내심 수긍했다. 어쩐지 이해가 됐다. 이래서 예로부터 미남계가 여자의 미인계와 함께 하나의 무기로 취급되었던 거구나.

과연……. 내가 예전에 얼핏 상상했던 느끼한 외모의 남자가 입에 장미꽃을 물고 '아름다운 아가씨' 이러는 것과는 완전히 달랐다. 그때는 미남계의 존재 이유를 도무지 알 수 없었는데 이제야 납득이 되는 기분이다.

나는 속으로 고개를 끄덕거렸다. 그러곤 심각해졌다.

'왜 나한테 미남계를 쓰지?'

꺼지라고 두 번이나 말했는데 나갈 생각은 안 하고 나한테 미남계를 쓰고 있다. 몹시 당황스러운 상황이었다.

문득 베시의 말이 생각났다. 이너 서커머트가 나한테 관심이 있을 거라는 말. 아니, 그걸 넘어서서 어쩌면 전부터 나를 향한 연심을 간직해 왔을지도 모른다는 말.

'진짜……?'

아니었으면 좋겠는데. 그런 본격적인 감정은 정말이지 곤란하고 미안하고 아무튼 그렇다.

그때 이너 시커머트가 정적을 깨곤 흡사 애원처럼 사죄와 변명을 입에 담았다.

"미안합니다. 제가…… 제가 너무 죄송해서 그랬습니다. 제 심부름꾼이 공녀님께 저지른 무례만 생각하면 밤에도 잠이 오지 않아서, 그래서 마음이 앞섰습니다."

"아니……."

"깊이 반성하겠습니다. 공녀님, 그러니 저를 더 만나지 않으실 것처럼 말씀하지는 말아주세요."

'으악.'

안 돼! 그러지 마. 그렇게 저자세로 애걸하듯 굴지 말라고.

한숨이 저절로 올라왔다. 솔직히 얼굴도 제대로 본 적 없는 사이에 관심이라고 해봐야 그 깊이가 얼마나 되겠나 싶었다. 슬쩍 찔러보았다가 상대가 반응이 없으면 '에이' 하고 미련 없이 단념하는 정도를 상상했다.

하지만 저대로 두면 이너 시커머트는 이 자리에서 나한테 고백이라도 할 것 같았다.

'베시, 대체 언제부터 예언가가 된 거야.'

어쩔 수 없지. 나는 한숨을 삼키곤 이너 시커머트를 마주 보았다. 찬찬히 입을 열었다.

"공자가 보여준 성의는 고마워요. 마음 써준 것도 고맙고요. 하지만 난 어느 것이든 받을 수 없어요. 앞으로 어떤 식으로든 공자를 더 만날 수도 없고요."

"화가 안 풀리셔서……."

"그런 게 아니에요. 갑작스럽게 들릴지 모르겠지만, 난 이미 따로 마음에 둔 사람이 있어요."

"……."

"이게 충분한 대답이 되었다면 좋겠네요."

재차 침묵이 찾아왔다. 나는 잠시 기다리다가 뒤돌았다.

"그럼 정말 잘 가요."

미안하지만 최선이다. 마음이 다소 불편해진 것과는 별개로 응접실을 나서는 발걸음에 망설임이 생기지는 않았다.

……라고, 분명히 마무리되는 분위기였는데 말이지. 지금 이게 뭐지?

나는 황당하게 상대방을 응시했다. 기가 막혀서 앉은 자세가 저절로 삐딱해졌다.

이너 시커머트와 응접실에서 그렇게 헤어지고 이틀. 그 뒤로 오는 선물은 뭐가 됐든 족족 돌려보내고, 이너 시커머트가 저택에 찾아와도 만나주지 않았다. 기별에는 답장을 안 했다. 그렇게 끝난 줄 알았다. 보통은 다 나처럼 생각할 거다.

그런데 왜 지금 상대방이 내 앞에 앉아 있는 걸까. 나는 맞은편의 금발 미남자를 곱지 않게 쳐다보다가 입을 열었다.

“여긴 어떻게 알고 왔어요?”

여기는 제도 저잣거리 동쪽에 있는 보석상이었다. 이미 마음에 드는 반지를 주문해 두기는 했지만, 혹시나 그보다 더 운명처럼 마음을 잡아끄는 게 있을까 봐 나들이 삼아 다베리 경과 함께 방문한 참이었다.

한데 한창 상인이 내온 매물을 구경하던 와중 갑자기 이너 시커머트가 나타났다. 그는 내게 우연이라고 했지만, 나는 그 말을 믿을 수 없었다. 왜냐면 이너 시커머트가 가게에 나타나자마자 상인이 내 눈치를 보기 시작했거든. 나와 이너 시커머트 사이에 있었던 일을 아는 것도 아니고 그가 내 눈치를 볼 이유가 없다. 이유가 있다고 한다면 하나뿐이지.

‘내가 콕 집어서 하필 이 가게에 방문할 줄은 어떻게 알았을까.’

설마 저잣거리의 어지간한 가게란 가게에는 전부 연락을 넣어둔 건 아니겠지. ……아니었으면 좋겠다. 내가 상상했지만 정말 소름 끼친다.

나는 소매 밑으로 올라온 소름을 문질렀다. 문득 전생의 스토커가 떠올랐다. 그놈과 이너 시커머트가 겹쳐 보였다. 얼굴은 저렇게나 다른데 하는 짓은 비슷할 수도 있군.

스토커는 아무리 잘생겨도 사양이다. 스토커가 아니라도 어차피 사양이었지만 이젠 더, 아주, 대단히, 끝내주게 사양이다. 별로 사람으로 취급해 주고 싶지도 않아졌다.

아, 그래도 그거 하나는 좋네. 덕분에 상대의 마음을 거절했다는 것에서 오던 죄책감과 미안함이 싹 날아가 버렸다. 그걸 노리고 이렇게 행동하는 거라면 정말이지 놀라울 정도의 배려심…… 은 개뿔.

나는 굳이 관리하지 않은 표정을 딱딱하게 굳혔다.

"아니, 질문을 바꾸는 게 낫겠네요. 왜 왔어요?"

"정말 우연이라고는 더 말해도 믿지 않으시겠죠."

"내 화를 돋우는 게 이 자리에 나타난 목적이라면 계속 그렇게 주장하든가."

알아서 해라. 나는 비딱하게 팔짱을 꼈다.

이너 시커머트의 순진한 눈매가 곤란한 듯 처졌다. 불과 며칠 전에 비 맞은 강아지 같다고 생각했던 바로 그 표정이었다. 나는 그걸 보자마자 짜증이 확 났다.

장난해? 뭘 잘했다고 불쌍한 척이야? 진짜 불쌍한 처지로 만들어 버릴까 보다. 인상을 구겼더니 이너 시커머트가 멈칫했다. 그는 나를 물끄러미 보며 말했다.

"제게 한 번만 기회를 주실 수는 없겠습니까?"

"없어요."

"제가 싫으신가요?"

"네."

상대가 뻔히 싫어할 짓을 해놓고는 자기가 싫으냐고 묻다니 우습지도 않은 질문이다. 그러나 이너 시커머트는 그렇게 생각하지 않았던 모양이다. 그는 내가 단칼에 긍정하자 찰나 당황하는 기색을 보였다.

뭘 당황해? 어이가 없어졌다. 내 대답을 예상하지 못하고 저런 질문을 했다는 사실이 놀랍다.

언뜻 이너 시커머트가 지금까지 살아왔을 인생이 눈앞에 그려지는 것 같았다. 미남계가 어지간히 효과가 좋았나 보군. 이런 짓을 저질러도 상대방이 싫어하지 않을 정도로.

이해는 되지만 이해해 주고 싶지 않다. 왜냐면 난 싫으니까. 싫어! 극도로 혐오! 싫다는 상대에게 일방적으로 자기 마음을 밀어붙이는 게 순정이라고 착각하는 스토커는 화형당해야 한다. 나를 스토킹해도 되는 건 에시뿐이야! 물론 에시라는 점에서 이미 내게 스토킹이 아니겠지만!

나는 벌떡 몸을 일으켰다. 시간이 아깝다. 그대로 나가려고 이너 시커머트를 지나치는데 그의 목소리가 귓가에 파고들었다.

"제가 왜 오른쪽 손목을 다쳤는지 아십니까?"

알 게 뭐야. 나는 걸음을 멈추지 않았다.

"공녀님과 저잣거리에서 우연히 마주쳤던 다음 날, 밤중에 얼굴을 가린 괴한이 저를 습격했습니다."

누군지는 몰라도 좋은 일 했네. 표창장 받아야겠다. 그나저나 이 가게 귀빈실은 너무 넓어서 흠이다. 문이 왜 이렇게 멀어?

"그런데 그 괴한을 얼마 전 공작가에서 본 것 같습니다."

내 발이 우뚝 멈췄다. 고개를 천천히 돌렸다.

"얼굴을 가리고 있었다면서요."

"제가 밤눈이 좋습니다. 기억력도 제법이고요."

"본론만 말해."

"같은 체형이 공작저에 기사로 있었습니다. 확실히요. 제가 이런 쪽으로는 보는 눈이 상당히 뛰어나거든요. 제 입으로 말씀드리긴 그렇지만."

"……."

"왜 하필 오른손을 부러뜨렸던 걸까요? 설마 제가 그때 공녀님의 손목을 잡았던 일을 앙금으로 품고 있기라도 했었나?"

이너 시커머트가 사르르 눈을 접어 웃었다. 어느새 자리에서 일어서서 다가온 그가 나를 내려다보며 말했다.

"기쁘시겠습니다. 모시는 아가씨께 이토록 충성을 다하는 기사를 두셔서."

나는 이너 시커머트의 말이 거짓부렁일 확률에 대해 생각했다. 하지만 곧 그건 아무런 의미가 없다는 사실을 깨달았다.

"증거는?"

"음…… 제 진술?"

이너 시커머트는 말을 덧붙였다.

"아니면 뭐, 목격자가 있을 수도 있고 아닐 수도 있고."

"내 행동에 따라 목격자가 생겨날 수도 있고, 아닐 수도 있고?"

"바로 그겁니다. 대화가 통해서 좋은데요, 공녀님."

이너 시커머트는 지금 내게 자기 말을 듣지 않으면 내 가문 기사 중 한 사람을 귀족 폭행범으로 만들겠다고 협박하는 거다. 대단한 증거는 필요하지 않을 거다. 본인의 주장과 실제로 그가 다쳤다는 정황만 있다면. 애석하게도 시커머트 후작가가 고위 가문인 이상은 말이다.

나는 이너 시커머트를 노려보다가 그의 오른쪽 손목을 퍽 쳤다.

"끄윽!"

순간 그가 잇새로 비명을 뱉으며 비틀거렸다. 칫. 일단 다쳤다는 건 거짓말이 아닌가 보네.

"이게 무슨…… 짓입니까?"

"시끄러워."

머리가 아팠다. 나는 머리칼을 마구 헤집어놓고 싶은 것을 참았다.

이너 시커머트의 협박이 내 안위에 위협이 되는 것은 아니다. 저쪽이 후작 가문이라지만 우리는 공작 가문이다. 나한테까지 어떤 책임을 물을 수는 없겠지. 대신 범인으로 지목된 기사를 넘기는 선에서 상황이 마무리될 거다.

그게 문제였다. 넘겨주면 그 기사는 과연 어떻게 될까? 그가 든든한 가문 출신이라면 모르겠지만 평민 기사라면 큰일이다. 최악의 경우에는 죽을 수도 있었다. 즉 이너 시커머트는 내 가문 기사 한 사람의 목숨을 쥐고 나를 협박하는 중인 거다.

'쓰레기가 따로 없네.'

마침 에시가 없는 틈을 노려 저따위 협박을 한다는 점도 가증스럽기 그지없다. 에시가 자리를 비우지 않았다면 과연 이런 짓거리를 시도할 엄두나 냈을까? 아니라는 데 이너 시커머트의 남은 손목을 걸 수도 있다.

으으. 라임 엑스트는 이 자식과 비교하면 귀여운 수준이었다. 대체 어디서 이런 폐기물이 자꾸 기어 나오는 거야?

"결정하시죠, 공녀님. 말해두지만 제가 바라는 건 그리 대단한 것이 아닙니다."

그새 아픔이 가셨는지 이너 시커머트가 멀쩡해진 목소리로 말했다. 더 세게 칠걸. 지금이라도 한 대 더 갈길까.

"원하는 게 뭐야?"

"드디어 질문해 주시는군요. 정말 사소한 겁니다. 제가 후원하는 신전에서 내일 연극이 열리는데, 저와 함께 관람해 주셨으면 합니다. 물론 단둘이요."

"얼마나 대단한 연극이기에 이런 인간 말종도 도망갈 짓을 하면서 동행인을 구할까?"

"실망하지 않으실 겁니다."

이너 시커머트가 재차 눈매를 접으며 웃었다. 그렇단 말이지.

나는 이젠 재수 없는 낯짝으로밖에 보이지 않는 그 면상을 보며 생각했다. 그래, 좋아. 이건 네가 자처한 거다.

나는 이너 시커머트를 살생부에 올리기로 마음먹었다.

어둑한 신전 안. 바닥에 끌릴 정도로 길고 넉넉한 로브를 입은 노인이 입을 열었다.

“일은 제대로 진행했느냐?”

세월이 고스란히 묻어나는 거친 목소리가 흘러나왔다. 그러자 노인의 앞에 한쪽 무릎을 꿇고 있던 수려한 외모의 청년이 공손하게 대답했다.

“예. 계획했던 대로 내일 이곳으로 데려오기로 했습니다.”

“그래.”

노인이 흡족한 눈길로 청년을 내려다보았다.

“네가 큰일을 했다. 이너.”

어두운 조도에서도 화려하게 빛나는 금발. 바다를 연상시키는 파란색 눈동자. 청년은 이너 시커머트였다. 그가 고개를 숙였다.

“영광입니다.”

“역시 계집이란 쉽구나. 잘생긴 외모만 보면 쉽게 현혹되어 정신을 차리지 못하니.”

“…….”

이너 시커머트는 침묵을 지켰다. 그는 굳이 이야기하지 않았다. 제 외모가 상대에게 통하지 않아서 결국 협박이란 수단을 동원했노라고.

‘칫.’

혀를 찼다. 자존심이 상했다. 솔직히 처음에는 노인의 말처럼 쉬울 줄 알았다.

‘라임 엑스트에게 일을 시켰을 때만 해도 수월하게 생각했는데.’

이너 시커머트의 목표는 리디아 위드그린 공녀. 얼마 전 공작가의 적녀가 아닌 것으로 밝혀진 그녀를 유혹해서 원하는 장소로 데려오는 것이 바로 그의 목적이자 임무였다.

간단한 일이라고 생각했다. 자신감의 이유는 이너 시커머트 본인에게 있었다. 그는 미남이었다. 그리고 배경도 괜찮았다. 시커머트 후작가라고 하면 어딜 가나 알아준다. 비록 위드그린 공작가에는 미치지 못하지만, 리디아 공녀는 어차피 적통이 아닌 입양아. 시커머트 후작 가문의 적자가 관심을 보이면 넙죽 엎드려 절을 해야 할 상황이다. 적어도 그는 그렇게 여겼다.

그는 리디아 공녀에게 접근하기 위해 라임 엑스트를 이용했다. 공녀에게 직접 초대장을 전달하게 한 것도, 그 과정에서 무례를 저지르게 한 것도 배경에는 전부 그가 있었다.

이너 시커머트는 라임 엑스트를 공녀의 앞으로 데려가 무릎 꿇리고, 대신 보상을 약속하며 호의적인 첫인상을 얻어낼 계획을 짰다. 그런데 시작부터 계획이 틀어졌다.

희희낙락 명령을 완수했음을 알려온 라임 엑스트가—어쩐지 입술이 터져 있었지만—얼마 후 갑자기 실종되어 버린 것이다. 연락도 끊겼고, 누구도 그의 행방을 몰랐다. 덕분에 '라임 엑스트를 데려가 무릎 꿇린다'는 건 불가능한 계획이 되고 말았다.

약간 아쉬웠지만 어쩔 수 없었다. 그래도 계획 자체가 통으로 날아간 것은 아니었다. 이너 시커머트는 어쨌든 라임 엑스트가 저지른 무례를 구실로 리디아 공녀와 인연을 만들었다. 제도 저잣거리에서 마주쳤던 건 정말로 우연이었다.

이너 시커머트는 그날 리디아를 미행했다. 그리고 그녀가 보석상으로 향하는 것을 보고 코웃음 쳤다. 뻔하다는 생각이 들었다.

그럼 그렇지. 여자들이란. 머리에 든 것이 항상 보석과 드레스, 그리고 잘생긴 남자뿐이지. 그는 여자를 그렇게 정의하는 데 한 치의 주저도 없었다. 그건 그가 여태 그런 여성들을 주로 만났기에 만들어진 어쩌면 타당한 편견이기도 했으나, 본인의 수준이 그 모양이니 주위에 그런 여성만 있는 거라는 생각은 미처 하지 못했다.

여하튼 이너 시커머트는 손쉬운 성공을 예감했다. 자신에겐 원하는 보석을 한가득 안겨 줄 재력은 물론이요, 이성이 환장하는 수려한 외모도 넘치도록 겸비되어 있었으니까.

몇 번의 선물과 한두 번 얼굴을 비치는 성의만으로 얼마든지 넘어오겠지. 쉽군.

그렇게 생각했는데…….

'제기랄. 뭐가 문제였지?'

이너 시커머트는 부목을 받치고 새하얀 붕대로 칭칭 감은 오른쪽 손목을 내려다보았다. 미간을 찌푸렸다. 아직도 통증이 올라오는 것 같았다.

'미친 여자.'

낮에 보석 가게에서 리디아 공녀가 그의 다친 손목을 인정사정없이 후려쳤을 때, 그는 경악했다. 의문도 들었다.

왜? 이 정도면 상대는 진심으로 저를 싫어하는 거다. 어째서? 여자인데 왜 자신을 싫어하지?

따로 마음에 둔 사람이 있다고 했던 것은 기억한다. 하지만 그건 그거고 이건 이거였다. 그가 생각하기에 재물과 여자는 다다익선이었다. 그러니까 당연히 상대도 그럴 것이라 여겼다. 양손의 꽃이라는 말이 괜히 있을까. 자신 정도면 어디서 찾아볼 수 없을 정도로 귀한 꽃인데.

'빌어먹을. 애초에 유혹하려고 했던 게 잘못되었던 거야. 나 같은 미남도 알아보지 못할 정도로 눈먼 여자였는데.'

이너 시커머트는 세상 모든 여자를 넘어오게 할 자신이 있었지만 장님과 미치광이는 예외였다. 그는 속 편하게 리디아 공녀가 그 예외라고 생각하기로 했다.

미련은 남지 않았다. 그래, 어찌 됐든 목적은 이뤘으니까. 과정은 별게 아니다. 중요한 건 결과지.

그때 생각에 잠긴 이너 시커머트를 향해 노인이 질문했다.

"그런데 이너, 그 손목은 대관절 어쩌다 그런 것이냐?"

"예?"

"보통 부상은 아닌 듯한데. 부러진 게냐?"

"아, 이건……."

이너 시커머트가 말을 흐렸다. 그는 바닥을 보며 잠시 고민하더니 답을 꺼냈다.

"……대련 중에, 실수로 그만."

"저런."

노인이 크게 혀를 찼다. 걱정하는 것 같기도, 타박하는 것 같기도 했다.

"거사를 앞두었는데 몸조심해야지."

"면목 없습니다."

이너 시커머트는 묵묵히 고개를 숙였다. 그러나 그의 머릿속은 바쁘게 돌아갔다. 그는 오른쪽 손목이 부러지던 날을 떠올렸다. 이너 시커머트는 주장대로 대련 중에 부상을 당한 것이 아니었다.

그는 괴한의 습격을 당했다. 자주 가는 술집에 들렀다가 평소처럼 귀가하던 길이었다. 인적이 드문 골목으로 들어섰을 무렵 갑자기 웬 복면 쓴 괴한들이 나타나 그를 덮쳤다.

당연히 저항했으나 소용없었다. 상대는 폭력이나 살인을 업으로 하는 자들 같았다. 솜씨도 뛰어나서 호위 기사도 그들을 당해내지 못하고 기절했다.

이너 시커머트는 술에 취한 채로 머리를 열심히 굴렸다. 돈? 돈을 노리는 강도인가? 그러나 그들은 무력해진 이너 시커머트를 두고 자기들끼리 오싹한 대화를 나눴다.

"죽이는 거였나?"

"멍청한 놈아. 그게 아니라 오른쪽 손목만 처리하는 거잖아."

"아, 맞다. 그럼 자를까?"

"요란하게 하지 말라고 했잖아. 잘라서 병신 되면 요란해져."

"아…… 그러면 부러뜨려야겠네."

"그래야지."

이너 시커머트는 그때 그들이 태연한 목소리로 나누는 대화를 듣고 하마터면 실금할 뻔했다. 조금만 더 취한 상태였다면 틀림없이 그랬을 것이다. 하지만 다행인지 이성이 남아 있던 탓에 그 정도까지 추태를 보이진 않았다.

대신 그는 비교적 맨정신으로 손목이 부러지는 고통을 똑똑히 느껴야 했다.

우드득.

"으아악!"

"이너, 괜찮으냐?"

"……아, 예. 괜찮습니다."

이너 시커머트는 손등으로 이마를 훔쳤다. 자리에서 움직이지도 않았는데 땀이 묻어났다. 식은땀이었다. 그는 입술 안쪽 여린 살을 지그시 깨물었다.

그들은 대체 누구였을까. 뭐 하는 놈들이었지? 누구의 사주를 받고 저를 노렸던 것일까.

리디아 공녀에게는 공작가에서 범인을 보았다고 해두었지만, 그건 새빨간 거짓말이었다. 실상 이너 시커머트는 원한을 산 곳이 너무 많아서 용의자를 제대로 추릴 수조차 없었다. 그는 인간 말종이었지만, 의외로 자신의 인간 말종 짓에 대한 자각이 있었다.

'젠장. 개 같은.'

손목이 부러지던 때만 생각하면 저절로 욕이 치밀었다. 그래도 부러진 손목의 덕을 보았으니 한편으론 예기치 못한 전화위복이 되기는 했다.

"아무래도 몸이 좋지 않은 모양이구나. 오늘은 이만 들어가도록 해라. 내일은 중요한 날이니."

"배려에 감사드립니다."

"명심해야 한다."

몸을 일으키는 이너 시커머트에게 노인이 신신당부했다.

"내일 반드시 성공해야 해. 이 이상 지체했다가 위드그린 공작이 돌아오기라도 하면 그땐 장담할 수 없다. 알겠느냐?"

이너 시커머트는 단단히 고개를 끄덕였다.

"알겠습니다."

이너 시커머트를 데스노트에 적고 났더니 기분이 좀 나아졌다. 좀 더 정확히 말하면 데스노트에 이름 여섯 글자를 끄적이면서 상대가 백팔 조각으로 나뉘는 걸 상상했더니 썩 상쾌해졌다.

'에시가 돌아오면 넌 끝이야.'

살생부. 데스노트. 즉 에시에게 이를 인간 모음.

어지간하면 이런 건 안 쓰려고 했다. 여기에 이름이 적힌 이상 상대는 무조건 죽을 테니까. 심지어 곱게 죽지도 못할 거다. 내 손목을 두 번이나 붙잡고, 나를 스토킹하고 협박까지 했다는 걸 낱낱이 적으면.

"……."

……조금 뺄까?

그래, 사람이 죽을 때 죽더라도 죽고 나서 뼛가루 정도는 보존해야 할 것 아냐. 적어도 이너 시커머트의 영혼이 저승에 제대로 갈 수 있도록 시체만큼은 온전히…….

"아가씨, 오늘 외출하실 곳이 있다면서요."

그때 베시가 방문을 노크하며 나를 불렀다. 나는 첨삭을 고민하던 데스노트를 덮고 몸을 일으켰다.

"맞아, 베시. 고마워."

"그런데 어딜 다녀오신다는 거예요?"

베시가 내 차림을 보며 물었다. 나는 내 복장을 점검했다. 목 끝까지 잠기는 긴 소매 드레스, 팔목까지 올라오는 장갑, 외투, 베일이 드리워진 모자.

"그냥, 아는 사람과 연극이나 좀 보고 올까 해서."

"연극이요? 좋죠."

베시는 내가 왜 이렇게 꽁꽁 싸맸는가에 대해서는 더 묻지 않았다. 추워서 그렇다고 생각하려나.

반은 맞고 반은 아니다. 추워도 추워지만 바로 이너 시커머트 때문이다. 그 자식한테 나를 보여주기 싫거든.

내 얼굴도! 몸매도! 그냥 다! 걔한테 보여주기엔 아까워! 아주 빈틈없이 싸매놓고 있다가 나중에 에시가 돌아오면 남한테 숨긴 몫까지 보여줘야지.

나는 장소를 망각하고 음흉한 상상을 하며 혼자 웃다가 이내 목을 가다듬었다.

"그럼 다녀올게."
"조심해서 다녀오세요!"
"가시죠, 아가씨."
오늘 내 수행을 맡은 기사는 저번처럼 머슬 키우스였다. 본래 다베리 경과 함께 나가려다가 생각을 바꿨다. 다베리 경은 눈치가 빠르다. 동행했다가 내가 이너 시커머트에게 협박당해서 나왔다는 걸 알아채기라도 한다면 곤란하다.
왜 곤란하냐고?
'어쩐지 다베리 경이 이너 시커머트를 그 자리에서 묻어버릴 수도 있을 것 같거든…….'
가만히 안 놔둘 것 같은 느낌이 든달까. 결국 그건 나보다는 다베리 경에게 손해다. 인간쓰레기의 가문이 알아주는 집안일 땐 이래서 골치라니까. 그런 점에서 머슬 키우스 경은 미안한 말이지만 눈치가 없어서 오늘 같은 날에 적임자다.
나는 그렇게 생각하며 저택을 나섰다.
"나오셨군요."
그리고 나가자마자 빠르게 기분을 잡쳤다.
'집에서 나오자마자 저 얼굴을 봐야 한다니.'
나는 재수 없게도 저택 앞까지 데리러 온 이너 시커머트를 보면서 인상을 구겼다. 그냥 각자 따로 이동해서 목적지에서 만나도 될걸. 꼭 출발부터 저 상판을 봐야 하냐고.
이너 시커머트는 나를 보더니 멈칫했다.
"차림이 멋지시군요. 어떻게 입으셔도 아름답습니다."
파리가 떠드나. 나는 그를 무시하고 마차로 다가갔다. 이너 시커머트가 에스코트를 해주겠다는 듯 손을 내밀었다. 또다시 무시하고 키우스 경의 손을 붙잡고 올라탔다. 마차에 타서는 일부러 들으라는 듯 중얼거렸다.

"한쪽 손밖에 못 쓰면서 웬 에스코트?"

방금 이 가는 소리를 들은 것 같다면 기분 탓인가. 픕. 고소하군.

유치하게 즐거워하는 사이 마차가 출발했다. 마차는 곧바로 저택을 벗어났다.

"어디로 가는지 궁금하지 않으십니까?"

"네."

창밖을 내다보면서 상대는 쳐다보지도 않고 대꾸했다. 나 같으면 자존심이 상해서라도 그만할 것 같은데 이너 시커머트는 굴하지 않고 말을 붙였다.

"……평소에 연극을 즐겨 관람하십니까?"

"네."

"그렇군요. 이번 연극은 기존에 보시던 것과는 사뭇 다를 겁니다."

"네."

"장담합니다. 실망하지 않으시리라는 걸."

"네."

그나저나 이 마차, 대체 어디까지 가는 거야?

'그러고 보니…… 신전이랬나.'

창밖의 풍경이 점점 낯설어졌다. 무슨 신전이지? 사랑? 시간? 아, 사랑은 아니겠구나. 그쪽은 이미 황제가 다 조져놨을 테니. 그렇다면 시간의 신전이나, 아니면…….

"도착했습니다."

그때 마차가 멈췄다. 나는 학습 능력도 없는지 재차 에스코트를 해주려는 이너 시커머트를 무시하고 마차에서 내렸다. 그리고 잠시 낯선 풍경을 눈에 담았다.

'이런 곳에 신전이 있었다고?'

시야에 들어오는 풍경이 제법 을씨년스러웠다. 마치 버려진 숲속 한가운데 들어와 있는 기분이랄까. 이런 장소에 덩그러니 세워져 있는 신전은 스산하면서도 삭막한 느낌을 주었다.

"여기서 연극을 한다고?"

혼잣말처럼 물었더니 이너 시커머트가 빙긋 웃었다.

"몹시 재미있는 연극이 될 겁니다."

글쎄, 너만 재미있을걸.

"막상 보시면 정말 놀랄 겁니다. 굉장하니까요."

그래 봐야 네 인성보다 굉장하겠니.

나는 이너 시커머트가 지껄이는 말을 듣는 둥 마는 둥 하며 걸음을 옮겼다. 어쨌든 여기까지 왔으니 그놈의 연극인지 뭔지를 보기는 해야겠지.

나는 마음을 편하게 먹었다. 지금 이건 어차피 살날이 며칠 남지 않은 이너 시커머트에게 주는 저승길 선물인 거야. 그렇게 생각하니 발걸음이 썩 가벼워졌다. 그래, 이승을 떠난다는데 연극 정도야 작별 기념으로 같이 봐줄 수도 있지. 그럼.

그때였다. 나와 이너 시커머트가 타고 온 마차가 아닌 다른 마차가 신전 앞까지 들어와 멈췄다. 이윽고 마차에서 내려선 것은 의외의 인물이었다.

"에이린?"

"공녀님!"

에이린이 왜 여기에? 나는 눈을 깜박였다. 그녀는 마차에서 내리자마자 다급한 얼굴로 소리쳤다.

"그, 그 사람을 따라가시면 안 돼요!"

"뭐?"

에이린은 한달음에 이쪽으로 뛰어와 내 소매를 잡아챘다. 나는 중요한 것부터 물었다.
"에이린, 어떻게 여기에 있는 거예요? 혹시 따라왔어요?"
미행한 거니?
"그게, 공녀님을 만나러 가문으로 찾아갔다가 마침 저 사람과 함께 마차에 타시는 걸 봐서……."
했단 얘기구나. 잠시 할 말을 잃은 사이 에이린이 입술을 깨물었다.
"지금 그게 중요한 게 아니에요. 공녀님, 저 아시죠? 아무나 쉽게 좋아하고 그러는 거."
에이린이 금사빠이기는 하지. 그게 이 시점에 얼마나 중요한 것인지는 모르겠지만 말이다.
에이린이 말을 이었다.
"시, 시커머트 공자님도 제가 한때 좋아했던 사람이에요. 그래서 알아요. 저 사람이 얼마나 위, 위험한 인물인지."
"뭐라고?"
"위험해요, 공녀님. 함께 가시면 절대 안 돼요. 무슨 짓을 할지 모르겠지만 분명……."
"짜증 나네."
그때 낮게 깔린 저음이 귓가를 건드렸다. 다음 순간 '퍽' 하는 소리와 함께 에이린이 나뒹굴었다.
"에이린!"
"별 거지 같은 게 갑자기 튀어나와서는. 쯧."
"이게 무슨 짓이야!"
바닥에 쓰러진 에이린이 복부를 부여잡고 컥컥거렸다. 이 자식이 돌았나? 지금 에이린을 걷어찼어?
그러나 이너 시커머트의 미친 짓은 거기서 끝이 아니었다. 그는 지체하지 않고 품에서 단검을 꺼내 키우스 경에게 던졌다.

"크!"

"경!"

"소용없어. 스친 시점에서 이미 끝이야. 독을 발라뒀거든."

그 말을 증명하듯 머슬 키우스 경이 새파랗게 질린 안색으로 무릎을 꿇었다.

이너 시커머트는 두 사람을 뒤로하고 내 손목을 끌고 막무가내로 신전으로 들어섰다. 모자가 벗겨지고 머리는 헝클어졌다. 나는 손목이 잡혀 속절없이 끌려가면서 갈등했다.

지금 내 눈에 보이는 이너 시커머트의 급소는 두 군데다. 부러진 오른쪽 손목과 가랑이 사이. 마음 같아선 두 부위를 동시에 차버리고 싶었지만, 일단 참았다. 이렇게까지 하는 이놈의 속셈이 뭔지 보자 싶어서.

신전 안은 어두웠다. 이너 시커머트가 이처럼 거침없이 걷는 것이 신기할 정도로. 머지않아 긴 회랑을 거쳐 어느 방이 나타났다. 이너 시커머트는 나를 그 안으로 던지듯 놓았다.

"목표물을 데려왔습니다. 대신관님."

나는 중심을 잃고 넘어지면서 바닥에 무릎을 박았다. 아, 내 손목. 그리고 무릎. 통증에 눈물이 찔끔 났다. 저 개자식. 원래부터 살려줄 마음은 별로 없었지만 이젠 정말정말 없어졌다. 백팔 조각으로 쪼개줄 거야.

각오를 다지면서 고개를 들었다. 복도와 달리 방은 그런대로 밝았다. 횃불을 켜두었는지 벽면에 불 그림자가 일렁였다. 긴 로브를 입고 있던 인물이 몸을 돌렸다.

"잘했다, 이너. 네가 해낼 줄 알았다."

나는 그를 보고 인상을 썼다. 처음 보는 노인이었다.

'대신관이라고?'

이너 시커머트는 노인에게 대신관이라고 했다. 나는 시간의 신전 대신관의 얼굴을 알고 있었다. 저것보다 온화하게 생겼다. 따지자면 대략 천 배 더. 사랑의 신전 대신관의 얼굴도 어렴풋이 기억한다. 음, 저 면상보다 푸짐했다. 아주 많이.

결론은 저 노인은 시간의 신전 대신관도, 사랑의 신전 대신관도 아니라는 거다.

'그렇다면 남는 것은 자연스럽게 하나인데.'

그렇게 생각하는 순간 노인이 자신을 소개했다.

"처음 보는구나. 소개하지. 나는 이 땅에서 파괴의 신을 모시는 영광스러운 대리자란다."

역시, 파괴의 신전.

나는 손목과 무릎에서 올라오는 통증을 참으며 몸을 일으켜 노인을 쳐다보았다.

"신의 대리자라서 이런 짓을 하나? 이것도 그 영광스러운 신의 뜻인가?"

빈정거렸더니 노인의 주름진 눈매가 약간 가늘어졌다. 그는 얄팍한 입술을 늘여 웃었다.

"과연 당돌하구나. 이런 상황에서도 말이야. 하긴, 그러니까 그런 짓을 저지른 거겠지."

'그런 짓?'

"이게 뭔지는 알겠지?"

노인이 내 앞으로 웬 천을 들어 보였다. 노인의 말처럼 정말 내가 아는 거였다.

"매혹의 천?"

"역시 알고 있구나. 그 이름은 어디서 들었는지 참으로 의문이긴 하지만 말이야."

뭐야, 저게 왜 여기에 있어? 매혹의 천은 틀림없이 황제에게 넘겼는데. 사랑의 신전을 고발하면서.

아. 문득 노인이 말한 '그런 짓'이 뭔지 알 것 같았다.

"신묘하기 짝이 없어. 도대체 어떻게 알았을까? 이 천의 존재는 신전 내에서도 아는 사람이 몇 되지 않는데."

노인은 천을 소중한 듯 쓰다듬으면서 말을 이었다.

"심지어 천을 숨겨둔 장소는 대신관밖에 모를 텐데 말이지. 그 영감탱이가 미쳐서 스스로 발설했을 리는 없고. 정말 궁금해. 무슨 수를 썼더냐?"

"그래서 지금 복수하겠다고 날 끌고 온 거야?"

매혹의 천을 훔치고 그걸로 사랑의 신전을 고발해서? 그거였어?

어이가 없어졌다. 제일 어이없는 건 고발은 사랑의 신전이 당했는데 왜 파괴의 신전 대신관이라는 자가 설치냐는 거다. 그만큼 끈끈한 사이다 이거야? 영혼의 친구인가 보지?

그때 대신관 노인의 입이 열렸다.

"복수? 저런, 그럴 리가."

"아니라고?"

"복수 따위가 아니란다. 그보다 훨씬 원대한 목적으로 너를 이곳으로 데려왔지."

미간을 좁혔다. 무슨 소리를 하는지 알 수 없었다. 원대한 목적?

"이미 확인은 끝냈지만 한 가지 물으마. 이 천을, 정확히는 사랑의 신전에서 훔쳐낸 천을 이용해서 몬스터를 조종해 봤느냐?"

"그건 왜 물어?"

"해봤다는 답으로 들으마. 그러니까 매혹의 천을 황제에게 고발한 거겠지. 위험해 보였을 테니."

대신관이 재차 눈을 가늘게 떴다. 눈이 실처럼 가늘어지니 얼굴의 주름과 거의 분간이 안 됐다.

"잘했다. 정말 잘했어. 네가 그런 짓을 해준 덕분에 우리가 너의 존재를 알게 되었으니."

"뭐?"

"알려주마. 네가 입에 올린 속칭 '매혹의 천'은 두 개다."

내 눈이 커졌다. 뭐라고?

"사랑의 신전에서 하나, 우리 파괴의 신전에서 하나씩 맡아서 만들었지. 그래, 신탁이 있었던 그날로부터 말이야."

"……."

"우리가 사랑의 신전과 이걸 만들면서 바란 건 간단했다. 신성 제국을 재건하는 거였지."

저놈의 신성 제국. 황제의 짐작은 사실이었다.

노인은 쉰 목소리로 말을 이었다.

"당연한 얘기지만 제국을 재건하기 위해선 무력이 필요했어. 그것도 압도적인 무력이."

"……."

"그래서 군대를 만들기로 한 거다. 신탁의 신녀를 이용해서 말이야. 너는 이 천을 보고 매혹의 천이라고 했지만, 실제 이 천의 이름은 그게 아니야."

아니면?

"바로 미혹의 천이다."

얼핏 듣기엔 뭐가 다른지 모를 정도의 차이였다. 둘의 차이점은 곧 노인의 입에서 흘러나왔다.

"타인을 매혹한다고? 그건 그저 눈가림용일 뿐이지. 본래 이건 신녀를 미혹하여 뜻대로 조종하기 위해 만들어진 거다."

"……!"

뭐가 어째? 신녀를 조종해?

"신녀는 이 천으로 몬스터를 조종하고, 우리는 그러한 신녀를 조종한다. 재미있지 않느냐?"

재미없었다. 음침하고 추악했다. 맙소사, 그런 목적으로 만들어진 거였구나.

"신성을 가진 자가 이 천을 두르면 몬스터를 다룰 수 있고, 우리는 그자를 다룰 수 있지. 그렇게 만들었다. 자그마치 십 년이 걸렸지. 긴 세월이었어."

"……."

나는 김고동, 즉 브라운이 미래를 보고 쓴 〈신녀 아그리타의 봄〉을 떠올렸다. 거기서 아그리타는 말이 신녀지 신성 같은 건 조금도 타고나지 못했다. 그러니까 신의 손길이 닿은 사람이 아니었다. 그냥 황태자랑 결혼해서 황태자비가 된 후 워낙 선행을 많이 하니 백성들이 신녀라고 불러댄 것뿐이다.

'어차피 망할 계획이었잖아.'

저 등신들. 우연이라면 내 존재가 있었다는 거겠지. 운명의 신에게 영혼을 선택당한, 그리고 아마 그 과정에서 신성인지 뭔지가 깃들었을.

'그래서 내가 매혹의 천을 사용할 수 있었던 거구나.'

동굴에서 계르그는 매혹의 천을 보며 아무나 그 효력을 끌어낼 수는 없을 거라고 했다. 하지만 나는 가능할 거라고도 했지. 그때는 이유를 몰랐는데 바로 이거였구나.

이제야 수긍이 갔다. 동시에 내가 왜 이곳으로 끌려와야 했는지도 알았다. 노인의 말에 답이 있었으니까.

"그래서, 지금 그 천으로 조종하겠다는 신녀가 나라고?"

"네가 정말 신탁의 주인공인지는 알 수 없지. 하지만 신성을 가졌다는 사실만은 확실하다. 그것이면 충분하지 않더냐?"

"……그깟 천으로 어떻게 날 조종할 수 있다는 건데?"

"그건 네가 이 천을 두르고 나면 알게 될 것이다."

아, 그래. 어쨌든 둘러야 한다 이거지. 지금처럼 눈으로 보는 것으로는 아무런 효과가 없다는 말이다. 좋아.

나는 노인을 똑바로 보면서 말을 꺼냈다.

"한 가지 궁금한 것이 있는데."

"뭐지?"

"계획은 잘 들었어. 들키는 순간 반역자가 되어 성벽에 머리가 걸릴 만한 멋진 계획이던걸."

"흥, 몬스터 대군을 다룰 수 있다면 그깟 황제와 제국군이 무서울 것 같으냐?"

"그거야 몬스터 대군을 만들고 난 이후의 이야기고. 만들기 전에 걸리면 그냥 전부 죽는 거잖아?"

마치 지금 사랑의 신전처럼 말이지. 노인이 인상을 썼다.

"하고 싶은 이야기가 뭐냐?"

"저거."

나는 이너 시커머트를 가리켰다. 묵묵히 입구를 지키듯 서 있다가 불시에 내게 손가락질당한 이너 시커머트가 미간을 좁혔다.

"저건 뭘 믿고 계획에 끼워주는 거야? 신관도 아닌데. 자기 혼자 살겠다고 내부 고발하고 내빼기라도 하면 어떡하려고?"

"뭐? 지금 누구를……."

"무슨 말을 하려나 했더니, 그거였더냐? 그건 걱정할 것 없다. 이너는 배신하지 않아."

"그걸 어떻게 믿어? 자식이 부모의 뒤통수를 치기도 하는 세상인데. 너무 자만하는 거 아냐?"

내 말에 노인이 껄껄 웃었다. 그가 나를 보며 말했다.

"그게 정 궁금하다면 말해주마. 우리에겐 이너의 약점이 있다. 이너는 결코 배반할 수 없지."

"대신관님."

이너 시커머트가 당황한 목소리로 노인을 불렀다. 노인은 괜찮다는 듯 고개를 저었다.

"걱정하지 말아라. 어차피 곧 이지를 상실하고 살아 있는 인형이 될 자가 아니더냐?"

"살아 있는 인형이라면 에시 전문인데……."

"뭐?"

"아니, 아무것도."

익숙한 표현이 나와서 나도 모르게.

나는 헛기침한 후 천연덕스럽게 말을 이었다.

"물증인가 봐? 솔직히 심증이나 증언만으로는 후작가 아들을 어떻게 할 수 없을 테니까. 설마 그것도 모르는 건 아니겠지?"

"저런. 사람을 모자란 작자 취급하는구나. 당연히 모든 건 문서로 남겨두었단다."

"어디에?"

"그건 네가 몰라도 되는 곳에 있지."

노인의 답에 이너 시커머트가 한숨을 쉬었다. 안도하는 것 같았다.

안도의 한숨을 쉬게 해 미안하지만, 이미 들을 건 다 들었다. 나는 가슴 앞으로 팔짱을 끼곤 편한 자세로 섰다. 노인은 달라진 내 자세에 눈썹을 까딱였다.

"나는 몰라도 되지만 어쨌든 너는 아는 장소라는 거지? 아, 그리고 증거는 보통 모아서 보관하잖아. 그럼 그 장소만 털면 저놈 관련은 물론이고 다른 갖가지 증거도 풍성하게 엮여 나오겠네?"

증거가 풍년이겠어.

내 말에 노인이 헛웃음을 흘렸다.

"우스운 소리를 하는구나. 그래 봐야 네가 그것을 확인하게 될 일은 없을 터인데."

"그건 그래. 내가 직접 그걸 볼 일은 없겠지. 대신 남한테 보여줄 수는 있겠지만."

노인은 순간 내 태도에서 뭔가를 느낀 것 같았다. 그가 내 어깨 너머를 쳐다보며 소리쳤다.

"이너!"

"미행은 없었습니다. 정말입니다. ……마차 한 대가 따라붙기는 했지만, 고작 계집 하나여서 처리하고 들어왔습니다."

이너 시커머트는 당황한 듯 빠르게 말을 쏟아냈다.

"그리고 설령 한 놈이 빠져나가 사람을 부르러 갔다고 해도 우린 그 전에 이곳을 벗어날 게 아닙니까? 이동 마법진을 바닥에 새겨두었으니 발동만 하면 그만입니나. 문제 될 것은 없습니다."

나는 저 말에 그제야 바닥에 새겨진 웬 현란한 문양들을 발견했다. 아, 이게 그거로군.

"참고로 지우려고 해봐야 소용없다. 그린 것이 아니라 말 그대로 새긴 것이니까."

별로 그럴 생각 없었는데. 나는 어깨를 으쓱했다.

"흐음."

노인은 다시 평정을 되찾고 나를 쳐다보았다. 하지만 눈빛에 섞인 의심은 여전했다.

"들었더냐? 네가 빠져나갈 수 있는 상황이 아니다. 추가로 말해주자면 이 방의 입구는 하나야. 바로 이너가 막고 있지."

"보면 아는 걸 누가 몰라?"

나는 피식 웃었다.

"저놈이 아까부터 문 지키는 개처럼 저 자리에 딱 붙어서 서 있는 것도 너무 잘 보이는데."

"저……!"

"진정해라, 이너."

노인은 내게서 눈을 떼지 않았다. 그는 진심으로 이해할 수 없다는 목소리로 물었다.

"대체 뭐지? 뭘 믿고 그리 당당하냔 말이다. 자포자기라도 한 건가? 하지만 그런 거라기엔 뭔가 느낌이 달라."

"글쎄, 뭘까?"

"설마 마법 스크롤을 몸에 지니고 왔나? 그래도 소용없다. 이 방에선 마법을 쓸 수 없으니까. 특수 물질로 바닥에 새겨둔 마법진을 제외하고는 말이야."

"정말? 그렇구나."

무슨 원리인지는 몰라도 그러려면 돈이 꽤 들었겠는데. 백성의 헌금을 이런 데 낭비하다니. 에잉, 쯧쯧. 역시 망할 놈들.

"……실로 알 수가 없구나. 아니면 혹 너무 겁을 먹어서 이성을 상실해 버린 것이냐? 그래서……."

"뭐 하나 말해줄게."

마법을 쓸 수 없는 방이라지만 신력이 깃든 건 예외겠지. 그건 저들이 내게 매혹의 천을 쓰려고 한 것만 봐도 알 수 있다. 그리고 그게 아니라도 신전에서 신력이 차단되는 게 말이나 되나.

나는 천천히 입을 열었다.

"아리라는 좋은 친구가 있었어. 정말 좋은 애였지. 얼마 전에 작별했지만. 그런데 그 애가 떠나면서 마지막으로 뭐라고 했게?"

나는 아리가 내게 남겼던 마지막 말을 떠올렸다. 토씨 하나 빠뜨리지 않고 기억하고 있다.

"언니, 남은 구슬은 내 방 왼쪽 책상 맨 아래 서랍에 있어요."

"……!"

"저, 저건!"

품에서 구슬을 꺼냈다. 구슬을 알아본 노인이 사색이 된 낯으로 소리쳤다.

"이너! 막아라!"

이너 시커머트가 노인의 명령에 다급히 내게 달려들었다. 물론 당연하게도 내가 더 빨랐다.

고맙다, 아리.

나는 시간을 되돌리는 구슬을 힘껏 깨뜨렸다.

눈을 깜박였다. 여기가 어디지? 아, 보석 가게.

뒤돌았더니 이너 시커머트가 보기만 해도 한 대 패고 싶은 미소를 짓고 있었다. 이너 시커머트가 의미심장한 목소리로 입을 열었다.

"그런데 그 괴한을 얼마 전 공작가에서 본 것 같습니다."

아하, 이 시점으로 돌아왔군. 판단을 마친 나는 빙긋 웃었다. 득의양양한 얼굴을 하고 있던 이너 시커머트가 멈칫했다.

"……그 웃음은 뭡니까?"

"다베리 경!!"

나는 무시하고 소리쳤다. 곧바로 귀빈실 문이 부서질 듯 열렸다.

"저 자식 기설시켜요!"

"무슨……!"

다베리 경은 내게 이유를 묻지 않았다. 눈 깜짝할 새 명치를 얻어맞은 이너 시커머트가 앉아 있던 소파에 축 늘어졌다. 다베리 경은 이너 시커머트를 기절시킨 후 나를 보았다.

"무슨 일입니까?"

"공자님!"

뒤늦게 이너 시커머트의 호위 기사들이 귀빈실 안으로 들이닥쳤다. 그들은 기절한 이너 시커머트를 보더니 주춤거렸다.

저게 다 몇이야? 거참, 많이도 달고 다녔네. 애석하게도 충성심은 그다지 없는 것 같지만.

나는 단호하게 말했다.

"황궁으로 가요!"

파괴의 신전 대신관은 사흘 밤낮에 걸친 고문 끝에 증거가 있는 장소를 불었다고 했다. 내가 끌려갔었던 을씨년스러운 신전에서 두 번째 매혹의 천이 발견되었기에 발뺌해 봐야 소용없었다.

'고문당하는 내내 대체 누가 배신한 거냐고, 계획을 발설한 놈이 누구냐고 고래고래 외쳤다던데.'

응, 너야. 비록 본인은 죽기 전까지 모를 테지만. 그냥 그렇게 원 없이 궁금해하다가 가시길. 안녕.

이너 시커머트가 도주를 시도했다가 붙잡혔다는 소식도 들었다. 그리고 그 일련의 과정이 도저히 입으로 옮기기에는 곤혹스러울 정도로 처참했다는 소식 또한. 후.

'차 맛이 달콤한걸.'

나는 여유로운 시선으로 창밖을 응시했다. 분위기를 낼 겸 창문을 좀 열어서 커튼을 흩날리게 할까 하다가 추워서 그만두었다.

감기 걸리면 큰일이지. 건강이 최고야. 그나저나 이 차는 누가 탄 거지? 오늘따라 맛도 맛이고 향이 무척 일품이었다. 베시는 바빠 보였으니 집사인가? 어쩌면 의외로 알렉스일 수도 있다. 근래 베시에게 이런저런 기술을 전수받는 모양이었으니까.

나는 아무래도 좋은 생각을 하다가 피식 웃었다.

아리가 생각났다. 집으로 돌아간 이후에도 나를 도와주다니. 고마운 일이다. 지금쯤이면 가족, 친구들과 눈물의 상봉을 마쳤겠지?

'머슬 키우스 경에게는 유급휴가를 줬고…….'

비록 시간의 구슬을 깨서 지금은 없었던 일이 되었지만, 나 때문에 독 발린 단검을 맞아야 했으니 보상 차원에서였다. 머슬 키우스 경은 영문을 모르는 눈치였으나 기뻐 보였다.

'에이린에게도 뭘 보내줘야 하는데.'

에이린에게도 고맙다. 나 때문에 이너 시커머트 그 망할 놈 앞에 나섰던 걸 생각하면 말이다. 꽤 감동이었다.

'뭘 보내주면…… 아, 내가 먼저 초대장을 보내볼까.'

에이린이 나를 초대한 적은 있지만 그 반대는 없었으니 말이다. 괜찮은 발상인데? 우선 편지로 뭘 좋아하는지 물어봐야지. 과자든, 차 종류든.

그런 평화로운 계획을 짜며 차향에 젖어 있을 때였다. 아래층이 소란스러웠다.

'누가 왔나?'

……설마? 찰나 라임 엑스트의 존재가 머릿속을 스쳤다. 나중에 생각해 보니 라임 엑스트와 이너 시커머트는 아마 한패였던 것 같았다. 혹시 복수 따위를 하겠냐고 찾아온 건…….

찻잔을 내려놓고 몸을 벌떡 일으켰다. 쇠 촛대가 어디 있더라?

나는 쇠 촛대 대신 근처에 있던 부지깽이를 단단히 움켜쥐었다. 좋아, 이거면 되겠지. 차라리 잘됐다. 이번에는 기필코 그놈의 옥수수를 남김없이 털어줘야지. 단단히 각오하고 서둘러 방을 나가려는 그때, 손을 대지도 않은 문이 알아서 열렸다.

다음 순간 내 입에서 저절로 반가운 음성이 튀어나갔다.

"에시!"
"리디아."
나는 더 생각할 것도 없이 손에 든 둔기를 내던지고 바로 에시에게 달려가 안겼다. 에시가 자연스러운 동작으로 나를 껴안았다. 기꺼운 체향이 확 풍겼다.
"잘 있었어?"
가슴팍에 얼굴을 묻고 떨어지지 않으려는 나를 꽉 끌어안고서 에시가 물었다. 자세가 자세인지라 나는 웅얼거리는 음성으로 대답했다.
"응."
"아무 일 없었고?"
"있었어."
에시가 멈칫했다. 나를 끌어안은 팔에서 힘이 풀렸다. 굳어가는 몸을 느끼며 고개를 들자 가라앉은 샛노란 눈동자가 보였다.
"무슨 일?"
나는 그 눈을 보면서 장난스럽게 미소 지었다.
"보고 싶은 걸 참느라 매일매일 고통스러웠어. 그런 일."
"……."
딱딱하던 눈매가 언제 그랬냐는 듯 부드럽게 풀어졌다. 에시가 기습적으로 내 눈꺼풀에 키스했다. 나는 움찔했다가 옅은 웃음을 터뜨렸다.
"간지러워."
"그런 고통이라면 내가 훨씬 더 심했을걸."
"그래?"
"상상도 못 할 거야."
"아하하. 잠깐, 정말 간지럽……."
에시는 내 얼굴 여기저기에 괴롭히듯 키스하다가 다음 순간 입술을 찾았다. 열기가 파고들자마자 자연스럽게 서로 엉켰다. 갈급하게 숨을 공유하는 사이 내 몸이 저절로 조금씩 뒤로 밀렸다. 나는 뒷걸음질 치다가 어느 순간 뭔가에 걸려 넘어졌다.

엉덩이에 닿는 감촉이 푹신했다. 아, 침대.

에시는 키스를 멈추지 않았다. 물론 나도 멈추고 싶은 마음이 없었다. 오랜만에 느끼는 아찔한 감각과 온기가 이대로 세상이 멈춰도 괜찮겠다 싶을 정도로 좋았다. 물론 정말로 멈춘다면 꽤 곤란하겠지만.

에시가 잠시 입술을 떼고 숨 쉴 시간을 주었다. 나는 침대를 짚고 앉아 숨을 헐떡였다. 그때 불현듯 잊고 있던 것이 떠올랐다.

아, 맞다. 반지랑 꽃다발. 원래는 에시가 돌아오자마자 '짜잔' 하고 주려고 했던 건데. 서프라이즈로 말이다. 큼큼, 놀라겠지?

나는 준비했던 것을 꺼내려고 운을 띄우며 에시를 올려다봤다.

"에시, 있잖아……."

그러나 그 직후 말문이 막혔다. 에시는 외투를 벗어 던지고 셔츠 단추를 풀고 있었다.

"왜?"

"……."

나오라는 말은 나오지 않고 대신 침이 꿀꺽 넘어갔다. 내 눈은 풀어지는 단추에 고정되었다.

"……아니, 아무것도."

에시가 셔츠 단추를 전부 풀어내는 것과 동시에 다시 입을 맞춰왔다. 뒤로 밀려난 몸이 정해진 순서처럼 침대 위로 쓰러졌다. 에시는 부드러웠지만 느긋하지 않았다. 기껏 고른 숨이 소용없게도 금방 도로 거칠어졌다.

나는 결국 에시의 은실 같은 머리카락 사이로 손가락을 얽고 밭은 호흡을 뱉으며 생각했다. 서프라이즈는 조금 늦어져도 괜찮겠다고.

그리고 이건 꽤 나중의 이야기인데, 가문의 도움을 받아 도망쳤던 이너 시커머트를 잡는 과정에서 익명 제보자의 공헌이 있었고, 붙잡힌 이너 시커머트에겐 양쪽 손목이 없었더라는 웬 괴담 같은 내막을 들었다.

그때는 이너 시커머트가 이미 형장의 이슬로 사라진 뒤라 아쉽게도 진위를 확인할 길이 없었다.

제국의 호사가들은 얼마 전부터 입을 쉴 틈이 없었다. 연이어 터지는 충격적인 사건이 그들에게 도무지 입을 다물 여유를 주지 않았기 때문이다.

시작은 사랑의 신전이 신성 제국 재건을 목적으로 제국을 전복할 흉계를 꾸몄다는 거였다. 그러더니 이어서 파괴의 신전도 그에 연루된 것이 밝혀졌으며, 심지어 일당으로 드러난 시커머트 후작가의 삼남 이너 시커머트는 황태자 시해 계획을 세우기도 했었던 것으로 알려졌다.

후자의 소식에 대해서 몇몇은 이렇게 증언했다.

"어쩜, 그 미친놈……. 저건 정신병이다 싶을 정도로 황태자 전하께 열등감이 있는 건 알았지만."

"이유가 뭔지는 아시나요? 고작 황태자 전하와 자기가 같은 금발이라서예요."

"솔직히 자기 얼굴이 아무리 반반한 편이어도 황태자 전하께 비교하기에는 한참 모자란 게 사실이잖아요? 웃기지도 않아."

"그런 주제에 그걸 인정하지 못해서 아주 만날 때마다 지랄발광을…… 어머, 이건 취소할게요."

이너 시커머트는 죽은 후에도 사교계에서 난도질당했다. 어쨌든 이렇게 한 사람이 두 번 죽은 이후에도 충격적인 소식은 끊이지 않았다.

다음으로 제도를 통째로 들었다 놓은 것은 바로 위드그린 공작의 결혼 소식이었다. 황태자와 더불어 제국 미혼 영애와 그 부모들에게 줄곧 열렬한 관심을 받고 있던 위드그린 공작이 예고 없이 별안간 혼인을 알렸다. 상대는 피가 섞이지 않은 것으로 알려진 리디아 위드그린 공녀. 소식이 전해졌을 당시에는 호적이 정리되어 단순히 리디아였다.

소식이 알려진 후 파장이 상당했다. 일부는 평범하게 손수건을 물어뜯고, 몇몇은 고전적으로 앓아누웠으며, 나머지는 사색이 되었다.

"대체 누구야? 누가 리디아 공녀가 가문에서 내쫓길 거라고 장담했어? 멍청하게!"

"뭐? 멍청? 그게 어디 나 혼자 한 생각이었어? 당신도 동의했잖아!"

"뭐가 어째? 뭘 잘했다고 큰소리야!"

"큰소리는 네가 먼저 냈고!"

"뭐라고? 너? 지금 미쳤어?"

"그래, 미쳤다! 이 돼지 같은 게 비위 맞추면서 같이 살아주니까 툭하면 사람 우습게 보고! 잘못이란 잘못은 다 떠넘기고!"

"말 다 했어?!"

"다 못 했다!"

"아버지, 어머니! 제발 그만하세요! 쪽팔려요!"

리디아 공녀의 혈통이 밝혀진 이후 그녀가 당연히 끈 떨어진 연 신세가 될 것으로 보고 그에 맞춰 행동했던 수많은 귀족의 발등에 불이 떨어졌다. 그들은 너 나 할 것 없이 앞다투어 이제 곧 공작 부인이 될 리디아 앞으로 축하한다는 편지와 갖은 선물을 산처럼 쌓아 보냈다.

그러나 그중 누구도 결혼식에 초대받거나 답장을 받은 사람은 없었다.

“끄응.”

위드그린 가문이 본격적인 식 준비에 돌입하면서 저택은 그야말로 전쟁터가 됐다. 그 전쟁터의 선두에 서서 지휘를 맡은 베시가 어깨를 두드리며 앓는 소리를 냈다. 하지만 그래도 표정은 어느 때보다 밝았다.

베시는 잠시 쉬어 갈 겸 복도를 걷던 발을 멈췄다. 창밖 경치가 나쁘지 않았다. 어느새 앙상한 겨울이 물러가고 바깥에는 봄이 오고 있었다. 베시는 창가에 팔을 걸쳤다. 문득 감회에 젖었다.

언제 이렇게 됐을까. 정신없는 겨울이었다. 바깥 풍경을 내다보며 베시는 지나간 시간을 떠올렸다.

아가씨께서 각하께 프러포즈하고 그 사실이 공개적으로 알려진 후, 저택은 한바탕 뒤집혔다. 반응은 크게 세 가지로 나눌 수 있었다.

“휴, 앞으로는 모른 척하지 않아도 되겠다.”

하나. 눈치 빠르고 입은 무거웠던 부류.

“뭐? 세상에나! 꿈에도 몰랐네! 어쩜 이런 일이! 맙소사! 그렇지만 잘 어울리신다. 축하드려요!”

둘. 눈치는 없지만 어쨌든 순응이 빠른 부류.

마지막 셋. 쓰레기.

‘그것들은 이 표현이면 충분하지.’

베시는 미간을 슬쩍 좁혔다가 도로 폈다. 주름이 아깝다. 어딜 가나 분수에 맞지 않은 시샘을 부리는 인간은 있게 마련이고, 그중 몇몇은 추문에 지나치게 관심을 보이기도 한다.

베시는 감히 모시는 아가씨를 두고 추측성 험담을 지껄였던 사용인 몇 놈을 제 손으로 처리했다. 사실 제 손에 걸린 게 그들에겐 실로 행운이었다. 어쨌든 살아서 저택을 나갈 수 있었으니까. 만약 각하께 발각되었다면 뼛가루도 남기지 못했을 테지.

'운 좋은 것들.'

베시는 그렇게 생각하며 창가에 팔을 걸친 채로 손깍지를 끼고 그 위에 턱을 얹었다. 새삼스러운 이야기를 한 가지 하자면, 팔은 안으로 굽는다. 무릎도 마찬가지. 인간의 관절은 그럴 수밖에 없게 만들어졌다. 사람이면 어쩔 수 없단 이야기다.

'나도 당연히 사람이고.'

그러니까…… 두 분이 행복하셨으면 좋겠다. 오래 보고 모셔온 두 사람이 앞으로도 그저 행복하기만 했으면. 비록 그걸 위해 누군가의 희생이 불가피하더라도 말이다.

베시는 창밖으로 보이는 익숙한 얼굴에 잠시 고민하다 결국 걸음을 옮겼다.

"다베리 경."

"아, 베시."

훈련장으로 향하던 훤칠한 금발 기사가 베시의 부름에 그녀를 돌아보았다.

"무슨 일이라도 있습니까?"

다베리는 늘 베시에게 깍듯했다. 물론 저택의 많은 사람이 베시를 대우해 줬다. 하녀라는 단순한 직책을 떠나 그녀가 이 저택에서 갖는 영향력이 있었으니까. 그러나 다베리는 그런 것 때문에 베시에게 친절한 것이 아니다. 그는 모두에게 그랬다.

그것이 인기의 요인이기도 했다. 어린 하녀는 말할 것도 없고, 하인과 동료 기사도 대체로 다베리를 좋아했다. 베시는 그 사실을 누구보다 잘 아는 사람 중 하나였다. 그래서일까. 입이 쉽게 떨어지지 않았다. 이미 마음을 먹고 나왔다고 생각했는데도.

그러나 망설임은 잠깐이었다. 베시의 입이 열렸다.

"다베리 경, 경이 올해 나이가 어떻게 되시죠?"

"이번 생일이 지나면 스물다섯이 됩니다."

다베리의 생일은 초봄이었다. 얼마 남지 않았다. 그렇군요, 하고 고개를 끄덕인 베시가 이번에는 망설임 없이 말했다.

"적적하지 않은가요?"

"예?"

"오해하진 마시고요. 저도 나이가 이런데 경을 나무라겠다거나 그런 의미는 아니고."

베시는 손사래를 친 후 말을 이었다.

"슬슬 가정을 꾸릴 때가 되지 않았나 싶어서요."

"……아."

다베리가 멈칫했다가 이윽고 가볍게 웃어 보였다. 무슨 이야기를 하려나 했더니.

"저는 괜찮습니다."

"들어봐요. 경이 이 저택에 온 지도 어느새 육 년이나 되었네요. 그때는 경도 참 어렸는데."

"참 어리진 않았죠."

"제 눈에는 어렸단 말이에요."

베시와 다베리의 나이 차는 열 살이 넘었다. 다베리가 침묵하는 사이 베시가 말했다.

"세월이 참 빠르기도 하죠. 그땐 그렇게 어리게 보였는데, 지금은 가정이 없는 것이 오히려 이상할 나이가 되었으니."

"이상하다고 할 것까지는."

"다베리 삭 경."

과거를 회상하기라도 하듯 먼 곳을 보는가 싶던 베시가 다시 다베리를 응시했다. 그녀는 단호하게 말했다.

"사람을 소개해 줄게요."

"베시."

"아무나 해준다는 거 아니에요. 참해요. 다르게 말하면 예쁘고 착하죠. 그냥 하는 말 아니에요. 실제로도 구혼이 끊이지 않는 애거든요. 나이도 어리고요. 그 애가 이제 열아홉이었나?"

"베시, 저는……."

"귀족은 아니지만, 어차피 다베리 경은 결혼해서 이 저택을 떠날 생각이 없잖아요? 다른 가문에 데릴사위로 들어가느니 내조해 줄 수 있는 아가씨를 앉히는 게 낫죠. 그 애라면 충분할 거예요."

"베시."

다베리가 갑갑하다는 듯 언성을 약간 높였다.

베시는 그를 담담하게 올려다보았다.

"미안해요, 다베리 경. 그렇지만 이건 부탁이 아니에요."

"……."

"이유는 나보다 경이 더 잘 알 거라고 생각해요."

다베리의 몸이 굳었다. 드러내지 않으려 하지만 미세하게 균열이 생긴 그의 표정을 보며 베시는 한숨을 삼켰다. 베시라고 내켜서 이러는 것이 아니었다. 솔직해지자면 도리어 내키지 않는 쪽에 가깝다. 다만 어쩔 수 없을 뿐.

"제가 무슨 이야기를 하는 건지 아시겠죠?"

"……."

"……그렇다는 의미로 받아들일게요. 그럼……."

"베시."

침묵을 고수하던 다베리의 입이 열렸다. 베시가 그를 쳐다보았다.

"혹시 기억합니까?"

차분한 목소리는 그녀가 생각했던 것보다 침착했다.

"뭐를요?"

"함께 저잣거리에 나갔던 날. 수확제 직전이라 거리는 축제가 한창이었고, 그때 웬 천막에서 노파에게 점을 보지 않았습니까."

당연히 기억한다. 베시는 꽤 선명한 기억을 떠올렸다. 하지만 그게 지금 무슨 의미가 있는 걸까. 물으려는 찰나 다음 말이 이어졌다.

"점술가 노파가 제 차례에 이렇게 말했었죠. 본인을 속이는 데 능한데, 잘하고 있는 거라고. 앞으로도 그렇게 속는 줄도 모르면서 속으라고."

맞아. 그랬지. 베시는 무심코 고개를 끄덕이려다 멈칫했다. 그때는 저게 어떤 뜻인지 몰랐었는데. 베시가 '설마' 하는 눈으로 다베리를 쳐다보는 순간 그가 말했다.

"점술가의 말대로입니다. 저는 저를 속이는 데 제법 재능이 있는 것 같아요. 비록 속는다는 사실을 모르지는 않지만, 모른 척 속아주는 게 어렵지는 않더군요."

다베리는 저택 어딘가를 응시했다가 베시를 보았다.

"제가 고아인 건 알고 있을 겁니다, 베시."

"……그렇죠."

"이곳에 있는 사람 중에 제게 가족이 아닌 사람은 없습니다."

다베리는 재차 부드럽게 웃었다.

"그게 누가 되었더라도."

"……."

"오늘 했던 이 말을 번복하는 일은 제가 죽을 때까지 없을 겁니다.

이 정도면 베시가 안심할 만한 답이 되었을까요?"
"다베리 경."
"믿어주세요. 베시."
베시는 뭐라고 말할 것처럼 입술을 달싹이다가 결국 그만두었다. 벌어진 틈으로는 대신 한숨이 흘러나왔다.
"……알았어요."
"……."
"저는 경을 꽤 좋아해요. 많이."
"압니다."
다베리가 얄밉지 않게 씩 웃었다. 베시는 그걸 보며 고개를 내젓고는 몸을 돌렸다.
"훈련 열심히 해요."
베시는 빠르게 멀어졌다. 잠시 미뤄두었던 바쁜 일이 생각나기라도 한 것처럼. 다베리는 멀어지는 그녀의 뒷모습을 보다가 걸음을 옮겼다. 그러다가 얼마 걷지 않고 발을 멈췄다.
"……후우."
짙은 한숨이 흘러나왔다. 다베리는 손으로 얼굴을 감싸 표정을 가렸다. 누가 보면 곤란할 얼굴이었다. 아마도.
"멍청한 놈."
다베리는 손바닥에 대고 중얼거렸다. 베시 앞에서는 퍽 당당하게 말했지만 사실 말처럼 쉬운 일은 아니었다. 왜냐면 이 감정을 깨달은 것 자체가 얼마 되지 않았으니까.
다베리는 자신에게 욕을 한 뒤 얼굴을 감싼 손을 내렸다. 매일 보는 저택의 풍경이 시야를 익숙하게 채웠다.
'……육 년이라.'
베시의 말이 맞다. 시간은 무서울 만큼 빠르다. 도대체 언제 이렇게 되었을까.

"……."

다베리는 손을 내리고 천천히 눈꺼풀을 여닫았다. 꽤 오래되었지만, 그런 것치고는 선명한 기억이 머릿속을 건드렸다.

다베리는 고아였다. 굳이 말하지 않아서 저택 내에서도 아는 사람이 없지만, 그는 전쟁 때문에 가족을 잃었다.

다베리가 옹알이도 제대로 떼지 못한 갓난아기였을 때였다. 영지 간에 전쟁이 터졌다. 아버지는 사병으로 강제징집되었고, 어머니는 어딘지도 모르는 곳으로 이유도 알지 못한 채 끌려갔다.

두 사람 다 시신은 확인하지 못했으나 훗날 죽었다는 소식을 전해 들을 수 있었다. 다베리는 한순간에 고아가 되었다. 그런 그를 불쌍히 여겨 거둬 키워준 사람이 있었지만, 그는 선행이 무색하게도 그로부터 약 오 년 뒤 강도에게 죽었다.

고작 다섯 살에 다베리는 갈 곳이 없어졌다. 그는 그때부터 뒷골목을 자기 집으로 삼았다. 도움이 되었던 건 다베리가 또래보다 눈치가 빠르고, 힘이 좋고, 독기가 있었다는 것이다.

아이는 부유한 행색의 행인에게 구걸하고, 장사가 잘되는 가게의 쓰레기통을 뒤지고, 거리의 아이에게 폭력을 일삼던 거지의 뒤통수에 돌을 내려치면서 생존했다.

아이의 힘이라지만 돌에 머리를 정확히 얻어맞은 거지는 하루를 꿈틀거리다가 죽었다.

처음으로 사람을 죽였다. 그러나 어린 다베리는 아무것도 느낄 수 없었다. 그 나이에 다베리는 이미 수많은 죽음을 보았다. 뒷골목은 그런 곳이었으니까. 아이에게 죽어가는 사람은 썩지 않은 음식보다 익숙했다.

그렇게 근근이 목숨을 부지하며 살다 아홉 살이 되었을 때, 다베리는 '히든'이라는 마을로 흘러들어 갔다. 히든, 이정표 없이는 찾아갈 수 없다는 제도 바깥의 구석진 마을.

다베리는 그곳에서 웬 남자를 만났다.

"눈빛이 마음에 드는구나. 좋아, 이놈은 데려가지."

푸들거리는 턱살, 찌르면 기름이 흐를 것 같은 거대한 배, 탐욕이 묻어나는 얼굴. 다베리는 남자를 처음 보았을 때부터 속으로 그를 돼지 새끼라고 불렀다. 이름을 듣기는 했으나 잊어버렸다. 별로 기억하고 싶은 이름도 아니었다.

남자, 돼지 새끼는 마을에서 인신매매를 업으로 하고 있었다. 그리고 사람이 싸우다가 실제로 죽어나가는 검투 도박장을 운영했다.

다베리는 갓 열한 살이 되었을 때부터 그 도박장에 나갔다.

"네 이름은 이제부터 다베리다. 뭐든 다 베어버리라는 뜻이지. 어때, 마음에 드느냐?"

다베리는 진심으로 돼지 새끼를 죽여 버리고 싶었다. 그러나 우스꽝스러운 남자의 작명이 사실이라도 되듯 다베리는 정말로 검에 소질이 있었다. 다베리는 검투 도박장의 무대에 오를 때마다 번번이 자기보다 큰 상대를 베어 넘겼다. 나이를 한 살 더 먹자 어른을 상대하는 것도 어렵지 않았다.

다베리가 열네 살이 되었을 때, 돼지 새끼가 운영하는 불법 검투 도박장이 유명해졌다. 본래는 마을의 이름이었던 '히든'은 도박장을 가리키는 말이 되었고, 관객은 제도에서 구경을 온 귀족들로 채워졌다.

배당금이 가파르게 올랐고, 다베리는 여전히 도박장에 나가 살이 베이고 뼈가 부러졌으나 그만큼 상대를 쓰러뜨리는 일도 늘었다.

시간이 흘러 다베리 열일곱. 더는 도박장 시합에서 다치는 일이 없어졌다. 누가 상대로 나오든 다베리에게 상처를 입힐 수 없었다. 그 무렵 다베리는 돼지 새끼의 심장에 검을 찔러 넣었다. 성급하지도, 그렇다고 구태여 느리지도 않게. 검을 찌른 후, 거대한 몸이 싸늘하게 식어가는 것을 다베리는 무심하게 지켜보았다.

그로부터 다시 이 년, 열아홉. 다베리는 히든에서 벗어나지 않았다. 나가려면 나갈 수 있었지만 갈 곳이 없었다. 어딘가로 가겠다는 의지도 희박했다. 가끔 몸을 풀고 싶거나 돈이 떨어지면 자의로 도박장에 나갔다. 그리고 적당히 사람을 베고 배당금을 챙겼다. 다베리는 그렇게 살았다. 그냥 존재하는 대로.

그날도 다르지 않았다. 히든은 초행이라 멋모르고 시비를 걸어온 남자 둘을 초주검으로 만든 후에도 짜증이 풀리지 않아 도박장에 나갔다. 사람 셋을 찌른 후 결승에는 나가지 않고 그냥 내려왔다. 갑자기 귀찮아졌기 때문이다.

도박장에서 나가는 그를 누군가가 대뜸 불러 세운 것은 그때였다.

"이봐."

다베리에겐 익숙했다. 저에게 돈을 걸었으니 당장 도박장으로 돌아가서 마저 싸우라는 명령이겠지. 이럴 것 같아서 직전 시합에 일부러 지고 나왔는데. 제대로 보지도 않았나. 간혹 봐놓고도 막무가내인 귀족이 있었다.

귀찮기도 하지. 다베리는 일전에 이와 비슷한 일로 제게 손찌검을 하려 들었던 젊은 귀족의 손목을 꺾어놓은 일을 떠올렸다.

어찌 잘 해결되기는 했지만, 사실 될 대로 되라는 심정으로 저지른 일이기는 했다. 귀족을 잘못 건드린 대가로 설사 죽게 되더라도 별로 미련이 없는 삶이었기 때문이다. 지금도 마찬가지였다. 그러니까 행패를 부릴 작정으로 저를 불러 세운 거라면 상대를 대단히 잘못 골랐다는 거다.

다베리는 그렇게 생각하며 뒤돌았고, 다음 순간 당황했다.

"뭐야?"

뒤돌아본 곳에는 생각했던 것보다 훨씬 어리고 곱상한 도련님이 있었다. 한눈에도 귀한 옷을 차려입은 소년은 마치 도자기 인형 같았다. 그 정도로 빚은 듯한 외모였다. 무슨 사람이 저렇게 생겼어?

소년의 얼굴에 놀라느라 순간 짜증도 식었다. 다베리가 정신을 차린 것은 소년의 입에서 무감한 목소리가 흘러나왔을 때였다.

"조금 전 시합에서 일부러 졌다는 걸 안다. 한 가지 묻지. 이전 시합들도 전부 대충 한 건가?"

다베리는 그제야 소년의 허리춤에 매달린 검을 발견했다.

……아, 저런. 웃음이 나왔다. 헛웃음이었다.

다베리는 소년의 나이를 눈으로 가늠했다. 열셋? 인심을 써준다고 해도 열넷?

제도의 귀족 중에는 호신용 검술을 배워놓고 자기가 마치 대단한 기사라도 된 것처럼 구는 철부지 도련님이 많다던데. 그 철부지께서 어른을 따라 이곳까지 구경이라도 왔나 보지.

다베리는 조소했다. 일반적으로 히든의 도박장에서 구르는 인간들은 곱게 자라 세상 물정 모르고 객기만 넘치는 귀족을 별로 좋아하지 않았다. 귀족이라는 족속 자체에 극심한 거부감과 혐오를 보이는 이도 적잖았다.

다베리는 그 정도는 아니었지만 그렇다고 저런 철부지 도련님을 공손하게 상대해 주고 싶은 마음도 없었다. 다베리는 비딱하게 서서 빈정거렸다.

"그렇다면? 왜, 방금 시합에 용돈을 걸었다가 잃기라도 하셨나?"

"검을 들어라."

"뭐?"

"다시 말하지 않는다. 들어."

그리고 다베리는 그날을 잊지 못했다.

지금 설마 제게 대련이라도 하자는 건가. 이 곱상한 도련님이 미치기라도 했나. 적당히 져줄 상대를 물색한 거라면 정말 사람 잘못 고른 건데.

……라고 생각하며 건성으로 검을 뽑아 들었다가 소년의 옷깃조차 제대로 스치지 못하고 흠씬 두들겨 맞았던 날을.

"말도 안 돼."

다베리는 바닥에 누워서 눈을 깜박였다. 방금 무슨 일이 일어난 것인지 믿을 수가 없었다.

"끝인가?"

소년은 다베리를 흠씬 패서 눕히고도 별로 힘들어 보이지 않았다.

다베리는 그 여유가 더 믿기지 않았다.

"나쁘지 않군."

소년은 옷에 묻은 먼지를 툭툭 털더니 검을 갈무리하고 말했다.

"투박하고 거칠지만 다듬으면 쓸 만하겠어. 타고난 재능이 영 못 써먹을 수준은 아니니까."

다베리는 실소를 터뜨렸다. 검을 쥔 이후로 저런 박한 평을 들어본 적이 있었나? 심지어 소년은 저걸 칭찬이랍시고 하고 있는 것 같았다. 어이가 없었다. 그리고 더 어이가 없는 것은 저런 말을 듣고도 한마디도 할 수 없는 자신이었다. 어쨌든 그는 소년에게 형편없이 깨졌으니까.

"이름이 뭐지?"

드러누워 무력하게 숨만 몰아쉬고 있는 다베리에게 소년이 물었다. 다베리는 무심코 대답했다.

"……다베리."
"다베리?"
"……."
"웃기는 이름이군."

울컥했지만 사실 동의하는 터라 할 말이 없었다. 그럴듯한 가명을 지어낼까 생각했었으나 그만두었다. 그런 게 무슨 소용일까. 어차피 다베리는 태어나면서 받은 진짜 이름도 몰랐다.

부모님은 그가 언어를 깨우치기 전에 죽었고, 갓난아기였던 그를 데려다 키웠던 사람은 오 년간 그를 '아가야'라고 불렀다.

"뭐, 좋아. 이름이야 뭐든 상관없지."

"……."

"다베리. 기사가 될 생각 없나? 나와 함께 가지."

다베리는 누운 채 소년을 올려다보았다. 아래에서 봐도 소년은 여전히 조금의 실수도 없이 공들여 빚은 인형 같았다.

"한 가지 청이 있습니다."

"공손해졌군. 말해."

"약 십이 년 전 빌름이라는 마을에서 한슨이란 이름의 육십 세 노인을 죽이고 집을 불태운 강도가 있습니다. 그를 잡아 제게 선물로 주신다면 가겠습니다."

불가능할 거라고 여겨서 한 말이었다. 그도 그럴 게 십이 년이나 지난 일이다. 범인의 인상착의도 모른다.

다베리는 어딘가에 소속될 마음이 없었고 자신이 그에 어울리는 인간도 아니라고 생각했다. 여태 다베리의 실력을 보고 그를 탐낸 귀족은 많았지만, 다베리는 번번이 뒤도 돌아보지 않고 거절해 왔다.

다만 이번에는 소년의 솜씨에 적잖은 충격을 받았다. 경외감이 들기도 했다. 그래서 평소처럼 대놓고 거절하는 대신 불가능한 조건을 내거는 것으로 돌려 말한 거다.

소년은 다베리의 말을 듣고 고개를 끄덕였다.

"일주일 안에 잡아다 주지."

"……예?"

"머리만 가져다주면 되나? 아니면 살려서?"

"그게, 어, 살아 있으면 좋기는 하겠는데……."

"좋아. 살려서 데려오지. 이야기 끝났으면 이만 일어서서 따라와."

나중에 알게 된 사실은 소년의 이름이 바로 에시 위드그린이었다는 거였다. 위드그린. 제국을 통틀어 셋뿐인 공작가. 그리고 그중 가장 위세를 떨치는 가문.

나는 새도 떨어뜨린다는 위드그린의 소공작이었던 소년은 말했던 대로 다베리가 요구한 인물을 일주일 안에 잡아 왔다. 다베리가 소년을 따라 저택에 발을 들이고서 정확히 닷새째 되던 날이었다.

"자백은 받았지만 다시 심문해도 좋다. 사지도 멀쩡하게 데려왔으니까."

"……."

"장소가 따로 필요하다면 지하를 빌려주지. 집사를 따라 내려가."

범인은 이제 고작 서른이 된 남자였다. 십이 년 전 노인을 죽이고 집에 불을 질렀을 때 갓 성인이 되었다는 소리다. 중요한 사실은 아니었다. 다베리는 살려달라고 애걸하는 남사의 살가죽을 벗겨 죽였다.

그러고서 이틀날. 소년이 다베리를 불렀다.

"약속을 지켰으니 너도 이제 네 할 일을 해야지."

"……명령만 내려주십시오."

"정식 기사 입관 시험이 다음 주다. 내 이름으로 추천서를 넣어두었으니 다녀와."

"알겠습니다."

"시험은 문제없을 테고, 서임을 받으려면 성이 필요하겠군."

"……."

"삭. 삭으로 하자. 기사 작위를 얻고 나면 너는 다베리 삭이다."

다베리는 표정이 일그러질 뻔한 것을 안간힘을 다해 참았다. 완벽하게만 보였던 소년에게서 처음으로 결점을 발견했다.

"……작명 솜씨가."

"뭐?"

"아무것도 아닙니다. 영광입니다. 최선을 다하겠습니다."

소년이 예견했던 것처럼 입관 시험은 별거 아니었고, 다베리는 그렇게 다베리 삭이 되었다. 다베리는 여전히 본인의 이름에 상당한 불만이 있었다. 솔직히 불만이 없었던 적이 없었으니 그때도 그냥 '여전한' 상태였다고 해야 맞겠다.

그러다 다베리는 처음으로 자신의 이름이 듣기 좋게 울리는 경험을 했다.

늦봄이었다. 후원에 꽃이 만개한.

"아, 경."

"……."

"아니지, 경 풀네임이 뭐였죠?"

"다베리 삭입니다."

"그럼 다베리 삭 경이라고 불러야 하겠네요?"

"편하신 대로 불러주십시오. 저는 상관없습니다."

"그래요? 그럼 다베리 경이라고 부를게요. 그쪽이 더 마음에 들거든요."

다베리 또래로 보이는 영애는 선명한 붉은색 머리카락을 햇볕 아래 내놓고 웃었다. 풍성한 머리카락이 몸의 굴곡을 따라 부드럽게 떨어지고, 드레스 밖으로 드러난 팔목은 가늘었다.

다베리는 무의식중에 자신의 시선을 통제했다. 그는 영애가 누군지 알고 있었다.

위드그린 공작가의 하나뿐인 공녀, 소공작의 누이. 전에도 느꼈지만, 확실히 소공작과는 닮지 않은 외모였다. 아름답지 않다는 뜻은 아니다. 다만 남매라기에는 정말로 닮은 구석이 없었다.

다베리는 공녀의 끝이 살짝 올라간 눈매가 부드럽게 휘며 미소를 만들어내는 것을 보다가 말했다.

"이런 데서 뭘 하십니까?"

"뭘 하긴요. 보면 딱 느낌이 오지 않나요? 꽃구경이죠."

"그러시군요."

"겸사겸사 선물로 들어온 차 맛이 어떤가 확인하는 중이기도 하고요. 아, 경도 맛볼래요?"

그러더니 공녀는 자기 옆에 놓인 티타임용 간이 의자를 뒤로 뺐다. 누가 봐도 앉으라는 동작이었다. 다베리는 당황했다.

"아닙니다. 괜찮습니다."

"왜요? 아, 차를 싫어하나?"

"그게 아니라……."

다베리는 고민하다 떠오르는 본심을 말했다.

"제게 이렇게 잘해주지 않으셔도 됩니다."

이건 꽤 오래된 본심이다. 공녀는 다베리가 처음 저택에 왔을 때부터 그에게 살가웠다. 과분하고 어색했다. 간혹 난감하기도 했다. 꼭 지금처럼.

다베리가 보는 공녀는 귀한 사람이었다. 그에게 말을 걸고, 웃고, 티타임에 동석을 권하기에는 지나칠 만큼.

"아하."

"……."

"차가 싫은 게 아니라, 내가 싫은 거였군요."

"예? 아닙니다! 제 말은 결코 그런 뜻이 아니라……."

"농담이에요."

공녀는 찻잔을 내려놓고 쿡쿡 웃었다. 웃음소리가 청명했다. 다베리는 얼이 빠졌다.

"아, 미안해요. 놀리려던 건 아니었는데. 그렇지만 경이 그런 말을 하니까."

"제 말이 왜……."

"경, 내가 경에게 잘해주지 않아야 할 이유가 뭐예요?"

그야 저는 그럴 만한 사람이 아니니까. 그러나 다베리는 그 답을 뱉을 수가 없었다. 그러기에는 저를 쳐다보는 공녀의 호박색 눈동자가 너무 곧았기 때문에.

"내가 경에게 잘해주는 이유는 단순해요. 경이 실력 있는 사람이기 때문이죠. 쉽게 말해 인재라 그런 거예요. 알죠? 인재는 어딜 가나 대우받는 거."
"제가 검을 쓰는 모습을 보신 적 있습니까?"

그가 알기로는 없었다. 역시나 공녀는 산뜻하게 고개를 저었다.

"아뇨?"
"그런데 어째서…… 저를 인재라고."
"에시가 경을 데려왔잖아요."

공녀는 놓았던 찻잔을 다시 들어 올렸다. 아직 식지 않은 듯 찻잔에서는 옅은 김이 피어올랐다. 그녀는 양손으로 찻잔을 받치듯 쥐고는 말갛게 웃었다.

"에시가 데려왔으니 다베리 경은 당연히 인재죠."

햇빛이 강했다. 공녀의 뒤로 늦봄의 해가 환하게 비쳤다. 한순간 눈이 부셨을 정도로. 다베리는 머리의 기능이 갑자기 저하된 것 같은 기분으로 천천히 눈을 깜박였다.
안다. 굳이 생각할 것도 없이, 알고 있었다. 반짝이는 저 눈은 자신을 향한 것이 아니다. 저 찬란한 신뢰는 제게 보이는 것이 아니다. 뻔히 아는데도.
말도 안 된다. 믿을 수 없는 일이었다. 다베리는 고장 난 기계처럼 한동안 그 자리에서 조금도 움직이지 못했다. 이윽고 공녀가 걱정스러운 목소리로 그를 불렀을 때까지.

"다베리 경."

익숙한 목소리가 물에서 꺼내는 것처럼 다베리를 회상에서 건져 올렸다. 다베리는 고개를 돌렸다.

"아가씨."

"무슨 생각을 하기에 불러도 못 들어요? 내가 여기서 경을 몇 번이나 불렀게요?"

화원의 장미보다 탐스러운 붉은색 머리카락, 투명한 호박색 눈동자, 둥근 어깨, 가는 몸, 하얀 얼굴. 리디아가 짐짓 심통이 난 듯한 표정으로 말했다.

다베리는 침묵하다 대답했다.

"한 번이요. 방금 처음 부르시지 않았습니까."

"이거 안 통하네. 어떻게 알았지?"

에이. 리디아가 아쉽다는 듯 혀를 찼다. 다베리는 말없이 묵묵히 미소로만 화답했다.

제가 어떻게 아가씨의 목소리를 놓치겠습니까.

–라고, 솔직하게 말할 수는 없었으니까.

리디아는 그를 놀려먹으려다가 실패한 것이 영 아쉬운지 팔짱을 끼며 중얼거렸다.

"분명 뭔가에 정신이 완전히 팔려 있는 것 같았는데."

"제가 그랬습니까?"

"그럼요. 경, 내가 먼발치서 경을 발견하고 여기까지 오는 동안 경이 그 자리에서 한 발자국도 안 움직인 거 알아요? 무슨 조각상인 줄 알았다고요."

그랬나. 다베리는 자신을 돌아보았다. 확실히 지난 기억을 꽤 선명하게 떠올리기는 했다. 그리고 그 덕분에 한 가지 알게 된 사실이 있었다.

'……그때부터였다니.'

미친놈. 오래되기도 했다. 시간으로 따지면 자그마치 육 년이다. 지금까지는 도대체 어떻게 몰랐지? 다베리가 자조하는 사이 리디아가 물었다.

"그런데 정말 무슨 생각을 하고 있었던 거예요? 생각에 빠져서 안 움직였던 거 맞죠?"

리디아는 의아해하며 다베리를 쳐다보았다. 풍경이라도 보고 있었나. 하지만 여기선 딱히 감상할 만한 경관이랄 게 없는데. 다베리가 리디아의 얼굴을 가만히 눈에 담았다. 이내 입술이 떨어졌다.

"아가씨."

"응?"

"제가 아가씨의 사람이라고 하신 적이 있습니다."

리디아는 눈을 깜박거리곤 고개를 끄덕였다.

음, 그랬지. 그리 거창한 의미로 했던 말은 아닌 듯싶지만.

"왜요? 곰곰이 생각해 보니 갑자기 부당하게 느껴져요?"

"그렇다기보다는 고민을 좀 해봤습니다."

"고민이요?"

"과연 제가 아가씨에게 가족이 될 수 있을지."

"가족?"

다베리가 희미하게 웃고는 덧붙였다.

"예. 물론 베시와 집사가 이미 한 자리씩 차지하고 있기는 하겠지만, 잘하면 삼 순위 정도는 노려볼 수 있지 않을까, 뭐 그렇게."

"나는 또 뭐라고. 그런 거면 시답잖은 고민을 했네요. 경은 나한테 벌써 가족이니까."

"그렇습니까?"

"그래요. 말 안 했나? 내가 경을 꽤 좋아한다고."

다베리는 움찔했으나 겉으로 드러내지는 않았다. 그는 꽤 태연하게 응수했다.

"가만 생각해 보니 들은 기억이 나기도 하고요."

"그 기억이 맞을 거예요."

"다시 들어도 영광입니다."

"그렇겠죠. 알아요."

리디아가 눈매를 접으며 장난스럽게 웃었다. 다베리는 그런 리디아를 너무 물끄러미 쳐다보지 않으려 노력했다. 언제였더라. 자신이 품어서는 안 될 감정을 품고 있다는 사실을 깨달은 것이.

'아, 그래.'

그때였다. 저택을 찾은 수이나 백작이 응접실에서 언성을 높였을 때. 본의 아니게 남들보다 먼저 리디아의 출신을 알게 되었던 날. 다베리는 그때 자각했다. 그건 누군가가 자신의 눈을 가리고 있던 손을 치워준 듯한 감각이었다.

리디아가 이 집안의 핏줄이 아님을 알고, 따라서 에시와 그녀가 남매가 아니라는 것을 알고, 그러면서 그간 보아왔던 두 사람의 모습이 이전과는 다르게 느껴지던 순간. 다베리는 거짓말처럼 자신의 마음을 알았다. 잔인한 깨달음이었다. 지금 다시 생각해도 그랬다. 차라리 모르는 편이 좋지 않았을까.

점술가 노파가 그에게 말했던 것처럼, 차라리 모르는 체하는 쪽이 낫지 않았을까.

'……아니지. 오히려 알았으니까 포기할 결심도 할 수 있는 걸지도.'

다베리는 얼마 전을 떠올렸다. 무슨 변덕인지 별안간 연무장에 나선 에시와 검을 맞댔던 날. 아니나 다를까 무참하게 깨지고 바닥에 드러누운 다베리를 향해 에시는 이런 말을 했다.

"눈만 좀 낮춘다면 완벽하겠어."

그때 다베리는 순간이지만 심장이 쿵 내려앉았다. 머릿속으로는 갖은 생각이 범람했다. 알고 계셨나. 어떻게, 언제부터 아셨지. 이건 경고인가. 그렇다면 나는…….

그러다가 곧바로 뒤따라 깨달았다. 저건 단지 자기가 바로 앞서 말한 '각하의 옷깃도 못 스치는데요'에 대한 대답이라는 걸. 그러니까 감히 자기 옷깃을 스칠 생각을 하는 게 너무 눈이 높다는 이야기다.

다베리는 그때 웃음을 터뜨렸다. 그럴 수밖에 없었다.

대체 무슨 생각을 한 거지. 그의 주인은 그런 쪽으로는 그를 전혀 신경 쓰지 않는다. 이유야 둘 중 하나였다. 믿어서거나, 안중에도 없어서거나. 답이 어느 쪽이든 중요하지 않았다.

다베리는 그때 결심했다. 포기하기로. 어쩐지 깨끗하게 그럴 마음이 들었다. 잠깐이었지만 그 순간만큼은 후련하기도 했다.

주인을 무는 배은망덕한 개가 될 생각은 없다. 어쩌면 물어봐야 얻을 것이 없다는 사실이 조금 더 중요했는지도 모르지만.

"아가씨."

다베리는 리디아 대신 쳐다보고 있던 이름도 모를 꽃에서 시선을 떼어냈다.

"왜요?"

"행복하십니까?"

리디아는 다베리의 갑작스러운 질문에 고개를 모로 기울였다.

"그것참, 맥락이라고는 찾아볼 수 없는 물음인걸요. 경이 보기에는 어떤데요?"

역으로 질문이 돌아왔다. 다베리는 잠깐 고민하다 솔직하게 대답했다.

"행복해 보이십니다."

"그럼 그런 거겠죠."

그러더니 리디아는 이내 숨기지 못한 미소를 지었다. 수줍은 웃음이었지만 저택 부지를 밝히는 초봄의 햇살보다도 훨씬 눈부셨다.

"왜 답을 아는 질문을 하고 그래요? 나 참."

그렇게 티가 나나? 행복한 게?

리디아가 해사한 미소를 머금은 채 중얼거렸다. 다베리는 그 모습을 보다 물속에 잠긴 것처럼 느긋하게 눈을 감았다.

자각도 못 하는 새 마음에 품었고, 모른 채 육 년을 보냈다. 간신히 마음을 깨달았더니 종지부를 찍어야 할 시점이 되었다. 누군가가 듣는다면 안타깝다는 감상 한마디 정도는 들려줄 만한 사연일까. 물론, 누구에게도 결코 들려줄 생각은 없지만.

눈을 뜬 다베리가 햇볕이 내리쬐는 양지를 응시했다. 이제 갓 찾아든 봄은 이른 공기를 따뜻하게 데웠다.

마침내 다베리는 미소하며 말했다.

"결혼 축하드립니다, 아가씨."

"누가 왔다고?"

정신없는 아침부터 의외의 소식이 있었다. 여기서 한 가지 짚고 넘어가자면 정신없는 건 며칠 전부터 쭉 그랬던 터라 오늘이 새삼스러운 것은 아니긴 하다.

집사는 차분하게 했던 말을 반복했다.

"메이커라는 마법사분께서 찾아오셨습니다. 응접실로 모셨습니다만, 만나시겠습니까?"

나를 찾아올 만한 마법사라고는 한 명뿐이다. 이제 와 말하는 거지만, 나를 여러모로 도와주었던 그 천재 마법사의 이름은 바로 메이커였다. 메이커. 그녀는 대체 무엇을 만든다는 것일까.

나는 시답잖은 생각을 하며 응접실로 내려갔다. 어쨌든 그녀에게는 도움받은 것이 많았다. 그리고 그런 만큼 갚아야 할 것도 있고.

'전에 말했던 부탁을 하러 온 건가?'

메이커는 비로즈 왕국 일로 나를 도와주면서 추후 자기 부탁을 한 가지 들어달라고 했었다. 과연 부탁이 뭘까? 일단 금전적인 건 아닐 것 같은데.

"공녀님…… 아니, 아니지."

응접실에 도착하자 메이커가 자리에서 일어서며 나를 익숙하게 호칭하다가 멈칫했다. 그녀의 얼굴 위로 순간 고뇌가 스쳐 갔다.

"……예비 공작 부인? 마님?"

"그냥 이름으로 불러요."

아직 식도 올리기 전인데 뭘 벌써. 나는 제멋대로 실룩 올라가는 입가를 통제하지 못하며 그녀의 맞은편에 앉았다.

"알겠습니다, 리디아 님. 늦었지만 결혼 축하드립니다."

"고마워요. 그나저나 여긴 어쩐 일이에요?"

용건을 대강 예상하면서도 일단 질문했다. 메이커는 뜸 들이다 입을 열었다.

"우선 말씀드릴 사실이 있어요. 저, 황궁 그만뒀습니다."

"네?"

내가 아는 메이커는 황궁 소속 엘리트 마법사다. 그것도 황태자를 바로 곁에서 보필하면 인재 중의 인재였다. 그런데 그걸 그만뒀다고?

"어…… 지금 실직자가 되었다고 이야기하는 거죠?"

"그렇게 표현해도 틀리지는 않겠네요."

"왜 그만뒀는데요?"

나는 메이커가 직장을 하루아침에 때려치운 이유를 추측했다. 물론 퇴사는 모든 직장인의 꿈이다. 나도 알지. 만병에 듣는 특효약이 바로 퇴사라는 거. 그렇지만 메이커가 때려치운 직장은 그냥 직장이 아니라 황금 직장이었을 텐데?

뭘까. 실은 대우해 줬을 거라는 건 내 착각이고 돈은 조금만 주면서 더럽게 부려먹었나.

그때 메이커가 스멀스멀 피어오른 황궁을 향한 내 의심과 의문을 해결해 주었다.

"하고 싶은 일이 있었거든요."

"하고 싶은 일이요?"

"네. 리디아 님, 기억하시나요? 제가 언젠가 마법사로만 이루어진 탑을 세우고 싶다고 했던 걸요."

"아, 분명……."

기억한다. 나는 고개를 끄덕였다. 비록 지나가듯 들었던 말이기는 하지만 그때 상황이 상황이었던지라 모든 대화가 선명했다.

"그럼 그것 때문에 황궁을 때려치…… 그만뒀다는 거예요? 나와서 탑을 세우려고?"

확실히 창업하려면 프리랜서 선언이 필수이기는 하지. 저걸 창업이라고 해도 될지는 모르겠지만.

"맞습니다. 그래서 말인데……."

내 말에 짧게 고개를 끄덕인 메이커가 이어서 어딘지 머뭇거리며 말을 꺼냈다. 그리고 내가 응접실로 내려오면서 했던 예상 하나가 보기 좋게 박살 났다.

나는 되물었다.

"얼마라고요?"

"……죄송합니다. 역시 터무니없는 금액이었죠."

"아니, 아니에요."

그래서가 아니라. 나는 얼른 손사래 쳤다.

"그냥 예상치 못했던 부탁이라서 그래요. 그뿐이에요."

돈만큼은 아니겠지 장담했는데 돈이었다. 그렇지만 사정을 들은 지금 돈이 필요한 이유가 충분히 이해됐다.

"약속은 약속이죠. 부탁은 들어줄 테니 걱정하지 말아요."

그쯤에서 잠시 생각하다가 말을 이었다.

"그리고 메이커가 말한 액수에서 오히려 더 줄 수도 있어요. 몇 배 정도."

"예? 그렇게나……."

메이커가 깜짝 놀란 듯 나를 보았다. 나는 말을 덧붙였다.

"단, 완전히 무상으로 주겠다는 건 아니고요."

그러기엔 정말로 미친 액수였다. 정확한 숫자를 듣는 순간 현실감이 확 사라질 만큼. 메이커가 내 말에 긴장감 어린 표정을 했다.

"조건이 있다는 건가요?"

"맞아요. 그냥 주는 게 아니라 빌려주는 것으로 할게요. 대신 돈을 갚는 건 메이커가 세운 탑이 어느 정도 자리를 잡은 뒤로 하고요."

"그건……."

메이커가 어리둥절해했다. 그녀는 내 말이 이해되지 않는 것처럼 질문했다.

"제가 세우려는 탑이 그 정도로 돈을 벌 수 있을까요? 그냥 마법사들이 모여서 서로 연구하고, 실력을 증진하고, 후진을 양성하는 그런 것이 다일 텐데……."

"바로 그거예요."

나는 메이커의 말을 끊고 손가락을 튕겼다.

"그게 중요한 거죠. 스크롤이라고 하나요? 찢으면 마법이 발동하는 종이를."

"그렇긴 한데……."

"그걸 파는 거예요. 전문적으로 잔뜩 만들어서."

마법 물품은 유용하다. 이건 말할 필요도 없는 일이다. 하지만 그 가치에 비해 시장에 풀린 매물이 너무나도 적었다. 돈이 있어도 구할 수 없는 물건이라는 소리다. 수요는 넘치는데, 공급이 없다. 메이커는 무언가를 깨달은 얼굴을 했다.

"스크롤 장사를 하란 말씀이시군요."

"다른 마법 물품도 팔 수 있다면 좋겠죠. 어쨌든 지금은 마법사의 수도 한정적이고 만들 수 있는 스크롤의 종류나 숫자에도 한계가 있는 것으로 알아요. 그러나 미래에는 달라질 수 있겠죠."

메이커가 세우려는 탑은 오로지 마법사를 위한, 마법사로만 이루어진 탑이다. 탑이 어느 정도 자리 잡고 유능한 마법사를 많이 배출하게 되면 마법 물품을 만드는 일도 그만큼 쉬워지지 않을까?

"말하자면 나는 투자하겠다는 소리예요. 메이커가 만드는 탑의 가능성을 보고."

"……리디아 님."

메이커가 밝은 표정으로 나를 보았다. 그녀가 '마법을 돈벌이에 이용하다니! 어떻게 감히 그럴 수가 있습니까!'라고 하는 사람이 아니어서 다행이다. 나는 한시름 놓고 가벼워진 어조로 말했다.

"혹시 알아요? 나중에 스크롤 판매가 자리 잡고 나면, 그때는 스트레스 해소나 취미용으로 스크롤을 수십 장씩 사는 사람이 나올지."

"아하하, 설마요."

메이커가 터무니없는 농담을 들은 사람처럼 웃었다. 뭐, 나도 별로 진심으로 한 말은 아니긴 했다. 아무리 돈이 넘쳐도 그런 사람이 어디에 있겠어.

스크롤은 시간이 지나 마탑이 안정되어도 다른 사치품과는 비교할 수 없는 고가로 유지될 거다. 메이커에게 사업적인 감각이 조금이라도 있다면 말이다.

그리고 음, 굳이 언급하지 않았지만 재료값이라는 것도 있겠지. 주워듣기로 스크롤은 단순히 종이와 마법사만 있다고 되는 게 아니라고 했으니까.

그때 메이커가 입을 열었다.

“말이 나온 김에 저도 그럼 바람을 한 가지 털어놓아도 될까요? 그다지 현실성은 없겠지만.”

“뭔데요?”

나는 흔쾌히 관심을 보였다. 메이커가 말했다.

“제가 탑을 세우고 나면…… 언젠가는 말이에요. 엄청난 천재 마법사가 나왔으면 좋겠어요.”

나는 메이커의 말을 듣다가 고개를 갸웃했다. 일단 천재 마법사라고 한다면 이 자리에도 한 사람 있기는 한데.

“메이커보다 더요?”

“어머.”

그녀는 기뻐 보였다. 입을 가리곤 호호 웃더니 손사래를 쳤다.

“물론 저도 천재기는 하죠. 그것도 어디 보통 천재인가요? 불세출의 인재, 제국이 낳은 기린아, 어디 가서 볼 수 없는 현 마법계 최고의 신동이기는 해요.”

그렇게까지 말하려던 건 아니었는데. 뭐 어쨌든.

“그런데 그런 메이커보다 더한 천재가 나왔으면 한다고요?”

“네.”

메이커는 주저 없이 고개를 끄덕였다. 손깍지를 껴서 턱 아래 받친 그녀는 순간 꿈꾸는 얼굴을 했다.
"말 그대로 엄청난 천재요. 지금으로선 상상도 할 수 없을 만큼."
언제일지 모를 미래를 머릿속으로 그려보기라도 하듯 메이커의 눈빛이 아득해졌다.
나는 문득 게르그를 떠올렸다. 반마족인 게르그는 인간의 기준으로는 놀라울 만큼 마법을 자유자재로 다룬다. 저번에 보니 가까운 거리를 마법으로 이동하는 건 그다지 힘들어 보이지도 않던데. 그런 수준을 말하는 걸까?
그렇게 생각하는 순간 메이커의 목소리가 공기를 갈랐다.
"마법으로 나라 하나쯤 지도에서 손쉽게 지워 버릴 수 있고."
"……?"
"이동 마법으로 바다를 건너고도 숨 하나 헐떡이지 않고."
"……?"
"마음만 먹으면 대륙을 멸망시키는 것도 가능해서 그 어떤 권력자도 감히 그의 비위를 거스를 수 없는."
"……??"
"그런 천재요. 그 정도 마법사가 나타나서 언젠가 제가 만든 탑을 이끌어줬으면 좋겠어요."
"……아, 네."
나는 최대한 떨떠름한 기색을 보이지 않으려 노력하며 대답했다.
"꿈이 큰 편이네요, 메이커."
"꿈이니까요."
"응원할게요."
이윽고 메이커는 나를 물끄러미 보다가 풋 웃었다. 본인이 말해놓고도 웃긴 모양이었다.
"음, 역시 너무 허황한 바람이기는 하죠?"

"뭐 어때요."

나는 어깨를 으쓱였다. 미래는 모르는 거지. 그리고 이런 말도 있다. 꿈은 클수록 좋다고.

"당장은 어려워 보이지만, 몇백 년 뒤에는 이루어질지도 모르죠."

"그럴까요?"

"그런 의미에서 응원의 뜻을 담아 지원금은 메이커가 말했던 원금의 총 다섯 배로 할게요."

"오."

순간 말을 잃은 듯한 메이커의 눈에서 별이 튀었다. 나는 메이커를 보며 마주 웃었다.

"정말 감사합니다, 리디아 님."

메이커는 이보다 고마울 수는 없다는 얼굴로 내게 거듭 감사 인사를 하고는 떠났다. 그건 내가 그녀에게 탑을 세우고도 남을 막대한 금액을 약속했기 때문만은 아니었다. 나는 이참에 집안의 군식구이자 최근에는 골칫거리로 자리 잡은 계륵 하나를 치우기로 했다.

"어떻게 나한테 이럴 수가 있어! 인간!"

계르그가 씩씩거리며 허공을 찢고 나타났다. 저택의 복도는 계르그 혼자 막아서기에는 몹시 넓었다.

나는 그를 지나쳐 걸으며 말했다.

"좋은 기회야. 일자리를 주겠다는 거잖아."

"일자리 필요 없다고!"

계르그가 일부러 쿵쿵거리는 발걸음 소리를 내며 나를 쫓아왔다.

모습은 성인 남자인데 하는 짓은 다섯 살이다. 쯧쯧.

나는 걸음을 멈추지 않고 대꾸했다.

"아니, 넌 일자리가 필요해."

"왜 일을 해야 하는데? 그딴 거 안 해도 여기서 계속 먹고 자면서 지내면 그만……."

"누가 너한테 계속 그럴 수 있게 해준대?"

"뭐?"

나는 발을 멈추고 고개를 돌렸다. 눈을 가늘게 좁혀 뜨고 쳐다봤더니 게르그가 움찔했다. 꼭 찔리는 게 있는 것처럼. 나는 팔짱을 끼고 말했다.

"벌써 이게 몇 달째야? 여기에 네 살림이라도 차릴 작정이야?"

"그건 내 마력이……."

"지난번에 에시를 따라가면서 소모한 마력은 진작 회복하고도 남은 거 알거든?"

"아니, 인간 네가 몰라서 그렇지 마족의 마력은 그렇게 간단히 회복되는 게 아니―"

"네 방에서 식당 가는 것도 마법으로 이동하면서 뭐라고?"

게르그가 순간 입을 딱 다물었다. 나는 고개를 절레절레 흔들었다.

지금도 봐. 나는 게르그의 입가에 묻은 쿠키 부스러기를 보며 혀를 끌끌 찼다. 저거 분명 식당에서 쿠키나 주워 먹다가 온 거다. 겨우 거기서 여기까지 오면서 이동 마법을 쓰다니.

"그, 그건…… 단거리 이동 마법은 보기보다 별로 마력이 들지 않는 마법이라서."

"그만해. 추해."

나는 게르그의 씨알도 먹히지 않을 변명을 잘랐다. 그리고 어차피 내가 진짜로 하고 싶은 말은 저게 아니었다. 사실 게르그가 마력을 전부 회복했으면서 계속 저택에 죽치며 식량을 축내든 말든, 그런 건 별로 상관없었다. 중요한 건 이거였다.

"너, 저번부터 틈만 나면 에시와 내 시간을 방해해 대고 있는 거 내가 모를 것 같아?"

"그, 그건 정말 실수야! 우연히 그런 거라고!"

"실수? 아하, 그래서 나한테 실수로 에시 험담도 했나 봐?"

지난번 에시를 따라 사랑의 신전 고위 인사를 잡으러 다녀왔던 날 이후로 게르그는 갑자기 미쳐 버렸다. 이유는 모르겠지만 그날 이후로 걸핏하면 나와 에시가 붙어 있는 걸 방해하기 시작한 것이다. 그것뿐이면 이렇게 말도 안 한다. 심지어 하루는 나를 몰래 찾아와서는 이런 말도 했다.

"정말 저 인간과 결혼할 생각이야? 평생을 함께하겠다고? 진심으로? 후회할 텐데."

그러더니 네가 모르는 사실을 알려주겠다니 어쩌니 하면서 저 혼자 분위기를 잡기에, 어이가 없기도 하고 짜증이 솟구쳐서 속이 비어 있던 화병으로 게르그의 머리를 깨버렸다.

에시에게 이를까 하다가 그래도 한 생명을 영영 지워 버리는 것까진 아닌 것 같아서 참았는데, 문제는 게르그가 그 이후에도 정신을 못 차렸다는 것이다.

치유 마법으로 금방 회복해서 별 타격이 없었던 것인지 게르그는 머리가 깨지고도 행동이 여전했다. 그래서 나는 결국 저 짜증 나는 반마족 나부랭이를 그냥 내쫓기로 마음먹은 거다.

"잔말 말고 얌전히 메이커 따라가서 탑 세우는 거나 도와. 나는 벌써 네 노동력을 제공하겠다고 약속했어. 못 물러. 알았어?"

"내가 안 가겠다고 한다면?"

계르그가 애처럼 버티고 응수했다. 나는 가볍게 받아쳤다.

"그럼 내가 이대로 네 만행을 에시한테 모조리 이르러 가는 걸 가만히 지켜보든지."

"안 돼!"

계르그가 다급하게 소리치며 내 발목을 붙잡고 매달렸다. 아니, 이 놈의 반마족이. 무겁게.

"떨어져."

"그 인간에게 일러바치지 않겠다고 약속해. 그럼 놓을게. 안 그럼 절대 안 떨어질 거야."

"협박이야?"

"그, 그렇다면?"

"여기서 모퉁이 하나만 돌면 에시의 침실인데, 이쯤에서 소리치면 들리려나……."

내 말에 계르그가 움찔하더니 이내 발목을 놓고 후다닥 물러섰다. 표정에 서린 긴장감에 순간 웃음이 나올 뻔했다. 에시 침실이 여기서 가까운 건 맞지만, 이 시간에 에시가 침실에 있을 리 없는 것도 사실이지.

"뭐, 원하는 게 뭐야?"

"말했잖아. 메이커 따라가서 탑 세우는 거 도우라고."

"씨이. 그렇게 기필코 나를 쫓아내야겠다 이거지?"

계르그는 제법 서럽고 억울해 보였다. 그리고 나는 문득 몹시 당연한 의문이 들었다. 곰곰이 생각하다가 정말 궁금해져서 물었다.

"너 집 없어?"

"뭐?"

"여기 아니면 갈 곳이 없냐고."

계르그는 처음에는 분명 임시로 잠깐만 신세를 질 것처럼 이야기했다. 그런데 언젠가부터 태도가 바뀌었다. 꼭 이곳에 평생 눌러앉지 않으면 안 되는 것처럼. 그러니까 마치 집 없는 사람, 아니, 반마족 같다 이거지.

계르그는 내 말에 마치 기습 공격이라도 당한 것처럼 주춤거리다가 이윽고 입을 열었다.

"……없어졌어."

"뭐라고?"

"집이 없어졌다고."

뭣이라?

"정말?"

"내가 이런 걸 가지고 거짓말을 왜 하겠어?"

"동정심 유발……."

"아니야!"

그래, 믿어준다. 나는 물었다.

"어쩌다가 그랬는데?"

"……악마를 알아?"

"너희잖아."

"우리 아니야! 우린 마족이라고!"

"둘이 다른 거야?"

"달라! 넌 노루와 사슴이 같다고 생각해?"

속으로 비슷하지 않나 생각했지만 계르그는 둘째 치고 동물학자가 내게 돌을 던질 것 같아서 말로 꺼내는 건 참았다.

"엄연히 다르지. 그래서?"

"……우린 이전부터 영토 싸움을 했어. 종족은 다른데, 두 종족이 서로 같은 마계 하늘 아래에서 살아야 했으니까."

"악마가 이겼구나."

더는 듣지 않아도 알겠다. 게르그는 고개를 끄덕였다.
"……맞아."
"안타깝게 됐네."
그럼 진 마족들은 어떻게 되는 거지? 싸움에서 전부 죽지는 않았을 텐데. 혹시 게르그처럼 인간 세계에 눌러앉거나 하는 건가. 만약 그렇다면 과연 그들을 구분하는 게 쉬울까 하는 생각이 들었다. 당장 게르그만 해도 뿔만 감추면 영락없이 사람처럼 보이니까.
그런 생각을 하는 사이 게르그가 말했다.
"이제 내가 왜 집이 없어졌다고 했는지 알았지?"
"응. 확실히."
"이래도 날 쫓아낼 거야?"
"응."
"뭐, 뭐?"
그럼 남겨줄 줄 알았나? 사연은 사연이고 거취 문제는 거취 문제였다. 그리고 그런 사정이라면 메이커를 따라가는 건 외려 게르그에게 이득이다. 탑이라는 새 보금자리가 생기는 거니까.
하지만 게르그는 그렇게 생각하지 않는지 벌컥 화를 냈다.
"이 악마!"
음…… 좀 전에 그런 사연을 들어서 그런가, 저 말이 왜 이렇게 심한 욕처럼 느껴지지? 이걸 따져야 하나 고민하는데 게르그가 이어서 외쳤다.
"실체도 모르는 인간과 결혼하겠다고 희희낙락 중인 주제에! 알아? 공작 그놈이 너 감시한 거!"
"감시? 무슨 감시?"
나는 고민을 잠시 중단하고 눈을 깜박거렸다. 게르그가 목소리를 낮췄다.

"이상하다고 생각한 적 없어?"
"뭐가?"
"잘 떠올려 봐. 네가 외출에서 돌아왔을 때 기별도 하지 않았는데 공작 그놈이 알아서 배웅을 나와 있었다든가."
"음."
"분명 목적지를 알리지 않고 떠났는데 공작이 네 위치를 알고 쫓아왔다든가."
"그리고?"
"공작 그 자식이 없는 곳에서 네게 어떤 잘못이나 실수를 저지른 인간이 다음에 보니 갑자기 다쳐 있다든가."
앞서 두 개는 그렇다 치고 마지막은 저격이나 다름없었다. 내 입에서 저절로 이름 하나가 튀어나갔다.
"이너 시커머트? 그 자식 오른쪽 손목을 에시가 그런 거라고?"
"그래!"
계르그가 기다렸다는 듯 바로 긍정했다. 이어지는 목소리는 신이라도 난 듯 고양되어 있었다.
"공작이 자기 사람을 시켜서 한 일이야. 왜 그랬을까? 간단하지. 바로 그 인간이 멋대로 네 손목을 붙잡았으니까. 그렇다면 여기서 문제. 공작은 대체 그 사실을 어떻게 알고 그런 걸까?"
"너……."
나는 계르그의 말에 미간을 찌푸렸다. 계르그가 입꼬리를 길쭉하게 당겨 웃었다.
"무슨 이야긴지 이해하지?"
"그 말은……."
순간 어떤 깨달음이 밀려들면서 말문이 막혔다. 계르그는 말을 잇지 못하는 나를 보면서 얼굴의 미소를 한층 깊게 덧그렸다.

"그래, 바로 그거-"
"내 서프라이즈!"
"-뭐?"
바락 외쳤다. 갑작스러운 외침에 계르그가 흠칫하며 나를 바라보았다. 그러거나 말거나 나는 주먹을 꾹 쥐었다. 파도처럼 밀려드는 충격 때문에 주먹이 파르르 떨렸다.
"내 서프라이즈가! 그럼! 서프라이즈가 아니었다는 거잖아!"
이너 시커머트가 그날 거리에서 내 손목을 붙잡았었다는 걸 알고 있는 거면, 자연히 에시는 그날 내가 보석상에 들렀다는 사실도 알고 있었다는 얘기다.
아악! 나는 주먹을 펴고 머리를 붙잡았다. 맙소사, 그걸! 그렇게! 허무하게 들켰었다니! 계르그는 머리를 부여잡고 괴로워하는 나를 당황한 기색으로 쳐다보았다.
"지금 무슨 소리를 하는 거야? 서…… 뭐라고?"
"너는 알 거 없어."
손을 내저었다. 절로 앓는 소리가 흘러나왔다. 그러니까 그때 그걸 그렇게 바로 들켰었다 이거지? 서프라이즈가 시작도 되기 전에 이미 서프라이즈가 아니었다 이거지? 미치겠다, 진짜.
뺨이 홧홧하게 달아올랐다. 나는 손을 파닥거리며 얼굴에 바람을 부쳤다. 계르그의 표정이 괴상해졌다.
"인간."
"왜?"
"혹시나 해서 묻는 건데, 내 말 제대로 알아들은 거 맞지?"
당연하다. 알아들었으니까 지금 이러고 있는 거지. 나는 손부채질을 멈추고 한숨을 쉬었다. 그러곤 계르그의 말을 정리해 주었다.
"그래. 그러니까 네 말은, 에시가 사람을 써서 외부에 있는 나를 지켜봤다는 거잖아. 자기가 내 곁에 없을 때. 아니야?”

“그거 맞는데…….”

완벽하게 정리해 줬건만 계르그의 목소리는 떨떠름했다.

왜 저래? 혹시 고맙다는 인사라도 듣고 싶은 건가? 모르던 사실을 기껏 알려줬으니까? 그거라면 고민이 좀 필요하겠는데.

그렇게 생각할 때 계르그가 말을 이었다.

“아니, 뭔가 좀 이상한 거 같아서. 인간, 너 지금 충격받았어? 충격받은 거 맞지?”

이 반마족이 누굴 놀리나? 나는 어이가 없어져서 입을 벌렸다. 그럼 방금 보여준 그 난리가 충격받은 모습이 아니면 무슨 모습이라고?

나는 한쪽 눈살을 찌푸리며 계르그에게 퍼부어줄 욕을 고르다가 문득 멈칫했다. 가만.

나는 시선을 유지했다. 계르그를 쳐다보자 계르그의 얼굴에서 얼핏 어떤 기대감이 읽혔다. 기대감? 아. 알겠다. 찌푸렸던 인상을 풀고 계르그를 보며 피식 웃었다. 계르그가 순간 의아한 눈치를 보였다.

“충격이라면, 이런 충격을 말하는 거야?”

“뭐?”

나는 드레스 자락을 주름이 지도록 와락 움켜쥐었다. 그러곤 흔들리는 목소리로 말했다.

“말도 안 돼, 에시가 어떻게 그런 짓을! 나한테 말도 없이 나를 감시하다니, 소름 끼쳐……!”

“…….”

“이거 맞지?”

짧지만 훌륭한 일인극이었다. 좋은 연기였어. 나는 만족하며 구겨진 드레스 자락을 폈다. 이윽고 내 표정 대신 계르그의 표정이 구겨졌다.

“너, 지금 뭐야?”

"뭐긴?"
"설마 알고 있었어?"
"뭐, 네가 조금 전에 나한테 해준 얘기?"
"그래."
"그럴 리가. 알았으면 지금 네 말을 이렇게 들어주고 있지도 않았겠지."
그리고 그렇게 주변에 다 드러나도록 반지를 사는 일도 없었을 거고 말이다. 지나간 일인데 또 감정 격해지려고 하네. 나는 라마즈 호흡법을 떠올리며 마음을 가라앉혔다.
게르그가 도무지 이해할 수 없다는 표정을 지었다.
"그럼 뭔데?"
"뭐가?"
"너, 공작이 널 감시했다는 사실이 딱히 아무렇지 않아 보여. 내 착각이야?"
"착각 아니야. 바로 봤어."
"왜? 왜 아무렇지 않은데?"
게르그는 답답해 보였다. 그는 나를 향해 언성을 높였다.
"어째서 아무렇지 않느냐고. 보통은……."
그러다가 무슨 생각이 들었는지 이내 얼굴을 와락 일그러뜨리며 내게 물었다.
"그런 취향이었어? 감시당하는 걸 즐기는?"
"뭐? 아니야."
저게 지금 무슨 소리를 하는 거야? 남의 멀쩡한 취향을 갑자기 위험하게 만들고 있다. 미안하지만 그런 취미 없거든? 하지만 재가 왜 저런 소리를 하는지는 알겠다. 나는 잠시 생각하다가 입을 열었다.
"한 가지 알려줄게. 나는 보기보다 자기 객관화가 잘되는 편이야."
"……?"

"다시 말해서 나 자신을 제법 잘 안다는 거지. 이게 무슨 뜻이냐면, 같은 상황이었을 때 내가 과연 에시와 다르게 행동했을지 별로 확신이 없다는 거지."

"……!"

"이해했어?"

어차피 곧 헤어져서 안 볼 사이니까 특별히 친절을 베풀어줬다. 계르그의 눈이 일순 크게 뜨였다. 그러더니 곧이어 얼굴 전체가 미묘하게 변했다. 저게 무슨 표정이지? 아, 알 것 같다. 저건 질린다는 얼굴이다.

"징글징글한 인간들……."

"……."

"똑같은 것들! 에이, 거기서 거기인 한 쌍! 인간은 끼리끼리 만난다더니!"

"고마워."

"망할, 내가 더러워서 꺼져준다! 더는 보기 싫어서 자발적으로 나가준다고!"

계르그는 그렇게 혼자서 실컷 열을 내더니 그길로 단숨에 허공을 찢고는 사라졌다.

나는 부자연스러울 만큼 한순간에 조용해진 복도를 보다가 문득 생각했다.

'차였나?'

언뜻 그런 추측이 들었다. 계르그 쟤, 전에 에시 따라서 나갔을 때 옛 애인이나 짝사랑 상대한테 연락했다가 걷어차인 거 아냐? 느낌상 옛 애인이 자연스러울 것 같은데. '자니?' 했다가 '꺼져'라는 냉정한 답을 들었다든가. 그래서 그 분풀이로 저런 이상행동을 보였던 거라면.

'오호라……'

그럴듯한데? 내가 해놓고도 명추리라는 생각이 들었지만, 안타깝게도 답을 확인해 줄 본인은 이미 자리에서 사라져 버린 뒤였다.

"……그렇게 됐어."

묵묵히 내 이야기를 듣던 에시가 시선을 올려 나와 눈을 맞췄다. 언제 봐도 자연스럽게 시선을 잡아끄는 황금색 눈동자가 유리구슬처럼 오색으로 빛을 반사했다.

나는 그 눈을 가만히 들여다보다가 이내 양손을 포개어 에시의 눈을 가려 버렸다. 안 돼. 이 눈은 너무 강력하다. 안 봐야 해.

"나한테 뭐 할 말 없어?"

나는 짐짓 엄하게 힘을 준 목소리로 말했다. 에시는 자기 눈을 가린 내 손을 치우지 않으며 대답했다.

"앞으로는 바깥에서 무슨 일 있으면 그놈들 불러서 부려먹어. '나와' 한마디면 즉각 개처럼 튀어 나가라고 명령해 놓을 테니."

"정말? 전부 몇 명인데? ……가 아니라!"

이게 아니잖아! 눈을 안 봐도 알아서 넘어가는군!

나는 쉽게 휩쓸릴 뻔했던 자신을 속으로 마구 채찍질하며 입을 열었다.

"지금 그게 중요해? 요지는 네가 나한테 말도 없이 그렇게 했다는 거야. 어떻게 그럴 수가 있어?"

어떻게 그래서! 내가 반지 사는 걸 그렇게 허술하게 노출하도록 만들 수가 있어! 크흑.

에시는 내 억울함 섞인 목소리에 잠시 침묵하다가 물었다.

"화났어?"

나는 그 말에 에시의 눈을 가리고 있던 눈을 치웠다. 그러곤 에시의 길고 가지런한 속눈썹과 베일 것 같은 콧날, 그리고 헤엄치고 싶은 눈동자를 빤히 보다가 답을 뱉었다.

"아니."

어림도 없는 소리. 내가 어떻게 에시를 상대로 화가 날까? 천 년의 분노를 간직했다가도 이 얼굴을 보는 순간 거짓말처럼 바로 풀려 버릴 텐데. 더군다나 나는 애초에 풀릴 분노도 없었다. 지금 내가 집무실까지 찾아와 에시를 추궁하고 있는 건 화가 나서가 아니다.

그보다는, 음, 솔직히 털어놓으면 부끄러워서지. 야심만만하게 준비했던 서프라이즈가 실은 전혀 서프라이즈가 아니었다는 사실에서 오는 민망함과 쪽팔림 및 자괴감을 괜한 심술로 표출하는 중이랄까. 하지만 그마저도 이미 물 건너가 버린 것 같다. 심술마저 이렇게 쉽지가 않다니.

에휴. 이게 다 이놈의 얼굴 때문이다. 뭘 믿고 이렇게 생겨먹은 거야? 뭐가 이렇게 말도 안 되게 잘생겼어? 양심은 있는 건가?

나는 에시의 희고 매끄러운 뺨을 마구잡이로 주물럭거리다가 손을 떼며 투덜거렸다.

"바른대로 말해. 너 내가 꽃다발이랑 반지 꺼냈을 때 조금도 안 놀랐지. 아주 태연했지?"

"놀라지 않았던 건 인정하지만……."

에시는 제 뺨에서 떨어지는 내 손을 붙잡고 손바닥에 입을 맞췄다. 기습적인 감촉에 나도 모르게 몸을 움찔했다.

"태연했다는 말에 대해서는 반론이 필요하겠는걸."

"……."

"기뻤어. 굉장히."

"……."

"미치도록 좋았고."

입술이 아래로 내려가 손목 안쪽 뼈에 닿았다. 에시가 부드러운 입술로 피부를 가볍게 누르다가 이내 이를 세워 살갗을 살짝 깨물었다. 아, 나는 신음을 참았다.

"지금도 사실 행복해서 정신이 나갈 지경이야."

"……말은."

"사실인데."

에시는 내 손목을 쉽게 놓아주지 않았다. 몇 번이고 같은 곳에 낙인이 찍힌 이후에야 내 손목은 겨우 풀려날 수 있었다. 나는 화끈거리는 감각이 새겨지듯 남은 손목 안쪽을 만지작거리며 마지못한 양 말했다.

"……봐준다."

"그럼 그 기념으로 키스해도 될까?"

뭐? 참 나. 나는 대답 대신 가만히 눈을 감았다. 기다렸다는 듯 에시가 입을 맞춰왔다. 자연스럽게 파고드는 열기를 익숙하게 받아들이다가 어느 순간 에시의 가슴을 밀어냈다. 안 돼. 여기서 더 깊어졌다간 보나 마나 일을 치고 말 거다.

여긴 에시의 집무실이었다. 나는 지금 에시가 쓰는 책상에 걸터앉았고 말이다. 책상은 넓었지만…… 그렇지만…… 그래도 이건 아니지! 언젠가 한 번쯤 시도해 볼 수는 있다고 생각하지만 지금은 아니야! 식도 얼마 안 남았는데 자제가 필요하다.

에시는 불만과 아쉬움이 가득한 눈치였지만 내가 밀어내자 순순히 밀려났다. 나는 헛기침하며 화제를 돌렸다.

"그러고 보니 에시, 조금 전에 메이커가 다녀갔는데."

"응."

에시는 대답하면서도 내 입술에서 눈을 떼지 않았다. 집요한 시선에 뺨이 달아올랐다. 나는 에시가 나를 쳐다보지 못하도록 양 볼을 붙잡고 옆으로 돌리면서 말했다.

“돈이 좀 필요하다고 하더라고. 그래서 내가 도움받은 것도 있고 해서 빌려주기로 했거든.”

“그렇군.”

“얼마를 내주기로 했는지 안 물어봐?”

“얼마인데?”

“백만 골드.”

“그래.”

“……그게 다야?”

반응이 너무 심심한 거 아닌가? 나는 혹시 몰라 에시와 눈을 마주하며 확인했다.

“얼마라고?”

“백만 골드.”

“정확하게 들었네.”

나는 또 백 골드라고 잘못 전해졌나 했다. 그건 아니었군.

“그런데 왜 그렇게 태연해?”

에시는 내 말에 무슨 문제가 있냐는 듯 나를 보았다. 그 표정과 시선에서 다른 의미는 한 점도 찾아볼 수 없어서 나는 순간 말문이 막혔다.

여기서 이해를 돕기 위해 설명을 곁들이자면, 일 골드는 전생의 화폐 가치로 약 오만 원에서 칠만 원 사이쯤 된다. 그럼 백 골드는 오백만에서 칠백만. 만 골드는 오억에서 칠억. 백만 골드는…… 무려 오백억에서 칠백억.

다시 언급해도 현실감이 느껴지지 않는 금액이었다. 그리고 나는 이 돈을 멋대로 메이커에게 주기로 약속했다. 명목상으론 빌려주는 거지만, 어쨌든 주긴 주는 거지. 언제 돌려받을 수 있을지 모르니까.

“너한테 말도 없이 쓴 금액이야.”

"상관없어."

"진짜? 사실 지금이라도 무를 수 있어. 그러니까 솔직하게 말해도 괜찮아."

에시에게는 아직 말하지 않았지만 나는 메이커에게 에시의 허락이 떨어지면 그때 돈을 내주겠다는 조건을 걸었다. 그리고 메이커는 내 조건을 들은 후 그런 거라면 전혀 문제없겠다는 얼굴로 안심하며 돌아갔다.

……그래. 사실 나도 에시가 내게 안 된다고 말할 거라고는 생각하지 않았다. 하지만 그렇다고 이렇게 눈 하나 까딱하지 않을 줄도 몰랐지. 오십억도 아니고 최소 오백억인데.

"백만 골드가 아니라 그 열 배라도 상관없어."

"열 배라고? 그럼……."

"그것보다 열 배여도 상관없고."

"뭐? 잠깐만."

나는 당황스럽게 에시를 응시했다. 순간 계산하느라 머리가 바쁘게 돌아갔다. 백만 골드의 열 배는 천만 골드. 거기서 다시 열 배를 하면 일억 골드고, 그걸 전생의 기준으로 환산하면……. 나는 답을 알기 두려운 계산을 그만두고 입을 열었다.

"농담이지?"

농담이라고 해. 빨리. 표정이 어땠는지 에시는 내 얼굴을 보고는 피식 웃었다.

"궁금해? 농담인지?"

"궁금한 건 아니지만 어쨌든 농담이라는 답을 바라고 있어."

상상만 했는데도 너무 큰 액수라 가슴이 벌렁거렸다. 저게 도대체 무슨 단위야. 저런 금액을 개인이 막 가지고 있어도 되는 거야? 그래도 돼?

"확인해 봐."

"뭐?"
"직접 써봐. 그럼 답을 알 수 있을 테니까."
"장난치지 마."
에시는 내 말에 뭐라고 받아치는 대신 재차 웃었다. 그래, 장난이 아니라는 건 나도 알겠다. 그래서 더 문제지만. 그런 돈을 어디다 쓰라는 거야? 쓴다고 쓸 수나 있나?
내가 입을 다물고 덩달아 침묵하자 에시가 고개를 기울이며 나와 눈을 맞춰왔다. 그러고는 빚어놓은 것 같은 입술을 천천히 움직였다.
"리디아. 네가 아니었으면 굳이 이렇게 돈을 벌 일도 없었어."
맙소사. 아니, 잠깐만. 지금 너라고 했다. 맞지? 그렇게 말했지?
에시에게 너라고 불리기는 처음이었다. 기분이 이상했다. 가슴이 좀 전과는 다른 의미로 쿵쿵거리며 뛰었다.
이거 뭐지? 혹시 나…… 계르그 앞에서는 아닌 척했지만 취향이 좀…… 그런가?
"……뭐라고 했어?"
"전부 너를 위한 거니까 난 신경 쓰지 말고 써. 어디에 쓰든, 얼마를 쓰든 내키는 대로."
너. 또 너라고 했다. 두근거리는 심장 소리가 확실하게 들렸다. 나는 마른침을 넘겼다. 그러곤 입을 열었다.
"내 말 따라 해봐."
"응?"
"나는 네 거야. 리디아."
"……."
"이렇게 말해봐. 얼른."
나는 재촉했다. 에시는 갑작스러운 내 요구에 약간 의아해진 것 같았지만 시키는 대로 순순히 입을 벌렸다.

"나는 네 거야. 리디아."

아, 세상에. 못 참겠다. 나는 에시의 얼굴을 붙잡고 그대로 입을 맞췄다. 마음이 시키는 대로 입술 틈을 가르고 성급히 열기를 밀어 넣었더니 잠시 멈칫하는가 싶던 에시가 곧바로 응해왔다.

얼마 지나지 않아 자세가 반전되었다. 나는 매달리듯 에시의 목에 팔을 두르고, 에시는 한 손으로 내 머리를 받치고 있었다.

잠시 후 나는 입술을 떼어내고 숨을 헐떡였다.

"……에시. 너 오늘 일어나자마자 여태 계속 일만 했지."

"그렇기는 한데."

"잠깐 쉬는 건 어때? 원래 일의 능률을 위해서는 적절한 휴식도 중요한 법이니까."

물론 그 '잠깐 쉬는' 장소가 내 침실이든 에시의 침실이든 침대 위라면 무척 좋을 것 같다.

에시는 눈가를 휘어 웃으며 내 볼에 입을 맞췄다.

"대단히 환영이야."

나는 잠기운이 막 달아난 눈을 깜박거렸다. 흐린 시야는 눈꺼풀을 몇 번 여닫는 것으로 금방 선명해졌다. 나는 방 안으로 스며드는 환한 햇살을 확인하며 기지개를 켰다.

'얼마나 잔 거지?'

정확히는 모르겠지만 굉장히 잘 잤다는 사실만은 확실하다. 숙면한 것처럼 몸이 가뿐하고 개운했다. 아, 물론 허리는 좀…… 뻐근하긴 하지만. 이건 어쩔 수 없지. 음.

문득 맨살을 스치는 공기가 썰렁하게 느껴졌다. 나는 아래로 흘러내린 이불을 끌어당겼다. 옆을 돌아보자 아직 곤히 잠들어 있는 에시가 보였다. 다음 순간 나는 내가 얼마나 귀한 기회를 눈앞에 두고 있는지 깨달았다.

이게 웬일이야? 나는 잠든 에시를 신기하게 보다가 이내 조심스럽게 몸을 돌렸다. 한쪽 팔로 몸을 비스듬히 지탱하고 에시의 무방비한 얼굴을 눈에 담았다.

'이런 기분이구나.'

깊이 잠들었다 일어나면 에시가 꼭 지금 나처럼 나를 빤히 지켜보고 있을 때가 있었다. 그땐 먼저 일어났으면 깨울 것이지 왜 사람을 가만히 쳐다보고 있나 했는데, 이젠 그때 에시가 어떤 심정인지 알 것 같았다.

'나쁘지 않은데.'

나쁘지 않은 정도가 아니라…… 음, 이걸 뭐라고 표현하면 좋을지는 모르겠지만, 이러고 종일 쳐다보고 있어도 별로 심심하지 않을 것 같다.

나는 한 올 한 올 촘촘하고도 가지런하게 뻗은 에시의 속눈썹을 감상하듯 구경하다 어느 순간 슬쩍 손을 뻗었다. 그 바람에 기껏 끌어올렸던 이불이 도로 흘러내리며 맨몸이 드러났지만 신경 쓰지 않았다. 어차피 볼 사람도 없는데. 그리고 이상하게 지금은 추운 것도 느껴지지 않았다.

……긴장해서 그런가? 왜 긴장을 하지. 이게 뭐라고. 어쨌든 나는 조심조심 에시의 속눈썹을 건드리는 것에 집중했다. 섬세한 감촉이 손끝에 걸렸다.

와. 엄청 부드럽다. 그리고 되게 길기도 하다. 나는 내친김에 조금 더 과감해지기로 했다. 가슴이 두근거리고 숨소리가 신중해졌다.

손가락 끝이 반듯하게 솟은 콧대를 살짝 건드렸다가 매끈한 콧날을 스쳐 인중에 닿았다. 음, 지난번에도 느낀 거지만 에시는 인중도 참

근사했다. 어쩜 모양이 이렇게 예쁠 수가 있지. 길지도 짧지도 않은 이 완벽한 길이와 폭이라니. 그리고 이어지는 입술은…….

……말할 것도 없다. 나는 이 작품 같은 입술이 내 몸에 무수히 남긴 흔적을 생각하곤 얼굴을 붉혔다.

나는 손으로 에시의 입술 모양을 따라 천천히 더듬었다. 손가락 끝에 닿는 감촉이 부드러우면서 말캉했다. 아무것도 바르지 않았는데도 에시의 입술은 붉은 기가 돌았다. 나는 그 유혹적인 색과 형태를 손끝으로 쓸어 매만지다가 서서히 고개를 숙였다. 내 어깨를 타고 앞으로 흘러내린 머리카락이 에시의 이마와 목 위로 쏟아졌다.

똑똑.

"아가씨, 여기 계십니까?"

"……!"

나는 화들짝 놀라 튕기듯 몸을 바로 세웠다. 심장이 엄청난 속도로 두근거렸다. 벌렁거리는 가슴을 겨우 가라앉히며 문 쪽을 응시했다. 저 목소리는 집사인데. 나를 찾다가 없어서 여기까지 온 건가?

나는 황급히 주변을 둘러보고 옷가지를 찾아냈다. 혼자 주워 입기에 편한 옷이라서 다행이다. 그만큼 벗겨지는 것도 금방이었지만.

금세 매무새를 정돈하곤 문을 열었다. 에시는 그때까지 깨지 않았다. 어쩐 일이야, 많이 피곤했나.

"여기 계셨군요."

"……크흠. 무슨 일이야?"

나는 집사의 시선을 은근슬쩍 피하며 작은 목소리로 물었다. 다행히 집사는 이런 상황을 예상했는지(!) 별다른 말 없이 바로 용건을 꺼냈다.

"손님이 찾아오셨습니다."

"내 손님? 누구?"

올 사람이 따로 있었던가? 의아해하는 순간 집사가 말했다.
"아그리타 그레이스 영애십니다."

나는 응접실 문 앞에서 잠시 발을 멈췄다.
'이 안에 아그리타가 있다고.'
오늘 아침까지만 해도 아그리타가 깨어났다는 기별을 받지 못한 상태였다. 당연히 그녀가 문제없이 깨어날 거라고 믿고 있던 나도 은근히 걱정되기 시작했을 정도로, 아그리타가 의식을 차리지 못하는 기간이 길어지고 있었다.
그런데 그런 아그리타가 갑자기 나를 찾아왔다니. 이건 무슨 전개지? 언제 깨어난 거야? 아직 소식이 전해지지 않은 걸 보면 설마 의식을 찾자마자 바로 여기로 온 건가.
기분이 복잡했다. 나는 망설이듯 자리에서 주춤거리다가 이내 응접실 문을 열었다.
"아."
응접실 가운데 차분한 자세로 앉아 있던 인영과 눈이 마주쳤다. 이윽고 그녀가 몸을 일으켰다. 얌전한 몸짓이었다.
"안녕하세요. 리디아 님."
나는 기묘한 느낌에 휩싸여 그대로 움직임을 멈췄다.
아그리타의 모습은 기억하던 그대로였다. 허리까지 단정하게 떨어지는 갈색 머리카락, 갈색 눈동자, 사슴처럼 긴 목과 흰 피부. 목소리도 같았고, 오래 누워 있다 일어난 것이 믿기지 않을 만큼 혈색 또한 예전과 다르지 않았다.
그러나 다른 사람이다. 얼굴, 체형, 목소리, 분위기까지 외적으로 드러나는 모든 것이 전과 달랐다. 눈앞의 아그리타는 내가 처음 보는 사람이었다.

예상했지만, 막상 피부로 확인하니 기분이 대단히 묘했다. 나는 그녀가 이상하게 느낄 만큼 뻣뻣하게 굳어 있다가 겨우 정신을 차리곤 입을 열었다.

"그레이스 영애…… 아그리타. 우선 앉아요."

뭐라고 부르지? 마음 같아선 당연히 그레이스 영애지만, 그간 나는 그녀를 애칭으로 불렀고 남들도 그걸 다 보았다. 그뿐인가. 사석에서는 실컷 말을 놓기도 했지. 물론 그걸 본 사람이 아주 많지는 않지만 말이다.

어쨌든 남들이 보기엔 썩 친밀한 관계였는데, 갑자기 거리감 있게 대하면 이상하게 여길 수도 있었다. 나는 고민하다 이름으로 부르되 말은 놓지 않는 것으로 타협하고 자리에 앉았다.

"……그래, 몸은 좀 괜찮은가요? 깨어났다는 소식을 듣지 못했는데 이렇게 찾아와서 놀랐어요."

"죄송해요. 당연히 연락을 먼저 드렸어야 했는데 제가 너무 경황이 없었네요."

아그리타는 민망하다는 듯 웃고는 말을 이었다.

"주변 사람에게 들으니 제가 꽤 오래 의식을 되찾지 못하고 누워 있었다던데……."

그렇게 말하며 아그리타는 양손으로 찻잔을 살짝 들었다가 뜨거웠는지 다시 놓았다. 문득 아리였다면 저렇게 얌전히 내려놓지는 않았을 거라는 생각이 들었다. 그런 생각을 하는 사이 아그리타의 목소리가 이어졌다.

"신기할 만큼 몸은 아무렇지도 않아요. 그래서 그만큼 믿기지 않네요. 제가 그렇게 오랫동안 의식을 잃고 있었다는 게."

"몸이 괜찮다니 다행이에요."

정말이다. 그러지 않을까 짐작은 했지만 실제로도 후유증이 없다는 건 정말 잘된 일이었다.

아그리타는 내 대답을 듣더니 나를 빤히 보았다. 응? 내가 뭐 잘못 말했나? 의아해하는 순간 아그리타의 입술이 움직였다.

"실은 드릴 말씀이 있어서 이처럼 염치 불고하고 연락도 없이 찾아뵈었어요."

"무슨 말이기에."

"저……."

아그리타는 잠시 머뭇거리는 기색을 보이다가 말을 꺼냈다.

"사실은 제 기억이 일부 사라진 상태예요."

나는 그 말을 듣자마자 아그리타가 무슨 이야기를 하고자 하는지 알아차렸다.

'아리가 몸에 있을 때의 기억이 없는 거구나.'

그에 대해서는 긴가민가했었다. 과연 아그리타는 아리가 그녀에게 빙의했을 때 보냈던 시간을 기억할까, 기억하지 못할까. 답은 후자였다. 아그리타는 곤혹스러운 얼굴로 말을 이었다.

"대략 지난가을 이후부터 깨어나기 직전까지의 기억이 전부 없어요. 참 이상한 일이죠. 의식을 잃었을 때라면 몰라도, 의식을 잃기 전 얼마간의 기억까지 사라지다니."

나는 선뜻 대꾸할 말을 찾지 못해 침묵으로 대신했다. 이건 내 입장에서는 반길 일이기는 했다. 내가 아리와 나눴던 대화 중에는 남이 들으면 곤란해질 이야기가 제법 많았다.

책으로 읽었던 아그리타의 성격상 기억한다고 큰 문제로 번지지는 않겠지만, 그래도 기왕이면 그녀가 모르고 있어주는 편이 훨씬 마음 편했다. 그리고…….

나는 뜨겁지 않은 찻잔 손잡이를 만지작거렸다. 아그리타와 굳이 공유하지 않아도 괜찮을 것 같다. 아리와 나 사이에 있었던, 추억이라도 불러도 좋을 법한 일들은.

"……그렇군요. 그것 정말 당혹스럽겠어요."

"그래서 사과를 드리고 싶었어요."

"사과요?"

뜻밖의 말에 아그리타의 눈을 쳐다보았다. 그녀는 고개를 끄덕이곤 말을 이었다.

"제가 기억하지 못하는 그 시간 동안, 제게 무척 잘해주셨다고 들었어요."

"아, 그건……."

"죄송해요. 면목 없게도 감사한 기억을 잊고 말았어요. 뭐라고 말씀드려야 할지 모르겠습니다."

"아니, 아니에요. 괜찮아요."

모르니까 저러는 거겠지만 아그리타는 내게 사과해야 할 이유가 조금도 없었다. 나는 황급히 고개를 흔들었다.

"미안해하지 말아요. 아그리타의 기억이 사라진 건, 그러니까……사고잖아요? 사고를 당했다고 아그리타가 왜 사과하죠? 다시 말하지만 나는 정말 괜찮으니 전혀 신경 쓰지 않아도 돼요."

좀 오버했나. 하지만 받을 이유 없는 사과를 받고 있자니 양심이 하도 아파서.

아그리타는 허둥거리는 나를 보더니 이내 살며시 웃었다. 하얗고, 나풀거리고, 봄꽃이 떠오르게 만드는 청초하고 말간 미소였다.

"좋은 분이시군요. 리디아 님은."

으음, 글쎄. 내가 과연 저 말을 들을 상황인가 양심적인 의문이 들었지만, 어쨌든 길게 생각하지 않기로 했다. 칭찬을 받았으면 되돌려주면 그만이다.

"아그리타야말로 좋은 사람이에요."

빈말은 아니다. 책에서 읽은 아그리타는 선하고 상냥하며 올바른 인물이었으니까.

"내가 아그리타에게 잘해줬던 건 그런 이유에서였어요. 나는 원래 좋은 사람에겐 잘해주거든요."

이건 하얀 거짓말.

"그러시구나. 고마워요."

아그리타가 좀 더 환하게 웃었다. 꽃이 만개하는 듯한 그 미소는 이상하게 같은 얼굴임에도 아리와 전혀 겹쳐 보이지 않아서, 나는 한동안 그녀의 얼굴에서 눈을 떼지 않았다.

물뿌리개를 기울이자 촘촘한 입구로 물줄기가 분산되어 쏟아졌다. 아그리타가 돌아간 후 나는 후원에 나왔다. 후원에는 갓 피어난 꽃과 아직 피기만을 기다리고 있는 설익은 봉오리가 가득했다. 봉오리에 물을 주고 있는데 문득 연관성 없게도 딜런이 떠올랐다.

'딜런은 잘 있을까.'

아리가 원래 세계로 돌아가기 전 주었다던 휴가는 진작 끝났겠지. 여전히 그레이스 자작저에 있을까? 아그리타가 조금 전 호위로 누구를 데려왔는지 확인하지는 못했지만, 딜런이었다면 내게 인사하러 왔을지도 모른다.

나는 이런저런 생각을 하다가 한숨을 내쉬었다.

기분이 싱숭생숭했다. 아그리타는 내가 알던 아리와는 무척 달랐다. 고작 응접실에서 짧은 대화를 나눴을 뿐이지만 느낄 수 있었다. 물론 그건 당연한 일이었다. 둘은 다른 사람이었으니까.

그래. 다른 사람. 아그리타 그레이스는 아리와는 별개의 인물이다. 그러니까 '원래' 아그리타는 저런 사람이라는 거다.

나는 물에 촉촉이 젖어들어 가는 꽃봉오리를 가만 바라보았다.

이런 걸 고민하게 될 줄은 몰랐는데, 아그리타와의 만남은 내게 뜻밖의 생각을 불러일으켰다.

과연 나는? 원래 이 몸의 리디아는 과연 어떤 사람이었을까? 원래는 나 대신 비로즈 국왕의 딸로 태어나고, 버림받고, 이 집안에 입양되어 위드그린 공녀로 자라났어야 할, 그리고 에시의 손에 죽었을. 그녀는 대체 어떤 여자였을까.

그런 생각에 빠져 있을 때였다. 어느새 가까이에서 인기척이 느껴졌다. 고개를 돌리는 순간 얼굴이 반사적으로 밝아졌다.

"에시."

에시는 자연스럽게 내 손에서 물뿌리개를 빼앗아 자기가 들었다. 별로 무겁지 않았는데. 괜찮다고 해봐야 돌려주지 않겠지. 직접 물을 주는 내 즐거움을 빼앗지 말고 도로 내놓으라고 한다면 주겠지만.

문득 웃음이 나왔다. 후원에서 물뿌리개를 든 에시라니. 그것마저 한 폭의 그림이기는 했지만 어딘지 재미있는 그림이었다. 나는 에시를 보며 물었다.

"언제 일어났어?"

"조금 전에."

그렇게 대답하는 에시의 얼굴에선 얼핏 진한 아쉬움 같은 것이 엿보였다. 아쉬움?

"……집사가 조금만 덜 쓸모 있었더라면."

저게 무슨 말이지? 궁금하긴 했지만 나는 구태여 캐묻지 않았다. 그보다 하고 싶어진 말이 있었기 때문이다.

"에시, 있잖아."

"응."
"저번에 나한테 기억났다고 말했던 거 혹시 기억해? 그러니까……
북쪽 숲에서."
북쪽 숲에서 어느 살인 청부업자 때문에 내 출생의 비밀이 알려졌을 때, 에시는 다친 나를 안아 들고 그렇게 말했다.

"기억났어."

"그때 말이야. 뭐가 기억났다고 했던 거야?"
"어릴 때."
"어릴 때?"
"내가 아주 어릴 때, 제대로 몸을 가누지도 못하던 때 리디아 네가 나를 찾아와서 했던 말들을 기억하고 있었어."
에시는 말도 안 되는 말을 무덤덤하게 했다. 나도 무덤덤하게 들었다. 에시라면 그럴 수 있을 것 같았다.
"그때 들었던 말을 전부 기억해?"
"응."
"정말? 다?"
"다시 들려줄 수도 있어. 들려줄까?"
아니, 필요 없다. 그리고 들어봤자 나는 제대로 기억하지 못해서 소용없을 거다. 다만 대략적으로 이것만은 기억하고 있었다.
"그럼 그때 내가 이런 말도 했었어? 내가 전생을 기억하고, 환생해서 이번이 두 번째 생이라고."
"했지."
"그 말을 듣고 무슨 생각 했어?"
"아무것도."

에시는 내 눈을 쳐다보았다. 황금색 눈동자에 내 모습이 남김없이 오롯하게 담겼다.

"아무 생각도 안 들었어."

"궁금하지 않아? 전생의 내가 어땠는지, 거긴 어떤 세계였는지, 난 어쩌다 전생을 기억하게 됐는지."

"별로. 딱히 중요하지 않으니까."

에시는 서두르지 않고 평온하게 말했다. 그래서 더 진심이라는 것을 알 수 있게.

"나는 지금 내 눈에 보이는 너만 중요해."

"……."

"다른 건 됐어. 그게 뭐든."

"에시."

"왜?"

"누님이라고 불러봐."

너라도 불리는 것도 정말 좋기는 하다. 왜 전생에서 '너라고 부를게'라고 하는 노래가 그렇게 유행했었는지 이해가 될 만큼. 그렇지만 '누님'이라는 호칭이 갑자기 그리워졌다.

에시는 무슨 의도인지 모르겠다는 얼굴로 나를 보다가 입을 열었다.

"누님."

나는 에시의 얼굴을 붙잡아 내 쪽으로 한참 숙이게 했다. 그러곤 콧잔등에 쪽 입을 맞췄다.

쓸모없는 생각을 했다. 원래 리디아가 어떤 사람이든, 그런 게 무슨 상관일까? 어쨌든 나는 이 순간 리디아로서 살아 있고, 에시는 이런 '나'를 좋아하는데.

나는 에시와 눈을 마주하며 싱글싱글 웃었다. 에시는 눈썹을 움찔하더니 난감하다는 듯 말했다.

“여기서는 곤란한데…….”

뭐? 잠깐. 뭐가 곤란하다는 건데, 지금?

나는 에시를 황당하다는 얼굴로 응시했지만 이내 입술로 찾아드는 온기를 거부하지 않았다. 물뿌리개가 바닥을 굴렀다. 물을 흠뻑 맞은 후원의 꽃과 봉오리가 저마다 지지 않고 향긋한 내음을 풍겼다.

봄이었다.

Epilogue

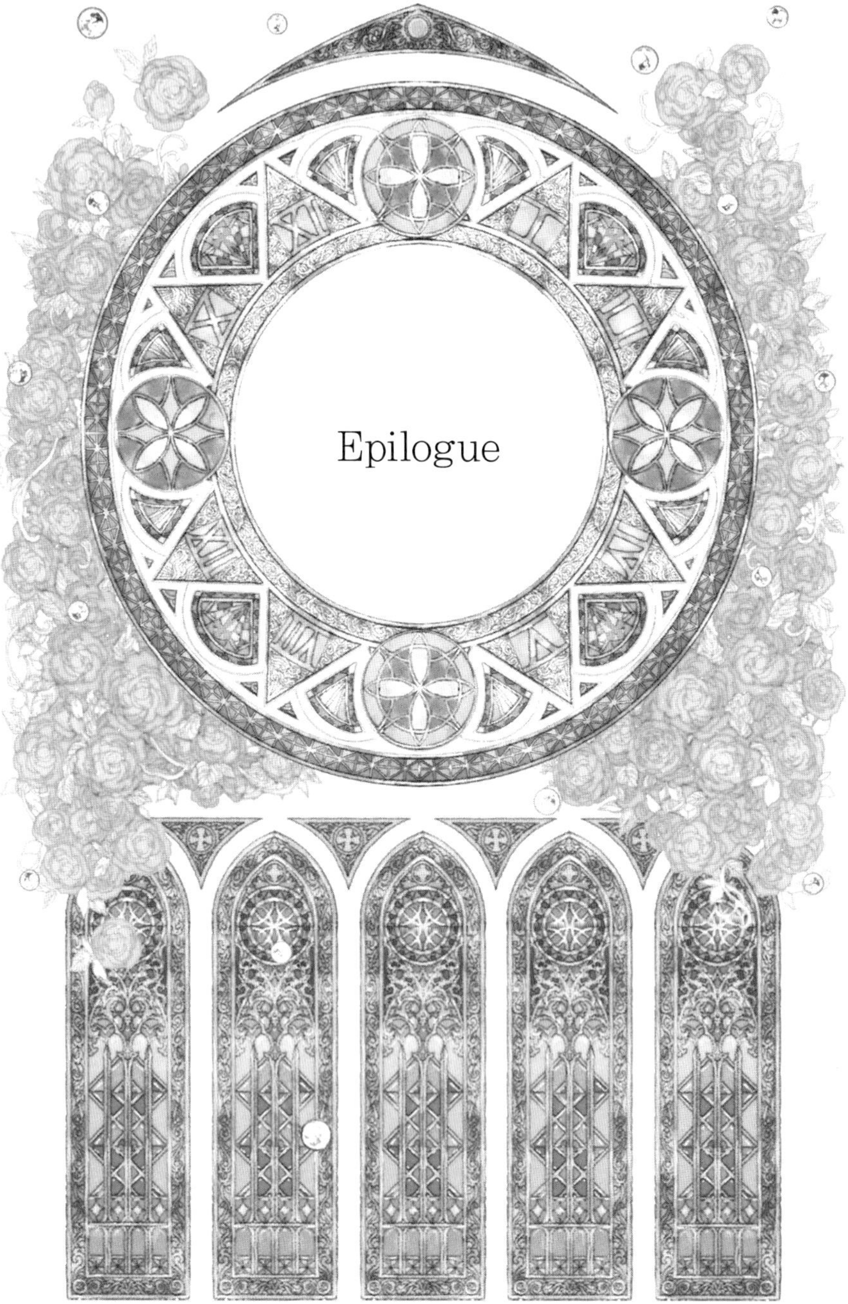

괜히 왔다. 가면으로 얼굴을 가리고 결혼식에 참석한 황태자 이그렛은 식장에 들어서는 신부를 보자마자 그런 생각을 했다.

'어쩌자고 여길 왔지.'

명실공히 현 제국을 가장 굳건하게 받치고 있는 기둥, 위드그린의 결혼식이었다. 황태자로서 마땅히 얼굴을 비쳐야 하는 자리이긴 했다.

그러나 이그렛은 지금 황태자로서 이 자리에 참석한 게 아니었다. 그랬다면 애초에 얼굴을 가리지도 않았겠지.

이그렛은 스스로를 비웃었다. 초대장은 황태자로서 받아놓고, 결혼식에는 한 사람으로서 오다니. 못났다. 참 구질구질하다.

이그렛은 눈도 깜박이지 않고 전방을 응시했다.

때 묻지 않은 순백의 화사한 드레스. 그 위로 매끄럽게 흐트러진 붉은 머리카락은 만개한 장미보다도 시선을 잡아끌었다. 세상을 전부 가진 듯 이 자리의 누구보다 행복하게 웃고 있는 신부는 아름다웠다.

그래서 문제였다. 너무 아름다워서. 이그렛은 결국 식을 끝까지 지켜보지 못하고 그곳에서 벗어났다.

그는 식장을 나와 마구잡이로 걸었다. 바람을 좀 쐬고 싶었다. 그러면 이 답답한 기분이 조금이라도 나아질까 싶어서. 뭐가 됐든 좋았다. 이그렛은 눈에 보이는 정원으로 들어가 무작정 발길이 닿는 대로 걸었다.

어느 정도 그러고 나니 정말로 마음이 조금 진정되었다. 맑은 공기와 풀 냄새의 효과일까. 이그렛은 그런대로 평소의 침착함을 되찾았다. 그리고 떠올렸다. 자신이 최악의 길치라는 걸.

'이런.'

그는 온통 낯선 풍경으로 둘러싸인 정원 한가운데에서 곤란한 표정으로 멈춰 섰다. 낭패였다. 이그렛은 자기 집이나 다름없는 별궁의 정원에서도 길을 잃은 전적이 있었다. 비록 황궁의 정원치고는 그가 몇 번 방문해 본 적이 없던 곳이라는 나름의 변명거리가 있었지만, 뭐 아무튼.

중요한 건 지금 이 정원이 그때 그 별궁 정원보다도 생소한 장소라는 거였다. 사실상 초행이었다.

'망했군.'

이그렛은 자신이 현재 얼마나 중대한 곤란에 처했는지 냉정하게 판단했다. 한순간 감정에 휩쓸려서 나중을 생각하지 않고 충동적으로 행동한 결과가 바로 이거였다.

'이걸 어쩐다.'

식은 아직 한참 남았을 거다. 그뿐만이 아니었다. 본식이 끝나면 다음은 피로연이 있다. 다들 정신없이 바쁠 테지. 그런 와중 저택의 사용인 중 누군가가 한가롭게 이런 정원 깊은 곳까지 들어와 줄 확률이 얼마나 될까?

정말이지 큰일 났다. 이그렛은 자신이 과연 어디까지 들어왔을지,

이 정원 전체가 얼마나 넓을지 가늠해 보았다.

운이 좋아 한참을 헤맨 끝에 간신히 빠져나가더라도 누군가와 마주치면 자신의 몰골에 대해서는 뭐라고 변명해야 하나. 그렇게 고민하던 때였다. 맑은 목소리가 그를 불렀다.

“저…….”

생각에 전념하느라 인기척을 느끼지 못했다. 이그렛은 움찔 놀라 뒤를 돌아보았다.

어두운 노란색 드레스를 차려입고 갈색 머리카락을 늘어뜨린 영애가 이그렛을 보며 순수한 얼굴로 입을 열었다.

“안녕하세요, 신사님. 혹시 산책 중이셨나요?”

이그렛의 머리가 빠르게 회전했다.

‘처음 보는 얼굴은 아닌데. 누구지?’

아, 기억났다. 그레이스 자작가의 아그리타 그레이스 영애. 대체로 다른 사람—리디아—과 함께이긴 했었으나 어쨌든 안면이 있었다. 이그렛은 그녀에게 아는 체를 하려다가 멈칫했다.

가만. 이그렛은 얼굴에 뒤집어쓴 가면을 더듬었다. 그는 지금 정체를 감추고 있다. 굳이 나서서 자기가 누구인지 드러내는 것은 이득이 아니라는 말이었다.

“……산책하기에 그리 나쁜 정원은 아니군요. 영애께서는?”

이그렛은 그런 식으로 어물쩍 대답했다. 상대는 대답을 듣고는 부드럽게 웃었다.

“저도 산책을 나온 참이랍니다. 하지만 방금 막 산책에 질려서요. 실례가 아니라면 나가는 길을 안내해 주실 수 있을까요?”

“저는…….”

“부탁드려요, 신사님. 제가 길에 어두운 데다 혼자 걷자니 적적하고 무서워서요.”

그녀는 그러더니 이그렛의 대답은 듣지도 않고 걸음을 옮겼다. 이그렛은 당황했다. 이걸 또 어쩌지. 새로운 큰일이다. 나가는 길 모르는데.

그러나 이그렛은 곧 깨달았다. 상대는 그에게 길을 안내해 달라고 해놓고는 정작 자기가 약간 앞장서 걷고 있었다. 이그렛은 초록색 눈동자를 깜박거렸다. 그는 조금 앞서 걷는 작은 몸을 따라가면서 생각했다.

'일부러 그랬구나.'

어떻게 알았는지는 몰라도 그가 길을 잃었음을 알아본 거다. 그래서 나가는 길을 안내해 달라는 핑계로 그를 도와준 거였다.

"부탁을 들어주셔서 고마워요, 신사님."

정원은 생각보다 넓지 않았다. 상대는 정원을 빠져나온 후 그를 향해 가볍게 상체를 숙였다.

"저……."

"네?"

이그렛은 돌아서려는 상대를 저도 모르게 불러 세웠다가 멈칫했다. 무슨 말을 할 건가? 고맙다고? 고마우니 이 일은 잊지 않고 이후에 답례하겠다고?

그러려면 자신이 황태자라는 것을 밝혀야만 한다. 그건 필연적으로 그가 이 결혼식에 정체를 감추고 참석했다는 것을 알리는 꼴이었다.

"……아닙니다."

상대는 조용히 미소 짓고는 이내 돌아섰다. 이그렛은 한동안 그 자리에 꼼짝 않고 서서 멀어지는 뒷모습을 지켜보았다. 이윽고 걸음을 돌리는 그의 머릿속에서 상대의 이름이 잠시간 맴돌았다.

황태자 이그렛 헤이든과 아그리타 그레이스. 이제부터 이 세계는 우연을 가장하여 두 사람을 질릴 정도로 마주치게 한다. 두 사람이 서로 사랑에 빠질 때까지.

그러나 그것은 아직은 일어나지 않은 조금 미래의 일이었다.

딜런은 눈치가 좋았다. 그녀가 그 눈치의 덕을 본 예를 들자면 끝도 없었지만, 최초는 어린 시절 그녀의 아버지가 그녀를 불에 태워 죽이기 전에 알아차리고 도망 나온 일이었다.

강도로 아내를 잃고 정신병을 얻은 그녀의 아버지는 연일 술독에 빠져 살다가 어린 딸과 함께 죽어버릴 계획을 세웠다.

'죽으려면 혼자 죽을 것이지. 살인자도 아니고.'

딜런은 냉정하게 생각했지만, 나중에 집으로 돌아가 숨을 거둔 아버지의 무덤은 만들어주었다.

더 나중에 안 사실이지만, 그녀의 어머니는 강도를 당하여 죽은 것이 아니었다. 마을에서 탐욕스럽고 악독하기로 이름 높은 귀족이 그녀의 어머니를 욕심내 억지로 탐한 후 강도로 위장하여 살해했던 거였다.

인과응보인지 이후 그 귀족이 외도하여 낳은 자식에게 살해당했다는 소식은 들었지만, 딜런은 자연히 귀족이라는 족속 자체를 좋아하게 될 수 없었다. 그래서 강렬한 배신감을 느꼈다. 다베리에게.

"미친 새끼야."

딜런은 갑자기 자기를 찾아와 어느 귀족 가문의 휘하로 들어가게 되었다고 말하는 다베리를 향해 욕부터 뱉어냈다.

"좋아? 이 미친놈아. 기사 시켜준다니까 좋아서 돌아버리겠어? 귀족의 똥개가 될 정도로?"

딜런과 다베리는 '히든'에서 그나마 유대감을 나누는 사이였다. 딜런과 어깨를 견주는 실력자였던 다베리는 그녀처럼 어린 시절 귀족의 욕심으로 부모를 잃고 고아로 자랐다. 그래서 딜런은 다베리에게 유대감을 느꼈다. 그와 자신이 다를 것 없다고 생각했다. 그러나 그건 착각이었을까.

다베리는 흥분하는 딜런에게 덤덤하게 말했다.

"내가 검으로 옷깃조차 못 스친 사람이다."

"머저리야. 자랑이냐?"

"어떻게 성장할지, 어떤 사람일지 궁금해. 어쩌면 이곳으로 다시 돌아올지도 모르지."

"아니, 돌아오지 마. 돌아오는 순간 내가 가만히 안 놔둘 테니까. 죽여 버릴 거야."

딜런은 깊은 배반감에 몸서리쳤고, 결국 그날 다베리의 머리카락 몇 가닥 정도는 잘라냈다.

그로부터 몇 년. 배신감도, 그 감정에서 파생된 원망과 분노도 희미해졌을 무렵 딜런은 다베리를 다시 만났다. 그리고 어느덧 정신을 차려보니 자신도 어떤 귀족의 개인 호위가 되어 있었다.

'하.'

이게 무슨 일이지. 딜런은 기가 막혔다. 왜 자신이 호위 계약서에 지장을 찍었지? 꼭 뭔가에 홀린 것 같았다.

딜런은 한동안 자신의 주인이 마녀가 아닌가 의심했다. 그러나 딜런을 고용한 아그리타 그레이스는 마녀와는 전혀 거리가 먼 인물이었다.

아니, 마녀는커녕 일반적인 귀족과도 한참 거리가 있었다.

다베리가 말 잘 듣는 개처럼 따라다니는 리디아 공녀도 귀족답지 않게 좋은 사람이었다. 대화를 나눠보니 알 수 있었다. 그러나 아그리타는 그런 리디아와도 달랐다. 훨씬 자유분방하고 격이 없고 순수했다.

세상 물정 모르는 귀족 아가씨가 많다는 건 안다. 하지만 아그리타는 그런 느낌이 아니었다.

신선하고 신기했다. 딜런은 전부터 같은 귀족이라도 상대가 예쁜 여자라면 경계심을 좀 누그러뜨리는 편이었다. 때문에 딜런이 아그리타에게 신분을 넘어 정을 느끼기까지는 그리 오래 걸리지 않았다.

그래. 인정한다. 딜런은 어느새 그녀의 고용주를 좋아하게 되었다. 인간적으로.

"딜런 윌 경."

그래서였다. 굳이 계획에 없었던 기사 작위를 그레이스 자작에게 부탁해 가며 따낸 것은. 쓰러졌던 아그리타가 깨어났을 때, 내가 당신 덕분에 기사가 되었노라고 말해주고 싶어서.

"딜런 경, 무슨 생각을 그렇게 하시나요?"

그러나 의식을 되찾은 아그리타는 그녀를 기억하지 못했다. 비단 그녀만 기억하지 못하는 것이 아니었다. 리디아와 다베리를 상대로도 초면처럼 행동하는 것을 보았다. 아그리타는 그녀를 만나던 시점의 기억을 통째로 잃어버린 것 같았다.

"아가씨."

"이야기하세요, 경."

깨어난 아그리타는 여전히 좋은 사람이었다. 딜런의 출신을 듣고도 그녀를 전혀 홀대하지 않았고, 오히려 한결 정중하고 상냥하게 대했다.

그러나 달랐다. 설명할 수는 없으나 딜런은 알 수 있었다. 다른 사람이라는 걸.

"괜찮으시다면, 한 가지 청이 있습니다."

고민은 길지 않았다. 딜런은 원래 그렇게 오래 생각하는 편이 아니었다. 그리고 한번 결심이 서면 행동도 빨랐다.

……그렇게 그만뒀다. 딜런은 아그리타와의 호위 계약서를 파기하고 자작저에서 나왔다. 기사 작위도 반납하겠다고 했으나 자작 내외는 고개를 저었다. 가족이 한결같이 좋은 사람이었다. 참 특이한 집안이기도 하지.

'뭐, 그럼 이제 다베리가 질색하는 얼굴이나 보러 갈까.'

딜런은 약간 즐거운 얼굴로 걸음을 옮겼다. 다베리는 티 내지 않으려는 것 같았지만 그녀를 볼 때마다 곤혹스러워했다. 이유는 뻔하다. 그녀가 다베리의 과거를 상세히 알고 있는 사람이어서겠지. 뭐, 그녀의 입장에선 딱히 대단한 과거는 아니었지만. 그래도 지금의 다베리와는 괴리감이 느껴지는 게 사실이긴 하다.

딜런은 다베리의 질겁하는 얼굴을 상상하며 공작저로 향했고, 실제로 그녀의 상상과 별로 다르지 않은 반응을 볼 수 있었다.

"딜런, 왜…… 당신이 이곳에 있습니까?"

"글쎄요."

딜런은 어깨를 으쓱하곤 웃어주었다. 눈치로는 그녀에게 크게 밀리지 않는 다베리의 안면에서 핏기가 가셨다.

"설마……."

"딜런!"

딜런은 자신을 반겨주는 청명한 목소리에 고개를 돌렸다. 리디아가 밝게 웃고 있었다.

"공작 부인."

"와줬군요. 정말 잘 왔어요."

"아뇨. 저야말로 불러주셔서 정말 감사합니다."

진심이다. 그 마음은 이곳에 도착하는 순간 더 강해졌다. 불쌍할 만큼 사색이 된 다베리의 얼굴을 구경하는 것이 생각보다도 유쾌했으니까. 딜런은 몰랐지만 아직 그녀의 속에는 다베리를 향한 앙금이 남아 있었다. 그가 그녀를 배신하고, 버리고 떠났던 것에 대한.

사실 버렸다는 표현을 쓰기에는 두 사람은 딱히 이렇다 할 사이가 아니었지만, 중요한 것은 그때 딜런이 느꼈던 심경이었다.

"입관했다는 말은 이전에 들었어요. 축하해요. 그럼 이제 딜런 윌경이라고 부르면 될까요?"

"이름으로 불러주세요. 그편이 더 익숙하고 편합니다."

"좋아요. 딜런 경."

그때 다베리의 표정이 한층 봐줄 만하게 변했다. 딜런은 웃음을 감췄다. 뭐가 마음에 안 드나 보지.

곧 리디아가 바쁘게 저택 안으로 들어갔다. 다베리는 그녀를 뒤따르지 않고 자리에 남았다.

딜런은 다베리의 눈초리를 받으며 고개를 기울였다.

"얼굴 뚫어지겠어."

"무슨 속셈입니까?"

"저런. 둘만 있는 자리에서도 손발이 다 꼬이는 그놈의 존댓말은 여전하네."

"상관하지 마세요. 그보다 무슨 속셈이냐고 물었습니다."

딜런은 다베리가 왜 고지식할 정도로 끝끝내 말을 높이는지 알았다. 비단 그녀에게뿐만 아니라 이곳 저택의 모두에게 저러고 있겠지. 아마 일종의 방어 전략일 거다. 말을 편하게 하고 지냈다간 자칫 예전의 개 같은 성질머리가 튀어나올지도 모르니까.

딜런은 픽 웃었다. 감히 귀족의 손목도 꺾어놓던 그 성질에 양반인 척하느라 고생이 많지.

"공작은 첫 만남에 진작 눈치챘을 테고. 누구한테 들키기 싫어서 이러는지는 훤하네."

"뭐라고요?"

"아무것도 아닙니다. 존경하는 훌륭한 기사 다베리 삭 경. 방금 내 속셈이 뭐냐고 했죠?"

딜런은 팔짱을 꼈다. 그러곤 그녀보다 몇 센티 정도 큰 다베리를 응시하며 씩 웃었다.

"별거 아니에요. 그저 놀라울 만큼 숭고하고 이타적인 의도죠. 바로 실연당한 어린양을 가까이서 위로해 주려는 심산이랄까."

"누가 실연당한……."

다베리는 자동으로 반박하려는 듯 입을 열었다가 도로 다물었다.

"왜요? 할 말 있으면 하든가."

"……됐어요. 상대하기 싫어졌습니다."

딜런은 소리 내어 큭큭 웃었다. 순해진, 정확히는 그런 척을 하는 다베리는 이런 맛이 있었다. 놀리는 맛. 예전 같았으면 어림도 없었을 텐데. 지금처럼 일일이 반응하는 대신 진작 검을 뽑아 들고 목젖에 들이댔겠지. 그 모습도 괜찮았지만, 지금도 그렇게 나쁘지는 않았다. 어쨌든 재미있으니까.

"불쌍한 다베리, 내가 눈치 빠른 거 알죠? 힘들 틈도 없이 곁에서 놀아줄 테니 걱정하지 마요."

"그냥 지금 당장 여길 떠나주세요. 그게 최고의 위로입니다."

"싫은데요?"

다베리의 표정이 와락 구겨졌다. 이내 상대하길 포기한 듯 고개를 돌려 버리는 다베리를 보며 딜런은 더 크게 웃었다.

한낮의 해가 작열하는 뜨거운 여름, 위드그린 공작가에 새 인재가 한 명 추가되었다.

안녕하세요. 제 이름은 티에마이. 주변의 시시콜콜한 이야기를 관찰하고 듣기 좋아하는 평범한 하녀랍니다.

얼마 전에는 근무지를 옮겼는데, 저는 그걸 제 인생에서 가장 잘한 일로 꼽고 있어요.

왜냐고요? 왜냐하면…….

“꺄악, 티에마이! 저기 봐!”

빨랫감을 나르던 동료 하녀 미미가 팔꿈치로 제 허리를 퍽 쳤어요. 아팠지만 저는 아픈 티를 내지 않았답니다. 왜냐면 미미가 이렇게 저를 칠 때는 늘 그럴 만한 이유가 있었거든요.

“어머나.”

바로 저렇게요. 저는 미미와 함께 창밖을 내다보며 탄성을 삼켰습니다. 복도 창밖에 무엇이 있었냐고요? 바로 봐도 봐도 적응되지 않는 이 세상 사람 같지 않은 비현실적인 미남, 이 저택의 주인이신 위드그린 공작님께서 계셨답니다. 그리고 그 옆에는 각하의 아내분이신 공작 부인도 함께 계셨어요.

그렇다면 여기서 설명해 드릴 수 있겠습니다. 왜 제가 이 저택으로 이직한 것을 근래 최고로 잘한 일로 꼽는지.

“언제 봐도 정말 잘 어울리신다…….”

저는 황홀한 표정으로 말했습니다.

단언컨대, 저 두 분께서는 제가 일평생 보아온 그 어떤 연인이나 부부보다 잘 어울리는 한 쌍이십니다. 정말로요. 세상에 저보다 완벽한 커플이 존재할 수 있을까요?

제가 이처럼 생각하는 이유는 차차 말씀드리도록 하고, 아무튼 덕분에 저는 최근 매일같이 로맨스 소설에 들어와 사는 기분을 느끼고 있답니다. 한 가지 아쉬운 부분이 있다면 주인공이 아니라 관찰자1의 시점이라는 거겠지만요.

"오늘도 눈이 행복했다. 가자."

미미가 다시 팔꿈치로 저를 툭 치더니 먼저 걸음을 옮겼습니다. 마침 공작님께서 공작 부인의 뺨에 다정하게 입을 맞추셔서, 저는 얼른 고개를 돌리고 후다닥 미미를 뒤따랐습니다.

"티에마이, 그거 알아?"

"뭘?"

후원의 꽃밭에 물을 주던 중 미미가 말을 걸었습니다. 근무 중 잡담은 대단히 환영입니다. 묵묵히 일만 하면 지루하니까요. 그렇지 않나요?

"왜 유독 이 후원에 붉은 꽃과 흰 꽃이 많은지."

"어머, 당연히 알지."

얘는. 사람을 뭐로 보고. 저는 손바닥으로 미미의 어깨를 찰싹 때렸습니다. 미미가 아야, 비명을 질렀습니다. 저런, 저도 모르게 힘이 좀 들어갔던가 봐요. 사실 평소에 팔꿈치로 찌르던 것에 대한 복수입니다. 저는 모르는 체 물뿌리개를 기울이며 말했습니다.

"바로 이 하얀 꽃은 주인님을 닮았고, 붉은 꽃은 주인마님을 닮았기 때문이잖아."

원래 이곳에는 꽃이 이처럼 많지 않았다고 해요. 품종이 다양하긴 했지만요.

그런데 어느 날부터 공작 부인께서 이곳을 공작님을 닮은 새하얀 꽃으로—공작님께선 눈처럼 하얀 머리카락을 지니고 계세요—채우기 시작하셨고, 그러다가 그만 공작님께 들키셨답니다.

그래서 어떻게 되었냐고요? 공작님은 지지 않으시겠다는 듯 그때부터 이곳에 붉은 꽃을 심기 시작하셨고—공작 부인께선 적발이시랍니다—나중에는 그것이 점차 경쟁으로 번졌답니다. 그러다 보니 결국 이 드넓은 후원이 온통 하얀 꽃과 붉은 꽃으로 메워졌다고 해요.

유치하다고요? 어머, 낭만적이지는 않나요? 저는 그렇게 생각하고 있어요. 누군들 그런 생각이 들지 않을 수 없을 거랍니다.

이 풍경을 두고 공작님과 공작 부인께서 티격태격하시다—사실 공작 부인께서 일방적으로 이게 대체 뭐냐고 타박하시는 것 같았지만—서로 눈을 맞추고 웃음을 터뜨리는 모습을 본다면 말이에요.

그때는 제 가슴이 다 콩닥거렸답니다. 정말이지, 그때처럼 달콤한 눈빛과 미소는 어딜 가더라도 다시 보기 힘들 거예요. 보는 사람이 덩달아 녹아버릴 것 같던 그 미소는 마치 솜사탕 같은…… 그런…… 으흐흐.

"티, 티에마이?"

아차. 잠시 표정 관리에 실패했나 보네요. 저는 얼른 표정을 가다듬곤 헛기침했습니다. 로맨스 게이지가 차오르면 간혹 이럴 때가 있어요.

그때였습니다.

"앗, 마님?"

꽃과 수풀에 가려 미처 발견하지 못했는데, 저희와 그리 멀리 떨어지지 않은 곳에 공작 부인께서 나와 계셨어요. 마침 공작 부인께서도 저흴 발견하셨어요.

"티에마이, 그리고 이쪽은…… 미미. 맞지?"

"네, 맞아요."

공작 부인께선 정말로 상냥하십니다. 고작 허드렛일을 하는 저희 이름까지 기억해 주시니까요. 이름을 불린 저희는 영광스러워 몸을 비비 꼬았습니다.

"오늘도 수고하는구나. 음, 후원에 꽃이 좀 많지? 늘 고마워."

"아니에요! 저희야말로 감사하죠! 어릴 적부터 꽃이 만개한 후원에 물을 주는 게 저희의 간절한 꿈이었는걸요."

그런 소박하다 못해 허접한 꿈을 품어본 기억은 없지만 살짝 거짓말을 해봤습니다. 공작 부인께선 저희에게 살포시 웃어주셨습니다.

아아, 아름다우셔요. 눈이 부십니다. 거짓말을 한 보람이 마구 솟아나네요.

"아가씨."

그때 먼발치서 이 저택의 하녀장, 베시가 다가왔습니다. 아주 예전부터 공작 부인을 모셨다는 베시는 공작 부인께서 결혼하신 후에도 계속 아가씨라는 호칭을 고수하고 있다고 해요. 가끔 그것이 베시만의 특권처럼 느껴져서 부러워질 때도 있곤 합니다.

"여기 계셨네요. 주방장이 이번에 타르트를 새로 만들었다는데, 좀 드셔보세요."

베시의 목소리에 저와 미미의 고개가 동시에 돌아갔습니다. 베시는 오른손에 웬 바구니를 들고 있었습니다.

꺄악! 야호! 타! 르! 트!

저희는 알고 있습니다. 공작 부인께선 틀림없이 저 탐스러운 바구니 안의 먹음직스러운 타르트를 저희에게도 권해주실 거라는 걸요.

"또? 지난번에는 푸딩을 만들지 않았어? 하여간 실험 정신이 식지를 않는다니까."

"좋은 직업 정신이죠."

"그건 그렇지만. 티에마이, 미미, 너희도 맛을 좀 보겠니?"

공작 부인, 만세! 만만세! 공작 부인께선 원래 항상 은혜로우시지만, 이럴 때면 특히나 더 감격스럽습니다. 우리 마님 최고!

베시는 어쩔 수 없다는 표정을 지으며 바구니를 열었습니다. 덮개를 여는 순간 향긋한 타르트 냄새가 후원에 가득 퍼졌습니다. 사랑하는 주방장이 이번에는 뭘 넣어서 만든 걸까요? 치즈? 크림? 유독 냄새가 달고 진합니다.

그런데 그때였습니다.

"우욱!"

저희는 화들짝 놀라 누구랄 것 없이 공작 부인을 돌아보았습니다. 공작 부인께선 막 헛구역질을 하시곤 본인도 놀라셨는지 당황한 얼굴이셨습니다.

"어? 이게 왜 갑자기…… 욱!"

"마님!"

"아가씨!"

저와 미미는 자리에서 마구 허둥거렸습니다. 이게 무슨 일일까요? 설마…… 어쩌면 설마……!

"아가씨, 제게 기대세요. 너희는 어서 가서 닥터를 불러와!"

"네, 네!"

바구니의 덮개를 도로 닫고 멀리 치워 버린 베시가 공작 부인을 부축하며 말했습니다. 닥터는 이 저택의 주치의입니다. 저와 미미는 일단 대답한 후 얼른 후원에서 빠져나왔습니다.

하지만 닥터에게 가지는 않았습니다. 저나 미미나 오랜 로맨스 소설 독자로서 터득한 바, 지금 이 상황이 저희가 짐작하는 그것이 맞다면, 그렇다면…….

"주인님!"

"공작 각하!"

저희는 공작님의 집무실에 마구잡이로 뛰어들었습니다. 워낙 막무가내였던 탓에 관성을 이기지 못한 몸이 사이좋게 바닥으로 나동그라졌습니다.

"이, 이게 무슨! 각하, 죄송합니다. 당장……."

"아니."

공작님께선 당황해서 저희를 끌어내려는 기사를 저지하며 몸을 일으키셨습니다. 그 모습이 마치 조각상이 움직이는 듯하여 평소였다면 넋을 놓았겠지만, 지금은 그럴 정신이 없었습니다.

"무슨 일이지?"

공작님께선 어쩌면 알아채셨던 모양입니다. 평소 두 분을 훔쳐보며 흠모하던 저희가 이처럼 공작님을 찾아와 난리를 피울 만한 일은, 필연적으로 공작 부인과 관련된 것일 수밖에 없다는 걸요.

저희는 넘어진 몸을 추스르며 고개 숙여 솔직하게 고했습니다.

"주인마님께서 방금 후원에서 음식 냄새를 맡으시곤 헛구역질하셨습니다. 그런데 그 모습이 마치……."

마치……. 저희가 미처 말을 다 끝내기도 전이었습니다. 고개를 숙이고 있던 탓에 표정을 볼 수 없었던 공작님께서 지체 없이 몸을 돌리셨습니다. 저희는 잠시 의아했습니다. 문은 저쪽이 아닌데?

그리고 다음 순간 깜짝 놀랐습니다.

"꺄아악!"

공작님께서 창문을 활짝 여시곤 그대로 뛰어내리셨으니까요! 저와 미미는 혼비백산해서 비명을 질렀다가 곧이어 창가로 다가갔습니다. 창밖을 내다보았지만 그새 공작님이 보이지 않았습니다.

"……후원으로 가셨을까?"

"그, 그렇겠지?"

여기가 몇 층이었더라.

벌렁거리는 가슴을 안고 잠깐 넋을 놓고 있었던 저희는 곧 정신을 차리곤 평범하게 복도를 이용해 후원으로 이동했습니다. 그러다 어느 순간 걸음을 멈췄습니다.

복도 창문 너머로 공작님과 공작 부인이 보였으니까요. 공작님께선 공작 부인을 안아 들고 계셨습니다. 이윽고 공작님께서 공작 부인의 이목구비에 하나하나 입을 맞추셨습니다. 이마, 눈꺼풀, 코, 입술.

저와 미미는 자리에 못 박힌 듯 서서 그 광경을 지켜보았습니다. 그러곤 이내 고개를 돌려 서로를 응시했습니다.

"……우린 후원으로 안 가도 되겠지?"

"응, 방해 말고 여기 있자."

"닥터나 부르러 갈까?"

"그래, 좋아."

저희는 천천히 걸었습니다. 어쨌든 제일 중요한 과제는 해치웠다는 기분이 들었으니까요. 그런데 이건 무슨 기분일까요. 뿌듯하고 흡족한 와중 가슴 한편이 왠지 모르게 허전했습니다.

"티에마이."

"응."

"요즘 큐피디아, 잘 지내나?"

큐피디아는 이전에 일하던 곳에서 하녀들 사이에 소문난 중매쟁이입니다. 그녀에게 걸리면 누구든 커플이 되기 전에는 결코 풀려날 수 없다는 말이 돌았을 정도로요.

그런 큐피디아가 한때 저와 미미에게 눈독 들였던 적이 있었습니다. 그때는 부담스럽고 내키지 않아 마냥 피했었지만요.

"글쎄…… 잘 지내지 않을까?"

"연락해 볼까?"

"……그럴까?"

사람의 마음이란 변하는 것인가 봅니다. 무더웠던 여름이 다 지나고 찾아온 쌀쌀한 가을의 중반. 저와 미미는 큐피디아와 다시금 친하게 지내기로 했습니다.

아리는 긴 꿈을 꾼 것 같다고 생각했다.

"무슨 생각 해?"

친구의 목소리에 아리는 시선을 들었다. 언제 수업이 끝났는지 교실은 시끌벅적했다.

"꿈 생각."

"꿈?"

"내가 저번에 다쳐서 누워 있을 때 꿈을 좀 꿨거든."

실은 꿈이 아니었을 것이다. 꿈이라기엔 너무 생생했으니까. 하지만 그렇다고 친구에게 내가 실은 영혼만 다른 세계로 이동해서 다른 사람의 몸에 들어갔었는데…… 라고 할 수는 없는 노릇이다.

"아, 네가 계단에서 구르고 거의 일주일 동안 정신 못 차렸을 때? 야, 그때 완전 난리 났었잖아. 너 뭐 잘못된 줄 알고."

"흐음."

아리는 턱 아래로 깍지 낀 손을 밀어 넣었다.

일주일, 정확히는 엿새하고 반나절. 학교 계단에서 구른 후 아리가 의식을 되찾지 못했던 기간이었다.

그래, 그것 때문에 아리는 더 진실을 말할 수가 없었다.

아리가 다른 세계에서 아그리타 그레이스로서 보냈던 시간은 아무리 적게 잡아도 두 달 이상이다. 그런데 그동안 이곳은 고작 일주일이 지났다니. 시간의 흐름이 너무 달랐다. 어림잡아도 족히 열 배는 되었다. 그러니 이걸 다른 사람에게 대체 어떻게 설명할 수 있을까. 그냥 꿈이라고 가정하는 쪽이 속 편했다.

"너 판타지 소설 좋아하지. 귀족 나오고 마법 나오고 하는 거."

"응? 응. 정확히는 로맨스 판타지를 좋아하는 거지만."
"내가 꾼 꿈이 딱 그런 내용이었거든. 들려줄까?"
"오? 해봐."
친구는 아리의 책상에 기대어 흥미진진하게 눈을 빛냈다. 수다는 수업 종이 울릴 때까지 계속됐다.

사람은 누구나 살면서 한 번씩 인생을 돌이켜 볼 때가 있다. 아리도 그랬다. 그녀는 출근하는 남편을 배웅하고 등교하는 딸을 데려다준 후 문득 사색에 잠겼다.
평범한 인생이었다. 남들 다 하는 입시를 거쳐 대학교를 졸업한 후 적성에 맞지도 않는 회사에 다니다가 입사 동기와 결혼했다.
자식으로는 딸을 한 명 낳았다. 딸은 말썽을 피울 때도 있었으나 대체로 바르게 컸다. 힘에 부치고 고단할 때도 있었지만 뿌듯하고 기쁠 때도 있었다. 되짚을수록 무난한 삶이었다.
아리는 생각에 잠겨 있다가 피식 웃었다.
'그 사람들도 잘 살았겠지?'
아리의 나이는 불혹을 넘긴 지 한참이었다. 딸은 고등학생이었고, 아리가 딸과 같은 나이이던 시절은 벌써 삼십 년 전이었다. 이곳에서 삼십 년이면 그녀가 잠시 머물렀던 세계에서는 삼백 년은 더 훌쩍 지났을 것이다.
'잘 살았겠지. 왠지 그랬을 것 같아.'
후세에도 전해질 세기의 로맨스를 찍으며 잘 살았을 것만 같다. 아리는 그런 생각을 하다가 순간 멈칫했다.
"아, 로맨스."

손뼉을 마주쳤다. 덕분에 잊고 있었던 것이 떠올랐다.

"지금 안 해놓으면 얘가 또 난리 나겠지."

아리는 혀를 차며 딸의 방으로 향했다.

내년이면 고3이 되는 아리의 딸은 현재 남다른 취미에 빠져 있었다. 바로 자기가 쓴 소설을 인터넷에 연재하는 거였다. 그리고 아리는 그런 딸의 소설을 검수하고 퇴고하는 편집자 역할을 맡고 있었다.

'말이 퇴고지, 사실상 내가 다시 쓰는 거지만.'

그녀의 딸은 이야기를 만들어내는 재주는 있지만 문장을 그럴듯하게 써내는 재주는 없는 듯했다. 아리는 역시나 이번에도 엉망인 한글 파일의 문장들을 보며 냉정하게 평가했다.

아리는 국문학과를 졸업했고 영세 출판사에서 편집자로 잠시 일했었다. 그것이 그녀가 딸의 연재소설 퇴고를 떠맡게 된 배경이었다.

아리의 하루는 여느 주부가 그렇듯 제법 바빴으나 딸의 부탁은 거절하기가 힘들었다.

"나도 참."

아리는 엉성한 문장이나 대사를 재창조 수준으로 손보다가 문득 파일의 제목을 보았다. 〈야수의 꽃〉. 그녀의 딸이 손수 지은 소설의 제목이었다. 장르는 로맨스 판타지.

언뜻 김고동이 떠올랐다. 김고동이 그녀의 딸과 비슷한 나이에 지었던 소설의 제목은 〈신녀 아그리타의 봄〉이었다. 아리는 잠시 고민하다 속으로 딸의 손을 들어주었다.

'야수의 꽃이 더 낫지. 우리 딸이 그래도 제목은 잘 지어.'

사람의 팔은 안으로 굽는다. 어쩔 수 없는 일이었다.

여기서 잠깐 아리가 미처 몰랐던 사실을 짚고 가도록 하겠다. 김고동은 다른 세계로 차원 이동하면서 그로 인해 미래를 보는 능력이 생겼었다. 그리고 아리도 차원을 넘었다. 그것도 무려 두 번이나.

그녀에게 어떠한 능력이 생겼어도 전혀 이상하지 않은 일이었다. 가령 그녀가 쓰는 이야기가 다른 세계에 덧씌워져 자체적으로 하나의 세계를 만들어냈다든가.

"하암."

아리는 집필인지 퇴고인지 모를 작업을 마치곤 기지개를 켰다.

"어."

그녀는 창밖으로 눈길을 주었다가 멈칫했다. 눈이 내리고 있었다. 함박눈이었다.

'딸 학교 마칠 즈음 되면 제법 쌓이겠는걸. 데리러 가야겠다.'

소복하게 눈이 쌓이는 바깥을 내다보며 아리는 부드럽게 웃었다.

"그거 알아?"

"뭘?"

마법사의 상징이나 다름없는 긴 로브를 입은 마법사 둘이 새카만 돌벽으로 이루어진 드높은 탑을 보며 숙덕였다.

"우리 마탑 말이야. 어떻게 세워졌는지."

"대충 알지. 몇백 년 전에 메이커인가 하는 천재 마법사가 막대한 돈을 쏟아부어 만들었다며. 그 와중에 반마족인지 뭔지 하는 존재의 도움도 있었다고 하고."

"맞아. 최소 수백만 골드를 들여 세웠다지. 천만을 넘겼다는 말도 있고."

"천만……?"

한 마법사가 깜짝 놀라며 다른 쪽 마법사를 쳐다보았다. 예상보다도 큰 금액이었다.

"무슨 돈이 그렇게 많았대?"

"그거 전부 투자를 받아서 모은 거였다고 하더라."

"투자?"

"처음에는 한 공작 가문에서 백만 골드를 투자받았는데, 그게 퍼지면서 다른 가문에서도 너도나도 투자하겠다고 나선 거야."

"와."

"마지막에는 황궁도 돈을 좀 보탰었다 하더라. 그래서 땅을 사고, 그 위에 저런 탑도 세울 수 있었던 거지."

"그랬구나."

마법사는 고개를 끄덕이다 말했다.

"그런데 우리, 왜 갑자기 이런 얘기를 하게 됐더라?"

"……일하기 싫어서?"

"아하."

그랬군. 마법사는 손뼉을 딱 치곤 하하 웃었다. 그러더니 이내 시무룩해졌다.

"그래도 이만 일하러 가자. 탑주님께 걸리면 죽을 테니까."

"으응……."

인생이란. 두 마법사는 터덜터덜 걸음을 옮겼다.

"어이, 거기 아가씨."

저잣거리를 걷던 소녀가 걸음을 우뚝 멈췄다. 갓길에서 좌판을 펼쳐놓고 점을 봐주는 노파가 그녀를 불렀다.

"혹시 전생이 궁금하지 않으신가? 원한다면 보여 드릴 수 있네만."

소녀는 잠시 고민하다가 냉큼 고개를 끄덕였다.

"좋아요!"

소녀의 머리는 계산을 마쳤다. 보통 이런 거리에서 이런 방식으로 마주치는 노파는 약 구십오 퍼센트의 확률로 사기꾼이 아닌 용한 점쟁이다.

어디에서 근거한 것인지 알 수 없는 소녀의 계산대로 노파는 정말로 용한 점쟁이였다. 특히 사람의 전생을 엿보는 데에는 누구보다 탁월하다고 자부할 수 있었다.

노파는 소녀의 단순하지만 고급스러운 옷차림을 보며 씩 웃었다. 오늘은 고기를 먹을 수 있겠다.

그때 소녀가 길바닥이나 다름없는 노파의 좌판 앞에 거리낌 없이 털썩 앉았다. 노파는 속으로 흠칫했다.

'뭐지? 귀족이 아닌가?'

귀족이라기엔 소녀의 행동거지가 사방으로 날리는 소녀의 노란 곱슬머리만큼이나 자유분방했다. 당황했지만 노파는 금방 평정을 찾았다. 알 게 뭔가. 어쨌든 돈은 많아 보이는데. 그거면 됐다.

노파는 좌판 위의 구슬에 손을 대곤 알아들을 수 없는 주문을 외웠다. 곧 구슬 안쪽으로 웬 사람의 형상이 떠올랐다. 탐스러운 붉은 머리를 지닌 아름다운 여인이었다. 옳거니. 노파는 뿌듯하게 구슬을 내밀었다.

"이 모습이 바로 전생의 아가씨 모습이라오."

가끔 주문을 외워 전생을 불러내었는데 흉악한 몰골이나 짐승이 튀어나오는 경우가 있다. 그럴 때는 전생을 봐주고도 복채를 얻기 힘들었다. 욕이나 안 얻어먹으면 다행이다. 오늘은 그와 반대여서 운이 좋았다.

소녀는 구슬에 비친 모습을 보고 놀란 것 같았다.

"이게 전생의 저라고요?"

"그래요. 보아하니 전생에 미모로 나라를 쥐고 흔드셨겠소."

복채를 후하게 받을 수 있을 것 같단 기대에 절로 입에 발린 말이 나왔다. 아주 거짓말은 아니었다. 구슬에 안에 떠오른 여인은 정말로 생기 넘치는 미인이었으니까.

뭐, 그래도 나라를 흔들었겠다는 것은 좀 과장인가.

'사실 미모로 나라를 쥐고 흔들 것 같으면 이 정도는 되어야…….'

노파는 구슬에 비친 여인 옆의 남자를 보며 무심코 생각하다가 깜짝 놀랐다. 소녀도 놀란 것 같았다. 여인의 곁에서 다정한 눈빛으로 그녀를 바라보는 남자는 도무지 믿을 수 없는 미모를 자랑하고 있었다.

"……나, 남편인 것 같구려."

노파는 저도 모르게 말을 더듬었다. 대박이다. 절로 그런 생각이 들었다. 이 전생은 대박이었다.

"전생에 복이 무척이나 많으셨나 봅니다."

이러한 전생을 불러내면 그날은 보통 노파의 주머니에도 대박이 터진다. 노파의 말투가 자연히 공손해졌다.

"와…… 그러게요. 승리자였네. 성공했네요, 전생의 나."

"크흠. 혹시 아가씨께서 원하신다면 이번 생에 만나게 될 남편의 모습도 보여 드릴까요?"

이건 서비스였다. 그런데 좋다고 할 줄 알았던 소녀가 대번에 표정을 굳혔다.

"아니요."

"예? 하지만 이건 그냥……."

"알고 싶지 않아요."

소녀의 얼굴은 심각했다. 이윽고 소녀가 속닥거렸다.

"점술가 할머니, 이 세계의 비밀을 알고 계시나요?"

"비밀이라니."

"이 세계는 사실 특정한 몇 남자에게 얼굴을 몰아주느라 나머지 남자는 대다수 꼴뚜기가 되어버렸답니다. 참 불공평하죠."

"……예?"

꼴뚜기?

"제 미래의 남편도 뻔해요. 꼴뚜기거나, 아니면 제가 결혼을 포기하고 혼자 살고 있겠죠."

"아니……."

"사실 별로 불만은 없어요. 결혼이 대순가요? 연애가 대수예요? 어쩐지 말할수록 눈에서 땀이 흐르는 것 같지만 어쨌든 그렇답니다. 전생을 본 것만으로 됐어요. 여기 복채예요!"

소녀는 금화가 담긴 주머니를 주고는 사라졌다. 노파가 기대했던 것보다도 훨씬 두둑한 복채였다. 기뻐해야 하건만, 그보단 얼떨떨했다.

"꼴뚜기라니……."

뭔지는 몰라도 대단히 부정적인 말인 것은 알겠다. 그러나 노파는 이해할 수 없었다. 구슬로 엿본 두 남녀의 운명은 서로 이어져 있었다. 즉 소녀는 이번 생에 전생의 남편과 다시 만나 맺어지게 될 거라는 말이었다.

'이 얼굴이 꼴뚜기로 환생한다고?'

물론 일반적으로 전생의 외모는 환생에 영향을 끼치지 않는다. 그렇지만 어쩐지 노파는 이번만은 아닐 거라는 생각이 들었다.

결국 노파는 구슬에 손을 얹고 소녀가 이번 생에 만나게 될 남편의 얼굴을 몰래 엿보았다. 이윽고 노파의 입에서 탄성이 흘러나왔다.

"……허어."

감탄의 의미였다.

"내 이럴 줄 알았지. 정말이지 복이 엄청난 아가씨로군."

꼴뚜기는 무슨. 구슬 안쪽에서 빛이 나는 것 같았다. 노파는 무심코 소녀의 전생의 남편과 이번 생의 남편을 비교해 보았다. 우열을 가리기가 힘들었다. 그러니까 외모 면에서 말이다.

"부럽구먼……."

인생에 진정한 승리자가 있다면 단연컨대 이 소녀다. 저도 후생에는 소녀의 절반이라도 따라가면 좋으련만. 노파는 다음 생을 기약하며 좌판을 정리했다. 오늘 장사는 끝이었다.

이미 근 한 달 치 수입을 벌었다. 오늘은 비싼 고기로 먹어야겠다. 노파는 콧노래를 흥얼거리며 자리를 떴다.

노파가 사라진 자리로는 풋풋한 봄 햇살만이 내리쬈다.

〈완결〉

외전 1 엘리스

"아가씨!"

몸이 먼저 반응하는 친숙한 목소리에 고개가 자동으로 돌아갔다.

"이거요."

"아."

나는 베시가 건네주는 손수건을 받으며 배시시 웃었다.

"하마터면 잊고 갈 뻔했네."

"고작 손수건 빼먹었다고 큰일이 나는 건 아니지만요."

베시는 마지막으로 매무새를 점검해 주듯 내 몸을 이리저리 살폈다. 나는 베시의 익숙한 노고를 구경하다가 불쑥 말했다.

"베시."

"네?"

"왜 아직도 나를 아가씨라고 불러?"

베시가 내 드레스에서 눈을 떼고 나를 보았다. 머리칼을 단정하게 하나로 틀어 묶은 고개가 오른쪽으로 슬쩍 기울었다.

"아가씨를 아가씨라고 부르지 않으면요?"

"나는 이제 결혼했잖아."

단지 사실을 읊은 건데 어쩐지 내 입으로 말하는 것이 부끄럽게 느껴졌다. 나는 헛기침을 한 후 말을 이었다.

"결혼했으니 더는 아가씨가 아니지 않아?"

"아가씨. 저 서운해지려고 해요."

"으응?"

하지만 말과는 달리 베시는 여전히 부드러운 낯이었다. 매의 눈으로 내 어깨에서 실밥을 찾아 떼어낸 베시가 약간의 침묵 후 말했다.

"제가 아가씨를 아가씨라고 부르며 모신 게 스무 해가 넘었어요."

"응, 그렇지."

"그런데 갑자기 아가씨라고 부를 사람이 사라지면 저는 허전해서 어떡해요?"

"……그래?"

"그럼요."

나는 베시의 말을 듣다가 문득 집사를 떠올렸다. 집사는 결혼식이 끝나자마자 칼같이 나를 마님이라고 부르기 시작했다. 오히려 내가 적응을 못 할 속도였다.

"집사는……."

"그 인간은 감성이 말라붙어서 그래요."

말을 다 잇기도 전에 베시가 단호하게 정리했다.

그렇군. 그래, 그렇다면 그런 거로 하자. 어차피 그렇게 중요한 건 아니었으니까. 그런데 참, 그런 식으로 치면 이 저택에는 감성이 풍부한 사람이 한 사람 더 있다.

"다녀오십시오, 아가씨."

부르지 않아도 마침 알아서 나타나는군.

나는 베시의 뒤에 애매한 거리를 유지하고 서 있는 다베리 경을 발견하곤 말을 걸었다.

“왜 거기 있어요?”

“제 위치에 뭔가 문제라도?”

“너무 멀잖아요. 왜 그렇게 멀찍이 서 있는데요?”

“음…….”

나는 다베리 경이 답을 뜸 들이는 동안 그를 관찰했다. 그의 오른손에 미처 갈무리하지 못한 검이 보였다.

“땀 냄새?”

순간 떠오르는 대로 뱉고 나니 다베리 경이 어색하게 미소 짓는 것이 보였다.

“제 입으로 말씀드리자니 부끄러웠는데, 결국 실토하게 하시는군요.”

“아하. 이제 막 훈련을 끝마쳤나 보죠?”

나는 그렇게 말하고 나서야 지금이 아직 창창한 대낮이라는 것을 떠올렸다. 가만.

“……가 아니라, 땡땡이?”

“아가씨. 부디 저에 대해서 너무 많은 것을 알려고 하지 말아주십시오.”

“저런.”

정말 땡땡이야? 훈련까지 도중에 내팽개치면서 내 배웅을 나오다니. 뭐 대단한 것도 아닌데. 물론 배웅을 핑계로 이참에 훈련을 빼먹었다는 쪽이 좀 더 그럴듯하긴 하지만 말이다.

봐준다.

나는 다베리 경의 근무 태만을 이번만 특별히 눈감아주기로 했다.

“어쨌든 고마워요. 베시, 다녀올게.”

“다녀오세요. 저녁에는 돌아오시는 거죠?”

"응. 아마 그 전에 끝날 거야."

나는 내 목적지를 상기했다. 후루룩 백작이 주최하는 간단한 사교 파티가 오늘 정오부터 그의 저택에서 열린다.

뭐든 빨리 열고 빨리 끝내기를 좋아하는 후루룩 백작의 성미로 보건대, 파티는 길어봐야 한나절을 넘기지 않을 것 같았다. 뭐, 그 안에 안 끝나면 그냥 빠져나오면 되는 거고.

그렇게 생각하며 마차 쪽으로 돌아섰을 때였다. 대기하고 있던 마부 대신 마차의 문을 열어주는 손이 보였다. 나는 반갑게 고개를 들었다.

"에시."

에시는 마치 인사 대신이라도 되는 것처럼 내 이마에 입을 맞춘 후 손을 내밀었다.

"갈까?"

이쯤이면 슬슬 이 정도 스킨십에는 익숙해져서 아무렇지 않을 만도 한데 생각보다 쉽지 않다. 나는 이마에 남은 간지러움만큼 수런거리는 가슴을 안고 마차에 올랐다.

"……?"

마차에 올라 습관처럼 창밖을 내다보는데, 베시가 다베리 경에게 뭐라고 하는 것이 보였다. 응? 저거 설마 혼내고 있는 건가? 다베리 경의 입 모양이나 손동작을 봐선 괜찮다고, 걱정하지 말라고 대답하는 것 같았다.

뭐지? 웬일이래. 다른 사람이면 몰라도 다베리 경이 베시에게 혼나는 건 보기 힘든데. 나중에 물어볼까.

그렇게 생각하는 순간 마차가 출발했다. 나는 금세 변하는 바깥 풍경을 잠시 구경하다가 고개를 정면으로 돌렸다. 맞은편 자리에 다리를 꼬고 앉아 그새 한 손으로 서류를 들고 살피는 에시가 보였다. 그 모습을 잠자코 지켜보며 마차 창틀에 팔을 걸치고 머리를 지탱했다.

'음, 보기 좋군.'

작품 이름은 〈일하는 내 남자〉.

누가 만든 작품인지는 몰라도 참 걸작이다, 걸작이야. 보고만 있어도 심미안이 저절로 높아지다니. 세상에 이런 명작이 있을 수가. 세간에 공개하면 틀림없이 모든 화가와 조각가가 극심한 슬럼프에 빠져 버릴 거다.

나는 그들을 위해 어쩔 수 없이 이 작품은 나만 봐야겠다는 생각 따위를 하다가, 문득 공기가 꽤 따뜻해졌다는 걸 느꼈다. 기분 탓은 아닐 테다. 실제로 계절이 봄을 지나 여름으로 접어들고 있었으니까.

'여름…….'

언제 시간이 이렇게 됐지? 나는 서류를 들지 않은 에시의 왼손을 슬쩍 보았다가, 이어서 내 왼손을 내려다보았다. 같은 손가락에 같은 디자인의 반지가 반짝거렸다. 순간 나도 모르게 흐뭇한 웃음이 나왔다. 그리고 동시에 한숨도 나왔다.

'이 반지를 고르느라 얼마나 고생했었는지.'

내가 얼마큼 고심에 고심을 거듭했는지 모른다. 링은 에시의 머리카락 색을 닮은 백금으로. 보석은 눈동자를 닮은 샛노란 것으로.

사실 링은 쉬웠다. 문제는 보석이었지. 아무리 예쁘고 비싸고 유명하다는 보석을 봐도 에시의 눈동자와 비교하면 약속이나 한 듯 하나같이 초라해지는 바람에. 그래도 고르고 골라 겨우 반지를 완성하기는 했다.

이걸 에시의 손가락에 끼워줄 때 그 뿌듯함은 정말 이루 말할 수 없을 정도였는데. 기어코 내가 직접 끼워주겠다고 식 관례를 멋대로 바꿔 버리기도 했었고.

'그런데 그게 벌써 두 달 전의 일이라니.'

나는 공기가 본격적으로 포근해지기 전에 결혼식을 올렸다. 그때가 봄이었지. 그런데 벌써 여름이 다가오고 있다는 게 무척 신기하게만 느껴졌다. 하여간 시간이란 참 알 수 없다. 어떨 때는 꼭 이대로 멈춰 버린 것 같다가도, 지나서 보면 그만큼 찰나인 것도 없으니까.

결혼반지를 보며 그런 감상에 빠져 있을 때였다. 문득 시선이 느껴져 고개를 드니 에시가 나를 보고 있었다.

"……왜?"

"그냥."

에시는 지그시 나를 보더니 눈매를 휘어 웃었다.

"휴식 중."

그래? 그런데 말이야. 너 다른 데 가서는 그런 식으로 웃지 않는 게 좋겠다.

내가 이 말을 할까 말까 고민하는 사이 서류를 내려놓은 에시가 내게 손을 내밀었다. 저 손이 무슨 의미일까 생각해 보기도 전에 몸이 먼저 움직였다.

에시는 내가 자기 손을 잡자마자 나를 제게로 확 끌어당겼다.

"……!"

순식간에 에시 위에 올라앉은 내가 눈을 깜박거렸다. 마차의 천장이 높아서 다행이라는 태평한 생각을 하는데 에시가 내 허리를 껴안았다.

"……이건 뭐야?"

"충전."

그렇군. 휴식에 충전이라. 그래, 일하다 보면 중간에 그런 게 필요해지기는 하지. 논리적인데?

나는 마차가 목적지에 도착하려면 얼마나 남았을까 생각하며 에시의 목에 팔을 둘렀다. 물론 그 생각은 곧 별로 중요하지 않은 것이 되고 말았지만.

"공작님, 공작 부인!"

나는 가까워지는 목소리를 들으며 내 차림새를 최종적으로 빠르게 점검했다. 드레스? 구겨진 부분 폈고. 입술 화장? 고쳤고. 됐다. 완벽하다.

헐레벌떡 우리 앞으로 뛰어온 백작이 숨도 고르지 않고 허리를 깊이 숙였다.

"와주셔서 진심으로 감사합니다. 영광입니다."

"뭘요. 나야말로 초대해 줘서 고마운걸요."

"아닙니다. 제가 그저 영광이고 또 영광입니다. 그럼 바로 파티장으로 모시겠습니다. 이쪽으로……."

손수건을 꺼내 이마의 땀을 닦으며 후루룩 백작이 앞장섰다. 나는 에시와 팔짱을 끼고 백작의 뒤를 따라 걷다가 슬쩍 옆을 올려다보았다.

"왜?"

바로 눈이 마주치는 게 신기하면서 약간 웃음이 났다. 나는 목소리를 낮춰 말했다.

"음…… 할 말 있어서?"

"무슨 할 말?"

"고맙다는 말?"

"뭐가?"

"내가 하자고 하는 건 다 해줘서."

우리가 이 파티에 참석하게 된 경위를 떠올렸다. 간단하게 설명하자면 이건 사실 내기 보상이었다. 지난밤, 나와 에시 사이에 있었던 몹시 사소한 내기.

장난처럼 진행했던 그 내기에서 내가 이겼고, 나는 승리 보상으로 파티 참석을 요구했다. 그리고 에시는 지금 그 요구를 충실히 이행하는 중이고 말이다.

"패자가 승자의 말을 따르는 건 당연하지."

"그렇게 말한다면 뭐……."

사실 그것도 맞는 말이다. 만약 내기에서 이긴 것이 에시였다면 나는 열심히 에시의 요구에 따랐을 테니까.

"뭘 하든 내가 승자가 되는 일은 없겠지만."

"응?"

방금 뭐라고? 제대로 못 들었다고 말하려는 순간 눈앞에 화려한 문이 나타났다. 이윽고 문을 지키는 하인이 힘껏 소리쳤다.

"에시 위드그린 공작과 리디아 위드그린 공작 부인께서 입장하십니다!"

목청도 크지. 하긴, 저러니까 저 일을 맡은 건가.

나는 사방을 쩌렁쩌렁 울리는 하인의 목청에 소소하게 감탄하며 파티장 안으로 들어섰다.

"공작 부인, 공작님! 이런 곳에서 뵙네요."

"파티에 오실 줄은 몰랐어요."

"언제 봐도 정말 잘 어울리세요, 두 분."

파티장 안에서 몇 걸음 걷지도 않았는데 주변으로 사람이 몰려들었다. 익숙한 광경이었다. 여전히 정신 사납지만.

사실 이전에는 나와 에시가 함께 있으면 에시에게 더 관심이 쏠려서 나는 상대적으로 좀 편해지는 것도 있었는데 지금은 다 옛말이 됐다. 에시와 똑같은 몫으로 주목을 나눠 가지는 게 이런 기분이라니. 정신이 하나도 없군.

"공작 각하."

쏟아지는 인사를 적당히 받아줄 때쯤 에시를 찾는 사람이 나타났다. 콧수염을 반들거리게 손질한 중년인은 에시에게 정중하게 고개를 숙였다.

"도니조아 백작입니다. 긴히 드릴 말씀이 있습니다만, 잠시만 시간을 내주시면……."

나는 그의 반질거리는 콧수염에서 냄새를 맡았다. 돈 냄새. 그러고 보니, 전에 에시가 마침 정리하려는 사업체가 있다고 했던 것 같았다. 나는 콧수염 백작을 유심히 보다가 그의 시선이 내 쪽으로 왔을 때 슬쩍 손을 들어 엄지와 검지를 붙여 동그라미를 만들어 보였다. 순간 멈칫했던 콧수염 백작이 이내 열렬히 고개를 끄덕였다.

그렇군. 나는 에시를 올려다보았다. 그러곤 연거푸 헛기침으로 목을 가다듬은 뒤 말했다.

"다녀와요, 당신."

여기서 한 가지 설명을 해주겠다. 나와 에시에게는 대외용 말투라는 게 있다. 그건 쉽게 말해 지금처럼 공개된 자리에서만 사용하는 '일반적으로 격식을 차린 말투'라고 할 수 있다. 그렇다면 부부 사이에 일반적으로 격식을 차린 말투란 무엇이냐?

"금방 돌아오겠습니다. 부인."

……이런 거지.

"꺄악!"

나는 순간 흠칫했다. 찰나 내 내면의 비명이 바깥으로 새어 나간 줄 알았기 때문이다. 다행히 어떤 영애가 황급히 자기 입을 틀어막는 것이 보였다. 휴, 아니군.

에시는 내친김에 내 손등에 키스까지 남기곤 콧수염 백작과 자리를 옮겼다. 두 사람이 자리에서 사라지자마자 주변이 순식간에 소란으로 가득 찼다.

"다들 보셨나요?"

"어쩜, 목소리만 들어도 알겠어요. 어찌 저리 다정하신지."
"각하께선 늘 저러시나요? 공작 부인, 너무 부러워요."
나는 쏟아지는 탄성과 질문 사이에서 묵묵히 침묵을 지켰다. 다른 이유가 있는 건 아니었다. 단지 입을 여는 순간, 나도 주체하지 못한 비명이 튀어나갈 것 같아서 그랬다.
'으아악!'
비명인지 괴성인지. 이쯤이면 괴성에 더 가까운 것 같지만. 나는 내뱉을 수 없는 괴성을 속으로 삼키며 눈에 보이지 않는 건물을 실컷 부숴댔다. 심장이 쿵쾅거렸다.
'신이시여.'
여기까지 왔으니 그냥 고백하자면, 내가 결혼 후 취미에도 없던 파티를 에시와 다니기 시작한 건 다 이것 때문이었다.
부인. 존댓말.
'어떻게 이럴 수가 있지?'
이래도 되나? 정말 저런 해로운 조합이 세상에 존재해도 된다고? 인체의 핵심이라고 할 수 있는 심장 건강에 치명적으로 나쁘지 않나?
나는 가슴을 부여잡고 난간에 매달려 심호흡이라도 하고 싶은 것을 간신히 참았다.
'이러다 부정맥으로 먼저 가겠어.'
안 되지, 안 돼. 이 좋은 세상 오래오래 살아야지. 나는 전생에서 배운 라마즈 호흡법을 떠올리며 마음을 진정시켰다. 내 인생 첫 번째 목표는 누가 뭐라고 해도 장수다. 결혼하면서 특히 굳었다. 그 누구도 나의 에시와 백 살까지 살기 계획을 망칠 순 없어.
그때였다.
"……조심하세요."
뭐? 부정맥 조심하라고? 아니지. 부정맥은 속으로만 생각했는데.

무슨 소린가 싶어 목소리가 들린 방향으로 시선을 옮겼다.

"조심하라뇨?"

가느다란 목소리를 나만 들은 것이 아니었던 모양인지 누군가가 의아하게 물었다. 시선이 모인 곳에는 십 대 후반이나 되었을까 싶은 자그마한 영애가 서 있었다. 그녀는 갑작스럽게 몰린 이목에 볼을 발갛게 물들이면서도 꿋꿋하게 말했다.

"말씀드린 그대로예요. 조심하셨으면 좋겠어요."

"대체 뭘 조심하라는 말인가요?"

"……리스."

응? 뭐라고? 더욱 작아진 목소리에 귀를 기울이는 순간 영애가 말을 이었다.

"엘리스 다네키어. 그 여자를 조심하세요."

"영애!"

앗, 깜짝이야. 누군가가 빽 고함을 질렀다. 덕분에 나는 깜짝 놀란 동시에 의아해졌다. 왜 고함을? 그러나 고함에 의아함을 품은 건 나 혼자였던 모양이다. 주변은 고함의 출처를 알아내는 대신 한목소리로 영애를 나무라기 시작했다.

"영애, 이게 무슨 짓이죠? 그 이름을 여기서 언급하다니요?"

"지금 제정신인가요?"

"저는 다만, 공작 부인을 위해서…… 솔직히 여기 계신 모두 그렇게 생각하고 계셨잖아요."

"이봐요, 영애. 생각한 걸 다 입 밖으로 내나요? 세상에는 해도 되는 말이 있고 해서는 안 되는 말이 있는 거예요."

'……?'

뭐지?

'말하면 안 되는 이름이었나?'

분위기가 이상하게 흘러갔다. 그것도 순식간에. 나는 갑자기 뒤바뀌어 버린 분위기에 적응하지 못해 멀뚱히 눈만 깜박였다.

"영애의 경솔함에 정말 더 할 말이 없네요."

"어디 감히 그 이름을 공작 부인 앞에서……."

"생각이 부족해도 정도가 있지."

"이 자리를 망치려고 작정을 한 것도 아니고."

그사이 영애를 향한 비난은 한층 세를 불렸다.

나는 부채를 펴 든 어느 부인이 혀를 쯧쯧 차는 소리를 들으며 혼란스러운 머리를 굴렸다. 그러나 아무리 기억을 뒤져봐도 영애가 언급한 이름은 생소하기만 했다. 엘리스…… 다네키어?

'그게 누군데?'

"……죄송해요. 제가 생각이 짧아 실수했습니다. 부디 너그러운 마음으로 용서해 주시길."

그 와중에 결국 쪽수에서 밀린 영애가 울 것 같은 얼굴로 사죄의 말을 뱉었다. 그러곤 황급히 뒤돌아 사라지는 작은 몸을, 나는 뭐라 할 수 없는 심정으로 쳐다보았다. 영애가 퇴장한 후에도 주변은 여전히 소란스러웠다.

"재수 없어라."

"어휴, 어디서 그 이름을. 불결하기도 하지."

'불결?'

아니, 무슨 볼X모트야? 저 정도면 사람 이름이 아니라 거의 저주나 역병 같은 거라고 봐야 했다. 도대체 뭘 하면 고작 이름 하나로 이런 취급을 받지? 심지어 저렇게 유명한 이름을 나만 모르고 있었다. 나는 궁금함을 참지 못하고 가까이 선 부인에게 말을 걸었다.

"저, 부인. 엘리스……."

그러나 내가 미처 문장을 다 완성하기도 전이었다. 내 주위로 우르르 몰려든 사람들이 동시에 약속이나 한 것처럼 조잘거렸다.

"공작 부인, 조금도 신경 쓰지 마세요."

"맞아요. 기분 상하셨을 테지만 그냥 잊어버리세요."

"어린것이 아무것도 몰라 말실수한 것을요."

"아예 듣지 못한 셈 치세요."

"그래요. 공작 부인께선 저런 이름 따윈 듣지 못하신 거예요. 저희도 마찬가지고요."

아니, 잠깐만. 저기요? 마음은 고맙다. 무슨 의도로 이러는지 알겠으니 마음은 고마운데…….

"그게 아니라—"

그때 파티장을 장식하는 악단의 연주가 변했다. 이 멜로디의 변화가 뜻하는 바는 명백했다. 댄스 타임. 주변을 채우고 있던 영애와 부인들이 마침 잘되었다는 듯 서둘러 파트너의 손을 잡고 사방으로 뿔뿔이 흩어졌다. 파트너와 동석하지 않은 사람들도 어떻게든 함께 춤을 출 사람을 찾아 재빠르게 자리를 떴다.

"……."

덕분에 나는 한순간에 외톨이로 남겨지고 말았다. 엘리스 다네키어라는 인물에 대한 궁금증은 조금도 해소하지 못한 채로.

'……아니!'

이게 뭐야? 기막힌 타이밍에 할 말이 통째로 사라졌다.

그렇게 파티장 한편에 덩그러니 남아 홀로 황당함을 만끽하고 있을 때였다.

"아름다우신 공작 부인."

"……?"

"감히 부인의 탐스러운 적발에는 미치지 못하나, 제 마음속에서 새빨갛게 타오르는 정열처럼 붉은 와인을 준비했습니다. 한잔 드시겠습니까?"

뭐지? 나는 듣기만 해도 본능적으로 경비병을 부르고 싶어지는 놀라운 대사에 몸을 돌렸다. 양손에 하나씩 와인 잔을 든 남자가 내게 윙크했다.

"인사드리겠습니다. 컬터쉐 자작입니다."

"껄떡쇠 자작?"

"컬터쉐 자작입니다."

뭐, 그렇군. 나는 그를 이 초 이상 쳐다보지 않고 시선을 치웠다.

"됐어요."

세상에 또라이 질량 보존의 법칙이 있다면 파티에는 무릇 껄떡쇠 질량 보존의 법칙이 있다. 참 신기한 노릇이다. 대체 저런 부류는 어디서 복사돼서 이렇게 가는 곳마다 나타나는 걸까?

'양성소가 있나.'

그러고 보면 전생에는 정말 양성소 비슷한 게 있었던 것 같은데. 뭐더라, 무슨 아티스트?

"와인이 마음에 안 드십니까? 선호하는 주종을 말씀해 주시면 그것으로 바꿔 오겠습니다."

아예 몸을 돌려 걷기 시작한 내 옆으로 바짝 따라붙으며 컬터쉐 자작이 떠들었다. 나는 그를 본체만체하며 지나가는 하인을 찾았다. 아무나 보이는 대로 잡아서 빨리 넘겨줘야겠다. 이 쓸모없는…….

'가만. 쓸모?'

놀랍게도 그 순간 껄떡쇠의 유일한 쓸모가 떠올랐다. 일회성이긴 했지만.

나는 걸음을 우뚝 멈췄다. 덩달아 발을 멈춘 컬터쉐 자작이 쏟을 뻔한 와인을 겨우 수습했다.

"공작 부인, 드디어 저와 대화하실 마음이……."

"이봐요. 껄떡쇠 자작."

"컬터쉐 자작입니다."

"엘리스 다네키어라는 사람을 아나요?"

"예?"

"엘리스 다네키어. 아냐고요."

컬터쉐 자작은 내 갑작스러운 질문에 멍청하게 눈을 깜박였다.

"……어, 그게, 다네키어 영애 말씀입니까?"

"아는군요. 어떤 사람이죠?"

"다네키어 영애는……."

컬터쉐 자작은 예상치 못한 질문에 당황하는 것 같으면서도 일단 순순히 답을 내놨다.

"아름다운 분이시죠. 마치 흑장미처럼."

그래? 흑장미라. 보나 마나 머리카락이나 눈 색이 검은색이겠군. 저런 타입이 사람을 비유하는 방식이야 뻔하다. 그렇게 생각하며 이어질 말을 기다렸다. 그런데 잠자코 기다려도 컬터쉐 자작이 말을 더 보탤 기미가 보이지 않았다. 나는 설마 하며 미간을 좁혔다.

"그게 단가요?"

끝이라고? 컬터쉐 자작이 머쓱함이 묻어나는 미소를 걸쳤다.

"죄송합니다. 실은, 제가 아직 다네키어 영애를 만나본 적이 없어서요."

"응?"

"아름답다는 것도 어디까지나 초상화를 봐서…… 아, 오해는 말아주십시오. 그녀에게 관심이 있어 본 것이 아니니까요. 다만 주변 사람이 어찌 구해서는 하도 권하기에 호기심에……."

나는 컬터쉐 자작의 주절거림을 한 귀로 흘렸다. 뭐야. 그럼 결국 아는 게 하나도 없다는 거잖아? 실망하는 한편 조금 의외라는 생각이 들었다. 만나본 적이 없어서 외모 외에는 아는 것이 없다니.

'소문 같은 건 따로 돌지 않는 건가?'

컬터쉐 자작의 성품에 '나는 소문 따위 믿지 않고 내 눈으로 직접 본 것으로 사람을 판단하지!' 하고 생각해서 저 대답을 했을 것 같지는 않다.

'흐음.'

나는 깊어지는 의아함에 턱을 매만졌다. 뭘까. 단순히 엘리스 다네키어가 흑장미를 닮은 미인이라는 사실만으로는 내가 조금 전 겪은 상황을 설명하기엔 한참 무리가 있었다.

얼굴이 예뻐서 볼X모트 취급을 받는다고? 그럴 리가 있나. 그 반대가 되면 몰라도. 빼어난 외모는 보통 성별과 무관하게 권력이 된다.

'아. 혹시 대단한 권력자의 눈 밖에 났다거나?'

가만. 이건 그럴듯한데?

"물론 주변에서야 다들 다네키어 영애의 미모와 매력을 찬양하느라 정신이 없지만요. 저는 그들이 전부 보는 눈 없는 멍청이들이라고 확신합니다. 자고로 진정한 아름다움은 어둡고 칙칙한 흑장미가 아니라 붉고 화사하며 싱그러운 장미 본연에……."

어쨌든 이 시끄럽고 쓸모없어진 껄떡쇠부터 처리하고 봐야겠다. 나는 주둥이를 쉬지 않는 컬터쉐 자작을 마침 지나가는 하인에게 넘기려고 손을 들었다. 그때였다.

"다, 다네키어 남작가의 엘리스 다네키어 영애께서 입장하십니다!"

입구를 지키는 하인의 목소리가 파티장을 가로질렀다. 변함없이 우렁찬 목청이었으나 이번에는 어딘지 목소리에 흔들림이 있었다. 꼭 뭔가에 동요한 사람처럼.

나는 자연스럽게 입구로 시선을 돌렸다. 나뿐 아니라 이 순간 파티장의 모든 이목이 한곳에 집중된 것 같았다. 나는 이윽고 컬터쉐 자작이 입에 올렸던 표현을 떠올렸다.

'흑장미.'

불빛 아래 비친 매끄러운 흑자색 머리카락이 가장 먼저 시선을 잡아끌었다. 다음은 드레스였다. 몸의 실루엣을 드러내며 라인이 우아하게 떨어지는 검은색 드레스는 진주를 갈아서 뿌려놓았는지 별이 무수한 밤하늘처럼 반짝거렸다. 마지막으로 눈동자. 그녀의 눈은 드레스와 같은 순수한 검은색이었다.

"……."

나는 약간 당황스러운 기분으로 눈꺼풀을 여닫았다.

'정말 흑장미 같네.'

컬터쉐 자작에게서 저 표현을 들었을 때 솔직히 비웃지 않았다고 말 못 한다. 그런데 막상 상대를 실제로 보니 나도 흑장미가 연상되어서 할 말이 없어졌다. 특히 그 연상을 뒷받침해 주는 건 바로 그녀의 머리 색이었다. 흑장미 꽃잎이 딱 저런 색깔 아니었나? 검은색이 아니라 엄밀히 말하자면 검은빛 도는 자주색.

전에 어디서 읽기로 자연계에서 꽃잎은 완전히 검은색일 수 없어서, 흑장미라고 해도 정말 검은색이 아니라 저런 식으로 검정에 가까운 자주색을…….

'……그만하자.'

나는 실컷 생각하다가 부질없어져서 고개를 흔들었다. 남의 외모가 흑장미와 닮았든 안 닮았든 그게 나한테 뭐가 중요한지 모르겠나. 내가 뭐 사람으로 꽃 도감을 편찬하겠다는 야망을 품고 있는 것도 아니고. 지금 가장 중요한 건 컬터쉐 자작과 똑같은 수준이 된 것 같아서 자괴감이 엄청나다는 것이었다.

'그것만은…….'

내가 거대한 심적 고통 속에서 홀로 숙연하게 성찰의 시간을 가질 때였다. 기분 탓인지 엘리스의 입장 후 잠시 정적이 내려앉았던 파티장이 다시 소란스러워졌다. 다만 이번엔 한 사람 주변으로 소란이 집중되었다.

"다네키어 영애! 와주셨군요. 기다렸습니다."

"여기까지 오느라 힘들지는 않으셨습니까?"

"오실 줄 알았다면 에스코트할 마차와 하인을 댁으로 보내 드렸을 텐데요."

"고작 하인? 나는 내가 직접 갔을 거요."

"직접이라고? 공, 공께서는 다네키어 영애가 부담스러워할 것은 생각하지 못하시는 겁니까?"

"부담이라니! 정성이지! 그러는 그쪽이야말로 하인만 달랑 보내는 것은 영애를 무시하는 처사라는 것을 모르오?"

"무시? 허! 공은 배려라는 말을 알지 못하시나 봅니다."

"뭐가 어째?"

나는 눈을 깜박이며 그 소란을 구경했다.

'싸우겠네.'

엘리스가 등장하자마자 그녀 주위로 벌 떼처럼 몰려든 남자들은 그녀에게 잘 보이려 애쓰다 못해 삽시간에 옥신각신하기 시작했다. 지켜보는 쪽에서는 꽤 볼만한 구경거리였다.

'그나저나…….'

나는 엘리스 주변에서 일어나는 소란을 보며 조금 전 세웠던 가설 하나를 파기했다.

'권력자의 눈 밖에 나기는 무슨.'

권력자의 눈 밖에 났으면 저런 광경이 가능했을 리 없다. 아무리 그녀가 아름답고 매력적이어도 다들 지금처럼 공개된 자리에서는 그녀에게 말 한마디 못 붙이고 남들 몰래 뒤에서나 선물 공세를 펼쳤겠지. 그럼 결국 그런 쪽의 이유도 아니라는 말인데. 그러면 뭐지?

'……질투?'

나는 눈앞의 요란한 광경에서 자연스럽게 파생되는 단어 하나를 떠올렸다. 하지만 별로 명쾌하게 수긍되지는 않았다. 고작 질투 때문에 사람을 그렇게 역병이나 되듯 취급한다고? 남자한테 인기가 많아서 볼X모트가 돼?

'모르겠다.'

나는 반쯤 추측을 포기하는 심정으로 생각을 그만두었다. 진실은 나에게 궁금증만 안겨주고 매정하게 떠나 버린 그녀들이 알고 있겠지.

'이따가 보이면 아무나 붙잡고 물어봐야겠다.'

그냥 나 혼자 생각해 보는 건 별로 소득이 없을 것 같았다. 어쨌든 내 눈에 보이는 엘리스 다네키어는 예쁘고, 흑장미를 닮았고-컬터쉐 자작 때문에 인정하기는 싫지만-이성에게 인기가 많은 평범한 영애일 뿐이었으니까. 물론 여기서 평범하다는 건 역병 취급받을 정도가 아니라는 거다.

나는 그렇게 생각하며 엘리스에게서 시선을 떼어냈다. 굳이 더 관찰하고 있을 이유도 없고. 일단은 좀 전에 하려다가 만 껄떡쇠 처리나 마저…….

'……이거 어디 갔어?'

나는 옆을 돌아보았다가 멈칫했다. 미처 처리하지 못한 폐기물이 알아서 실종되어 있었다.

그때 엘리스 주변에서 익숙한 목소리와 대사가 들렸다.

"다네키어 영애. 영애를 본 순간 활화산처럼 뛰기 시작한 제 심장처럼 새빨간 와인을 준비했습니다. 한잔 드시겠습니까?"

나는 인파 사이에서 와인을 들고 끙끙거리고 있는 컬터쉐 자작을 보다가 이내 피식 웃었다. 빠르기도 하지. 나야 뭐 치우는 수고를 덜어서 잘됐지만.

"부인, 시키실 일이라도……."

"됐네."

손을 들어 불렀던 하인이 뒤늦게 내게 다가왔다. 낌새를 보니 하인도 엘리스에게 넋이 팔려 있다가 이제야 정신을 차린 것 같았다. 이 정도면 마성의 여인이 따로 없는걸.

나는 대수롭지 않게 생각하며 하인을 돌려보냈다. 하인은 내게 고개를 꾸벅 숙이고 돌아가면서도 연신 엘리스를 힐끔거렸다. 엘리스는 그새 더 몰려든 사람들에게 둘러싸여 이젠 거의 보이지도 않았다.

나는 하인의 부질없는 시도를 구경하다 금방 눈을 떼곤 파티장을 둘러보았다.

'그럼 나는 에시나 찾으러 가볼까?'

지금쯤이면 슬슬 이야기가 끝나지 않았을까. 나는 내 방향감각을 시험하는 넓고 탁 트인 파티장 가운데서 잠자코 고민했다.

"아까 어느 방향으로 갔었지? 음…… 이쪽이었나?"

"뭐가 이쪽인데?"

"그러니까 내가 찾는 사람이-"

자연스럽게 내게 말을 걸어온 목소리에 나도 모르게 대답하다가 고개를 번쩍 들었다.

"에시!"

"날 찾았어?"

에시가 나와 눈을 맞추며 매혹적으로 웃었다. 나는 얼떨떨해서 눈꺼풀만 닫았다 열었다.

"언제 온 거야?"

"방금."

엘리스한테 정신이 팔려 있느라 에시가 가까이 오는 것도 못 봤나 보다. 아까 헤어진 자리에서 제법 움직였는데 용케 나를 바로 찾아냈다 싶었다.

나는 반가움에 에시의 손을 끌어다 깍지 끼며 물었다.

"얘기는 잘했어? 콧수염…… 아니, 도니조아 백작이랑?"

"응."

에시가 대답하면서 내 눈꺼풀에 입을 맞췄다. 간지러움에 순간 저절로 잔웃음이 새어 나왔다.

누가 보면 하루는 떨어져 있다가 만난 줄 알겠지만 알 게 뭐냐. 대충 체감으로는 그랬다고 치자.

"백작이 뭐래?"

"소문을 들었는지 처분할 사업체가 있으면 자기가 인수하게 해달라는데."

"그래서? 그러라고 했어?"

"뭐, 딱히 거절할 조건은 아니었으니까."

내 감이 정확했군. 나는 흡족해졌다. 잘됐다. 그걸 정리하고 나면 에시도 지금보단 한가해지지 않을까? 어찌 됐든 에시에게 여유가 좀 더 생겼으면 좋겠다. 굳이 지금처럼 나와 돌아다니길 바라서가 아니라 그냥 혼자라도 푹 쉬는 걸 보고 싶었다. 간혹 보면 에시는 자기 몸을 혹사하는 게 습관이 된 사람 같으니까. 아니면 남이 보기에나 혹사지, 자긴 멀쩡하다는 건가.

나는 그런 생각을 하며 에시를 물끄러미 응시했다. 에시가 가벼운 목소리로 물었다.

"왜?"

할 말 있느냐는 거겠지? 하지만 일 좀 쉬엄쉬엄하라는 말은 지난번에도 했다. 또 하면 잔소리 같잖아.

나는 고심하다가 문득 장난기가 들어서 입을 열었다.

"나한테 뭐 할 말 없어?"

에시에게 대뜸 화살을 던지곤 웃음을 꾹 참았다. 역시나 에시가 의아하게 되물었다.

"할 말?"

"잘 생각해 봐."

물론 잘 생각한다고 뭐가 떠오르거나 하지는 않을 거다. 이건 그냥 장난치는 거였으니까.

'좀 놀려볼까?'

잘하면 모처럼 에시가 당황하는 얼굴을 볼 수도 있겠다 생각하니 의욕이 넘쳤다. 역시 불순한 동기가 깔린 장난만큼 즐거운 게 없군. 나는 올라가려는 입꼬리를 태연하게 잡아 누르며 진지한 태도를 가장했다.

"정말 할 말 없어?"

그런데 좀 더 의아해할 줄 알았던 에시가 금방 얼굴빛을 바꿨다. 마치 알겠다는 듯. 응? 뭘 알아? 에시는 고개를 숙여 내 귓가에 대고 속삭였다.

"보고 싶었습니다. 부인."

"……!"

"부인과 떨어진 잠깐이 마치 억겁 같더군요. 어떻게 견뎠나 모르겠습니다. 이 얼굴이 그렇게나 눈에 아른거렸는데."

나와 깍지 낀 손을 그대로 들어 올린 에시가 엄지 첫 마디로 내 뺨을 매만졌다.

나는 눈꺼풀을 삐걱삐걱 여닫았다. 머리가 잠깐 파업이라도 했는지 상황 파악에 제법 시간이 들었다. 나는 고장 난 로봇처럼 입을 벙긋거렸다. 실제로 언어 처리를 주로 담당하는 머리의 한 부분에 오류가 난 것 같기도 했다.

"아, 그…… 나, 나도 보, 보고 싶었어요."

한참 만에 최선을 다해 자연스럽게 내놓는다는 답이 이거였으니까. 정말 자연스럽군. 누가 봐도 태연해. 당황 따위 모르는 인공지능 같아.

나는 자학하다가 고개를 떨어뜨렸다.

아니, 뭔데? 저런 건 또 어디서 배워 오는 거야? 진짜 이러기야?

귓바퀴가 뜨거웠다. 놀려먹으려다 역풍을 맞은 나는 내 얼굴이 굳이 만져보지 않아도 뜨끈뜨끈하다는 걸 알 수 있었다.

나는 아예 에시의 가슴팍에 이마를 가져다 묻는 것으로 잘 익은 얼굴을 가렸다. 그러느라고 미처 보지 못했다.

엘리스 주변에서 옥신각신하며 그녀에게 잘 보이려 애쓰던 인원 중에는, 조금 전 다른 영애의 파트너였던 남자도 있었다는 걸. 그리고 제 주변을 장식한 남자 중 누구에게도 오래 시선을 주지 않은 엘리스가, 마지막으로 어디를 쳐다보았는지도.

화려한 응접실 문이 벌컥 열렸다. 그 안에서 걸어 나온 것은 한눈에도 말끔하게 차려입은 준수한 귀공자였다. 복도에 있던 사용인들이 일제히 긴장했다. 이윽고 우려했던 비명이 따라붙었다.

"아악-!"

남자는 찢어지는 비명에도 뒤를 돌아보지 않았다. 다급하게 움직인 것은 사용인들이었다. 복도에 있던 사용인들이 한달음에 응접실 안쪽으로 달려가 화사한 드레스 차림의 여자에게 달라붙었다.

"아가씨, 아가씨."

"괜찮으세요?"

"당신이 어떻게 나한테 이래! 다른 사람도 아니고 당신이! 어떻게 나한테……!"

여자는 주저앉아 눈물로 얼룩진 얼굴로 소리쳤다. 단정하게 틀어 올린 머리가 산발이 되고 머리 장식이 카펫 위를 굴렀으나 울부짖는 여자는 조금도 신경 쓰지 않았다.

"죽여 버릴 거야! 이대로 가버리면 당신, 죽여 버릴 거라고!"

"아가씨."

"아가씨, 우선 숨을 조금만 깊게 들이쉬시고……."

"아아악!"

사용인들은 그녀를 진정시키려 발을 동동 굴렀으나 별반 소용없었다. 여자가 아무리 소리쳐도 남자가 떠나간 복도는 돌아오는 답 없이 잠잠했다. 여자의 뺨을 적신 눈물이 바닥으로 점점이 떨어져 카펫에 얼룩을 만들었다.

"내가, 내가 못 할 것 같아? 정말 죽여 버릴 거야! 당신을 죽이고 나도 죽을 거라고! 내가……!"

"아가씨!"

연신 울며 외치던 여자의 몸이 어느 순간 축 늘어졌다. 나이 든 하녀가 한숨을 쉬며 일어서서 명령했다.

"실신하셨다. 방으로 모셔. 당장 주치의 부르고."

하녀의 명령에 사용인들이 기다렸다는 듯 능숙하고 신속하게 움직였다. 할 일을 찾지 못해 머뭇거리는 건 막내 하녀 혼자였다. 곧바로 나이 든 하녀의 호령이 떨어졌다.

"뭐 하고 있어? 할 일이 없으면 저 개자식 나가는 길에 소금이나 뿌리고 와!"

원색적인 표현에 놀란 막내 하녀가 얼른 고개를 끄덕이고 돌아섰다. 주방으로 내려가니 주방 하녀가 올 줄 알았다는 양 오물이 섞여 못 쓰게 된 소금을 쥐여 주었다.

막내 하녀는 그 소금을 꼭 쥐고 정문으로 달려가며 생각했다.

'이게 벌써 몇 번째지?'

직전까지 응접실에서 울고불고 소리치다 혼절한 여자는 이 집안의 막내 아가씨다. 그리고 그녀를 그렇게 만든 상대는 바로 그녀의 정혼자였다. 엄밀히 말하면 '전' 정혼자.

그는 며칠 전 아가씨에게 일방적으로 파혼을 통보하는 편지를 보냈다. 그러더니 오늘은 직접 찾아와 확인 사살을 하고 갔다.

'미친놈 아니야.'

문제는 미친놈이 하나가 아니라는 거다. 막내 아가씨는 이 집안 자매 중 셋째였다. 그녀 위의 두 명이 이미 똑같은 꼴을 당했다. 그러니까 지금 이 상황이 벌써 세 번째라는 말이었다.

하녀는 긴 복도를 숨이 차도록 내달리다 서서히 걸음을 늦췄다. 창밖으로 막내 아가씨의 전 정혼자, 줄여서 미친놈을 태운 마차가 출발하는 것이 보였다. 하녀는 숨을 헐떡이며 발을 완전히 멈췄다. 배웅하면서 소금을 뿌려주기는 이미 늦었다. 그녀는 문득 마차가 떠난 자리를 유심히 보았다.

길바닥에 어울리지 않게 떨어져 있는 꽃 한 송이가 보였다. 흑자색 꽃.

'또…….'

어린 하녀의 앳된 얼굴이 형편없이 일그러졌다. 첫째 아가씨 때도 그랬다. 집안끼리 정한 약혼을 제멋대로 파기하러 온 첫 번째 미친놈은 흑자색 꽃이 가득 든 꽃바구니를 들고 있었다. 그는 그걸 마침내 찾은 자신의 진짜 사랑에게 바치러 가겠다고 말했다.

두 번째 미친놈도 마찬가지였다. 흑자색 꽃으로 이루어진 꽃다발을 품에 잔뜩 안고는 빨리 이길 그녀에게 진하러 가야 한다며 발을 동동 굴렀다. 한시가 급하니 어서 자기와 헤어져 달라는 정신 나간 소리는 덤이었다.

그랬는데 세 번째 미친놈도 결국 그들과 같았다. 이번에는 빈손이다 싶었더니 마차에 실어 왔던 모양이다.

'넘치도록 실어서 정말로 넘쳐 버렸나 보지. 길바닥에 저리 흘리고 간 걸 보면.'

하녀는 길바닥을 장식하듯 덩그러니 놓인 꽃을 가만 보다가 몸을 돌렸다. 등줄기가 오싹했다. 정말 우연일까? 고작 한 달 사이 세 사람이 연달아 약혼자와 연인을 버리고 같은 인물에게 구애하러 갔다. 이게 정말 평범하게 있을 수 있는 일일까?

썰렁한 복도를 걷는 하녀의 머릿속으로 언뜻 친했던 동료의 근황이 떠올랐다. 수다스럽지만 마음씨 착했던 그녀는 최근 근무지를 옮겼다. 대저택이라고 했다. 젊고 아름다운 신혼부부가 사는 대저택.

"……."

막내 하녀의 걸음이 느려졌다가 금세 다시 속도가 붙었다. 고민은 짧았다.

'주방에서 일하는 안나가 글을 안다고 했지?'

결심이 선 하녀가 뛰듯이 걸었다.

"아가씨. 혹시 엘리스 다네키어라는 분과 아세요?"

나는 베시의 말에 들고 있던 찻잔을 내려놓았다. 그러곤 손뼉을 딱 쳤다.

"볼X모트!"

"네?"

"아, 아니야."

까맣게 잊고 있었던 것이 생각났다. 와, 어떻게 아예 잊고 있었지?

후루룩 백작저에서 파티가 있었던 지도 며칠 지났다. 그 말은 내가 에시와 그 파티에 참석했던 것이 벌써 수일 전의 일이라는 말이었다. 하지만 그날 이후 며칠이 흐르도록 나는 아직도 엘리스 다네키어에 대한 개인적 의문을 해소하지 못하고 있었다.

그날 파티가 끝나기 전에 나한테 궁금증을 안겨준 당사자 중 아무나 붙잡고 해결했어야 하는 건데…….

'이게 다 에시 때문이야.'

나는 진지하게 에시에게 책임을 돌렸다. 에시가 그때 거기서 갑자기 엄청난 대사만 날리지 않았어도 엘리스 다네키어에 대해 묻는 걸 송두리째 깜박하진 않았을 텐데. 맞아. 에시 때문이다. 솔직히 그 정도로 강력한 말을 들으면 다른 건 까먹을 만하잖아. 내가 합리화에 심취하는 동안 베시가 테이블 위에 과자가 든 쟁반을 내려놓았다.

나는 베시에게 앉으라고 손짓하며 말했다.

"그게, 내 쪽에서는 일단 얼굴하고 이름 정도만 알아. 얼굴도 먼발치서 한 번 본 게 다고."

"친분은 없으시다는 거죠?"

"응. 그런데 그건 왜?"

베시의 입에서 저 이름이 나올 줄은 몰랐다. 덕분에 까먹었던 걸 떠올리기는 했지만.

"편지가 도착해서요."

"편지?"

옆자리에 앉은 베시가 품에서 편지를 꺼냈다. 흰색 편지는 이미 한 번 펴보았다가 다시 접은 듯 접힌 부위가 엉성했다.

나는 눈을 깜박이다 물었다.

"혹시 엘리스 다네키어한테서 온 편지야?"

"그건 아닌데요. 받는 사람도 아가씨가 아니라 이 집 하녀고요."

"그런데?"

"읽어보시겠어요?"

베시가 내게 편지를 내밀었다. 남의 편지라며. 읽어봐도 되나? 일단 주는 이유가 있겠거니 싶어 편지를 받아 펼쳤다.

편지를 채운 글자는 삐뚤빼뚤했다. 일부러 이렇게 쓴 것은 아닐 테지만 마치 읽어볼 테면 읽어보라고 하는 것 같았다.

다르게 생각하면 이런 서툰 글 솜씨로도 편지를 적어 보내야 했을 만큼 진지했다는 거겠지. 나는 경건한 마음으로 자유분방한 글자와 마주했다. 다행히 해독이 그리 어렵지는 않았다.

잠시 후 나는 편지에서 눈을 떼고 미간을 모았다.

"베시, 이 편지 읽어봤어?"

"네. 편지를 받은 하녀가 아가씨께 보여 드려야 한다고 저한테 허락을 구했거든요. 혹시 몰라 먼저 확인해 봤죠."

"음……."

나는 약간 복잡해진 기분으로 편지를 내려놓았다. 지금 내 기분을 한마디로 축약하자면 이랬다. 왕따당하는 기분.

"대체 왜 조심하라는 걸까?"

편지의 내용을 한 문장으로 정리하면 '엘리스 다네키어를 조심하세요'였다. 처음부터 하녀를 통해 나한테 전달하는 게 목적이었던 모양인지 편지는 온통 나에게 하는 당부로 가득했다.

엘리스 다네키어가 오는 파티에 부군과 함께 가지 마세요. 저택에서 여는 모임에 엘리스 다네키어는 절대 초대하지 마세요. 엘리스 다네키어가 자주 간다는 아래의 가게들도 주의하세요…….

그래, 여기까진 알겠다. 엘리스 다네키어가 역병이라도 되는 것처럼 슬슬 피하라는 거지. 좋아. 그런데 왜 그러라는 건지 이유가 없다. 아니, 왜? 어째서 당부만 이중, 삼중이고 설명이 없어?

이유를 적자니 편지지의 여백이 부족했을까? 확실히 빽빽하긴 하다. 하지만 그럼 뒷면에라도 써줬으면 좋았잖아. 파티장에서도 그렇고…… 왜 자꾸…….

"이런 소외감은 참 오래간만인데……."

"그래서 제가 알아봤어요."

"응?"

방금 뭔가 심장을 치고 가는 대사가 있지 않았나?

베시는 곧바로 말을 이었다.

"엘리스 다네키어, 이 사람 말이에요. 다네키어 남작가의 막내 영양이더라고요."

"그래?"

나는 냉큼 자세를 바로잡고 귀를 쫑긋 세웠다. 어떻게 알아봤느냐는 영양가 없는 질문은 생략했다. 그건 중요하지 않으니까. 드디어 따돌림도 안녕인가!

"그리고 사교계 데뷔를 얼마 전에야 했고요."

"어? 그렇게 어려 보이지는 않았는데."

여기서 어려 보인다는 건 십 대 중후반을 이야기한다. 일반적으로 귀족 자제가 사교계에 데뷔하는 나이가 그쯤이었으니까. 그런데 엘리스의 나이는 어림짐작으로 나와 비슷해 보였다.

"실제로도 그래요. 나이가 스물둘이거든요. 데뷔치고는 많이 늦은 편이죠."

"그러네."

뭐, 애초에 평균 데뷔 나이 자체가 너무 어린 감은 있지만. 아니, 확실히 어리지. 남자고 여자고 십 대 중후반이라니. 그 나이면 만으로 쳐도 전생에선 고등학생인데.

'그래서 사교계에서 사건, 사고가 자주 일어나나?'

그럴듯한데?

"더 특이한 건, 사교계에 데뷔하기 전까지 엘리스 다네키어라는 인물을 아는 사람이 한 사람도 없었다는 거예요."

"응?"

나는 사소한 깨달음에서 벗어나 고개를 모로 기울였다.

"그럴 수가 있나?"

사교계에 늦게 데뷔한 건 그럴 수 있다. 없는 경우가 아니니까. 하지만 저건 좀 의아했다. 나는 엘리스 다네키어의 미모를 봤고, 그녀의 어마어마한 인기도 목격했다. 그 정도면 아무리 사교계에 데뷔하기 전이라도 어떻게든 얼굴은 알려지는 게 보통이었다.

적어도 다네키어 남작가에서 엘리스를 한 번이라도 본 사람이라면 주변에 그녀에 관해 이야기하지 않았을 리 없다. 그런데 아무도 엘리스를 몰랐다니…….

"어디 가둬 키운 거 아냐?"

나는 학대의 가능성에 미간을 찡그렸다. 베시도 나와 비슷하게 생각하는 것 같았으나 확언하지는 않았다.

"글쎄요. 진실은 다네키어 남작과 본인만 알겠죠."

"흠……."

"아무튼, 엘리스 다네키어는 말 그대로 하루아침에 사교계에 나타났고, 데뷔하자마자 유명해졌어요."

그랬겠지. 상상된다. 나는 파티장에서 엘리스 주변으로 몰려든 남자들이 아우성치던 것을 떠올렸다. 참 귀족적인 광경이었는데.

"그나저나 아직까진 평범하네?"

나는 착실하게 이야기를 청취하다가 이쯤에서 가볍게 짚었다.

"데뷔가 늦은 거야 있을 수 있는 일이고. 데뷔 전까지 아무도 엘리스를 몰랐다는 건 좀 걸리지만 그것도 엘리스의 문제라고 보기엔 힘들고……."

왜 다들 그렇게 엘리스를 조심하라고 하지 못해 안달이었을까? 나는 그렇게 말을 끝맺으려고 했다. 그런데 그전에 베시의 표정이 눈에 들어와 멈칫했다.

"……왜?"

"엘리스 다네키어의 유명세가 단숨에 배로 뛴 일이 있었어요."

"그게 뭔데?"

직감적으로 알았다. 여기서부터가 본론이라는 걸.

베시는 으레 나쁜 소식을 전해줄 때처럼 약간 뜸 들이다가 말했다.

"모라 공자가 엘리스 다네키어에게 구혼했어요. 모라 후작가에서 열렸던 파티에서요."

나는 귀를 의심했다.

"뭐?"

달빛이 강했다. 나는 벤치에 앉아 멍하니 밝은 달을 올려다보았다. 밝아봤자 달이라 빤히 쳐다보고 있어도 눈에 부담은 없었다. 그러고 얼마나 있었을까.

"리디아."

익숙한 목소리로 이름이 불린 후에야 반가운 얼굴이 지척에 와 있다는 걸 눈치챘다.

나는 고개를 옆으로 살짝 틀었다. 달빛을 반사하는 새하얀 머리카락이 가장 먼저 눈에 들어왔다.

"에시."

"뭐 해?"

글쎄. 지금 내 행동에 뭐라고 이름을 붙이면 좋을까. 아닌 밤중에 청승 떨기? 달 관찰? 잘 모르겠다. 나는 곤란한 질문에 대답하는 대신 내 옆자리를 툭툭 쳤다. 앉으라는 양.

에시는 순순히 옆자리에 몸을 앉혔다. 나는 손을 뻗어 에시의 머리카락을 매만졌다. 이 와중에 만지기 쉽게 에시가 고개를 기울여 주는 것에 웃음이 났다. 나는 가벼운 웃음을 흘려보내곤 에시의 어깨에 머리를 기댔다. 단단한 어깨에서 전해지는 안정감 사이로 낮에 베시와 나눴던 대화가 떠올랐다.

"누구, 모라 공자? 설마 알란가 모라?"

처음 이름을 들었을 때는 정말 잘못 들은 줄 알았다. 그래서 다시 확인했다.

"사랑하는 여자 때문에 독약까지 마셨던, 그 알란가 모라?"

알란가 모라는 유명한 이름이었다. 그의 집안인 모라 후작가가 손꼽히는 권세가라서가 아니다. 그는 자기 가문보다 더 유명한 로맨스의 주인공이었다.

이야기는 이랬다. 알란가 모라는 어느 날 신분을 감추고 놀러 나간 시장에서 한 여자를 구해준다. 고아였던 그녀는 알란가 모라가 아니었다면 평소 학대를 일삼던 일터 주인에게 꼼짝없이 맞아 죽었을 처지였다. 여자의 처지에 연민을 느낀 알란가 모라는 그녀를 가문으로 데려오고, 여자는 그렇게 모라 후작가의 하녀가 된다.

그리고 진정한 이야기는 거기서부터 시작이었다. 하녀가 된 여자와 알란가 모라가 서로 사랑에 빠져 버린 것이다. 당연하게도 후작 내외는 집안을 뒤엎으며 반대했지만, 두 사람의 사랑은 굳건했다. 그러나 두 사람 사랑의 진짜 장벽은 신분 차에서 오는 주변의 반대가 아니었다. 사실 여자는 어느 단체가 알란가 모라를 죽일 목적으로 비밀리에 키운 암살자였다.

처음부터 계획된 만남이었고, 여자에겐 이만 목표를 제거하라는 단체의 명령이 떨어진다. 그러나 그때쯤 여자는 연인인 알란가 모라를 진심으로 사랑하고 있었다. 결국 그녀에게 남은 선택지는 두 가지뿐이었다. 사랑하는 남자를 제 손으로 죽이거나, 혹은 임무에 실패해 살해당하거나. 기로에 서서 갈등하던 그녀는 결국 본인의 죽음을 택하고, 알란가 모라에게 먹일 독약을 자신이 마셔 자결하려 한다.

하지만 그러기 직전, 운명처럼 알란가 모라에게 진실이 알려지고, 모든 걸 알게 된 알란가 모라는 즉시 연인을 찾아가…….

"내 죽음이 네가 사는 길이라면, 기꺼이 내가 죽겠어."

……라는, 로맨스로 길이 박제될 명대사를 남기고 여자에게서 독을 빼앗아 자기가 마신다!

이후는 정해진 스토리였다. 독을 들이켠 알란가 모라는 천운으로 바로 죽지 않고 혼수상태에 빠진다. 진실을 알면서도 두 사람의 결별을 바라 침묵했던 후작은 뒤늦게 후회하며 전면에 나서 여자를 협박하던 단체를 와해시킨다.

그렇게 한 조직이 수도에서 자취를 감추고 여자가 해방되었을 즈음, 알란가 모라는 기적적으로 의식을 되찾는다. 이후 건강을 회복한 알란가 모라와 여자는 주위의 축복 속에서 약혼식을 올린다.

……라는 것이, 완벽한 명대사와 로맨스 맞춤 서사로 유명해진 알란가 모라의 일화였다. 그런데 그 알란가 모라가 엘리스에게 청혼했다니.

"맞아요. 그 알란가 모라."

베시에게 재차 확인을 받고도 바로 믿기지 않았다. 심지어 그 자리에는 약혼자도 있었다고 했다. 정리하면 알란가 모라는 무려 자기 약혼자가 지켜보는 자리에서 다른 여자에게 청혼했다는 거다. 그것도 첫눈에 반했다는 이유로.

'정말 미치지 않고서야…….'

솔직하게 말하면 독을 마신 후유증이 그제야 나타난 것이 아닐까 싶을 정도다. 그렇게 생각하지 않으면 도무지 이해하기가 힘들었다. 백 보 양보해서 변심할 수는 있다. 그래, 그럴 수 있지. 어쩌겠어. 마음이 그렇다는데.

누가 그랬다. 사랑은 변하지 않아도 사람은 변한다고. 명언이다. 하지만 저건 변해도 너무 심하게 변했잖아. 알란가 모라는 다시없을 낭만적 로맨스의 주인공에서 하루아침에 쓰레기가 됐다. 그 말도 안 되는 낙차가 너무 당황스러웠다.

"그래서 어떻게 됐는데? ……약혼자는?"

"그 자리에서 쓰러져서 실려 나갔다는 것까진 들었는데…… 이후는 모르겠어요. 자살 기도를 했다는 소식도 들리지만 확실한 출처는 아니고요. 아마 모라 후작가에서 이야기가 퍼지도록 가만히 보고 있지는 않았겠죠."

나는 길게 한숨을 쉬었다. 기막힘. 당황스러움. 허탈함. 마지막에는 우습게도 배신감 엇비슷한 감상이 따라붙었다.

"그 명대사는 다 뭐였던 건데……."

기꺼이 내가 죽겠다며. 정말 그때 죽었으면 차라리 로맨스로는 최선의 결말이었을 텐데. 나는 살벌한 가정을 아무렇지 않게 하며 에시에게 좀 더 기댔다.

에시는 내게 무슨 말이냐고 묻는 대신 묵묵히 내 머리카락을 귀 뒤로 넘겨주었다. 차분하고 부드러운 손길이 기분 좋았다. 피부를 스치는 시원한 밤공기보다 더.

나는 달빛에 눈이 시린 것처럼 천천히 눈을 깜박였다.

“그리고 모라 공자는⋯⋯ 단지 시작일 뿐이었어요. 그 뒤로 엘리스 다네키어에게 구혼하는 남자가 늘었거든요. 모라 공자처럼 첫눈에 빠져 구혼하는 경우가 다수였는데, 그중에는⋯⋯ 음, 애처가로 이름을 알린 귀족도 있었고요.”

“애처가라고? 아니, 언제부터 그랬는데? 대체 언제부터 저 난리가 난 거야?”

“두 달 조금 더 되었네요.”

내가 그 충격적인 소식을 베시의 입으로 들을 때까지 몰랐던 이유가 있었다.

‘두 달 조금 전이면 결혼식을 올렸을 때잖아.’

과연, 누가 새 신부에게 그런 소식을 전해주려 했을까 싶었다. 돌 맞고 싶어서 안달 난 게 아니고서야.

‘그래서 그때 파티장에서 엘리스 다네키어의 이름을 말한 영애가 죄인으로 몰렸던 거구나.’

엘리스 다네키어를 조심하라는 건 결국 남편의 변심을 조심하라는 말이다. 확실히 신혼 두 달 차에 듣기엔 좋은 충고가 아니었다. 내가 그 충고를 어떻게 해석하고 어떤 생각을 하든지 간에.

“⋯⋯.”

나는 달빛이 내려앉은 정원을 눈에 담다가 시선을 올렸다. 에시의 얼굴이 몹시 가까이에서 보였다. 문득 충동적으로 입이 열렸다.

“에시, 그거 알아?”

“뭘?”

“난 널 위해서라면 독약도 마실 수 있어.”

나는 ‘어때, 엄청나지?’ 하는 어조로 말했다. 에시가 듣기에 무척 뜬금없으리라는 걸 알면서도 입이 저 알아서 움직였다.

흠, 뭐, 어쨌든 거짓말은 아니니까. 만에 하나 에시의 목숨이 달려 있다고 가정하면, 나는 그깟 독 한 트럭도 들이켤 수 있다. 알겠어? 알란가 모라는 아무것도 아니란 말이야. 독이든 뭐든 얼마든지 가져와 보라고 해.

내가 그런 생각을 하는 동안 에시는 나를 빤히 보다가 이윽고 눈썹을 찡긋했다.

"누님이 그런 짓을 하게 놔둔다면, 난 이미 뒈진 다음이겠군."

"아."

"이상한 거 주워 먹게 안 놔두니까 꿈도 꾸지 마."

에시가 경고하듯 잠깐 깨물었다가 놓은 코끝이 얼얼했다. 나는 눈을 동그랗게 뜨고 에시를 응시했다. 뭐야? 아프지는 않았지만 깜짝 놀랐다. 나는 눈을 깜박거리다가 뒤이어 웃음을 터뜨렸다.

세상에. 뭐지, 이 깜찍한 경고는? 놀라서 벌어졌던 입술 사이로 실없는 웃음이 샜다.

에시는 실실 웃는 내가 웬일로 불만이었는지 내 턱을 당겨 그대로 입을 막았다. 웃음과 밤공기가 통째로 에시에게 넘어갔다. 익숙한 온기가 잇새를 가르고 들어와 예민한 부위만 골라 건드렸다. 아, 지금 이거 일부러 그러는 거지. 바깥에서 진짜.

원망할 틈도 없이 내 정신을 실컷 빼놓던 에시는 한참이 지나 내가 숨을 헐떡일 지경이 되어서야 나를 놓아주었다.

머리가 어질어질했다. 그새 열이 올랐는지 뺨에 닿는 공기가 차게 느껴졌다. 아니, 근데 전부터 생각한 거지만 왜 이렇게 항상 나만 먼저 호흡이 달리는지 모르겠다. 같이하는 거잖아. 그런데 왜 맨날 나만 힘들어? 그, 크흠, 다른 건 체력 차이 때문에 그렇다고 치자. 이것도 그래? 폐활량이 핵심이야?

정말 그렇다면 수영이라도 해야 하나 진지하게 고민하고 있는데 에시가 마무리라도 하듯 내 이마에 쪽 입을 맞췄다. 그러곤 이마에 붙은 내 머리카락을 넘겨주었다. 에시의 눈동자는 짙고 고요했다. 머리카락을 전부 정돈해 주고도 얼굴에서 떨어지지 않는 손이 뜨거웠다.

유리 호수 같은 눈동자와 손의 열기에 정신이 팔려 있을 때 에시가 말했다.

"어떤 상황이 되어도 네 몸만 생각해. 다른 건 거들떠보지도 마. 그것만 챙겨."

"……."

"나를 지옥으로 던져 넣을 게 아니라면."

나는 얼결에 고개를 끄덕였다. 나를 쳐다보는 에시의 눈 때문에, 그러지 않으면 안 될 것 같았기 때문이다.

나는 미처 내뱉지 못한 반박은 속으로만 삼켰다.

'하지만 네가 없는 세상은 나한테도 지옥일 텐데.'

그런 세상에서 꾸역꾸역 살아가는 게 과연 가치가 있을까? 그렇게 생각하다가 내가 이미 한 번 생을 포기할 결심을 했었던 걸 떠올렸다. 이곳을 떠나 도망쳤다가 살인 청부업자에게 붙잡혔을 때.

차라리 이대로 죽자고 생각했었지. 나를 증오하고 밀어내는 에시를 내 눈으로 볼 바에는. 물론 그때 그건 어디까지나 내 착각이었다. 절대 일어날 리 없던 허무맹랑한.

하지만 만약, 정말 그랬다면 어땠을까? 알란가 모라 정도는 아니어도, 에시가 이제 더는 내가 소중하지 않다고 밀어내고 돌아서면, 나는 과연 지금처럼 멀쩡하게 살 수 있을까?

"……아."

어쩌지. 미치겠다. 속이 콱 조여들었다.

가슴에 연민이 꽉 들어찼다. 알란가 모라의 유명한 로맨스에서 독을 마실 결심을 한 건 알란가 모라 혼자가 아니다. 그보다 먼저 독을 마시고 대신 죽으려고 했던 건 바로 그의 연인이었다.

죽음을 받아들일 만큼 사랑했다. 그런데 하루아침에 그 상대와 갈라서게 되면 어떤 심정일까.

연회장에서 쓰러져 실려 나간 뒤 그녀가 자살 기도를 했다더라는 베시의 말이 생각났다. 출처는 불분명하다고 했으나 어쩐지 거짓은 아닐 것 같았다. 나라도 틀림없이 더는 살아가고 싶지 않았을 테니까.

마음이 소란스러웠다. 그녀가 가엾었다. 얼굴 한 번 본 적 없는 그녀의 처지가 너무 불쌍하고, 가슴 저미게 안타깝고……. 그러면서도 내겐 그런 일이 일어나지 않을 거라는 이기적인 안도가 죄책감처럼 심장 한편을 짓눌렀다.

나는 차원의 신이 해주었던 말을 기억하고 있었다. 나와 에시의 영혼은 운명으로 이어져 있다는 말. 그 때문에 나는 어떤 말을 들어도 조금도 불안하지 않았다. 파티장에서 들었던 영애의 당부도, 하녀를 통해 내게 도착한 익명의 편지도 전부 그러려니 싶었을 뿐이다.

무슨 일이 터져도 나와 에시가 운명이라는 사실은 변하지 않을 테니까. 다른 누가 어떻게, 얼마나 비참하게 갈라서든, 그게 내 일이 되는 일만은 없을 테니까. 그 사실이 마음 깊은 안도와 설명하기 힘든 미안함이 되어 나를 괴롭게 했다. 이게 다 밤이라 그렇다. 밤엔 감수성이 풍부해지니까.

나는 어린애처럼 에시의 품으로 파고들었다. 에시는 묻지 않고 내 행동을 받아주었다. 어김없이 편안하고 마음이 놓이는 품이었다.

며칠 후, 나는 아래층으로 내려가려던 걸음을 멈췄다. 계단 아래쪽에서 소곤소곤 떠드는 목소리가 들렸기 때문이다.

"정말? 에비다 백작도?"

"그렇다니까."

머리를 양 갈래로 묶은 하녀가 양옆을 둘러보더니 목소리를 낮춰 말했다.

"그나마 자식들 눈이 신경 쓰였는지 몰래 편지를 보냈다곤 하는데, 그럼 뭐 해? 답장이 공개적으로 와서 바로 들켰는데."

"어머, 어머. 그, 엘리스 다네키어한테서 말이지?"

"그래."

소문이란 참 신기하다. 모를 때는 전혀 안 들리던 것이, 알고 나니까 귀신같이 귀에 들어왔다.

'아니, 그런데 사용인들 입에 오르내릴 정도면 이미 유명하다는 거잖아.'

그동안 모르고 지낸 내가 새삼 대견스럽다.

'그나저나 이걸 내려가, 말아?'

양옆만 신경 쓰고 위는 살펴주지 않은 하녀 덕에 본의 아니게 엿듣는 처지가 된 나는 계단 중간에 서서 갈등했다. 그러는 동안 아래에선 대화가 이어졌다.

"뭐라고 편지를 보냈다는데?"

"뻔하지, 뭐. 영애를 처음 본 순간 그대의 아름다움에 눈이 머는 줄 알았다. 내 비록 가정에 매인 몸이지만 그대가 반아준다면 모든 것을 버릴 수 있다…… 구구절절."

"어휴, 미쳤어! 그 백작, 자식이 셋이라지 않았어?"

"맞아. 심지어 첫째가 엘리스 다네키어랑 동갑일걸."

"어머……."

이야기를 듣던 하녀가 벌레라도 본 듯한 표정을 지었다. 나도 따라서 표정이 굳었다. 그럼 나이가 몇이야?

"더러워라……."

"누가 아니래. 엘리스 다네키어가 백작님의 마음은 고마우나 부디 가정을 소중히 해달라는 답장을 가문으로 보냈다더라."

"그래서? 그러고 어떻게 됐는데?"

"어떻게 되긴? 집안이 발칵 뒤집혔지. 그 집 첫째가 확 돌아서는 제 아버지를 죽이네 살리네 했다는데."

"세상에, 그 집 첫째 공자가 망나니라는 소문이 있더라니. 그래도 백작 부인 입장에선 효자네."

"그게 사실 그렇지도 않아."

"뭐? 왜?"

"실은 그 집 첫째도 엘리스에게 편지를 보내려고 했었대."

"어머! 그럼 설마……?"

"맞아. 어떻게 자기보다 선수를 칠 수 있냐고 화가 나서 길길이 날뛰었던 거야."

"맙소사……."

나는 침음을 삼켰다. 차마 더는 듣고 있기 힘든 막장극이었다. 뭐라고 인기척을 내서 대화를 끊어야 서로 덜 민망할까 고민하는 틈에 불쑥 목소리가 들렸다.

"아가씨, 거기서 뭐 하십니까?"

"다베리 경."

나는 깜짝 놀라 뒤돌았다.

"왜 거기 가만히 서서……."

"잠깐만요."

나도 모르게 계단을 올라 손가락으로 다베리 경의 입을 막았다. 아슬아슬하게 닿지 않았지만 효과 좋게 다베리 경이 입을 딱 다물었다.

나는 아래를 내려다보았다. 그때 마침 저 멀리서 하녀들을 향해 불호령이 떨어지는 소리가 들렸다.

"너희!"

"이크."

"가자, 가. 일 끝나고 이따가 더 얘기해."

나는 파드득 놀란 작은 체구 둘이 나란히 사라지는 것을 보다가 손을 내렸다. 손가락을 치웠음에도 여전히 음 소거 상태를 유지한 다베리 경이 눈만 또르르 굴려 날 응시했다.

아. 나는 그제야 다베리 경을 제대로 올려다보았다.

"미안해요. 갑자기 말을 거니까 당황해서."

"……뭘 하고 계셨습니까?"

"경도 대략 눈치채지 않았나요?"

멋쩍은 모양새가 되고 말았지만 딱히 할 말 없다. 나는 어깨를 으쓱했다. 다베리 경은 순순히 수긍했다.

"재미있는 이야기였나 봅니다. 이리 듣고 계셨을 정도면."

"딱히 재밌지는 않았는데……."

자극적이긴 했지만 재밌다고 하긴 좀 그렇지.

나는 계단을 타고 내려가며 한숨 쉬듯 말했다.

"그냥, 엘리스 다네키어와 관련한 얘기였어요."

"엘리스 다네키어요?"

"몰라요?"

되묻는 어조가 묘해서 돌아보며 물었더니 다베리 경이 역으로 질문했다.

"중요한 이름입니까?"

"모르는군요."

나만 몰랐던 게 아니었군. 과거의 내가 외롭지 않아졌다고 해야 할지. 나는 다시 시선을 앞으로 돌리며 말했다.

"그게…… 음, 현재 사교계 최고의 유명 인사예요. 인기가 엄청나거든요. 남자들이 기혼, 비혼 가리지 않고 그녀에게 구애할 정도로."
"예? 그게 뭡니까?"
"그러게요. 뭘까요?"
나도 속 시원히 대답해 줄 수 있다면 참 좋겠다. 도대체 뭘까? 솔직히 엘리스와 관련한 사람들의 행보를 보면 단체로 미쳐 버린 게 아닐까 싶을 정도였다. 제아무리 그녀가 매력적이고 미인이라고 해도 그렇지, 들으면 들을수록 저건…….
"아가씨."
그때 베시의 목소리가 나를 불렀다. 베시는 한참 전부터 나를 찾았는지 다급한 걸음으로 다가왔다.
"편지가 왔는데요."
나는 가까이 온 베시의 표정을 의아하게 살폈다. 고작 편지 한 통이 온 것치고 당황스러워 보였다.
"편지가 왜?"
"그게……."
베시는 내게 우선 편지를 내밀었다. 가장 먼저 시야에 걸린 것은 편지 봉투 겉면에 그려진 흑자색 꽃 그림이었다.
'흑자색?'
"보낸 사람이 다네키어 영애예요."
"뭐?"
나는 당황해서 받아 든 편지를 바로 살폈다. 정말이었다.

엘리스 다네키어.

발신인 칸에 낯선 필체로 익숙한 이름이 적혀 있었다.
"엘리스 다네키어라면…… 방금 말씀하셨던 이름 아닙니까?"

다베리 경이 말했다. 나는 얼떨떨하게 고개를 끄덕였다.
"맞아요."
"아시는 분이었습니까?"
"……글쎄요?"
편지를 가만 내려다보았지만 봉투를 보는 것만으로 뭔가 더 읽히지는 않았다.
"편지를 보낼 정도의 사이는 아니라고 생각했는데, 모르겠네요."
내 입으로 말하긴 그렇지만 난 유명 인사다. 일전에 같은 파티에 참석하기도 했으니 엘리스가 내 얼굴과 이름 정도는 알 수도 있다고 생각했다. 하지만 편지라니…….
"초대장도 아니고."
무심코 그렇게 중얼거렸을 때 내 쪽을 응시하던 베시가 움찔하는 게 보였다. 응?
"일단 읽어보시죠."
흘러가는 묘한 분위기를 읽었는지 다베리 경이 궁금하다는 투로 권했다. 뭐, 그래. 나도 궁금하기는 하니까. 나는 지체하지 않고 바로 편지를 뜯었다.
"무슨 내용인가요? 아가씨?"
베시가 물었다. 나는 금방 속독을 끝내고 편지 바깥으로 눈을 빼꼼 내놨다. 그러곤 질문했다.
"베시. 혹시 다네키어 남작가에서 초대장 왔었어?"
베시는 잠깐 침묵했으나 결국 수긍했다.
"어떻게 아셨어요? 혹시 그 편지에 적혀 있나요? 내용이 뭔데요?"
"음……."
이걸 뭐라고 하면 좋지. 나는 고민하다가 최대한 핵심만 추려 요약했다.

"내가 자기에 대해 오해하는 게 너무 고통스러우니까, 부디 직접 그 오해를 풀 기회를 달래."

"네?"

"오해라고요?"

"그게 무슨 말이에요?"

베시가 차마 내 편지를 직접 들여다보지는 못하고 자리에서 발을 동동 굴렀다. 나는 그냥 편지를 뒤집어 내밀었다. 못 보여줄 건 아니었다.

잠시 후 편지를 전부 읽은 베시와 다베리 경이 나란히 표정을 바꿨다.

"이건……."

"아니, 도대체 이 편지가 무슨 말을 하고 있는 거예요?"

베시가 즉각 분개했다. 다베리 경이 곁에서 말을 보탰다.

"아가씨를 굉장히 졸렬한 사람 취급하고 있군요."

"흠……."

저렇게까지 말하니까 내가 편지를 상당히 유하게 해석했다는 느낌인걸.

"그 정도는 아니야."

"아니긴요! 여기 보세요!"

베시가 편지를 활짝 펼쳐 들고 상단의 한 부분을 짚었다.

공작 부인께 저에 대한 악의적인 소문이 전해졌을 것을 압니다. 그것이 부인께서 제 초대에 응하시는 데 영향을 끼쳤으리라 생각하면 이 편지를 적는 지금에도 가슴이 찢어질 듯 아려옵니다.

"너 내 나쁜 소문 때문에 내가 연 파티에 안 온 거지? 다 알아!"

물론 저는 공작 부인을 이해합니다. 제대로 이야기조차 나눠본 적 없는 저보다는 저에 대한 소문이 친근하셨을지 모릅니다.

"나랑 말도 안 섞어봤으면서 성급하게 내 소문을 믿어?"

부디 조만간 있을 티타임에 참석해 주셔서 제게 직접 소문을 해명할 기회를 주셨으면 합니다. 지혜롭고 현명하신 공작 부인의 방문을 고대하겠습니다.

"티타임에 안 오면 넌 지혜롭지도 않고! 현명하지도 않다!"

"그만, 그만."

해석이 실시간으로 점점 격해지는걸.

나는 베시의 손에서 편지를 빼앗았다. 어차피 거기까지 읽었으면 다 읽은 것이긴 했지만. 나는 베시가 눈빛으로 태워 버릴 것 같은 편지를 일단 갈무리하며 말했다.

"너무 화내지 마."

"안 내게 생겼어요? 세상에, 자기가 뭐라고 아가씨께 이런 편지를 보내요? 심지어 글씨도 못 썼어! 악필도 적당해야지!"

악필…….

"그보다 베시. 편지에서 말하는 초대라는 게 뭐야?"

나는 베시를 진정시킬 목적 반, 궁금증을 해소할 목적 반으로 물었다.

"좀 전에 베시 입으로 파티라고 하긴 했지만……."

효과는 좋았다. 베시는 입을 딱 다물었다가 이윽고 한결 누그러진 기세로 답을 꺼냈다.

"……얼마 전에 다네키어 가문에서 파티 초대장이 왔었어요."

"얼마 전?"

"며칠 전에요. 말씀드리지 않은 건 죄송해요. 하지만 말씀드렸더라도 참석하진 않으셨을 거잖아요."

그건 그렇지. 굳이 다네키어 가문에서 열리는 파티에 내가 갈 이유가 없으니까 말이다. 나는 고집부리지 않고 고개를 끄덕였지만, 동시에 당연한 의문을 제기했다.

"왜 얘기 안 했어? 굳이 알리지 않았던 이유가 있어?"

"그건……."

베시는 머뭇거리다가 한숨을 쉬었다. 눈을 내리깐 베시의 표정은 제법 복잡해 보였다.

"그냥…… 아가씨와 공작님을 못 믿는다는 건 아닌데요. 그건 절대 아니에요. 다만…… 엮이지 않으셨으면 했어요."

"엘리스 다네키어랑?"

"거듭 말씀드리지만 못 믿어서가 아니에요. 그냥 제가 쓸데없이 불안이 많아서요."

연거푸 강조하는 말이 아니더라도 나는 베시를 이해했다. 하긴. 그래, 그럴 수 있지. 솔직히 상황이 여간 미쳐 돌아가야지. 나도 차원의 신이 해준 말이 아니었다면 이 정도로 마음을 놓고 있지는 못했을거다.

그때 다베리 경이 끼어들었다.

"잠깐만요. 베시가 걱정했다는 게…… 혹시 그겁니까? 제가 생각하는 그런? 부적절한?"

"다베리 경, 방금 아가씨께도 말씀드렸지만 그건……."

"허. 그럴 가능성이 조금이라도 있었으면 내가 그렇게 포기할 일도 없었지."

포기, 뭐? 목소리가 작아서 제대로 못 들었는데 베시가 발칵 성을 냈다.

"다베리 경! 지금 이러기예요? 나랑 약속했잖아요!"

"혼잣말도 못 합니까? 지금 와서 그러겠다는 거 아니니까 걱정 안

해도 됩니다. 내 말은, 베시도 마음을 좀 놓으라는 거죠. 그럴 일은 절대 없으니까."

"누가 그걸 모른대요? 말했잖아요. 아가씨와 공작님을 못 믿어서가 아니라고요. 그렇지만 나는 그냥……."

"저기."

나는 두 사람을 갈라놓으며 입을 열었다. 지나간 주제는 이제 중요하지 않다. 진짜 중요한 건 따로 있었다. 바로 이 편지.

"나 이 티타임 다녀올게."

"아가씨."

"아가씨?"

두 개의 목소리가 모처럼 동시에 나왔다. 나는 찔릴 듯 매서운 시선을 받으며 태연하게 말을 이었다.

"확인해 보고 싶은 게 있거든."

"아, 뭔지 알겠습니다."

다베리 경이 주먹으로 손바닥을 쳤다.

"직접 가셔서 상대의 얼굴에 편지를 던졌을 때 어떤 강도로 어떻게 던져야 완벽하게 달라붙는지 확인하시려는 거군요."

"꼭 손수 하셔야만 할까요? 사용인에게 시키시고 보고받으시는 게……."

두 사람 다 어지간히 이 편지가 마음에 안 드는가 보군. 이해한다. 사실 그래서 더 티타임에 갈 마음이 든 것이기도 했다.

어떤 사람일까. 엘리스 다네키어는.

이 편지만 놓고 보면 심보가 곱지는 않아 보인다. 그뿐일까. 성급하고 판단도 짧았다. 베시가 조금 전 흥분해서 해석이 과했던 게 아니다. 사실 그 말 그대로였다. 엘리스가 보낸 편지의 마지막은 실제 도발이나 다름없었다. 소문에나 휘둘리는 편협하고 아둔한 사람으로 남기 싫으면 티타임에 참석하라는 도발.

이쯤 되니 화가 나기보다는 의아했다. 이런 도발을 해서 엘리스가 얻는 게 뭘까? 나와 엘리스의 신분 차는 명확했다. 내가 당장 다네키어 남작가로 가서 그녀의 얼굴에 편지를 집어 던지더라도 아무 말 못 할 텐데.

'그리고…….'

나는 한 가지 더 마음에 걸리는 점을 생각하다가 고개를 저었다. 이건 속단하긴 이르다.

'가서 보면 알겠지.'

한편으론 엘리스가 생각하는 '악의적인 소문'이라는 게 뭔지도 궁금했다. 내가 아는 소문이라곤 일단 누구누구가 엘리스에게 빠져 연인도 가정도 버리고 그녀에게 구혼하고 있더라는 것뿐이었으니까.

"금방 돌아올게."

베시는 내 목소리에서 다른 여지를 찾지 못했는지 이윽고 어깨를 늘어뜨렸다.

"그럼 하나만……."

"하나만 뭐?"

"그 편지 난로에서 화형식 하게 해주세요."

"……."

나는 잠깐 고민했다.

티타임은 이틀 뒤였다. 나는 평상시보다 전투력을 높여 다네키어 남작저로 향했다. 평소가 백이라면 오늘은 삼백 정도 되었을 거다. 그러나 그렇게 기껏 세 배나 높인 전투력은 다네키어 남작저에 도착한 지 얼마 안 되어 푸시시 꺼지고 말았다.

“죄송합니다!”

내가 티타임 장소인 후원으로 안내받자마자 본 것은 다름 아닌 엘리스의 정수리였다. 다짜고짜 내게 허리를 숙인 엘리스 곁에서는 웬 하녀가 새파란 얼굴로 벌벌 떨고 있었다.

“……이게 무슨?”

“제 하녀가 몹시 큰 실수를 저질렀습니다. 제가 대신 사과드립니다. 제 사과 한 번으로 노여움이 풀리실 리 없겠지만, 그렇다 해도 진심으로 거듭 사죄드리겠습니다.”

“죄, 죄, 죄송해요.”

금방이라도 눈물을 왈칵 터뜨릴 것 같은 얼굴로 하녀가 바들바들 떨며 말했다.

“제가 생각이 부족해서…… 저는 그냥 아가씨, 아가씨가 소문 따위로 폄하되는 게 너무 속상해서…… 단지 그래서…….”

“베키.”

엘리스가 엄한 목소리로 하녀를 불렀다. 마치 쓸데없는 변명은 삼가라고 질책하는 것 같았다.

“……죄송합니다. 제가 정말로 잘못했어요.”

“지금 그 말은…….”

나는 설마 하는 목소리로 물었다.

“이 편지를 보낸 게 다네키어 영애가 아니라 이쪽 하녀라는 이야긴가요?”

품에서 편지를 꺼냈다. 베시의 화형식 주장에도 불구하고 사수한 편지였다. 편지를 본 하녀가 잘못을 들킨 사람처럼 움찔했다.

“……네.”

하녀가 기어들어 가는 목소리로 수긍하는 것을 들으며 나는 문득 그녀의 이름표를 확인했다. 어디서 많이 본 글씨였다.

"혹시, 자기 이름표의 이름은 본인이 직접 쓰나요?"

"맞습니다. 적어도 제 시중을 드는 하녀들은 전부 그렇게 합니다. 제가 글을 가르치거든요."

엘리스의 답변에 몸에서 힘이 빠졌다. 이름표의 글씨는 베시가 적당함을 모른다고 욕했던 편지의 악필과 똑같았다. 나는 또 개성인가 싶었지. 그게 아니라 그냥 못 쓴 거였다.

"편지를…… 잘 썼더군요."

이건 글씨 얘기가 아니다. 엘리스는 여전히 고개를 들지 않은 채 답했다.

"기억력이 좋은 아이입니다. 평소 어깨너머로 보던 제 편지를 기억하고 말투를 따라 한 듯싶습니다."

엘리스 곁에서 하녀가 열심히 머리통을 끄덕거렸다.

"하녀를 벌하시라 하시면 그렇게 하겠습니다. 다만 제 하녀의 잘못은 곧 주인인 저의 잘못. 특히나 이번 일은 글을 가르친 제 책임이 크니 저도 함께 벌을 받겠습니다."

"됐어요."

나는 전투력을 전부 상실하고 손을 내저었다. 그러곤 이름뿐 아니라 공교롭게도 외모마저 베시를 닮은, 베키라는 하녀를 쳐다보았다. 하녀는 내 시선이 닿자 어깨를 움츠렸다. 그렇잖아도 작은 어깨가 더 작아 보였다. 베시는 저렇게 작은 체구는 아닌데.

'얼굴은 정말 닮았네.'

베시가 지금보다 열 몇 살쯤 어려진다면 딱 저런 얼굴이 아닐까? 숨겨두었던 자매라고 해도 믿겠다.

나는 한숨을 푹 쉬고 시선을 거두며 말했다.

"고개 들어요, 영애. 더 사과할 것도 없어요. 편지는 그냥 내가 안 받은 셈 칠 테니까."

"공작 부인."

베키라는 하녀가 베시를 닮아서 이렇게 유하게 넘겨주는 건 아니다. 돌아가서 못 했던 편지 화형식이나 진행해야겠다. 베시가 좋아하겠는걸.

"자애로우신 공작 부인의 도량에 깊이 감사드립니다."

"저, 저도 감사드립니다."

"너는 이만 가서 반성하고 있으렴."

"……네. 잘못했어요."

하녀가 우물쭈물하다가 넙죽 고개를 숙이곤 자리를 빠져나갔다. 엘리스의 시선이 멀어지는 하녀를 좇다가 이내 나를 향했다. 엘리스가 거듭 상체를 숙였다.

"정말 감사합니다. 무척…… 아끼는 아이였거든요. 저래 보여도 평소엔 똑똑하고 야무지답니다. 이곳에서 오래 일했죠."

평소 같으면 관심 없는 이야기였을 텐데 저놈의 베시와 닮은 얼굴이 화근이었다.

"정이 깊겠군요."

"제겐 또 한 사람의 가족이지요. 공작 부인께도 그런 사람이 있지 않으신가요?"

"맞아요. 있어요. 정말 가족이나 다름없죠."

"그래서 이해해 주신 것이로군요. 정말이지 다시 감사드려요. 아, 여기서 이럴 게 아니라 괜찮으시다면 사죄와 보답의 의미로 차를 대접해 드려도 될까요?"

정신을 차려보니 나는 엘리스와 티타임이 진행되는 후원의 테이블에 앉아 있었다.

'음…….'

뭐, 그래. 애초에 티타임에 참석하려고 온 거니까. 소기의 목적을 이룬 거지. 차가 맛있군.

"뵙게 되어서 영광이에요, 공작 부인. 꼭 이렇게 따로 한번 만나 뵙고 싶었어요."

"맞아요, 맞아. 이리 가까이서 뵈니 먼발치서 보던 것보다 훨씬 아름다우세요."

후원 깊숙이 마련된 티타임 테이블에는 이미 여럿이 빙 둘러앉아 자리를 채우고 있었다. 의외였던 건 그 자리에 영애뿐 아니라 귀부인도 제법 있었다는 거다.

'엘리스를 기피하는 줄 알았는데…….'

나는 거의 귀부인들을 중심으로 형성되었던 일전의 파티장 분위기를 떠올렸다. 확실히 엘리스와 관련해 만일의 사태가 일어나면 어린 영애보다는 부인 쪽이 타격이 크겠지. 물론 어디까지나 만일이긴 하지만 말이다.

'파티장에서 본 그것도 일부 여론이었나 보네.'

나는 고개를 들어 이 티타임의 개최자인 엘리스를 쳐다보았다. 그녀는 찻잔을 들어 향을 음미하다가 나와 눈이 마주치자 생긋 웃었다. 깨끗한 미소였다. 마치 엘리스가 오늘 입고 나온 순백색 드레스처럼 말이다. 이쯤 되자 슬슬 인정할 수밖에 없었다. 착각이었다는 걸.

'아니잖아. 성격파탄자.'

여기에 도착할 때까지만 해도 나는 엘리스의 성품을 의심하고 있었다. 솔직하게 말하면 거의 확신하고 있었다. 계단 중간에서 엿들었던 대화도 의혹을 부풀렸다.

'에비다 백작의 구혼 편지에 공개적으로 답장을 보냈다고 해서, 일부러 그런 건가 싶었는데.'

자기 답장이 백작의 저택에 도착하는 순간 닥칠 결과를 모르지 않았을 텐데, 혹시 노리고 그랬나 했다. 일부러, 재미로.

그러나 막상 도착해서 본 엘리스는 그 모든 게 터무니없는 상상이었다고 말해주는 것 같았다. 조금 전 하녀를 챙기던 것도 그렇고, 지금 보이는 태도나 분위기를 봐도 그렇고.

'성격 파탄은 무슨.'

오히려 반대다. 눈앞의 엘리스는 어디로 보나 생각이 깊고 차분한 사람처럼 보였다. 나는 찻물과 한숨을 함께 삼켰다. 좋아. 시인한다. 성급했다.

답장을 공개적으로 보냈던 건 공익을 위해서였나 보다. 하긴, 나 같아도 자기 딸뻘한테 구혼 편지나 보내는 남자랑 사느니 이참에 갈라서는 게 낫다고 판단했을지도.

'사실 내가 의혹을 품게 된 가장 큰 계기는 내 앞으로 도착한 그 편지였지만…….'

그것도 결국은 자기 아가씨를 생각하는 마음이 지나쳤던 하녀의 실수였다니.

나는 반성하는 마음으로 차를 한 모금 더 들이켰다. 변명은 됐고 여하튼 의심해서 미안합니다. 사과는 이 차를 남김없이 비우는 것으로 대신할게요.

"이 탐스러운 머릿결 좀 봐. 평소 어떻게 관리하시나요?"

"매끄러운 피부는 또 어떻고요. 마치 광이 나는 것 같은걸요."

"사랑받으셔서 그런 게 아닐까요? 무릇 사랑받는 것이야말로 예뻐지는 비결이라고 하잖아요."

그래? 그럼 에시가 그렇게 잘생긴 건 다 내 넘칠 듯한 사랑 때문인가. 아니, 그나저나 아직도 내 얘기 중이었어? 실컷 혼자 딴생각하고 있었더니.

나는 딱히 이 자리의 주인공이 되려는 마음은 없었다. 그런 건 얼마든지 엘리스에게 양보해도 좋다. 마침 궁금하던 것도 있었으므로 나는 엘리스를 중심으로 화제를 전환하려 했다.

그때였다.

"이쪽으로 들어가시면 안 됩……."

"놔!"

날카로운 소리가 들렸다. 후원 입구 쪽이었다. 자연스럽게 시선이 한곳으로 모여들기 무섭게 한 여자가 모습을 드러냈다.

"……프렌?"

자리의 누군가가 생소한 이름을 꺼냈다. 황색 드레스에 다갈색 머리카락을 늘어뜨린 여자는 이름이 불리고도 그쪽을 보지 않았다. 그녀는 누가 말릴 새도 없이 한달음에 테이블로 다가왔다.

그러곤 즉시 아무 찻잔이나 집어 엘리스의 머리 위로 찻물을 들이부었다.

"꺄악!"

"다네키어 영애!"

뭐야? 나는 깜짝 놀라 움직임을 멈췄다. 몇 사람이 자리에서 벌떡 일어났다.

"이 악독한 년! 다 너 때문이야! 너 때문에 레이나가……!"

"이게 무슨 짓입니까! 드이다 영애!"

찻물을 들이붓고도 모자라 뺨을 치려는 여자를 두어 명이 양쪽에서 붙들었다.

"어쩜, 다네키어 영애. 괜찮으세요?"

엘리스의 옆자리에 앉은 영애가 안절부절못하며 품에서 손수건을 꺼냈다. 나는 혼란한 와중에도 어딘가 익숙한 이름이 귀에 걸렸다.

'레이나?'

"놔! 저년만 아니었으면! 저 간악한 것만 아니었으면 레이나가 그렇게 되진 않았을 텐데!"

"정신 차리세요, 드이다 영애! 그게 어떻게 다네키어 영애의 잘못인가요!"

"분풀이를 하려면 모라 공자에게 가서 하셔야지!"

아. 생각났다. 레이나 위튼. 알란가 모라의 옛 연인. 독약 사건이 마무리된 후 위튼 남작가에 입양되어 알란가 모라와 약혼식을 올렸던.

나는 미간을 찡그렸다. 레이나가 그렇게 되진 않았을 거라니. 단순히 파혼당한 걸 두고 이야기하는 건가? 그게 아니면…….

그때 사용인들이 후원으로 다급하게 들이닥쳤다. 그들은 영애와 부인 대신 여자가 움직이지 못하게 붙잡고 뒤로 물렸다.

"죄송합니다, 아가씨."

"저희가 진작 이럴 일 없게 막았어야 했는데……."

"이거 놔! 놓으라고! 놓으란 소리 안 들려?! 이 잡것들아, 놔!"

여자가 양팔을 잡힌 채로 마구 소리치며 버둥거렸다. 그 모습에 자리의 상당수가 눈살을 찌푸리고 입을 가렸다. 말은 아꼈지만 다들 무슨 생각을 하고 있을지 훤했다. 사용인들도 서둘러 여자를 끌어내려는 듯 표정을 굳혔다. 그러나 그 순간 차분한 목소리가 허공을 갈랐다.

"놓아줘."

"네?"

"놔줘. 어서."

얼굴의 찻물을 대충 닦아낸 엘리스가 몸을 일으켰다. 모든 이목이 그녀에게로 쏠렸다.

"아가씨."

"다네키어 영애?"

"얼른. 놓아주라고 했지."

"하지만……."

"내 말 안 들을 거야?"

거듭된 명령에 사용인들이 머뭇거리다 마지못해 여자를 구속한 손을 놓았다. 아니나 다를까 여자는 풀려나자마자 엘리스에게 달려들었다.

"영애……!"

누군가 비명을 지른 직후였다. 엘리스가 제게 달려든 여자를 그대로 껴안았다. 엘리스는 여자의 몸을 꼭 껴안고 말했다.

"미안해요."

"……!"

"정말 미안해요. 당신이 맞아요. 내 잘못이에요."

"……."

"내가 무슨 말을 해도 원망스럽겠죠. 알아요. 날 마음껏 욕하고 비난해도 좋아요. 대신 아프지만 마요. 나를 얼마든지 탓하고 미워해도 괜찮으니까 당신이 괴로워하지만 않았으면 좋겠어."

"……."

"미안해요."

엘리스의 머리카락과 드레스는 여자가 끼얹은 찻물 때문에 엉망이었다.

자리의 누구도 입을 열지 못했다. 심지어 무서운 기세로 엘리스에게 달려들었던 여자마저도. 자연스럽게 침묵이 흘렀다.

후원의 정적은 꽤 오래 이어졌다.

"에시."

티타임이 끝났을 무렵, 기대하지 않았던 얼굴이 나를 기다리고 있었다.

"데리러 왔어."

"안 와도 됐는데."

나는 언제 봐도 반가운 에시의 얼굴을 보며 마음에도 없는 소리를 했다. 그러고 보니 내가 어딜 간다고 말을 하고 나왔던가? 뭐, 했겠지. 안 했어도 상관없다. 에시잖아. 내가 이야기하지 않은 내 모든 걸 알고 있더라도 괜찮다.

나는 에시와 손을 맞잡고 꽃밭에서 시선을 교환하다가 문득 엘리스를 쳐다보았다.

그녀는 한 발자국 뒤로 물러나 있었다. 찻물에 젖은 흰색 드레스는 어둡고 단정한 것으로 갈아입었다. 눈이 마주치자 엘리스가 상체를 숙였다. 가벼운 고갯짓으로 마주 인사하고 저택을 나왔다.

나는 에시와 함께 저택 부지를 벗어나면서 말했다.

"에시, 내가 사람을 크게 오해했었나 봐."

엘리스가 후원에서 보여준 장면은 참 충격적이었다. 어느 누가 자신을 애꿎게 증오하는 이를 그렇게 안아줄 수 있을까? 쉽지 않을 거다. 다짜고짜 자기 머리 위에 찻물을 쏟아붓고, 그러고도 모자라 뺨을 갈기려고 덤벼드는 상대를 포용하다니.

'천사였어.'

당장에라도 엘리스를 찢어 죽일 것 같았던 여자도 그녀에게 감화되었는지 이후 더는 소동을 피우지 않고 순순히 돌아갔다. 엘리스는 아무 일 없었다는 듯 옷을 갈아입고 내려왔고, 티타임은 순조롭게 이어지다가 끝났다.

"어땠는데?"

"그냥…… 엄청 착한 사람이었어. 못된 인간인 줄 알고 보러 온 건데."

"잘됐네."

그런가? 하긴, 그렇다. 차라리 이편이 낫지. 얼굴만 예쁘고 성질 나쁜 여자에게 남자들이 정신 못 차리더라는 것보단, 그래도 그녀가 얼굴도 예쁘고 성격도 좋은 완벽한 여자였더라는 결말이. 아주 조금은 사교계의 현 사태가 이해되는 것도 같다. 물론 아직도 완전히 수긍하기는 힘들지만.

그나저나 두 가지를 확인 못 했다. 그래서 레이나가 어떻게 되었다는 건지, 그리고 엘리스에 관한 악의적인 소문이 뭐였는지.

'후자는 대충 알 것 같긴 하지만…….'

엘리스에게 덤벼들었던 프렌이라는 여자를 보니 대충 짐작이 갔다. 대략 엘리스가 악독한 마녀라 간사한 술수로 남자들을 꾀어낸다는 정도가 아닐까. 뻔하지. 솔직히 무슨 심정인지 알겠지만, 이해는 못 해주겠다. 이 사태가 기막힌 것과는 별개로 엘리스에게 무슨 잘못이 있다고.

예쁜 게 죄도 아니고. 본인도 참 갑갑할 거다. 그렇게 생각하니 엘리스가 보여준 행동이 더 대단하게 느껴졌다. 역시 천사야.

"에시, 우리 나온 김에 바깥에서 식사하고 들어갈까?"

나는 마차가 식당 거리를 지나는 순간 문득 제안했다. 에시의 답은 물론 정해져 있었다.

"좋을 대로."

흠, 뭘 먹지? 이 근처에 유명한 레스토랑이 있었던 것 같은데……. 나는 걸으면서 더 생각해 보려고 마차에서 내렸다.

그런데 그때 사람들이 한쪽에 몰려 웅성거리는 것이 보였다.

"……?"

뭐지?

"이보게."

그냥 지나치려고 해도 하필 우리가 향하려던 방향에서 소란이 벌어지고 있었다. 나는 몰려 있는 사람 중 가장 가까운 사람을 건드렸다.

"아, 누구……!"

남자는 신경질적으로 몸을 돌렸다가 나와 에시를 보고 대번에 공손해졌다.
"……말씀하실 것이라도?"
"저게 무슨 일인가?"
"아, 저것 말이죠. 그게, 마차 사고가 나서요."
"마차 사고?"
"예, 예."
남자는 두 손을 공손하게 모으고 대답했다. 그것 때문에 사람이 이 정도로 몰려 있다고?
의아한 내 표정을 읽었는지 남자가 설명을 보탰다.
"그게…… 하필 치인 사람이 귀족이라……."
남자는 나와 에시의 눈치를 살피듯 힐끔거리며 말했다. 귀족이라고? 설마 아는 사람일까?
피해자를 확인할지 말지 고민하던 중이었다.
"비키시오!"
"다들 물러나요!"
신고를 받고 왔는지 경비대가 우르르 나타나 인파를 헤쳤다. 사람들은 순식간에 양쪽으로 갈라졌다. 그 덕분에 마차에 치였다는 사람이 누구인지 두 눈으로 확인할 수 있었다.
이윽고 나는 조그맣게 중얼거렸다.
"……프렌?"
나는 그녀를 오늘 딱 한 번 봤지만, 그녀가 후원에 입고 나타났던 드레스는 똑똑히 기억하고 있었다.
황색 드레스. 그리고 피로 물들어 얼핏 보면 분간이 힘들지만, 다갈색 머리카락이 분명했다. 나는 눈도 깜박이지 못하고 거리에 누운 몸을 응시했다. 그러다 비틀거렸다.

"리디아."

서둘러 나를 부축한 에시가 당황이 역력한 낯으로 물었다.

"괜찮아?"

나는 힘겹게 고개를 끄덕였다. 가슴이 쿵쿵 뛰었다. 그때 마차 앞에 쓰러진 프렌에게로 다가간 경비병이 침통한 얼굴로 고개를 가로젓는 것이 보였다.

심장이 더 세차게 두근거렸다. 우연이다. 어딜 어떻게 보아도 우연이다. 말 그대로 마차 사고이고, 프렌은 애석하게도 운이 없었던 거다. 드물지 않은 일이었다. 전생에서도 교통사고는 흔한 축에 속했다. 하물며 교통 체계가 전생보다 제대로 잡혀 있지 않은 이곳은 말할 것도 없었다.

안타깝기는 하지만 얼마든지 있을 수 있는 일이다. 그러니까 오늘 프렌이 후원에 나타났던 것과 저 사고 사이에서는 제아무리 용을 써도 연결점을 찾을 수 없다는 말이었다. 심지어 저 여자가 프렌이 아닐 가능성도 있다. 충분히 말이 된다. 수도 전체에 저 드레스가 유일한 것은 아닐 테니까.

머리로는 분명 그렇게 생각했다. 감정적으로도 동의했다. 그런데 왜.

"……에시."

"말해."

"이성적으로 생각하면 전혀 말이 안 되는데, 아무리 따져도 근거가 부족한데 오직 감이 그렇다고 한다면…… 그 감을 믿어?"

"나라면."

"왜 그런지 전혀 설명할 수 없는데도?"

"설명할 수 없으니까 감이라고 하는 거겠지."

"……그런가."

여전히 심장이 뛰었다. 나는 에시에게 기댄 채로 조금 더 서 있다가 작게 속삭였다.

"돌아갈래."

에시는 가타부타 없이 묵묵히 나를 안아 들었다.

나는 그날 이후 엘리스에게서 오는 모든 연락을 무시했다. 그날 잘 들어가셨냐는 편지에는 답장하지 않았고, 여타 다른 초대장은 받는 즉시 태웠다. 베시는 좋아하는 티를 숨기지 않았지만 그러면서도 의아해했다.

"혹시 티타임에서 무슨 일 있으셨어요?"

그렇다고 하면 당장 연장이라도 챙겨서 달려 나갈 기세였다. 나는 고개를 저었다. 베시에게 뭔가 더 설명해 줄 게 없었다. 솔직히 나도 지금 내가 왜 이러는지 모르겠다. 뚜렷한 이유를 댈 수 없었다. 굳이 갖다 붙이자면 단 하나. 본능이 시킨다는 것밖에.

'엘리스에겐 미안하지만…… 에시도 감을 믿으라고 했으니까.'

예고 없이 쭈뼛 소름이 돋았다. 나는 팔을 문질렀다. 그날, 마차 앞에 쓰러져 있었던 프렌만 생각하면 이렇게 시도 때도 없이 온몸의 털이 곤두섰다. 이상하다 싶었지만 어떻게 할 수 없었다. 그저 마음이 하라는 대로 엘리스를 피하고 또 피할 수밖에.

'결국은 프렌이 맞기도 했고……'

나중에 알게 된 바로 거기서 마차 사고를 당했던 건 프렌이 맞았다. 저택으로 부고장이 도착했다. 나는 그녀와 일절 친분이 없었으니 아마 엘리스를 거쳐 보내진 것 같았다. 그걸 받았을 때는 특히나 더 소름이 끼쳤다.

살면서 귀신을 본 적은 없지만 본다면 이런 느낌이 아닐까 싶을 정도였다. 그래서 정말 미안하지만 부고장의 화형식을 치른 후 따로 소금도 뿌렸다.

"후……."

나는 테라스에서 바람을 맞으며 한숨을 쉬었다.

엘리스는 그때부터 나를 부지런히도 초대했다. 티타임, 무슨 파티. 다시 티타임. 더러는 함께 미술품을 보러 가자는 제안도 왔었다. 물론 다 고사했다. 구체적인 제의에는 답신을 보내 거절했고 티타임이나 파티는 그냥 안 갔다.

마지막으로 초대장 비슷한 게 도착한 건 지난주였다. 초대장에는 혹시 자기가 잘못한 것이 있으면 알려달라는 추신도 붙어 있었지만, 나는 당연히 외면했다. 양심이 콕콕 쑤셨지만 나로서도 정말 방법이 없었다. 그냥 계속 이러다 보면 엘리스도 제풀에 지쳐 알아서 포기하겠거니 생각하는 수밖에.

솔직히 요즘은 조금 집요한 게 아닌가 하는 감상도 슬슬 들던 참이었다. 나와 엘리스는 티타임을 한 번 가졌을 뿐 아무 사이도 아니다. 초대장을 연달아 보낼 만큼 나한테 집착할 까닭이 없었다.

'만약 위드그린 공작가와 어떻게든 연을 잡아보려는 다네키어 남작의 발악이라면 이해 못 할 것도 아니지만…….'

그렇다면 오히려 수긍이 된다. 그런 경우는 왕왕 있었으니까.

"마님."

그때 똑똑 노크하는 소리와 함께 나를 부르는 목소리가 들렸다. 나는 테라스에서 나가 문을 열었다.

"왜?"

"손님이 오셨어요."

"손님?"

순간 혹시나 하는 생각이 스치며 오한이 들었다. 문고리를 쥔 손에 힘이 들어갔다.

"……누군데?"

"아브자비 백작 부인이요."

아니었구나. 후. 긴장이 탁 풀렸다. 설마 엘리스인가 했다. 나는 문고리를 놓고 방을 벗어나면서 물었다.

"응접실로 모셨니?"

"아뇨. 마님께서 미리 약속하지 않은 손님은 누구든지 들이지 말라고 하셨잖아요."

"잘했어."

나는 진심을 담아 짤막하게 대답했다. 저것도 전부 엘리스가 혹여 저택으로 찾아올까 봐 해둔 당부였다. 이렇게까지 하는 내가 이해되지 않을 수 있다. 괜찮다. 나도 이해 안 되니까. 나는 이미 포기했다. 포기하면 편하다. 사고를 그만두고 본능에만 맡기는 거지.

'그나저나 아브자비 백작 부인이 무슨 일이지?'

그녀와 안면이 없지는 않지만 친하지도 않았다. 나는 백작 부인을 응접실로 불러 앉혀놓고 마주했다.

"어쩐 일이신가요? 이렇게 연락도 없이……."

"공작 부인."

그런데 다짜고짜 백작 부인이 자리를 박차고 다가와 내 손을 붙잡았다. 아니, 뭐야.

"부인?"

"제 말이 어떻게 들릴지 모르겠어요. 하지만 부디 꼭 새겨들어 주셨으면 해요."

"대체 뭘……."

"엘리스 다네키어를 가까이하세요."

나는 하마터면 아무것도 입에 넣지 않았는데도 사레가 들릴 뻔했다.

"……네?"
"다네키어 영애를 가까이 두세요. 그러셔야 해요. 전부 공작 부인을 위해 드리는 말씀이에요."
"뭐라고요? 백작 부인, 지금 그게 무슨……."
"……실은, 다네키어 영애는 저주에 걸려 있어요."
아브자비 백작 부인이 대단한 비밀을 실토하듯 말했다. 나는 눈가를 찡그렸다.
"저주요?"
"부인께서도 다네키어 영애 주변에서 무슨 일이 일어나고 있는지 아실 거예요. 그게 전부 저주 때문이에요. 본인 의사과 관계없이…… 이성을 홀리는 저주죠."
그런 저주가 있다고? 당황스러웠지만 일단 그러려니 했다. 원래 세상은 미지로 가득한 법이니까. 내가 모르는 저주 같은 것도 얼마든지 있을 수 있겠지. 하지만 문제는 그 다음이었다.
"그게 사실이면, 왜 다네키어 영애를 가까이하라고 하죠? 그 반대여야 하지 않나요?"
오히려 기를 쓰고 피해야 하는 거 아닌가? 그러자 백작 부인이 내 손을 더욱 강하게 잡으며 고개를 저었다.
"그건 하나만 알고 둘은 모르시는 말씀이에요. 오직 다네키어 영애만이 그녀의 저주에 걸린 사람을 저주에서 벗어나게 할 수 있어요."
"네?"
"물론 그 과정에는 대가가 따르죠. 무척 고통스럽다고 들었어요. 무한정 가능한 것도 아니고요. 그럼 다네키어 영애가 누굴 위해 노력을 쏟겠어요?"
"……."
"바로 우리처럼 영애와 친분이 돈독한 사람이 우선이죠."

왜 은근슬쩍 저기에 나를 끼워놓는지 모르겠지만, 어쨌든 하려는 말은 알았다. 전부 이해했고, 슬슬 손이 아팠다. 나는 고개를 끄덕이며 백작 부인의 손에서 내 손을 빼내려 했다.

"부인의 말은 알겠어요. 나를 생각해 줬다는 것도 알겠고요. 하지만……."

"공작 부인."

그러나 백작 부인은 한결 손아귀에 힘을 주며 나를 놓아주지 않았다. 인상이 쓰였다.

"티타임에서 보셨잖아요. 가까이하기 전혀 부족한 사람이 아니에요. 가문도 비록 작위는 낮을지언정, 들어보셨을 거예요. 이번에 남작 소유의 땅에서 금광이 발견돼서 재력으로는……."

"백작 부인, 우선 이것 좀 놓고……."

"장기적으로 부인의 평판에도 도움이 될 거예요. 생각해 보세요. 부인께서 이대로 다네키어 영애를 피하시면 주변에서 뭐라고 수군거리겠어요? 틀림없이―"

안 되겠다. 나는 힘겨루기를 택하는 대신 바깥을 보며 소리쳤다.

"알렉스!"

바로 응접실 문이 열리며 알렉스가 뛰어 들어왔다. 나는 기다리지 않고 말했다.

"백작 부인께서 이만 돌아가시겠다니, 배웅해 드리렴."

"……."

백작 부인은 알렉스의 건장한 체격과 내 얼굴을 번갈아 보더니 이윽고 마지못한 기색으로 손을 놓고 몸을 일으켰다. 그렇지만 그러는 중에도 미련을 버리지 않았다.

"공작 부인, 제 말을 결코 허투루 들으셔서는 안 돼요. 명심해 주세요. 다네키어 영애를……."

"내가 알아서 할게요."

"……."

"모셔다드려."

백작 부인이 알렉스와 함께 응접실에서 나갔다. 하아.

나는 의자에 몸을 늘어뜨렸다. 붙잡혔던 손이 얼얼했다.

'저주라고?'

사실이든 아니든 상관없었다. 어쨌든 나와는 관계없는 일이었다. 아무렴 저주보다는 운명이 강할 테니까. 그게 아니더라도 지금처럼 피하면 그만이다. 나는 손등을 문지르며 응접실을 나왔다.

그리고 내가 허락하기 전까진 그 어떤 사람도 저택에 들이지 말라고 사용인들에게 재차 단단히 당부했다.

며칠이 지났다. 그동안 엘리스에게선 더는 편지도 초대장도 오지 않았고, 아브자비 백작 부인은 우려했던 것과는 달리 그날 이후 나를 더 귀찮게 하지 않았다. 시간이 약인지 지난 마차 사고만 떠올리면 소름이 돋던 것도 많이 괜찮아졌다.

평화로웠다. 평화는 좋은 거다. 나는 오늘도 어김없이 기분이 가벼웠다. 비록 바깥에는 추적추적 비가 내리고 있었지만.

'엄청 쏟아지네.'

소나기라기에는 제법 오래 내렸다. 장마인가? 그러고 보니 그럴 시기가 되기는 했다. 나는 거실에서 빗소리를 들으며 따뜻한 차나 마실 생각으로 일 층으로 내려갔다.

"마님."

그런데 내려가니 웬 기사가 나를 불렀다.

"무슨 일이죠?"

얼굴은 알지만 말을 섞을 일은 별로 없던 기사였다. 그는 쭈뼛거리면서 입을 열었다.

"응접실에…… 마님을 찾는 분이 와 계십니다."

"뭐라고요?"

어디에 와 있어? 나는 당황스럽게 기사를 보았다. 내 입에선 자연히 황당함 섞인 목소리가 나갔다.

"미안하지만, 난 오늘 만나기로 한 사람이 없는데요."

"그게, 미리 약속은 하지 않으셨다고 하나……."

기사가 머뭇머뭇 말했다. 죄지은 사람이 보일 법한 전형적인 태도였다. 나는 혹시 싶어 눈매를 좁혔다.

"경이 들여보냈나요?"

"그……."

"사용인들이 분명 말렸을 텐데. 안 그러던가요?"

"죄송합니다! 하지만 어찌 기사 된 도리로 레이디께서 비를 맞고 계시는 걸 가만히 두고 볼 수 있겠습니까? 그래서……."

'레이디?'

나는 기사가 변명처럼 지껄이는 말을 듣다가 눈을 크게 떴다.

설마. 아니겠지? 아닐 거다. 아니, 아니었으면 좋겠다.

"경의 책임은 나중에 에시를 통해 따로 묻겠어요."

내 말에 기사의 안색이 대번에 하얗게 질렸다. 그야 저건 사형선고나 다름없었으니까. 물론 정말 그럴 생각은 없었다. 이 정도 일로 저택의 전력을 줄일 마음은 없었으니 말이다. 다만 겁 좀 먹으라고 한 말이다. 역시 효과는 뛰어났다.

나는 백지장처럼 희게 질린 기사를 뒤로하고 걸음을 옮겼다.

'응접실이라고 했지.'

곧이어 내 걸음은 점점 느려지다 이윽고 아예 멈췄다. 손바닥에 땀이 고였다.

'정말 엘리스일까?'

사실 엘리스면 뭐 어떠냐는 생각도 들었다. 고작 응접실에 와 있는 것뿐이었다. 평소 하던 대로, 응접실에 가서 나를 기다렸던 상대를 보고, 미안하지만 나가달라고 하면 된다. 기왕이면 다신 오지 말라는 말도 덧붙이면 더 좋겠지. 쉬운 일이었다. 정말 아무것도 아닌 일이다.

"……."

그런데 발이 떨어지지 않았다. 나는 망부석처럼 자리에 서서 한참 고민하다 결국 몸을 돌렸다.

"알렉스."

마침 알렉스가 눈에 띄었다. 나는 내 쪽으로 다가오는 알렉스를 향해 말했다.

"바쁘지 않으면, 지금 응접실로 가서……."

그 순간 머릿속에 백작 부인의 목소리가 떠올랐다.

"본인 의사와 관계없이…… 이성을 홀리는 저주요."

"응접실이요?"

"……아, 아니. 아니야. 괜찮으니 하던 일 봐."

"마님?"

나는 의아해하는 알렉스를 지나쳐서 바삐 걸었다.

알렉스는 안 된다. 우선 남자는 안 돼. 생각해 보면 멋대로 저택 문을 연 기사도 본래 저 정도로 경솔한 사람은 아니었던 것 같았다. 백작 부인의 말을 맹신하는 건 아니지만, 이건 만약을 위해서다.

"메이!"

이윽고 믿음직한 하녀가 눈에 걸렸다. 그녀는 이 저택 하녀 중에 가장 키가 컸다. 당연히 힘도 좋았다.

"부탁이 있는데, 응접실에 가서 거기 있는 사람한테 여길 나가달라고 해줄래?"

"네? 제가요?"

"응. 만약 안 나가겠다고 하면 힘으로 내보내도 좋아. 그리고……."

나는 하녀는 괜찮지만 하인이나 기사와 함께 응접실에 들어가지 말라고 신신당부했다. 메이는 고개를 갸웃했지만 이내 순순히 알겠다고 대답했다.

나는 응접실로 사라지는 든든한 체구를 보며 한숨을 탁 쉬었다.

'혹시 모르니까, 응접실 근처로는 아무도 못 가게 해야지.'

응접실에서 저택 입구까지 이어지는 길목도 마찬가지다. 나는 집사를 불러 철저하게 교통정리를 마친 후 예전 내 방으로 올라왔다. 여기로 온 건 마음을 안정시킬 장소가 필요해서였다. 만약 에시가 있었다면 에시에게 갔겠지만, 아쉽게도 에시는 지금 저택을 비운 참이었다.

방은 내가 종종 찾는 만큼 깔끔하게 관리되어 있었다. 나는 방에 오자마자 의자에 앉았다. 손을 펴자 아직 마르지 않은 땀으로 손바닥이 축축했다. 나는 손바닥을 들여다보며 중얼거렸다.

"엘리스가 대체 뭐라고……."

도대체 그녀가 뭐라고, 고작 얼굴을 마주하는 것조차 못 해서 이러고 있는 건지. 이해가 안 됐지만, 어차피 이해하길 포기한 지 오래였다.

나는 의자에 편하게 몸을 늘어뜨렸다. 아, 거실 대신 그냥 여기서 차를 마실까.

"마님."

'마실까'가 '마시자'로 기울었을 즈음 누가 문밖에서 인기척을 냈다. 메이의 목소리였다.

“마, 말씀하신 대로 했어요. 응접실에…….”

그래? 생각했던 것보다 빠르네. 엘리스가 순순히 나갔나 보다. 아니면 엘리스가 아니었거나. 뭐, 어느 쪽이든 좋았다.

‘그런데 목소리를 왜 이렇게 떨지?’

혹시 응접실에서 무슨 일 있었나? 나는 의아하게 생각하며 문고리를 비틀었다. 그 순간 오한이 훅 들었다.

‘……한기?’

춥나? 아니, 아닌데. 아무리 지금 비가 온다지만. 그렇게 생각할 때 힘을 주지 않은 문이 서서히, 그리고 완전히 열렸다. 이어서 나는 표정을 딱딱하게 굳혔다.

“……엘리스.”

엘리스 다네키어가 문 앞에 마치 인형처럼 서 있었다.

이게 뭐지? 사람이 너무 놀라니까 놀란 반응도 안 나왔다. 나는 그저 숨을 멈춘 것처럼 딱딱하게 굳어 있다가 뒤늦게 엘리스 옆에 선 메이를 발견했다.

“죄, 흐으, 죄송해요.”

아까 그 기사가 메이의 목에 검을 들이대고 있었다.

“이런, 미친……!”

상황을 파악하자마자 욕지거리가 튀어나왔다. 그리고 다음 순간, 내 몸이 의지와 상관없이 형편없이 뒤로 나뒹굴었다.

쾅! 문이 닫혔다. 나는 믿기지 않아 닫힌 문만 멍하니 응시했다. 다짜고짜 바닥을 구른 몸이 욱신거렸지만 그게 중요한 것이 아니었다.

“……마법?”

손끝 하나 닿지 않았는데 나는 마치 무형의 힘에 이끌리듯 알아서 바닥을 굴렀다. 방금 문이 닫힌 것도 마찬가지였다. 엘리스는 방 안으로 들어와 고요히 나를 응시했다. 적막한 시선에 소름이 끼칠 지경이었다. 심장이 정신없이 뛰었다.

그녀는 지난 티타임에서처럼 하얀 드레스를 입고 있었는데, 그 순백의 색과 대조되는 흑자색 머리카락 끝이 조금 비에 젖어 단정히 가라앉아 있었다. 엘리스는 한참을 그러고 있다가 입을 열었다.

"뭐가 문제였지?"

"……뭐?"

나는 반사적으로 대꾸했다. 몸은 뒤로 슬금슬금 물러나 엘리스와 거리를 벌리고 있었다. 엘리스는 내가 그러든 말든 그 자리에서 움직이지 않고 말을 반복했다.

"뭐가 문제였을까? 대답해 봐."

"무슨 말이야?"

계속 물러나다 보니 등에 테라스 커튼이 닿았다. 나는 그제야 멈췄다. 엘리스는 변함없이 물끄러미 나를 보고 있었다.

미치겠네. 대체 이게 무슨 일이야. 마른침이 넘어가는 사이 엘리스의 붉은 입술이 움직였다.

"티타임에 참석할 때만 해도 괜찮았잖아. 날 오해해서 죄책감 느꼈던 거 아니었어? 아끼는 하녀와 비슷하게 생긴 애를 데리고 있어서 친근감도 느꼈잖아. 아니야?"

"뭐?"

"프렌인지 뭔지 하는 그 잡것을 껴안았을 때는 숫제 감동이라도 한 얼굴이었잖아. 틀렸어?"

"지금……."

당황스러워서 말문이 막혔다. 엘리스가 그 당시 내 속내를 모두 꿰뚫어 본 것도 놀라웠지만, 무엇보다 충격적인 건 그녀의 말에 담긴 뜻이었다. 그날, 엘리스가 보여줬던 그 모든 것이 계획이고 연기였다고? 아니, 저 모습만 봐도 그때 그게 연기였다는 건 알겠지만…….

'왜 그런 짓을?'

궁금하긴 하지만 지금은 이유보다 중요한 게 따로 있었다. 나는 엘리스의 눈치를 보다가 몸을 돌려 테라스의 문을 힘껏 밀었다.

'……안 열려.'

"힘 빼지 마. 그보다 대답이나 해주렴. 정말 뭐가 문제라서 그렇게 갑자기 날 슬슬 피한 거야? 응?"

"내가…… 지금, 널 피했다고 이러는 건 아니지?"

기분 나쁘다고 화풀이하는 거야? 아니지? 나는 테라스 유리를 깰 만한 것이 뭐가 있을까 주변을 살피며 말했다. 엘리스가 대답했다.

"왜 이러느냐고 묻는 거니? 뭐, 그렇게 대단한 이유는 없어. 그냥 네가 내 눈에 들어왔을 뿐."

엘리스의 알아먹지 못할 헛소리를 듣는 둥 마는 둥 하다가 의자 다리를 들어 테라스 문을 향해 힘껏 던졌다.

꿍!

"……!"

미친, 저게 뭐야? 무슨 방탄유리에 부딪혔을 때나 날 법한 소리가 났다.

"힘 빼지 말라니까."

"알렉스! 베시-! 다베리 경-!!"

나는 엘리스의 말을 무시하고 이번엔 고래고래 소리 질렀다. 하지만 아무런 효과도 없었다. 바깥은 잠잠했다. 나는 몇 번 더 소리 지르다가 숨이 달려서 헉헉거렸다.

엘리스가 어깨를 으쓱했다.

"소용없어. 내가 멍청하게 문만 잠갔겠니? 벌레 기는 소리도 새어 나가지 않을 테니 그만두렴."

그래? 그렇구나. 좋아.

'괜찮아.'

나는 치솟으려는 절망감을 꾹 내리눌렀다. 숨을 고르며 사방을 둘러보았다.

'촛대.'

문득 엘리스의 오른쪽 장식장 위에 놓인 금 촛대가 눈에 들어왔다. 머리가 빠르게 돌았다.

'……할 수 있을까?'

모른다. 하지만 시도해 봐야 했다. 이대로 엘리스가 나한테 무슨 짓을 저지르는 걸 가만히 손 놓고 기다릴 수는 없었으니까.

'에시.'

별안간 에시가 보고 싶었다. 코끝이 찡해지면서 왈칵 눈물이 날 것 같았다. 나는 입안의 여린 살을 짓씹어 참았다. 지금은 불안한 마음을 최대한 숨기고 태연한 척해야 할 때였다. 심호흡하고 천천히 걸음을 옮겼다. 솔직히 엘리스를 보는 것만으로도 오금이 저렸지만 애써 아무렇지 않은 체했다.

엘리스는 나를 가만두고 보았다.

나는 보란 듯이 한숨을 내쉬곤 엘리스를 보며 입을 열었다.

"알겠어. 그만둘게. 아무리 해도 나가기는 그른 것 같으니까."

"이제 포기한 거야? 생각보다는 순순하네."

"음, 현명한 거지."

조금씩 걸음을 내디뎠다. 엘리스와의 거리가 줄어들수록 심장이 빠르게 뛰었다. 나는 손바닥에 흥건히 배어난 땀을 허리에 손을 얹는 척 옷으로 닦았다.

"어때, 네 생각은? 현명한 거라고 해줄래?"

"흐응. 뭐, 좋아. 그렇다고 해주지."

"고마워. 그럼 나도 답례로 아까 네 질문에 대답해 줄게. 네가 그랬지? 뭐가 문제였냐고."

목소리가 떨릴 것 같아서 혀를 몇 번 더 깨물었다. 나는 여기서 무사히 빠져나가 에시와 만나는 상상을 열 번쯤 한 후 입을 열었다.

"그냥 다 문제였어. 전부."

"뭐?"

"너 연기 더럽게 못하더라. 속아주는 척하느라고 힘들었잖아."

"……뭐라고?"

내내 초연하던 엘리스의 표정에 처음으로 금이 갔다. 실금이었지만 분명한 성과였다. 나는 스스로를 격려했다. 잘했어. 이렇게만 해. 할 수 있어.

나는 엘리스에게서 눈을 떼지 않았다. 장식장 쪽으로는 절대 눈길을 주지 않으며 엘리스와 간격을 차츰 좁혔다.

"속고 싶어도 속을 수가 있어야지. 몰랐어? 그냥 애쓰는 게 가상해서 잠깐 어울려 준 거였는데. 안쓰럽잖아. 그런 머저리도 안 속을 수준 낮은 촌극을 계획이랍시고 준비한 게. 안 그래?"

나는 최선을 다해 기를 쓰고 엘리스를 도발했다. 엘리스가 나 외에 다른 것은 신경 쓰지 못하게. 그리고 마법을 쓰지 않고 직접 제 손으로 나를 후려치고 싶을 만큼 화가 나게.

"너……."

"솔직하게 처음에는 웃기려고 그러는 줄 알았거든? 그런데 갈수록 가관인 거야. 특히 그때 있잖아. 찻물을 뒤집어쓰곤 그 꼴로 성녀 행세하는 걸 보는데……."

조금만. 조금만 더. 나는 고개를 기울이며 내가 할 수 있는 최대한으로 비웃는 표정을 지었다.

"……풋, 속아주지 않으면 저러다 죽는시늉도 하겠다 싶더라니까."

"이게!"

엘리스가 사납게 손을 뻗어 내 머리채를 휘어잡았다. 그와 동시에 나는 재빠르게 장식장 위 촛대를 쥐고 그걸로 엘리스의 머리를 후려쳤다.

빠억! 살벌한 소리가 났다. 평소 같으면 내가 사람을 죽인 것이 아닌가 걱정했을 정도였다. 하지만 지금 내게는 천상에서 내려온 천사의 팡파르보다 경쾌하게 들렸다.

"큭!"

엘리스가 신음을 흘리며 내 머리채를 놓고 비틀거렸다. 나는 한 번 더 촛대를 휘둘렀다.

빡! 사람이 위기에 놓이니까 안 되는 게 없다. 나는 엘리스의 관자놀이를 정확하게 노렸다. 달리 사람을 패본 경험도 없건만 놀라운 정확도였다.

'치명타.'

신이 보우하사 급소 적중 만세. 촛대 만세.

"헉, 헉."

보통 영화나 소설에선 이쯤이면 쓰러지던데. 엘리스는 휘청거리긴 해도 계속 서 있었다. 미칠 지경이었다. 무슨 좀비도 아니고. 나는 이를 악물고 촛대를 높이 들어 올렸다가 그대로 힘껏 내리찍었다.

빠악!! 아, 이번엔 진짜다. 성말로. 뭐가 됐든 확실하게 깨졌다. 아니나 다를까 여태까지 중 가장 크게 휘청한 엘리스의 몸이 이내 바닥으로 쓰러졌다.

잔뜩 긴장한 탓인지 고작 촛대를 세 번 휘두른 것만으로 진이 다 빠졌다. 나는 쓰러진 채 미동하지 않는 엘리스를 헐떡거리며 살폈다.

'……해치웠나?'

그런 생각이 들었지만 입 밖으로 내지는 않았다. 그건 죽은 적도 부활시키는 주문이라고 배웠으니까. 나는 덜덜 떨리는 손으로 촛대를 쥐고 뒤돌았다. 한달음에 문으로 달려가 손잡이를 쥐고 당겼다.

"……!"

뭐야? 안 열린다. 안 열려. 왜? 왜 안 열리지? 왜…….

그때 뒤에서 귀를 막아버리고 싶은 목소리가 들렸다.

"어때?"

"……."

"이걸로 피차일반이지?"

나는 문손잡이를 놓고 몹시 천천히 돌아섰다. 심장이 미친 듯이 뛰었다. 언제 일어섰는지 엘리스가 자리에 멀쩡히 서서 나를 빤히 쳐다보고 있었다.

"내 어설픈 연극에 속아주는 척하느라고 고역이었다며. 나도 네가 휘두르는 그 같잖은 촛대에 맞아 쓰러지는 척해줬으니까."

"……."

"이제 같아진 거지? 안 그래?"

등줄기를 타고 소름이 내달렸다. 눈을 깜박이는 것도 힘들었다.

"그건 이만 치워. 무겁잖아."

"아!"

와장창! 내 손아귀에서 저절로 빠져나간 촛대가 요란한 소리를 내며 장식장에 처박혔다. 나는 숨도 제대로 쉬지 못하고 그 장면을 지켜보았다. 목이 꽉 막힌 것 같았다. 엘리스가 처음 이 방에 들어왔을 때보다 더, 거의 세 배쯤 당황스러웠다.

나는 가까스로 목을 쥐어짜, 진작 했어야 하는 근원적인 질문을 입에 올렸다.

"너 뭐야?"

"……."

"누구야, 너? 너 뭔데? 사람 아니지."

말을 하는 내내 입술이 바들바들 떨렸다. 촛대를 잃고 허전해진 손도 마찬가지였다.

"너 정체가 뭐야?"

나는 바닥을 나뒹굴고, 꼼짝없이 이 방에 갇히면서도 그녀가 사람이 아닐 거라는 생각은 해본 적이 없었다. 그저 마법사라고만 생각했다. 손 하나 까딱하지 않아도 마법을 쓸 수 있을 만큼 솜씨가 빼어난, 그렇지만 머리가 살짝 어떻게 되어버린 미친 마법사.

그러나 지금은 아니었다. 고작 마법사 같은 게 아니다. 마법사라는 것만으로는 두개골이 깨질 만큼 머리를 얻어맞고도 무슨 일 있었냐는 듯 멀쩡한 저 얼굴을 설명할 수가 없었다.

엘리스가 말했다.

"전형적인 질문을 하네. 하긴, 이 정도면 늦은 거지."

"……."

"대답해 줄까? 네 말이 맞아. 사람 아냐. 그럼 나는 뭘까?"

"……."

"그건 안 알려줘."

엘리스가 예쁘게 웃었다. 무표정보다 더 무서웠다.

나는 물러날 곳이 없다는 걸 알면서도 뒤로 물러났다. 머잖아 등에 벽이 닿았다. 빌어먹을. 저절로 욕이 튀어나왔나.

"무섭니?"

"……."

"무섭구나. 태연한 척하더니 조금 전에도 실은 꽤 무서웠나 봐. 손이 덜덜 떨리네."

"……."

"그러게 왜 그랬어? 네가 뭐라도 눈치챈 것처럼 나를 슬슬 피하지만 않았어도 이런 일은 없었을 텐데. 연기인 걸 알았어도 그냥 쭉 속아주지 그랬어."

"……."

"그럼 그냥 눈앞에서 제 남자를 빼앗기고 엉엉 울다 실성하는 정도로 끝났을 텐데."

"뭐?"

나도 모르게 입 밖으로 날카로운 소리가 튀어나갔다. 엘리스가 크게 웃었다.

"애 좀 봐. 죽을지도 모르는 공포보다 제 남자를 빼앗긴다는 말이 더 우선이니? 하긴, 내가 이래서 너를 고른 거지."

"나를 죽이려고? 그래, 그렇게 해. 거기서 손만 까딱하면 되니 엄청 쉽겠네. 하지만 나한테서 에시를 빼앗는 것만은 절대 못 할걸."

이건 엘리스를 도발하려는 말이 아니라 진심이었다.

나는 엘리스의 눈을 똑바로 보며 말했다.

"사교계의 남자들? 다 빼앗아. 황제도 유혹하고 황태자도 홀리고 그냥 나라 전체를 집어삼켜. 그래도 그중에 에시는 없을 거야."

"……."

"내 남자를 빼앗아? 웃기지 마. 절대 못 해."

"믿음이 놀라운걸?"

"정말인지 아닌지 궁금하면 나랑 내기라도 하든가."

나는 말을 던져놓고 날뛰는 심장을 진정시켰다. 처음은 감정적이었지만 계속 말하다 보니 두려움도 약간 가라앉고 머리도 차분해졌다.

'제발 먹혀라.'

한다고 해. 내기하겠다고 하고 일단은 날 여기서 내보내.

나는 초조하게 엘리스와 시선을 교환했다. 엘리스는 나를 빤히 보다가 재차 웃음을 터뜨렸다.

"이 와중에 또 머리를 굴리는 거야? 성가시긴 하지만 너, 마음에 드는데?"

'젠장.'

제길! 망할! 얼어 죽을! 나는 아는 욕을 입안에서 모조리 굴렸다.

엘리스는 내 속을 읽는 것처럼 킬킬대다가 입을 열었다.

"살고 싶니? 걱정하지 마. 널 죽이진 않을 테니까."

"……."

"살아야지. 살아서 보렴. 내가 네 몸으로 네 남자를 어떻게 하는지."

"뭐?"

내 몸?

"아, 이건 꼴사나워서 기왕이면 안 하고 싶었는데. 그렇지만 어쩔 수 없지."

엘리스는 혼잣말하더니 퇴로가 막힌 나에게 다가왔다. 내가 어쩔 틈도 없이 엘리스와 간격이 훅 줄어든다 싶더니, 이윽고 이마에서 번쩍 불꽃이 튀었다.

"악!"

나는 이마를 감싸 쥐고 허리를 숙였다. 엘리스가 내 이마를 자기 이마로 들이받은 것이다. 갑자기 미쳤나? 이게 뭐 하는 짓이지?

눈물이 찔끔 고이는 알싸한 통증과 더불어 황당함이 밀려들었다.

"이게 무슨……!"

나는 고개를 벌떡 들고 엘리스를 보았다가 곧바로 굳어버렸다. 말도 안 되는 것이 보였다.

"……나?"

눈을 믿을 수 없었다. 내가, 그러니까 '내 몸'이 나를 정면으로 보면서 웃고 있었다. '내'가 말했다.

"그거 아니? 특별히 말해주는 건데, 나는 입을 맞추는 것으로 그 사람을 지배할 수 있어."

"너……."

나는 입을 틀어막았다. 내 목소리가 아니다. 시선을 내렸다. 순백색 드레스가 눈에 들어왔다. 그와 대조되어 허리께에서 넘실거리는 흑자색 머리카락도.

"……!"

경악하는 나를 향해 '내 몸'이 차분히 말을 이었다.

"물론 기본은 시선만 교환해도 가능하지. 그런데 입을 맞추면 훨씬 정교하고 깊게 세뇌가 되거든."

"엘리스!"

"어때, 어려울 것 같니? 네 몸으로 네 남자에게 입을 맞추는 게."

나는 생각할 겨를 없이 내 몸, 그러니까 엘리스를 향해 일단 달려들었다. 원리는 몰라도 이마를 박아서 몸이 바뀌었으니 다시 박으면 어떻게든 될 것 같았다. 하지만 당연하게도 엘리스가 가만히 있지 않았다.

"입맞춤이 반복될수록 세뇌는 더 강해진단다. 재미있지? 부디 너희가 뜨겁게 불타는 사이기를 바라야겠네. 그럴 것 같지만."

"엘……!"

무슨 짓을 했는지 내 움직임은 물론이고 목소리도 콱 막혔다. 엘리스는 옴짝달싹하지 못하게 된 자기 몸을 보며 말했다.

"아, 혹시 해서 말해두는데, 자해 따위로 나를 협박할 생각은 하지 않는 게 좋아. 어차피 그 몸은 버려도 딱히 상관없거든."

"……!"

"그럼 귀엽고 성가신 아이야. 네 남자가 망가지는 모습을 그 몸에서 실컷 감상하도록 하렴."

엘리스가 내 몸으로 자기 뺨에 키스했다. 나는 미친 듯이 버둥거렸지만, 마음만 급할 뿐 몸은 조금도 움직이지 않았다.

"기대해."

하녀 메이는 벌벌 떨었다. 몸을 떨수록 목덜미에 닿은 칼날이 더 선명하게 느껴져 두려웠지만, 어쩔 수 없었다. 눈물이 날 것 같았다. 메이는 새어 나오려는 흐느낌을 간신히 참았다.

'마님.'

도대체 제게 무슨 일이 일어난 것인지 알 수 없었다.

마님의 갑작스러운 명령을 받고 응접실로 갔다. 응접실에는 웬 흑장미를 닮은 아름다운 여자가 앉아 있었다. 전에 본 적은 없지만 어딘지 들어본 적 있는 것 같은 외모였다. 어쨌든 메이는 마님의 명령에 따라 응접실에 있는 상대에게 축객령을 내렸다.

꽤 공손한 말투였다고 생각한다. 그런데 상대는 메이의 말을 듣자마자 표정을 싸늘하게 굳혔다.

"여러모로 성가시게 하네."

그 말이 무슨 뜻인지 물어볼 새도 없었다. 그러기 전에 상대가 몸을 일으켰고, 응접실을 나갔으며, 다음 순간 기사가 메이의 목에 검을 들이댔다. 그러고 나선 지금 이 지경이었다.

아무리 협박당했다지만 정체 모를 무서운 여자를 제 손으로 마님 앞에 데려다 놓게 된 메이는 두려움과 죄책감으로 정신을 차릴 수가 없었다.

"흐으, 흐……."

결국 억누르지 못한 흐느낌이 흘러나왔다. 메이의 무릎이 후들거렸지만 기사는 아무런 행동도 하지 않았다. 그저 묵묵히 서서 메이의 목에 검을 들이대고 있을 뿐이었다.

'마님. 공작님……. 엄마, 아빠.'

흐느낌은 곧 딸꾹질로 변했다.

바로 그때였다. 굳게 닫혀 있던 방문이 벌컥 열렸다.

"마님!"

순간 딸꾹질이 멎을 정도로 놀란 메이가 반갑게 소리쳤다. 열린 문으로 나온 사람은 바로 마님이었다. 마님은 나오자마자 차갑게 명령했다.

"검 버려."

챙강. 기사는 순순히 명령을 따랐다. 마님은 단호한 표정을 풀지 않으며 이어 말했다.

"돌아가서 부를 때까지 근신해. 네 처벌은 나중에 정할 테니."

"마님……."

기사는 저항하지 않고 묵묵히 돌아섰다. 메이는 울먹거리며 마님을 살폈다.

"마님, 괜찮으세요? 무사하신 거죠? 아무 일 없으셨어요?"

"응, 괜찮아. 걱정하지 말렴."

메이는 두려움을 꾹 내리누르며 마님의 뒤쪽을 조심스럽게 살폈다. 방 안쪽에 마녀 같던 무서운 여자가 쓰러져 있는 것이 보였다. 메이의 얼굴이 단숨에 안도로 풀어졌다.

"다행이에요. 다행이에요, 마님. 저는 또 제가 그래서, 저 때문에 마님께 무슨 일이 생기는 줄만……."

"됐어, 진정해. 그보다 하인을 좀 불러주련? 영애를 가문으로 돌려보내야 해서."

"아, 네, 네. 그럴게요."

"참, 그리고."

당장에 돌아서던 메이가 다시 고개를 돌렸다.

"방금 잊었던 일은 잊어버리렴. 누구한테도 말하지 마."

"네?"

"잊어버려."

마님은 곧은 시선으로 메이의 눈 안쪽을 들여다보며 말했다. 메이는 붙잡힌 것처럼 마님에게서 눈을 떼지 못했다.

마님의 호박색 눈동자. 언제 봐도 마님의 눈동자는 아름다웠다. 맑고 반짝이는 색, 생동감 넘치는 빛깔, 보석보다 시선을 끄는 호박색. 그 가운데 얼핏 붉은빛을 보았다고 생각했을 때 메이는 고개를 끄덕였다.

"……네."

이윽고 몸을 돌린 메이가 하인을 부르러 멀어졌다.

마님은 작아지는 하녀의 뒷모습을 유심히 보다가 이어 한숨처럼 중얼거렸다.

"이래서 여자는 짜증 난다니까. 지배가 잘 먹히지도 않고, 먹혀도 오래가질 않으니."

기회를 봐서 처리해야지. 리디아, 아니, 리디아의 몸을 차지한 엘리스가 그렇게 덧붙였다.

엘리스는 돌아서서 바닥에 쓰러진 '제 몸'을 눈에 담았다. 그녀는 그것을 발로 툭 걷어찼다. 제 몸, 그러니까 정신을 잃은 리디아는 미동하지 않았다. 엘리스는 생긋 웃었다.

"정말 귀찮게 한다니까. 이렇게 손이 많이 갈 줄은 몰랐는데. 뭐, 그런 만큼 보람 있는 거지만."

그때 메이가 불러온 하인들이 방에 도착했다. 엘리스는 의식을 잃은 리디아가 하인들의 손에 들려 나가는 것을 응시하다가 고개를 돌렸다.

그녀는 테라스로 향했다. 굳게 잠겨 있던 테라스의 문이 언제 그랬냐는 듯 스르르 열렸다.

비는 그새 그쳐 있었다. 엘리스는 난간을 잡고 서서 바람을 만끽하다가 아래 쪽을 응시했다. 가문의 문장을 단 마차가 들어오는 것이 보였다.

'외출했다던 공작이 돌아오나 보군.'

일부러 공작이 자리를 비운 틈을 노려 온 것이기는 했다.

엘리스는 멈춰 선 마차의 문이 열리고, 예상했던 미남자가 내려서는 것을 잠자코 지켜보다 이맛살을 찌푸렸다.

"하여간, 여자나 남자나. 어떻게 꼭 저 같은 것들끼리 만났나 몰라."

엘리스에게는 날 때부터 특별한 능력이 있었다. 바로 정신 지배. 이름은 스스로 붙인 것이었다. 어차피 자기 능력, 부르는 사람 마음이었으니까. 엘리스의 정신 지배는 총 세 단계로 이루어졌다.

첫 번째. 눈 마주치기. 의지가 약한 남자는 이것만으로도 손쉽게 엘리스에게 넘어왔다. 특별히 뭔가를 더 하지 않아도 알아서 엘리스의 노예가 되길 자처하고 그녀의 발치에 엎드렸다.

다음은 말 섞기. 눈을 마주치는 것만으로는 정신 지배가 먹히지 않는 상대가 간혹 있었다. 그럼 그때는 엘리스가 직접 상대에게 다가가 말을 섞었다. 대단한 대화는 필요 없었다. 단지 인사를 나누는 것만으로도 충분하다. 어쨌든 중요한 건 엘리스의 목소리에 깃든 '힘'이 상대의 고막을 타고 들어가 그의 뇌를 주무르는 거였으니까.

남성이라면 두 번째 단계에서 백이면 백 누구나 엘리스의 말을 신처럼 떠받드는 추종자가 되고는 했다. 그 이상은 필요하지 않았다. 예외는 없었다. 적어도 엘리스가 지금껏 마주친 인간 남자 중에서는 말이다. 분명 그랬는데.

"……."

비가 그치고 들기 시작한 햇빛 아래로 남자의 백발과 금안이 눈부시게 드러났다. 엘리스의 미간에 파인 주름이 깊어졌다.

그래, 엘리스는 리디아가 했던 말 중에 한 가지 인정하는 게 있었다. 리디아를 죽이기는 쉬워도 그녀의 남자를 빼앗는 건 그렇지 않을 거라는 말. 일부 인정했다. 사실이었다.

저 남자, 위드그린 공작에게는 엘리스가 여태 시도한 모든 세뇌가 통하지 않았다.

리디아는 몰랐지만, 엘리스는 이미 위드그린 공작과 사적으로 숱하게 마주쳤다. 그녀의 지배에 들어온 남자들을 이용하면 우연한 만남 따윈 일도 아니었다.

그러나 그렇게 위드그린 공작과 몇 차례나 우연을 가장한 필연적인 만남을 거치고도 엘리스는 원하는 결과를 얻지 못했다. 이때껏 그녀에게 수없이 많은 노예를 안겨주었던 정신 지배 능력이 공작 앞에서는 무용지물이었다.

오히려 역으로 작용했다. 공작이 그녀를 수상하게 여기기 시작한 것이다.

며칠 전, 외출하려고 저택을 벗어나서 알았다. 미행이 붙었다. 엘리스는 자기를 감시하던 놈을 잡아서 배후를 캐냈다. 공작의 짓이었다. 게다가 단순히 감시가 아니었다. 공작은 만일 엘리스가 리디아에게 적정 이상 접근하거나 뭔가를 하려고 들면, 그녀를 죽이라고 명령했다.

'미친 새끼.'

그때를 떠올린 엘리스가 헛웃음을 뱉었다. 누굴 죽여? 거기다 그 사유가 뭐?

엘리스는 그제야 티타임에 참석했던 리디아를 공작이 손수 데리러 왔던 이유를 알았다. 처음엔 혹여 세뇌가 먹혀가는 것인가 했다. 데리러 왔다는 핑계를 대고 저를 보려 한 것인가 했는데.

'그게 아니라 자기 눈으로 확인하려고 했던 거겠지.'

자신이 리디아에게 무슨 짓을 했는지, 하지 않았는지. 했으면 어땠을까? 그랬으면 그날 공작은 그 자리에서 자신을 그냥 두었을까? 그것만 생각하면 기분이 가라앉았다.

"……이건 너희가 자초한 거야."

처음 생각했던 이벤트는 평범하고 무난했다. 리디아와 친분을 쌓고, 그녀가 자신을 신뢰하게 만든 다음, 저택에 초대해 눈앞에서 그녀의 남편과 뒹구는 재미있는 장면이나 연출하려고 했다. 그런데 공작에겐 지배가 먹히지 않았고, 그 와중에 리디아가 티타임 이후 저를 슬슬 피하기 시작했다.

기막힌 노릇이었다. 연놈이 아주 쌍으로. 그러니 어쩔 수 없었다. 이렇게까지 하는 수밖에.

입맞춤으로 하는 지배는 보통 지배와 달랐다. 엘리스가 그녀의 정신 지배 단계 중 세 번째 단계인 입맞춤을 그다지 선호하지 않는 이유가 거기에 있었다.

입맞춤으로 지배당한 상대는 꼭두각시가 된다. 이지를 상실하고 그녀가 원하는 대로만 움직였다. 평생. 말하자면 재미가 떨어졌다. 자유의사도 없는 인형을 가져서 어디다 쓴단 말인가?

"그렇지만 어쩌겠어. 가만히 놔둘 순 없는데. 내 눈에 들어온 이상……."

엘리스는 그렇게 중얼거리다가 문득 멈칫했다.

'어딜 보는 거지?'

마차에서 내린 공작은 바로 저택으로 들어오지 않고 그 자리에 서 있었다. 이쪽을 보는 것 같지는 않았다. 잠시 후 공작이 별안간 어떤 마차를 세웠다.

엘리스는 그 마차를 보자마자 속이 서늘해졌다. 리디아를 태운 마차였다.

'저걸 왜 세우지?'

뭔가 눈치채고 세웠나? 아니, 그럴 리가. 그건 말이 되지 않았다. 무슨 수로? 그냥 제 눈앞에서 마차가 출발하니 단순하게 행선지나 확인하려는 거겠지.
그러나 그처럼 생각하는 순간 공작이 마부를 지나쳐 마차로 다가가는 것이 보였다. 찰나 엘리스의 감이 속삭였다. 저대로 두면 안 된다고. 가족과 친구, 동료가 전부 죽어 나간 종족 전쟁에서도 그녀가 목숨을 부지하고 도망칠 수 있게 해주었던 감이었다.
엘리스는 공작이 마차 문으로 손을 뻗는 순간 사력을 다해 제 꼭두각시를 움직였다. 콰앙!
"으악!"
"뭐야? 이거 무슨 소리야?"
"마리오넷 경이 다짜고짜 석상을 부쉈습니다!"
"뭐?! 이 자식이 비 오더니 미쳤나!"
"다친 사람은? 없어?"
공작의 주의가 잠시 마차에서 떨어졌다. 먼발치서 엘리스와 눈이 마주친 마부가 혼란을 틈타 마차를 출발시켰다.
"어어? 저놈은 왜 또 출발해? 각하께서 분명…… 이봐!"
"됐다. 돌아오면 확인하지."
공작은 잠시 멀어지는 마차를 쳐다보다가 고개를 돌렸다. 엘리스는 반사적으로 가슴을 쓸어내렸다. 그러곤 자존심이 상했다.
'뭐야. 내가 왜 안심하는 거야?'
고작 이따위 일로 긴장했다고, 내가? 설마 가슴을 졸였다고? 받아들일 수 없었다. 엘리스는 난간을 부서뜨릴 듯 힘주어 쥐었다.
그때 공작이 그녀를 돌아보았다. 눈이 마주쳤다. 그 순간 엘리스의 머릿속에 적신호가 울렸다.
'여기로 온다.'
엘리스는 재빠르게 테라스에서 벗어났다. 공작은 그녀를 잠깐 보곤 바로 저택으로 들어왔을 뿐이지만, 엘리스는 확신했다. 공작은 틀림없이 이곳으로 온다.

오면? 오면, 뭐?

사전조사는 완벽했다. 엘리스는 리디아 행세를 빈틈없이 해낼 준비가 되어 있었다. 평소 쓰는 말투도 알고, 공작을 부르는 애칭도 알고, 심지어는 자주 짓는 표정이나 버릇까지 조사했다.

자신 있었다. 어색하지 않을 거다. 누가 보아도 리디아 위드그린 같을 것이다. 그렇지만 엘리스는 자리에서 한참 초조하게 서성이다가 결국 벼락처럼 외쳤다.

"메이!"

"네, 마님. 부르셨어요?"

하인을 불러온 후 복도에 있었던 메이가 후다닥 방으로 들어왔다.

"……공작, 그러니까 에시가 오면, 나 아프다고 해."

"네?"

"아파서 얼굴을 보여줄 수 없다고 해. 핑계는 아무거나 대. 어쨌든 방으로 들어오지 못하게 하란 말이야. 알겠어?"

"마님, 어디 안 좋으신……."

"잔말 말고 시키는 대로 해."

엘리스가 메이를 노려보는 눈에 힘을 주었다. 미약하지만 세뇌가 다시 발동했다. 메이가 고개를 끄덕이고 방에서 나갔다. 얼마 후 문밖에서 인기척이 느껴졌다.

"공작님, 지금 마님께서 몸이 안 좋으시다고……."

달거리 어쩌고 하는 핑계를 대는 메이의 목소리가 닫힌 문틈으로 희미하게 전해졌다. 엘리스는 자기도 모르게 숨을 죽였다. 그 행동에 참을 수 없을 정도로 자존심이 상했지만, 다른 도리가 없었다.

인기척은 메이의 말을 듣고도 잠시 더 문 앞에서 머무르더니 이윽고 멀어졌다. 엘리스는 기척이 완전히 사라진 후에야 억눌렀던 숨을 뱉었다. 동시에 모욕감이 밀려들었다.

'내가…… 이런…….'

본능이 시키는 대로 했다. 그녀의 본능은 명령했다. 공작과 마주치지 말라고. 가까이서 그와 눈을 맞추지 말라고. 이미 숱하게 그녀를 위험에서 구해주었던 본능이었다. 따르지 않을 이유가 없었다.

그러나 본능에 마땅히 순응하는 것과 제 자존심이 형편없이 뭉개지는 건 별개였다.

"대체 어떻게 이럴 수가 있지? 조금 전 마차도 그렇고……."

이해할 수 없었다. 그리고 이해할 수 없는 만큼 치욕스러웠다. 엘리스는 윗니로 아랫입술을 짓씹었다. 당장에 방을 부수고 어지럽혀 엉망으로 만들어놓고 싶은 것을 참으며 생각했다.

'이 굴욕감은 절대 잊지 않겠다.'

공작에게 입을 맞춰 지배를 발동해야 한다. 그러나 공작 가까이 갈 수 없었다. 이제 뭘 어떡해야 하나 싶지만, 아직 방법은 있었다.

깊은 밤. 모두가, 즉 에시 위드그린 공작도 잠들었을 때.

'그때 잠든 공작에게 접근해 입을 맞춘다.'

제아무리 공작이 저를 꿰뚫어 볼 수 있다 해도 밤에는 소용없을 거다.

엘리스는 차갑게 눈을 빛냈다. 가라앉은 눈동자는 분명 호박색이었지만, 평소 리디아의 눈과는 전혀 다른 색처럼 보였다.

"……헉!"

나는 몸을 벌떡 일으켰다. 깊숙이 잠겼던 의식을 되찾았더니 전혀 모르는 장소에 와 있었다.

'여기가 어디야?'

내 방이 아니다. 침실이었지만, 보이는 것마다 낯설었다. 그때 머릿속에 '내 몸'을 가지고서 나를 보며 속삭이고 웃던 엘리스가 떠올랐다. 시선을 내려 현재 내 몸을 살폈다. 옷은 바뀌어 있었지만, 풍성하게 내려온 흑자색 머리카락은 그대로였다.

다른 걸 더 생각할 틈이 없었다. 나는 얼른 눈에 보이는 문으로 달려들었다.

철컥.

'잠겼어.'

"저기요! 이봐요!"

나는 문을 쾅쾅 두들겼다. 목이 터져라 소리도 질렀다. 그러나 문밖에서는 아무런 기척이 없었다. 나는 한참이나 문을 부술 듯-정말 부서지면 좋을 텐데-두드리다가 목과 주먹에서 통증을 느끼고 나서야 행동을 멈췄다.

'아무도 없나?'

바깥에 아무도 없는 건지, 아니면 다 듣고 있으면서 무시하는 건지 모르겠다. 나는 열릴 기미가 없는 문을 노려보다가 몸을 돌렸다.

'창문도 역시 잠겼고.'

혹시 몰라 확인해 본 후 방 내부를 둘러보았다. 침대, 장식장, 응접용 테이블, 이런저런 그림이나 기타 장식들. 어딜 봐도 귀족 저택 소유의 침실이었다. 이 정도면 꽤 호화로운 축에 속했다.

'엘리스의 방인가?'

어디든 중요하지 않았다. 어쨌든 이만한 방이라면 복도에 사람이 없다는 게 말이 되지 않았다. 설령 감금시켰다고 해도 감시자가 한 명쯤은 필요한 법이다.

'어디 안 쓰는 방에 가둬놓고 굶겨 죽이려는 게 아니라면.'

하지만 그건 아닐 거다. 일단 방이 매일 청소한 듯 깨끗하게 정돈되어 있었고, 무엇보다 엘리스는 내게 살라고 했다. 살아서 지켜보라고 했지. 자기가 내 몸으로 에시에게 무슨 짓을 하는지.

나는 입술을 꾹 깨물었다. 그러곤 일단 손에 잡히는 조각상을 들어 내던졌다. 와장창!

'다음.'

화병, 액자, 물잔, 뭐든 좋았다. 무작정 눈에 보이는 건 전부 던지고 부수고 깨뜨렸다. 의자를 들어 장식장 유리에 처박자 요란한 소리가 났다. 바닥에 파편이 부스러져 떨어지고 숨이 달리는 와중에도 이런 생각이 들었다.

'소설 속 악역들은 대체 어떻게 이 짓을 매일 하는 거지?'

실은 누구보다 체력이 좋은 이들이 아닐까. 그런 생각을 하며 커다란 액자를 침대 기둥에 휘둘러 박살 냈을 때 마침내 문이 벌컥 열렸다.

"아가씨!"

나는 우뚝 멈췄다. 그러잖아도 체력이 바닥난 참이었다.

하녀는 도무지 더 깰 것도 없어 보이는 방 풍경을 보며 입을 빼끔거리다 소리쳤다.

"왜 이러세요! 미치셨어요, 진짜? 어느 정도는 봐드리려고 했는데 이건……!"

"나 언제까지 여기 있어야 해?"

"뭐라고요?"

"여기서 나가지 말라고 가둬둔 거잖아. 언제 나갈 수 있어?"

"……그걸 제가 어떻게 알아요? 그거야 남작님 마음이겠죠."

'남작.'

"그러게 왜 그런 짓을 하셨어요? 다른 곳도 아니고 위드그린 공작가라니. 그러니 남작님께서 그렇게 화가 나셔서……."

나는 하녀가 덧붙이는 말을 흘려들었다. 대충 어떻게 짜 맞춰진 상황인지 알겠다.

'어쨌든 여기서 나가려면 남작의 명령이 필요하다는 거지.'

엘리스가 남작을 세뇌해 놓았을 확률이 얼마나 될까. 백 퍼센트쯤 되겠지. 내가 지금 여기서 무슨 짓을 한들 남작이 나를 풀어주는 건 엘리스가 그에게 명령을 내리고 나서일 거다. 그리고 그때는 당연히 엘리스가 원하는 것을 이룬 다음일 테고 말이다.

'안 돼.'

생각만 해도 손끝이 떨리고 가슴이 조여들었다. 다리에 힘이 풀려 멀쩡히 서 있는 것도 힘겨웠다. 혼자 중얼거리던 하녀가 몸을 떠는 나를 이상하게 쳐다보았다.

나는 그 틈에 말했다.

"여기 베키라는 하녀 있지? 그 애를 불러줘."

"네?"

"불러줘. 어서."

"베키요? 그런 애는 없는데요?"

"뭐?"

"베키라는 하녀는 없다고요. 착각하신 거 아니에요?"

"그게 무슨……."

나는 당황하다가 순간 짚이는 것이 있어서 이름 대신 그녀의 외모를 설명했다. 하녀는 그제야 고개를 끄덕였다.

"멘디 말씀하시는 거예요?"

'멘디.'

완전히 다른 이름이잖아. 혹시나 내가 그때 잘못 읽고 들었을까 했지만 그럴 가능성은 없어 보였다.

나는 일단 당황을 감추고 말했다.

"응, 멘디. 내가 착각했네. 멘디를 좀 불러줄래?"

"그거야 어렵지 않지만, 갑자기 멘디는 왜……."

"빨리."

이미 시간이 오래 흘러서 더 지체할 여유가 없었다. 나는 온통 난장판이 된 바닥에서 그나마 멀쩡한 것을 찾아 집었다. 내가 그걸 다시 던질 것처럼 굴자 하녀가 기겁했다.

"아, 알겠으니까 적당히 좀 하세요, 정말! 저걸 다 누가 치운다고 생각하는 거야!"

하녀가 투덜거리며 재빠르게 문을 닫고 나갔다. 잠시 후, 나는 베시를 닮은 얼굴의 작고 여린 체구와 마주할 수 있었다.

"아, 아가씨. 저를 부르셨다고……."

작은 몸이 쭈뼛거리며 나를 올려다보았다. 나는 그녀의 이름표를 다시 확인했다.

멘디

'하.'

기가 막혔다. 이름까지 지어낸 거였단 말이야?

'왜?'

나한테 왜 그렇게까지 했을까? 엘리스의 심리를 노무시 이해할 수가 없었다. 물론 당장 중요한 게 아니긴 했다. 지금 이 순간 중요한 건 엘리스가 '왜 그런 짓을 저질렀을까'가 아니라 '앞으로 저지르려는 짓을 어떻게 하면 막을까'다.

나는 나를 불안하게 올려다보는 갈색 눈동자를 물끄러미 살폈다. 멘디라는 하녀는 겁에 질려 있었다. 하지만 나를, 그러니까 엘리스를 보는 표정에서 증오나 원망은 읽을 수 없었다. 나는 잠자코 그녀와 눈을 맞추며 말했다.

"멘디."

엘리스는 내게 편지를 보내면서 이 하녀를 이용했다. 회유였는지 협박이었는지, 그도 아니면 그냥 부탁이었는지는 알 수 없다. 어쨌든 핵심은 이 하녀에겐 그런 게 통한다는 거였다.

"부탁이 있어. 몰래 심부름 하나만 해줄래?"

"심부름이라니……."

"간단한 거야."

손을 뻗어 날카롭게 깨진 유리잔을 쥐었다. 유리 날에 손마디를 조금 베였지만, 아픔이 느껴지니 오히려 머리가 차분해졌다. 나는 유리잔의 날을 내 목에 갖다 대어 금방이라도 그을 것처럼 꾹 누르며 입을 열었다.

"부탁해."

멘디의 얼굴이 하얗게 질렸다.

시간이 얼마나 흘렀는지는 모른다. 내가 방 안에 있던 시계를 깨버렸기 때문이다. 툴툴거렸던 하녀는 엉망이 된 방을 정돈하면서도 새 시계를 가져다주지는 않았다.

바깥 해는 진작 떨어졌고, 내게는 한 번의 식사가 허락되었다. 그러고 나니 심부름을 보냈던 멘디가 돌아왔다.

"아가씨."

멘디는 주변을 살피며 쭈뼛쭈뼛 방으로 들어왔다. 그녀는 눈치 보듯 연신 눈동자를 이리저리 굴리며 품에서 조심스럽게 물건을 꺼내 내게 내밀었다.

"여, 여기 부탁하셨던 거요. 찾아왔는데……."

"고마워."

멘디가 내민 것은 반지 하나가 겨우 들어갈 작은 보석함이었다. 나는 떨림을 감추며 그 보석함을 받아 들었다. 만감이 교차했다.

'설마 이걸 이런 식으로 쓰게 될 줄은.'

한 치 앞도 예상할 수 없는 게 인생의 묘미고 세상의 이치라더니, 정말이다. 나는 이걸 처음 사용할 때도 내가 설마 그런 상황에서 그런 용도로 쓰게 될 줄은 몰랐다. 그랬는데 지금은 그때보다 더하다. 처음도 두 번째도 나란히 이 모양이라니. 이게 인생의 묘미라면, 묘미 따위 모르고 그냥 살겠다!

그렇게 생각하며 재빨리 보석함을 열어 그 안에 든 동전을 쥐고 소리쳤다.

"게르 ㄱ-!"

크게 부른다고 더 잘 들리리라는 보장은 없었지만, 마음이 급하니 저절로 목소리가 커졌다. 아직 방에서 나가지 않은 멘디가 눈을 휘둥그레 떴을 때, 멀쩡하던 허공이 찢어졌다.

이윽고 나타난 얼굴을 보는 순간, 나는 안도감에 하마터면 눈물이 고일 뻔했다.

"이때만 기다렸다! 야, 인간 너는 어떻게 알고……."

희희낙락하게 내게 말을 붙이던 게르그가 멈칫하더니 이이 미간을 좁혔다. 나는 다급히 외쳤다. 시간이 없었다.

"게르그, 날 공작가로 데려다줘! 지금 당장!"

마법사들의 탑을 세우러 간다는 메이커를 따라 저택을 떠나던 날, 게르그는 나에게 그간의 숙박비라는 명목으로 자길 불러낼 수 있는 동전을 새로 주고 갔다. 말은 숙박비라고 했지만 그걸 핑계로 어떻게든 노동 중간에 빠져나올 핑계를 만들려던 것 같았다.

어쨌든 나야 거절할 이유가 없으니 기꺼이 동전을 받았고, 혹시 몰라 보안이 철저하다는 길드에 맡겨두었다. 특정한 암호를 대야만 물건을 찾을 수 있도록.

멘디가 심부름 다녀온 곳이 바로 그 길드였다. 정말 아무 생각 없이 들어둔 보험이었는데 그게 이렇게 도움이 됐다.

제르그는 다급하게 부탁하는 나를 보며 말을 더듬었다.

"너 누구⋯⋯ 아니, 누군지는 알겠는데, 어떻게 그 얼굴⋯⋯."

"뭐든 나중에 설명해 줄 테니까, 얼른!"

나는 제르그의 혼란스러운 목소리를 끊고 버럭 소리쳤다. 제르그는 이 이상 지체했다간 내가 자기 목을 조를 거라는 걸 알았는지 일단 고개를 끄덕였다.

"아, 알겠어. 공작가, 그러니까 네 집으로 데려다주면 된다는 거지?"

내 집. 그래, 거긴 내 집이다. 내 사람이 살고, 내가 있어야만 하는 내 집. 제르그의 별것 아닌 표현에 울컥 울음이 치밀었다.

나는 기를 쓰고 눈물을 참았다. 제르그는 내 표정에서 일이 뭔가 심각하게 돌아가고 있다는 걸 읽었는지 태도를 바꿨다.

"내 팔 잡아. 같이 이동하려면 신체 접촉이 필요하니까. 네가 왜 그 얼굴을 하고 있는지는 나중에 듣도록 하고⋯⋯."

"⋯⋯."

"간다. 조금 어지러워."

잠시 후, 나는 세상이 뒤섞이는 경험을 했다.

밤이 깊었다. 하늘에 장막이 드리워지고 별이 떴지만, 엘리스는 조금 더 기다렸다.

'신중해서 나쁠 것 없으니까.'

엘리스는 그렇게 생각했다. 긴장해서 소극적으로 움직이는 거라고는 절대 생각하고 싶지 않았다.

'이쯤이면 됐겠지.'

어둠이 내려앉은 저택은 적막했다. 숨소리 하나 들리지 않았다.

사실 이 고요에는 엘리스의 마법이 상당한 역할을 했다. 엘리스는 저택 전체에 수면 마법을 걸었다. 강력한 마법이었다. 그녀는 그 마법에 가진 마력의 1/3을 쏟아부었다. 그것이 어느 정도냐면, 가벼운 수면으로 한정했을 때 마을 하나쯤은 가볍게 잠재울 수 있는 수준이었다. 그만한 마법을 고작 저택 하나에 압축해서 새겼다.

'심장에 천천히 칼을 꽂아도 못 깨어날걸.'

물론 엘리스는 그렇게 시시하게 끝낼 생각이 전혀 없었다. 공작을 꼭두각시로 만든 후에는 어떤 식으로든 그를 실컷 써먹을 생각이었다. 그래야 자신의 이 불쾌한 노력이 보답받을 테니까.

엘리스는 차분한 걸음으로 복도를 걸었다. 저택 전체에 마법을 걸어놓고도 저도 모르게 발소리를 죽여 걷는 그녀의 얼굴이 설핏 일그러졌다.

'공작도 그렇고, 그 아래 기사 놈도 그렇고. 어떻게 돼먹은 게 여기는 죄다…….'

공작과 가까이서 마주치지만 않으면 나머진 다 괜찮을 줄 알았다. 그런데 갑갑함에 잠시 나왔던 거실에서 스치듯 지나친 기사가 몸을 돌려 다시 저를 살폈다.

"아가씨, 괜찮으십니까? 오늘따라 뭔가……."

금발을 짧게 자른 기사는 이상하다는 표정을 감추지 못했다. 엘리스는 일단 아프다는 핑계로 의심을 잠재우고 돌아섰지만, 혹시 몰라 그 후 방 밖으로는 한 발자국도 나가지 않았다.

"하."

이놈이고, 저놈이고. 왜 여긴 온통 이 모양인지. 하지만 이런 짜증과 굴욕도 오늘 밤으로 끝이다. 엘리스가 걸음을 멈췄다. 그녀는 서두르지 않고 공작이 있는 침실의 문을 열었다. 문은 열려 있었다.

'잠그지 않았군.'

바깥에 경비를 세워놓은 것도 아니면서 문을 잠그지도 않았다. 지나친 자신감에서 오는 무방비함인가. 그게 아니면.

'아내를 기다리다가 잠들기라도 했나?'

오, 저런. 가엾기도 하지.

엘리스는 소음 없이 열린 문 안으로 들어서며 혀를 찼다. 안타깝지만 기다리던 아내는 지금쯤 다네키어 저택에 감금되어 무력하게 눈물이나 쏟고 있을 텐데.

'곧 만나게 해줄게. 비록 그때 네게 아내를 알아볼 정신이 남아 있을지는 모르겠지만 말이야.'

아, 공작의 손으로 여자를 죽이게 하는 것도 괜찮겠는걸.

금방 떠올린 것치곤 나쁘지 않았다. 엘리스는 제 발상에 만족하며 침대로 다가갔다.

공작은 고풍스럽고 화려한 침대 위에 미동도 없이 잠들어 있었다. 넓게 난 창으로 든 달빛이 잠든 공작의 얼굴을 비췄다. 엘리스는 침대맡에서 발을 멈추고 잠깐, 아주 잠깐 감탄했다.

'잘 빚어진 얼굴이긴 하군. 어디까지나 인간의 기준에서지만.'

그녀는 공작의 미끈하지만 밋밋한 이마에 근사한 뿔이 돋아 있는 것을 상상했다. 군침이 돌았다. 엘리스는 입맛을 다셨다.

'인간의 신체에 그런 시도를 해본 적은 없지만, 한번 알아볼까?'

나쁠 건 없지. 성공한다면 이건 정말 최상등품이 될 거다. 남은 일족 모두가 그녀의 꼭두각시를 한번 안아보지 못해 안달을 내게 될지도 모른다.

'괜찮네.'

그건 그것대로 훌륭한 쓸모였다. 엘리스는 기분을 고양되게 하는 즐거운 상상을 하며 침대에 올라 고개를 숙였다. 탐스러운 붉은색 머리카락이 어깨를 타고 앞으로 물결치듯 쏟아졌다. 그녀의 몸이 창 너머로 스민 달빛을 가렸다. 공작의 수려한 이목구비 위로 짙은 그림자가 졌다.

그때였다.

와장창!

"엘리스-!!"

테라스와 침실을 잇는 유리문이 요란한 소리를 내며 산산이 깨어졌다. 엘리스는 반사적으로 고개를 돌렸다. 이윽고 그녀의 얼굴이 사납게 구겨졌다.

"너……!"

"야, 야. 괜찮아?"

나는 대답하는 대신 몸을 숙이고 치미는 토기를 다스렸다. 이런 상황만 아니었다면 당장에 계르그의 머리채를 붙들고 짤짤 흔들었을지도 모른다.

조금 어지럽다고? 조금? 이게 어떻게 조금이야? 반마족이라서 아직 인간 말에는 서툰가? 아니면 내가 모르는 새 조금이라는 단어 뜻이 바뀐 건가?

머릿속이 사정없이 돌았다. 계르그가 발을 동동 굴렀다.

"토할래? 토하면 좀 나을지도 몰라. 어쨌든 멀미니까."

"너…… 일부러 아니지? 지난번에는 이렇게…… 안 심했는데."

"그때는 전용 마법진을 그리고 이동했잖아! 아무리 나라도 준비도 없이 대뜸 남을 데리고 이동하면 아주 미약한 부작용은……."

"됐어. 그보다 빨리-"

나는 헐떡이며 고개를 들고 테라스 너머 방 안을 쳐다보았다가 눈을 크게 떴다.

"게르그! 이거 어서 깨줘! 어서!"

"어, 어!"

비명처럼 토한 외침에 게르그가 즉시 마법인가 뭔가로 테라스의 유리문을 산산이 부쉈다. 나는 곧장 미친 사람처럼 안으로 뛰어 들어가며 소리쳤다.

"엘리스-!!"

"너……!"

에시의 침대 위에 올라 일그러진 표정으로 내 쪽을 응시하는 '내 몸'이 보였다.

늦었나? 설마 늦었을까? 조금 전 아슬아슬하게 저지한 엘리스의 입맞춤이 설마, 어쩌면 처음이 아니라거나, 혹은 하기 직전이 아니었다거나……. 심장이 발작이라도 일으킬 것처럼 두근거렸다.

'제발.'

시간이 멈춘 것 같았다. 소란에 깬 듯 침대에서 몸을 일으킨 에시가 나를 발견하기까지, 그 잠깐이 마치 억겁처럼 느껴졌다.

아주 찰나 정적이 깔린 어두운 침실, 바닥을 어지럽힌 유리 파편과 창을 투과해 새하얀 머리카락 위로 쏟아지는 달빛, 그리고 나를 똑바로 응시하는 황금색 눈동자.

"……에시."

나는 가까스로, 가까스로 목소리를 짜냈다. 뭐가 그렇게 두려웠는지 목소리는 아주 작았다. 나에게만 간신히 들릴 정도로.

에시가 미간을 좁혔다.

"리디아?"

그 한마디에 다리에서 힘이 풀렸다. 겨우 넘어지지 않고 버티고 서는 순간 엘리스가 침대 위에서 몸을 비트는 것이 보였다. 마치 보이지 않는 힘에 있는 힘껏 저항이라도 하는 것처럼 저 혼자 바르르 몸을 떨었다. 뭐, 뭐야?

그때 게르그가 뒤에서 죽는소리를 냈다.

"이 미친, 붙잡고 있기 더럽게 힘드네! 저 몸으로 힘만 좋아선!"

아, 게르그. 게르그가 마법으로 엘리스가 못 움직이게 막고 있었던 거구나. 고마운 동시에 마음이 급해졌다. 이 틈에 얼른 에시에게 가야 했다. 나는 마음이 앞서 급히 움직이다가 그만 바닥에 널브러진 커튼을 잘못 밟고 미끄러졌다.

"……!"

유리 조각 위로 넘어진다고 생각하는 순간 등을 받치는 손이 있었다. 고개를 들었다. 바로 앞에 금색 눈동자가 보였다.

"리디아."

확인하는 것이 아닌, 확신이 깃든 난호한 목소리를 듣사 서항할 수 없게 왈칵 눈물이 났다.

에시는 내가 훌쩍훌쩍 울기 시작하자 당황하는 것 같더니 다음 순간 딱딱하게 표정을 굳혔다. 나는 눈물이 뚝뚝 흐르는 눈으로 의아하게 에시를 쳐다보다가 곧 에시의 시선이 어디로 향할 것인지 눈치챘다.

"……아."

나는 손을 들어 황급히 내 목을 가렸다.

'아야.'

살갗을 타고 쓰린 감각이 전해졌다. 깨진 유리잔을 목에 대고 부탁을 빙자해 멘디를 협박했을 때, 그때 베였나?

그랬던 것 같다. 거울을 깨버리는 바람에 확인하지는 못했지만, 방을 치우던 하녀가 바닥의 유리잔과 내 목을 보더니 대체 또 무슨 짓을 하신 거냐고 길길이 뛰었으니까.

"에시, 난……."

괜찮다고 말하려는 순간 에시의 굳은 시선이 이번에는 내 발치로 옮겨 갔다. 나는 그제야 내가 맨발로 뭘 밟고 있는지를 알았다. 음……내가 오늘 유리와 별로 인연이 안 좋군.

"에시, 나는 정말 괜찮, 앗!"

에시는 내 말이 끝나기도 전에 나를 안아 올렸다.

"안 괜찮아. 내가."

"……."

"거기, 악마."

"악마 아니야! 난 반마족이라고! 나한테 욕하지 마! 그리고 내 이름은 계르그야!"

"치유 마법 쓸 줄 아나?"

"쓸 줄 알면…… 뭐? 설마 당장 쓰라고? 야, 내가 지금 얼마나 바쁜……!"

"아아악!"

그때 엘리스가 비명을 내질렀다. 그런 직후 '쾅' 하는 요란한 소리가 나더니, 계르그가 그대로 뒤로 데굴데굴 굴러 난간에 처박혔다.

"컥!"

"계르그!"

에시는 나를 안고 파편을 피해 몸을 물렸다. 나는 에시에게 안긴 채 당황한 얼굴로 계르그를 살핀 후 정면을 보았다.

"하아……."

속박에서 풀려났는지 엘리스가 어둠 한가운데 서서 손목을 돌리고 있었다. 내 몸으로.

소름이 오소소 돋았다. 몸이 바뀐 상태라는 걸 머리로는 인지하고 있었지만, 머리로 아는 것과 직접 눈으로 보는 건 느낌이 전혀 달랐다.

마치 도플갱어…… 그렇지, 도플갱어를 보는 느낌이다. 그것도 살짝 미친 도플갱어.

'아니.'

정정한다. 많이 미친 도플갱어. 어떻게 봐도 많이 미친 것 같은 엘리스가 내 몸으로 우리를 응시하며 입을 열었다.

"상봉 끝났니? 감동적이게도 한눈에 알아봤어?"

"……."

"그랬나 보네. 하하, 맙소사. 어쩜 이렇게까지 성가시게 할 수 있지?"

"엘리스……."

저건 내가 부른 게 아니다. 난간에 들이받은 건 괜찮아졌는지 모를 계르그의 목소리였다. 괜찮냐고 묻기도 전에 계르그의 말이 이어졌다.

"역시 너였군. 미혹의 일족, 엘리스."

"미혹의 일족?"

매혹의 천도 아니고, 뭐? 나는 익숙한 듯 생소한 표현에 계르그를 쳐다보았다.

"날 알아? 넌 뭐지?"

대답하는 엘리스의 목소리에 이채가 담겼다.

"난……."

계르그의 이마에서 뿔이 돋아났다. 근래 계속 뿔을 감춘 인간형을 유지했던 터라 오래간만에 보는 모습이었다. 엘리스가 돋아난 계르그의 뿔을 보자마자 짧게 말했다.

"반쪽 나부랭이군."

"계르그야."

익숙한지 계르그가 동요하지 않고 정정했다. 둘의 대화를 듣고 있자니 짐작 가는 것이 있었다. 나는 서둘러 입을 열었다.

"잠깐, 설마…… 마족이야? 엘리스가?"

"맞아."

계르그가 바로 대답해 주곤 설명을 덧붙였다.

"그중에서도 미혹의 일족이라고 불리는 부류인데, 이름처럼 남을 미혹해 세뇌하는 정신계 능력을 쓰는 애들이지. 골치 아픈 힘이야. 지금 보니 다른 능력도 있었던 것 같지만."

"기왕이면 세뇌 대신 정신 지배라고 해줄래? 나는 그쪽이 더 마음에 들거든."

부정하는 대신 엘리스가 그렇게 첨언했다. 밝혀진 엘리스의 정체에 당황이 밀려드는 동시에 문득 계르그가 과거에 했던 말이 떠올랐다. 악마와 마족 간의 영토 싸움에서 악마가 이겼다는 말.

그때 그럼 패배했지만 전쟁에서 죽지 않고 살아남은 마족들은 어디로 갔을까 했었는데…….

'설마 했던 그대로잖아.'

계르그처럼 인간 틈에 섞였을지도 모르고, 만약 섞였다면 알아보기 힘들겠다고 생각했는데 그게 사실이었다!

하, 이제야 의문이 풀렸다. 왜 엘리스가 사교계에 데뷔하기 전까지 아무도 그녀를 아는 사람이 없었는지. 어째서 그녀가 갑자기 땅에서 솟은 것처럼 나타났는지.

'땅에서 솟은 거 맞네.'

정확히는 마계에서 솟았지만 어쨌든 그게 그거지. 정체를 알고 나자 엘리스에 대한 의문이 저절로 해소되었다. 나는 에시의 품에 더욱 단단하게 매달려서 소리쳤다.

"왜 그런 짓을 한 거야?"

"그런 짓?"

"세뇌라며! 얼마 전부터 사교계에서 일어난 일, 전부 그 능력으로 한 짓이지? 왜 그랬어?"

알란가 모라를 비롯해 머릿속에 여러 이름이 어지럽게 떠올랐다가 흩어졌다. 분했다. 그 모든 게 자연스러운 변심과 파경이 아니라, 전부 한 사람…… 아니, 마족의 농간이었다는 걸 확인하니 속에서 화와 억울함이 치밀었다.

하지만 내면의 분통과 달리 나는 물으면서도 엘리스에게 대단한 답을 들을 거라 기대하지는 않았다. 솔직히 듣지 않아도 눈에 그려졌으니까. 그녀가 뭐라고 대답할지.

아니나 다를까 엘리스는 표정 하나 바꾸지 않고 말했다.

"재밌잖아."

"……!"

"그런 적 없어? 작은 곤충을 잡아서 날개를 한쪽만 떼고 놓아주면 어떻게 되나 지켜본 적."

엘리스가 피식 웃었다.

"그런 거야. 너흰 나한테 곤충일 뿐인 거고. 그것도 밟아봐야 바르작거리기만 하는 것이 고작인 작고 하찮은 곤충."

일부러 저렇게 말한다는 것을 알면서도 손에 힘이 들어갔다. 한 대만, 아니, 딱 열 대만 때렸으면 좋겠다. 내 얼굴이지만 지금 치라고 한다면 얼마든지 사양 않고 칠 수 있을 것 같았다. 그때 계르그가 툭 말했다.

"웃기고 있네."

나는 주먹에 준 힘을 풀지 않은 채 계르그를 돌아보았다. 계르그는 입꼬리를 비웃듯 끌어 올리고 팔짱을 낀 채 비딱하게 서 있었다.

"뭘 그렇게 곤충이 어쩌고 예시까지 들어가며 아닌 척 주절대고 있어. 그냥 화풀이잖아."

"뭐?"

"악마한테 영토 뺏기고 살던 곳 조지고, 겨우겨우 도망쳐서 인간 사이에 숨어 사는 자기 신세가 비참하고 열 뻗쳐서 괜한 인간한테 화풀이한 거 아냐. 추하게."

"너……!"

나는 계르그가 하는 말을 귀담아들었다. 그럴듯했다.

"전쟁에서 다들 목숨 걸고 싸우다 죽어나갈 때 일단 살고 싶어서 도망은 쳤고, 그 와중에 자존심은 구기고, 그렇지만 악마한테 덤빌 힘은 없으니 대신 만만한 인간한테 자기 능력 써가며 화풀이."

"……!"

"내 말 틀렸어? 이 추잡한 겁쟁이야."

"반쪽 주제에–!"

정곡을 찔렸는지 엘리스가 이성을 잃은 것처럼 계르그에게 달려들었다. 콰앙! 두 몸이 부딪히며 거대한 폭발음이 들렸다.

에시가 나를 안고 충돌의 여파가 미치지 않는 다른 테라스까지 훌쩍 몸을 날렸다. 나는 에시에게 몸을 더욱 바짝 붙이곤 에시의 침실 테라스에서 벌어지는 광경을 당황스럽게 바라보았다.

'잘 싸우네.'

내 몸이 계르그와 어울려 더없이 화려한 액션을 찍고 있었다. 정말이지 이 기분을 뭐라고 표현하면 좋을지 모르겠다.

'그나저나 이제 어떻게 하지?'

엘리스가 입맞춤으로 에시를 세뇌하려던 것도 저지했고, 그녀가 마족이라는 것도 알았다. 다 좋았다. 사실 에시를 지켰으니 나머지는 뭐가 됐든 솔직히 상관없었다. 다만 그래도 사소한 문제가 하나쯤 있다면, 나와 엘리스가 아직 몸이 바뀐 상태라는 거다.

'되돌려야 하는데…… 이마 박치기 말고는 방법이 없나?'

이것도 확실한 수단이라고는 보기 힘들지만, 다른 길이 없었다. 엘리스한테 되돌리라고 말한다고 그녀가 순순히 해줄 리 만무하니까.

'어차피 되돌려도 죽고 안 되돌려도 죽을 걸 알 테니 협박도 안 먹힐 거고.'

아니, 그래도 한번 해봐? 몸만 곱게 되돌려 놓으면 살려는 주겠다고 거짓말이라도 해볼까?

'물론 이것도 어디까지나 이쪽에서 엘리스를 제압했을 때 얘기지만…….'

그렇게 생각하며 조마조마하게 계르그를 응시하는데 언뜻 시선이 느껴졌다. 에시였다.

"……왜?"

아, 혹시 바뀐 내 몸이 낯설어서 그러나? 그럴 수 있다. 냉정하게 따지자면 에시가 별 절차 없이 나를 알아본 것만 해도 기적이었다. 어떻게 그럴 수 있었는지 모르겠다. 나야 정말 다행이지만. 그런 생각이 들 때 에시가 입을 열었다.

"후회하는 중이야."

"후회? 뭘?"

"감시만 붙일 게 아니라 그냥 내 손으로 죽였어야 했는데."

"……."

지금 짐작되는 게 옳다면, 저건 설마 엘리스 이야긴가?

"대체 언제 감시를……."

"끄윽!"

그때 억눌린 비명이 들렸다. 나는 황급히 고개를 되돌렸다.

"계르그!"

계르그가 바닥에 울컥 피를 쏟았다. 붉은색이었다. 엘리스가 그걸 보고 혐오스럽다는 표정을 지으며 한 발 뒤로 몸을 물렸다.

"역시 더러운 반쪽이라 그런지 몸 안쪽도 더럽기 짝이 없군."

"큭, 빌어먹을…… 역시 나 혼자는 무린가……."

저러다 죽는 거 아냐? 가슴이 철렁했다. 나는 에시를 돌아보며 황급히 입을 벌렸다.

"에시."

"……."

에시는 다른 방법이 없다는 건 알지만 내키지 않는다는 얼굴이었다. 하지만 곧 어쩔 수 없이 나를 제 품에서 내려놓았다.

"움직이지 말고 있어."

냉큼 고개를 끄덕였다. 에시는 좀처럼 내게서 시선을 떼지 않다가 이내 뒤돌아 난간을 차고 도약했다.

"……!"

막 게르그에게 마지막 일격 비슷한 것을 날리려는 것 같던 엘리스가 에시를 보곤 인상을 찌푸리며 간격을 벌렸다. 에시가 테라스에 내려서자 게르그가 숨을 몰아쉬며 미끄러지듯 주저앉았다.

"이제야 오다니……."

"어떻게 하면 되지?"

"후우…… 뭐?"

"몸을 되돌리려면. 우선 상처 없이 제압하면 되나?"

"그야 되돌린 후를 생각하면 그게 좋긴 하지만…… 할 수 있겠어? 아니면 팔이나 다리 정도는 부러져도 다시 붙으니까……."

게르그가 내 몸을 두고 살벌한 소리를 태연하게도 했다. 저게. 그렇지만 현실적으로 틀린 말도 아닌 데다가 게르그가 나 때문에 싸우다 피를 토하는 것을 봤으니 아무 말도 하지 않았다. 오히려 저 말에 심기가 상한 건 나보다는 엘리스인 것 같았다.

"아, 나를 죽이지 않고 제압해서 몸을 원래대로 바꾸겠다고?"

"……."

"어쩐지 아무리 반쪽이래도 너무 덜떨어지게 군다 싶더니, 목적이 그거였어?"

게르그는 덜떨어졌단 표현에 발끈하는 것 같았지만 자리에서 움직이지는 않았다. 엘리스가 조소했다.

"심지어, 뭐? 상처 없이 제압해? 너희 뭔가 착각하는 거 아니니? 설마 내가 너힐 못 당해서 몸을 바꾸는 편법을 썼다고 생각하는 거야? 웃기지 마. 이건 그냥……."

그때 에시가 엘리스의 말을 더 기다려 주지 않고 그녀에게 덤벼들었다. 엘리스가 화들짝 놀라 뒤로 물러서며 손을 휘저었다.

쾅! 이미 반복해서 들었던 폭발음이 재차 울렸다. 익숙하긴커녕 이제까지보다 배는 더 조마조마했다. 긴장으로 입이 바싹 말랐다.

에시가 얼굴 위로 들어 올린 팔을 내렸다. 엘리스의 공격을 받고도 에시는 표정이 변하지 않았다. 안색이 바뀐 것은 엘리스였다.

에시가 게르그를 불렀다.

"악마."

"악마 아니…… 그래, 마음대로 불러. 왜?"

"움직임만 제한하면 되나?"

"음, 아마 그거면 될 거야. 일단은 못 움직이게만 해줘."

에시와 격돌한 후 주춤하는 것 같던 엘리스가 둘의 대화에 다시 사납게 기세를 바꿨다.

"건방진!"

엘리스가 허공에 대고 미친 듯이 손을 휘둘렀다. 그에 맞춰 에시의 주변에서 쉴 새 없이 폭발음이 터졌다. 에시는 눈에 보이지도 않는 폭발을 팔을 들어 막거나 고개를 젖혀 피하는 것 같더니 어느 순간 엘리스에게 접근해 손을 뻗었다.

"헉!"

간발의 차로 손을 피해낸 엘리스가 다급히 몸을 물려 멀찍이 간격을 벌렸다. 나는 아쉬움에 탄식을 흘렸다.

"아깝다."

계르그가 내 속마음을 입 밖으로 내주었다. 그러더니 거기서 그치지 않고 한 발 더 갔다.

"더 인정사정없이 뻗었으면 잡을 수 있었는데. 저 얼굴이라 주춤한 거지? 야, 공작 너한테도 인간적인 면이 있구나."

뭐? 그런 거야? 에시는 대답하지 않았지만 대신 엘리스가 멀리서도 보일 정도로 표정을 구겼다. 그 표정이 마치 계르그의 말이 사실이라고 거들어주는 것 같았다. 하긴, 직접 부딪혀 본 입장에서 더 잘 느껴지는 게 있을 테니.

"빌어먹을! 어디서 저런 인간이……."

"황당하지? 어이없지? 야, 나도 그랬어. 내가 진짜 처음에 심정이 어땠는지 알아?"

재는 왜 신난 걸까?

에시는 계르그가 즐거워하거나 말거나 재차 엘리스와 간격을 좁혔다. 엘리스는 이번에는 공격하지 않고 최대한 에시와 간격을 유지하며 도망 다니기만 했다.

계르그가 야유했다.

"우우~! 부끄럽다~!"

"닥쳐!"

엘리스는 버럭 외치면서도 에시에게서 눈을 떼지 않았다. 그녀는 에시를 똑바로 노려보며 아주 천천히 물러섰다. 그러면서 제 목으로 손을 가져갔다. 무슨 짓을 했는지 손톱이 날카롭게 벼려 있었다. 나는 깜짝 놀랐다. 정확히 저건 내 목이었다.

"상처 하나 없는 이 몸이 목적이라고 했지? 그래, 그럼 이건 어때? 거기서 조금만 더 다가오면 목을 이대로 그어버리겠어."

"비겁하다!"

"넌 진짜 닥쳐! 너 때문에 그냥 확 그어버리기 전에."

엘리스가 이를 갈았다. 나는 뭘 어쩌지 못하고 난간만 움켜쥐었다. 저게 지금 저런 협박을……! 물론 나도 비슷한 걸 하긴 했지만, 그래도……!

"잘 생각해. 알겠지만 인간의 몸은 아주 여리고 약하거든. 간단히 끝내 버릴 수 있지."

"그래서 지금 자살하겠다고?"

"아니면 성대를 훼손하고 눈을 파줄까? 죽지 않을 정도로만 말이야. 기껏 몸을 되찾았더니 장님에 벙어리라. 참 재미있겠네."

엘리스가 키득거리며 웃었다. 나는 난간을 쥔 손이 새하얗게 변하도록 힘을 주었다. 누가 마족 아니랄까 봐 발상도 그 이름에 맞게 악랄했다. 그때 엘리스가 하는 짓을 잠자코 두고 보던 에시가 입을 열었다.

"누님."

"응?"

모처럼 이름이 아니라 옛 호칭으로 불렸다. 반사적으로 대답하기 무섭게 질문이 돌아왔다.

"몸에 미련 있어?"

"……."

나는 에시의 물음을 듣자마자 깨달았다. 지금 내 대답에 따라 많은 것이 결정되리라는 걸.

"난……."

난간을 움켜쥐고 있던 손에서 힘을 풀었다. 분명 선택하기 쉽지 않은 주제였지만 에시의 목소리를 듣는 순간 신기할 만큼 금방 답이 나왔다.

"난 너한테만 미련 있어."
"좋아."
에시가 몇 걸음 걸어 벽에 걸린 장식용 검을 손에 쥐었다. 물론 에시의 손에 들어간 이상 그건 더는 장식용이 아니었다.
엘리스의 낯빛이 새파랗게 질렸다.
"너희, 설마……!"
"마지막으로 하고 싶은 말 있나? 그 몸일 때 특별히 들어주지."
"미친놈들!"
"유언치고 짧군."
에시가 제자리에서 한 발자국 떼었다. 그러자 엘리스가 기를 쓰고 도약을 거듭해 저택 지붕까지 올라갔다. 저택 꼭대기에 아슬아슬하게 선 엘리스가 씹어뱉듯 말했다.
"좋아, 좋다고. 그렇지만 그 손에 죽을 바엔 내 손으로 뒈지고 말지."
거리가 멀어 뭐라는지는 잘 들리지 않았지만 직감적으로 간담이 서늘해졌다.
다음 순간, 엘리스가 뭘 어쩔 새도 없이 그대로 아래로 뛰어내렸다. 나는 의식하기도 전에 외쳤다.
"내 몸!"
에시가 자리를 박차고 튀어나갔다. 추락한 엘리스가 바닥에 처박히기 직전, 에시가 무사히 낙하하는 몸을 받아냈다.
'하.'
나도 모르게 안도감이 밀려드는 찰나, 엘리스의 표정이 변하는 것이 보였다.
"걸렸구나."
'뭐?'
그 순간 엘리스가 에시를 끌어당겨 입을 맞췄다.

"엘……!"

피가 식었다. 심장이 멎는 것 같았다. 나는 엘리스의 이름도, 에시의 이름도 부르지 못하고 경직되었다가 뒤이어 주저앉았다. 손이 덜덜 떨렸다. 온몸에서 식은 피가 빠져나가는 것 같았다.

나 때문이다. 내가 그렇게 외치지만 않았어도. 내 몸에 미련 따위 없다고 대답한 주제에, 그렇게 다급하게 소리치지만 않았어도. 내 탓이다. 내가. 나 때문에.

절망이 들어찬 자리에는 눈물조차 밀려들 틈이 없었다. 나는 바들바들 떨며 입을 막았다.

"인간."

"……."

"야, 인간!"

"……."

"정신 좀 차리고 아래를 봐! 아래! 왜 그러는지 알겠는데, 네 남자 멀쩡하니까!"

"……뭐?"

나는 게르그의 말에 그제야 난간 바깥, 테라스 아래를 살폈다. 가까스로 확인한 그곳에는 에시에게 목과 양손이 붙잡혀 움직임을 구속당한 채 바다에 엎드린 엘리스가 있었다. 나는 멍하니 중얼거렸다.

"에시?"

곧이어 에시의 목소리가 들렸다. 평상시와 조금도 다를 것 없는.

"악마."

"내가 이참에 개명하든가 해야지. 왜!"

"이제 뭘 하면 되지?"

"기다려. 일단 계속 그 상태로 붙잡고 있어. 몸 주인 데리고 갈 테니까."

계르그가 나와 함께 허공을 날았다. 나는 허공에서 천천히 낙하해 바닥에 내려서고도 멍한 표정을 지우지 못했다. 엘리스가 엎드린 채 소리쳤다.

"어떻게……! 분명, 분명 입술이 제대로 닿았는데!"

"어휴, 이 멍청이야."

계르그가 엘리스에게 다가가며 혀를 끌끌 찼다.

"직접 붙어보고도 아직도 몰라? 그럼 네 능력이 저 인간한테 순순히 먹힐 줄 알았어? 이건 순진한 건지, 모자란 건지."

어깨를 으쓱한 계르그가 엘리스를 내려다보았다. 이어 흘러나온 목소리에는 어딘지 묵직한 진심이 담겨 있었다.

"재가 그 정도로 인간다운 인간이었으면 내가 옛날에 뱃가죽에 칼 꽂고 도망쳤지."

뭐라고? 그냥 넘어가기 힘든 계르그의 발언에 멍한 기운이 조금 달아났다. 계르그는 헛기침한 후 말을 이었다.

"아무튼, 정신계 능력이라고 해도 어차피 근간은 마법인데. 너 다른 마법 안 써봤냐? 공작한테 마법 통한 적 있어?"

"말도 안 돼, 수면 마법은……!"

바락 외치던 엘리스의 목소리가 잦아들었다. 그녀는 짧은 침묵 끝에 뭔가 깨달은 것처럼 내뱉었다.

"……그랬군. 그럼 그때 반쪽 네놈이 마법을 깨버렸던 게 아니었구나. 그냥 처음부터 잠들지 않았던 거였어."

"수면 마법도 걸었어? 야, 철저했네. 다 헛짓이었지만."

계르그가 빙글빙글 웃으며 엘리스를 약 올렸다. 엘리스는 금방이라도 계르그를 찢어 죽일 것처럼 사납게 눈을 치떴다. 그러나 계르그의 농락은 거기서 끝나지 않았다.

"더 열받게 해줄까? 너 지금 이것도 다 공작한테 놀아난 거야."

"뭐?"
"네가 저택 꼭대기로 미친 듯이 뛰어 올라갈 때, 솔직히 무슨 짓 하려는지 느낌이 와서 마법으로 받을 준비 하고 있었거든? 그런데 공작 저 인간이 손짓으로 못 하게 막더라고."
"……!"
나는 놀라 에시를 돌아보았다.
"그럼 그 말은……."
"일부러 몰아간 거지. 네가 진짜 죽겠다 싶으면 이런 식으로 수 쓰면서 세뇌를 시도할 걸 알고. 네 몸을 무사히 제압하려고 그걸 역이용한 거야. 어때? 내 설명에서 틀린 부분 없지, 공작?"
엘리스의 표정이 딱딱하게 굳었다. 그녀는 에시가 뭐라고 대답하기도 전에 버둥거리며 소리쳤다.
"웃기지 마! 내가 그걸 구분 못 했을까 봐? 공작은 정말 날 베려고 했어! 내가 저택 지붕으로 올라가지 않았으면 정말로 이 몸을 찌르려고 했다고!"
"뭐? 그럴……."
"그땐 어쩔 수 없으니까."
에시가 침묵을 깨고 처음으로 대화에 끼었다.
"원하는 대로 움직이면 생각대로 제압하고, 움직이지 않으면 벤다. 그렇게 결정한 것뿐이야."
에시의 말에 엘리스가 기가 막힌다는 듯 입을 벙긋거렸다. 계르그도 따라서 잠시 침묵하는 것 같더니 이윽고 기회를 놓치지 않고 이죽거렸다.
"결국은 원하는 대로 움직인 거네. 이야, 세뇌 없어도 원하는 대로 잘만 움직이는걸. 세뇌 그거, 영 쓸모없는 능력 아냐?"
"이익-!"
엘리스가 미친 사람처럼 몸을 비틀며 버둥거렸다. 어쨌든 내 몸인데 이런 말 하기 좀 그렇지만, 마치 갓 잡아 올린 생선 같았다.

나는 입 밖으로 내기 힘든 감상을 속으로 삼키고 고개를 돌려 에시를 쳐다보며 궁금한 것을 물었다.

"……세뇌를 입맞춤으로 시도하는 건 어떻게 알았어?"

"그건…… 이미 같은 시도가 있었으니까."

"같은 시도라면."

아, 그래. 맞다. 나는 이미 여기 도착해서 엘리스가 에시에게 입 맞추려던 걸 한 번 저지했다. 그때 말이구나. 그럼 엘리스가 말했던 '잠들지 않았다'는 건 그때 에시를 두고 한 얘기였나 보다.

몸에서 힘이 쭉 빠졌다. 급격히 기운이 빠지니 어지러운 느낌마저 들었다. 나는 꼴사납게 넘어지지 않도록 다리에 힘을 주었다.

"그랬구나."

코가 시큰해졌다. 나는 울지 않으려고 안간힘을 썼다. 여기서 눈물을 보이면 에시가 곤란해질 것 같았으니까.

"다행이다."

하지만 내 노력은 그다지 유용하지 않았던 모양이다. 에시가 움찔했다. 에시는 엘리스를 붙잡은 손을 놓지도 못하고 내게 시선을 고정한 채 잔뜩 당황한 얼굴로 말했다.

"미안해."

"아니, 아니……."

미안할 일이 아니다. 에시가 사과할 이유가 없었다. 눈물이 나는 건 놀란 마음이 진정되어서 그런 것뿐이다. 아, 진짜. 왜 이래. 좀 들어가란 말이야. 나는 눈물샘이 고장 나기라도 한 것 같은 눈을 손바닥으로 꾹꾹 눌렀다. 들어가.

그때 계르그의 목소리가 들렸다.

"저기, 사과하든 울든 나중에 하고, 지금은 우선 몸부터 바꾸는 게 어떨까?"

"아."

맞아, 그렇지. 나는 다 닦지 못한 눈물을 그냥 내버려 두고 엘리스에게 다가갔다.

"어떻게 하면 돼?"

"흠, 그건 말이지……."

엎드린 엘리스를 보니 고민이 됐다.

"엎드린 자세면 이마 박치기를 하기 어려울 것 같은데……."

"뭐? 뭔 박치기?"

"이마 박치기."

게르그가 해괴한 표정을 지어서 나는 도리어 물었다.

"왜?"

"너 설마 그런 꼴사나운 방식으로 얘랑 몸 바뀌었냐?"

꼴사나운 방식이라는 말에 엘리스가 재차 버둥거렸다. 게르그가 마법이라도 걸었는지 소리는 내지 못했다.

"응."

솔직히 꼴사나웠던 건 사실이지. 반박하고 싶지 않다.

게르그가 헛웃음을 뱉었다.

"아주 가지가지…… 그렇게까지 하며 너흴 갈라놓으려고 한 집념이 대단하다, 대단해."

"감탄하지만 말고, 그래서 어떡하면 되는데? 다른 방법 있어?"

사실 내심 다른 방법이 있었으면 하고 바라던 차이기는 했다. 솔직히 그 짓을 다른 사람도 아니고 에시 앞에서 재연하고 싶지는 않았으니까. 아까는 그런 거 가릴 처지가 아니라고 생각했지만, 사람이 참 간사하다. 막상 여유가 생기니까 좀 가렸으면 좋겠다 싶어진다.

'내 존엄성.'

다행히 방법이 있는지 게르그가 턱짓으로 바닥에 누운 엘리스를 가리켰다.

"아무 데나 잡아. 어디든 좋으니 대충 잡고 싶은 곳."

"이렇게?"

나는 엘리스의 손목을 붙잡고 있는 에시의 손 바로 옆에 내 손을 갖다 놓았다. 당연하게도 약간의 사심이 있었다. 게르그는 못 볼 것이라도 본 표정을 지었지만, 그거면 된다고 순순히 고개를 끄덕였다.

"놓으면 안 돼. 잘 잡고 있어."

그러더니 게르그는 내 등에 손을 얹었다. 순간 에시의 눈이 날카로워지는 것 같았는지 황급한 목소리가 따라붙었다.

"어차피 바뀔 몸이야. 알지? 남의 몸이라고. 바꾸고 나면 죽어서 흙으로 돌아갈 몸. 아니, 얘 같으면 흙도 아니겠지만……."

"알았으니까 게르그, 그만 떠들고 빨리 바꾸기나 해."

"……좋아. 할게. 좀 어지러울 수 있어."

"또?"

"사실 오랜만에 하는 거라 나도 어떨지 잘 몰라. 아무튼, 한다."

"잠깐……!"

그런 말은 꼭 하기 직전에 하더라! 그렇게 외칠 틈도 없이 눈앞이 하얗게 물들었다. 찰나 빛이 눈을 찌르는 것 같아 미간을 찌푸리며 눈을 감았다 뜬 순간, 시야가 바뀌어 있었다.

"……어."

아주 미세한 목소리가 새어 나가기 무섭게 에시가 나를 안아 올렸다. 코앞에 있던 맨바닥 대신 에시의 얼굴이 보였다.

"괜찮아?"

나는 대답하지 않고 우선 에시의 품으로 파고들었다.

돌아왔다. 내 몸이다. 내 몸으로 에시에게 안겨 있다. 마음이 놓였다. 기분이 편해졌다. 이제야 정말로 제자리를 되찾았다는 느낌이 들었다. 그때 뒤에서 게르그가 외쳤다.

“야! 성공했으면, 일단 여기 좀…… 억!”

“아아아악!”

엘리스가 이제까지 중에 가장 큰 비명을 내질렀다. 엘리스의 몸이 허공으로 솟구쳤다. 게르그가 데자뷔를 일으키며 뒤로 나가떨어졌다. 바닥에 나뒹군 게르그가 신음하며 말을 이었다.

“이제, 저거…… 잡아야지…… 물론 나 말고 공작, 네가…….”

“고마워, 게르그.”

나는 에시의 품에서 급히 떨어지며 말했다. 여러모로 오늘 게르그가 고생이 많았다. 이 일이 마무리되면 따로 보상이라도 해줘야지. 그렇게 생각하며 나는 에시의 소매를 잡고 서서 정면을 보았다.

허공에 뜬 엘리스의 이마엔 그새 세 개의 뿔이 돋아나 있었다.

‘내 꼴, 엉망이었구나.’

그 와중에 엘리스를 보는데 그런 감상이 들었다. 목에는 피딱지가 말라붙었고, 유리 조각을 얼마나 밟았는지 맨발은 너덜너덜했다. 뭐, 엘리스라고 내 몸을 얌전히 다뤄준 것은 아니지만. 윽, 삭신.

“감히 나한테 이런…… 이따위…… 이…….”

얼마나 분노에 찬 것인지 가라앉은 목소리가 벌벌 떨려 나왔다. 엘리스가 충혈된 눈으로 우리를 응시했다.

“이런 수모를 주다니……!”

“수모만 주겠냐? 곧…… 영원한 안식도 줄 테니까 조금만…… 기다려라. 물론 나 말고…… 공작이.”

내 몸을 되돌리느라 힘을 다 썼는지 바닥에 누워 숨을 헐떡이면서도 입만 산 게르그가 존경스러웠다. 하지만 엘리스는 게르그에게는 눈길도 주지 않았다. 대신 뭔가 결심한 것처럼 나와 에시를 죽일 듯 노려보며 까드득 이를 갈았다.

"죽여 버리겠다. 사지를 찢고 혀를 뽑아 실로 엮어 목에 걸 것이다. 그뿐이냐? 이 저택에 있는 인간도 남김없이 죽이겠다. 싹 다!"

"상투…… 아이고, 힘없어. 상투적이다~! 대사 지겹다~!"

계르그의 연이은 도발에도 엘리스는 반응하지 않았다. 다만 그녀의 몸이 허공에서 변형을 일으켰다.

"……!"

나는 숱한 만화나 애니메이션에서 악당이 변신할 때 주인공이 공격하지 않는 이유를 약간 이해했다. 변신 과정이 신기해서 구경하느라 그랬던 것이 틀림없다.

"……하아."

관람은 짧았다. 변형은 순식간에 이루어졌다. 길어진 뿔. 튀어나온 송곳니, 축소된 동공, 등 뒤로 돋아난 한 쌍의 박쥐 같은 날개, 붉게 물든 피부. 내가 멍하니 입을 벌리는 사이 엘리스가 입을 열었다.

"인간 주제에 나를 여기까지 몰아붙인 건 너희가 처음이다. 칭찬해 주마. 진심이야."

목소리도 변했다. 하지만 나는 그보다 더 큰 변화를 찾아냈다.

'여유.'

엘리스에게 여유가 생겼다. 목소리, 표정, 나아가 몸 전체에서 조금 전까지 없었던 침착함과 느긋함이 배어났다.

'이건…….'

어디서 많이 보던 상황이었다. 바로…….

"게르그."

"불렀어?"

"지금 저거 있잖아. 그런 걸까?"

"뭐?"

"악당의 최종 변신. 마족의 진짜 모습. 숨겨두었던 진정한 힘을 마침내 개방……."

"비슷해."

짧게 긍정한 계르그가 누운 채로 설명을 덧붙였다.

"어쨌든 전투에 최적화된 모습이기는 하지. 마력도 이전보다 비약적으로 상승하고."

"아니, 그럼 왜……."

나는 저절로 떠오른 의문을 혀로 굴렸다. 저 변신을 왜 이제야? 엘리스는 내 몸으로 에시를 상대할 때 속수무책으로 밀렸다. 표정이나 움직임에서 당황과 낭패감이 여실히 묻어나던 게 아직 생생했다. 그랬으면서 지금은 저런 여유라니. 저 모습이 가져다주는 전투력이 그만큼 크다는 거겠지. 그러면 그냥 처음부터 저 모습으로 싸웠으면 되지 않나? 세뇌든 뭐든 싸워서 이긴 다음에 해도 되는 일이다. 솔직히 그쪽이 더 편하잖아.

물론 저 모습이면 에시를 이길 수 있다는 게 아니라 내가 엘리스라면 그랬을 것 같다는 거다.

모든 악당은 반드시 실컷 처맞고 나서야 변신한다는 어떤 법칙에 대해 생각하고 있는데, 계르그가 설명을 이었다.

"그런데 위험하기도 해."

"위험하다고?"

"약간이지만. 우리가 악마와 전쟁해서 졌다고 얘기했지?"

"응."

"저 상태로 변신하면 마족 특유의 기운이 주변에 퍼져서…… 만약 인간 틈에 악마가 섞여 있다면 그들에게 발각될 수 있거든. 물론 어디까지나 희박한 확률이지만, 그래도 저 겁쟁이치고는 용기 냈네."

"설명은 다 했니?"

엘리스는 겁쟁이라는 단어에도 더는 동요하지 않았다. 외려 갑자기 이 상황이 즐거워지기라도 한 것처럼 나와 게르그를 내려보며 여유롭게 웃을 뿐이었다. 그 탓에 조금, 아주 조금이지만 동요가 생긴 것은 나였다.

'괜찮을까?'

나는 에시가 힘으로 누군가를 이기지 못하는 상황은 상상해 본 적이 없다. 실제로도 항상 그랬고. 하지만 그렇다 해서 무턱대고 안심하자니 엘리스가 보여주는 저 여유와 자신감이 생선 가시처럼 목에 턱 걸렸다. 그때, 에시가 손에서 잠시 놓았던 검을 다시 쥐며 말했다.

"악마."

게르그가 포기한 듯 답했다.

"그렇다. 나는 악마. 왜?"

"저 몸, 죽여도 아무 문제 없는 게 확실한가?"

문제? 저게 무슨 뜻인가 고개를 갸웃거리는데 게르그가 용케 바로 알아듣고는 대답했다.

"없어. 회 치든 삶든 이쪽 몸에는 그 어떤 영향도 안 오니까, 마음 놓고 편한 대로 해."

"그래."

다음 순간, 주변 지형을 박차고 뛰어오른 에시가 엘리스의 배에 검을 꽂아 넣었다.

"꺽……!"

엘리스가 숨넘어가는 소리를 내며 공중에서 휘청였다. 엘리스의 날개를 잡고 매달린 에시가 검을 뽑아 이번에는 그보다 위를 찌르려고 했다. 그러자 엘리스가 몸을 회전하며 날개를 털어 에시를 떼어냈다. 에시가 바닥에 가볍게 내려섰다.

엘리스가 힘겹게 날갯짓해서 기존보다 더 높은 곳으로 올라갔다.

엘리스의 동공은 찢어질 듯 확장되어 있었다.

"어, 어떻게……이런……어떻게……!"

엘리스가 손으로 틀어막은 배의 상처에서 검은 피가 비쳤다. 나는 그 광경을 멀거니 지켜보았다. 엘리스와 비교할 만큼은 아니겠지만, 나도 놀랐다. 저렇게 쉽게? 다짜고짜 바로? 여기서 놀라지 않은 건 게르그 정도인 것 같았다.

쉬는 동안 힘이 좀 돌아왔는지 몸을 일으켜 앉은 게르그가 창백한 얼굴로 빈정거렸다.

"저것 봐. 저렇게 학습 능력이 없다니까. 한 번도 아니고 두 번이나 당했으면 세 번째는 알아서 예측할 줄도 알아야지."

"넌 예측했어?"

"당연하지."

코웃음 친 게르그가 당당하게 말했다.

"그러니까 내가 지금 여기서 시키는 대로 다 하는 거지! 얌전히! 찍소리도 안 하고!"

"……."

당당하게 말할 부분인가? 어쨌든 경악에 물든 엘리스와는 달리 게르그는 정말로 이 상황을 예견이나 한 듯 태연했다.

엘리스는 표정이 자세히 보이지 않을 정도로 높게 솟아서는 몸을 부들부들 떨었다. 아니, 정확히는 날개인가. 날개가 몸보다 훨씬 커서 떨리는 것도 눈에 잘 보이니까.

"이이, 이익! 아아악! 아아아아악!"

분을 못 참겠는지 엘리스가 허공에서 마구 손을 휘저었다. 아까 내 몸이었을 때처럼 지면이 쾅쾅 터지고 패였다. 그렇지만 이번에도 역시 에시에겐 아무런 영향도 주지 못했다.

신기했다. 눈으로 보면서도 뭐가 뭔지 잘 모르겠지만, 한 가지 알 수 있겠는 건 에시가 저 공격이 나한테도 영향을 끼치지 않도록 막고 있다는 거였다.

"아, 진짜! 너무하네, 정말! 나도 좀 챙겨주지…… 악!"

게르그가 폭발을 피해 자리에서 이리저리 튀며 외쳤다. 순간 걱정되어서 나도 모르게 살폈지만, 다행히 잘 피하고 있는 것 같았다.

"헉, 헉…… 쿨럭!"

배를 다친 채로 무리한 것이 원인인지 엘리스가 손을 멈추고 대뜸 피를 토했다. 새카만 피가 멀리서도 보일 정도로 짙게 그녀의 드레스를 적셨다.

"내 피 보고 더럽니 뭐니 하더니…… 지가 더 더럽구먼. 저게 뭐야? 다 죽은 피도 아니고."

게르그가 투덜거렸다. 죽은 피라. 확실히 온갖 물감을 모조리 섞은 것 같은 거무죽죽한 색이 그런 느낌을 주기는 했다. 엘리스는 허공에 뜬 채 공격을 중지하고 색색 숨만 몰아쉬었다.

검은 든 손을 내린 에시는 엘리스를 가만 올려다보더니 저택 지붕을 응시했다. 마치 어떻게 하면 저걸 잡을 수 있을지 계산하는 것 같았다. 엘리스도 그처럼 느꼈는지 흠칫하더니 허공에 띄운 몸을 저택에서 더욱 멀리 떨어뜨렸다.

"하아, 하…… 하하, 하하하. 빌어먹을."

나는 엘리스를 유심히 관찰했다. 이쯤 되면 포기하고 달아나는 길을 고를 만도 한데, 내가 못 찾는 건지 엘리스에게선 그런 기색이 보이지 않았다.

'역시…….'

그건가. 여기서 드러나는 유명한 악역의 미덕 중 하나. 악역은 절대 포기하지 않는다. 마지막의 마지막, 실제로 숨이 끊어지기 전까지는.

끄응. 엘리스가 무슨 짓을 저지를지 내심 걱정이 되어 눈살이 찌푸려졌다. 공중에 떠 있으니 즉각 처치하기도 어려운 것 같고, 여러모로 골치 아팠다.

그때 우려한 대로 뭔가를 생각해 낸 것 같은 엘리스가 다름 아닌 저택으로 손을 뻗었다.

'저택?'

설마. 나는 움찔했지만 드러내지 않으려 최선을 다했다. 다행히 엘리스는 나는 안중에도 두지 않고 에시에게만 집중하고 있었다.

"후우, 좋아. 그래, 인정할게. 넌 못 당하겠어. 대신 이건 어때?"

손바닥이 저택을 향하도록 손목을 세운 엘리스가 말을 이었다.

"저걸 통째로 날려 버리는 건? 응?"

엘리스의 입에서 기어코 우려했던 소리가 나왔다. 나는 동요를 들키지 않으려 평온한 표정을 유지하면서 속으로만 야유했다. 비겁하다! 비겁해! 비열하다!

"말했나? 저택 전체에 수면 마법을 걸어두었다고. 그건 내가 죽어야만 풀려. 그러니 지금 저게 무너지면 저 안에 있는 인간은 잠든 채로 모조리 뭉개져 버리는 거지. 내가 비록 널 당할 순 없지만, 저택을 날리는 것 정도는……."

"해."

"뭐?"

"하라고."

에시가 건성으로 대꾸했다. 여전히 엘리스를 잡을 방법을 찾듯 주변을 탐색하는 에시에게선 엘리스의 말에 흔들리는 기미를 찾아볼 수 없었다. 아니, 아예 제대로 귀담아듣지도 않은 것 같은 태도였다.

"……지금, 내 말이 장난처럼 들리는 거야? 방금 내가 했던 것 못 봤어? 그런 공격을 지금 당장 방향만 바꿔 저택으로 쏟아내면……."

에시는 이번에는 아예 대꾸하지도 않았다. 대신 쓸 만한 나무를 발견했는지 나뭇가지를 연달아 딛고 엘리스를 향해 도약했다.
"……!"
엘리스가 기겁하며 얼른 몸을 피했다. 그러나 조금 늦었다.
"아아악!"
날개 하나를 잘라낸 에시가 바닥으로 착지했다. 표정을 보아서는 아쉬워하는 것 같았다.
"악마."
"네, 여기 대기 중인 악마. 외모는 마족이지만 이름은 악마라네."
"저거 추락시킬 순 없나?"
"그게, 추락은 무리고…… 붙잡는 거라면 되는데, 그것도 당장은 좀 힘들어. 힘을 더 회복해야……."
"쓸모없군."
계르그가 바람 소리가 날 정도로 고개를 돌려 나를 쳐다보았다. 나는 세상에서 가장 억울한 반마족의 얼굴을 한 계르그를 보며 말을 아꼈다. 표정 가득 '이게 누구 때문인데' 하고 쓰여 있는 것 같군.
음…… 그래, 네 마음 다 이해해. 내가 나중에 잘해줄게.
"이, 미친…… 미친 인간! 어떻게!"
한쪽 날개를 잃은 엘리스가 불신에 찬 목소리로 소리쳤다. 날개가 잘려 나간 단면에서 울컥울컥 솟은 피가 빗방울처럼 떨어졌다.
"저택을 날리겠다는데, 제 식솔을 모조리 죽여 버리겠다는데!"
"저거, 저거. 하여간 머리 나쁜 것도 정도가 있지. 딱 보면 그런 협박이 먹힐 상대인지 아닌지 판단이 안 서?"
계르그가 엘리스를 비웃으며 기분 전환을 시도하는 사이, 나는 내심 가슴을 쓸어내렸다. 어쨌든 다행이다. 에시가 저 말에 조금도 동요하지 않아서. 조금이라도 흔들리는 티를 냈더라면 엘리스가 마지막까지 저 협박을 포기하지 않고 물고 늘어졌을 테니까.

'이번만은 에시가 사이코패스라 다행이라고 할지…….'

복잡한 감상에 사로잡혀 있는 동안 지면에 고이는 검은 피의 양이 늘었다. 나는 고개를 들었다. 배를 뚫리고 날개마저 한쪽 잃은 엘리스는 슬슬 한계에 달한 것처럼 보였다.

"쯧쯧. 자초했네, 자초했네."

계르그를 쳐다보자 뒷말이 이어졌다.

"쟤 지금 도망칠 힘도 없을걸? 먹히지도 않을 협박 시도하다가 날개를 잘리지만 않았어도 도망칠 힘은 있었을 거란 말이야. 그러게 진작 포기하고 달아났어야지. 괜히 머리 굴려서는, 멍청하게."

그럼 이제 끝인 건가?

확실히 위태위태한 엘리스는 저대로 두어도 조만간 알아서 추락할 것만 같았다. 그런 엘리스를 보며 잠시 뭔가 생각하는 듯하던 에시가 곧이어 검을 고쳐 쥐었다. 그때 엘리스가 다급하게 외쳤다.

"계르그!"

"……지금 내 이름 부른 거야?"

계르그가 나한테 자기가 환청을 들은 것인지 아닌지 확인하는 틈에 엘리스의 말이 이어졌다.

"반쪽이라고 했던 건 사과할게. 취소하겠어. 진심이야. 그러니…… 내 말 잘 들어. 거기 있는 그 인간 여자 잡아."

"뭐라고?"

계르그가 인상을 찌푸렸고, 동작을 멈춘 에시가 내 쪽을 응시했다. 계르그는 바로 내 옆에 있었다. 간격으로 따지면 당장 에시보다 가까웠다.

"넌 날 도와야 해. 잘 생각해, 계르그. 너는 마족이잖아."

"정확히는 반마족이지."

"그래서? 어쨌든 인간은 아니잖아. 이마에 그 뿔을 달고서 인간 행세를 하겠다고? 아무도 널 인간 취급해 주지 않을 텐데? 사냥이나 당하지 않으면 다행이지."

"아, 하고 싶은 말이 뭐야? 그러니까 마족끼리 돕고 살자? 넌 날 죽이려고 했지만 난 무지렁이처럼 널 도와라?"

"마계를 되찾고 싶지 않아?"

"뭐?"

내내 시큰둥하던 계르그의 얼굴에 처음으로 이채가 번졌다. 에시는 내쪽으로 고정한 시선을 떼지 않고 가만히 서 있었다. 다만 잠자코 검 손잡이를 말아 쥐었다. 여차하는 순간 바로 움직일 것처럼.

"이러면 어때? 계르그, 네가 그 여자를 붙잡아 내게 협력하면 난 여길 벗어나 저 인간, 공작에게 세뇌가 먹힐 방도를 찾아볼게."

"마계를 되찾는 거랑 그게 무슨 상관……."

"세뇌에 성공하면, 공작을 이용해 악마를 처리하는 거야."

"……."

"못 할 것 같니? 충분히 할 수 있을 거야. 꼭 정면으로 맞붙을 필요는 없잖아. 방심시켜서 하나씩 처치하는 거지. 알지? 악마들이 인간이라면 얼마나 무시하는지. 우리보다 더 인간을 하찮고 벌레만도 못하게 취급하는 족속인 거."

계르그가 말이 없자 엘리스가 말투를 바꿨다. 그녀는 한결 나긋나긋해진 어조로 사탕발림하듯 이야기했다.

"얼마든지 가능해. 수뇌만 죽여도 되는 거잖아? 어차피 인간에게 당했다는 사실만으로도 악마 놈들은 큰 혼란에 빠질 거야. 그 틈에 남은 동족을 모아서 치면 얼마든지 마계를 수복할 수 있어."

"……."

"어때, 계르그. 너한테도 마계가 고향이자 집 아니니? 이대로 우리의 땅을 빼앗긴 채 끝내고 싶지는 않지? 지금처럼 인간들 틈에서 불안하게 숨어 지내느니 이참에……."

"……하아."

계르그가 한숨을 푹 쉬었다. 엘리스가 말을 멈췄다. 표정이 보이지 않을 정도로 고개를 아래로 처박았다가 들어 올린 계르그가 픽 웃었다. 여태껏 쭉 그래왔듯이 비웃음이었다.

"자살은 너 혼자 해."

"잠깐……!"

엘리스가 황급히 입을 여는 순간, 허공에서 그녀의 몸이 묶인 것처럼 경직되었다. 그 틈을 놓치지 않고 에시가 검을 던졌다. 콱! 검은 정확히 엘리스의 왼쪽 가슴에 꽂혔다.

"커…… 억."

크게 휘청인 몸이 힘없이 아래로 낙하했다.

쿵! 높은 곳에서 추락한 엘리스의 몸이 요란한 소리와 먼지를 내며 지면과 충돌했다. 그 모습을 하나도 빼놓지 않고 눈에 담고 있는데 계르그가 곁에서 말을 걸었다.

"솔직히 말해. 방금 좀 쫄았지?"

"……아니!"

그렇게 대답했지만 양심이 살짝 따끔했다. 나는 양심의 항의를 외면하다가 되레 물었다.

"그러는 너는? 약간 흔들리지 않았어?"

"내가?"

"괜찮으니까 나한테는 솔직히 말해도 돼. 안 이를게."

에시는 엘리스를 확실하게 끝내려는지 추락한 몸으로 다가갔다. 엘리스는 아직 죽지 않고 꿈틀거리며 검은 피만 꺽꺽 뱉고 있었다.

……질기다, 정말.

별로 보기 좋은 광경은 아니었지만 엘리스의 최후의 순간을 놓치지 않겠다는 각오로 지켜보고 있는데 계르그가 말했다.

"야, 인간. 너는 날 여태 보고도 몰라? 멍청하게 자살하자는 제안에 흔들리겠어, 내가?"

"그건……."

나는 자살이라는 표현에 반론을 제기할까 하다가 이내 단념하고 솔직해졌다.

"그래. 솔직히 말해서 나도 네가 날 배신할까 봐 긴장한 것보다는 배신해서 에시 손에 죽을까 봐 긴장했어."

"어쨌든 긴장했네?"

"응."

내가 솔직해졌으니 이젠 계르그 차례였다. 대단한 것은 아니었고, 다만 즉흥적인 물음이었다.

"그런데 있잖아. 만약 자살이 아니라 진짜 가능했다면 어땠을 것 같아? 그러니까…… 정말 엘리스의 말대로 할 수 있었다면?"

"……."

"그럼 그 말대로 했을 거야?"

나는 무슨 생각으로 이걸 묻는 걸까? 어차피 답이 정해진 질문이었다. 그럴 수밖에 없었다. 엘리스의 말처럼 마계는 계르그에게 고향이고, 고향을 되찾는 것만큼 계르그한테 중요한 일은 없을 테니까. 나는 정답이 정해져 있는 질문을 해놓고 묵묵히 기다렸다.

에시가 엘리스의 가슴에 꽂힌 검을 뽑아 재차 그녀의 가슴에 박아 넣었을 때 계르그가 답했다.

"아니, 별로."

"……아니라고? 왜?"

"너넨 그런 거 없냐? 혼혈 차별."

"아마 있지만……."

"우린 심해. 엄청."

심장에 두 번이나 검이 박힌 엘리스가 울컥, 피를 토했다. 계르그는 그걸 담담하게 보면서 말을 이었다.

"내 피 색깔을 보고 더럽다고 말하던 것 들었지? 저기서 죽은 피 실컷 토하면서 다 죽어가는 중인 재가 그랬잖아."

"……."

"일상이었어. 마계에서는. 맞아, 마계가 내 고향이긴 한데…… 좀 더러운 고향이었어."

엘리스가 경련하면서 재차 피를 토해냈다. 나는 직감했다. 저게 끝이라는 걸.

"그냥 그래. 어쨌든 터전을 빼앗긴 건 분하고, 악마를 쳐죽이고 싶지 않다면 거짓말인데…… 그걸 꼭 내가 필사적으로 해야 하는지는 모르겠어."

"……."

"무슨 말인지 알지? 몰라도 알아서 이해해."

"알아."

마지막 피를 토해낸 엘리스는 더는 움직이지 않았다. 나는 미동조차 하지 않는 엘리스를 눈에 담으며 생각했다.

'거짓말.'

계르그의 평온한 목소리는 도무지 거짓말을 하는 것처럼 들리지 않았지만, 나는 확신했다. 그도 그럴 게 계르그는 이전에 내게 이렇게 말했다. 갈 곳이 없다고.

'집이 사라졌다고 했었지.'

갈 곳. 집. 그래도 어쨌든 마계는 계르그에게 그런 곳이었다. 더러운 고향이라고 했지만, 고향이었다. 돌아가야 하고, 돌아갈 수 있는 곳. 그런 장소였다. 그리고 앞으로도 계속 그랬을 거다. 악마에게 빼앗기지만 않았어도.

되찾고 싶겠지. 당연하다. 할 수만 있다면, 그럴 수만 있다면 목숨을 바쳐서라도.

"……."

하지만 계르그는 내게 거짓말을 했고, 어쩌면 나는 그 거짓말이 나를 위한 것일지도 모른다는 생각이 들었다.

'듣고 싶은 말을 해주는 하얀 거짓말처럼.'

계르그를 쳐다보았다. 그러곤 솔직해지라고 추궁하는 대신, 나도 한마디만 덧붙였다.

"그거 알아? 특별히 말해주는데, 난 미래를 볼 수 있거든."

"……."

"그 미래에서 악마 놈들이 모조리 죽더라."

"……."

"수명 다해서 자연사한다는 말 아니야. 재앙을 끌어들여서 싹 망해버리더라고. 자업자득으로. 예를 들면…… 그래, 엘리스처럼."

"……."

"어쩌면 엘리스의 원혼이 불러온 미래는 아닐까?"

"그거 듣던 중 반가운 미래네."

계르그는 픽 웃으며 받아치고는 이어 말했다.

"걔가 죽는다고 원혼 같은 게 남을 리는 없겠지만."

"응?"

그야 물론 원혼은 보통 억울하게 죽었을 때 남는다고 알려져 있긴 하다. 엘리스는 억울하기는커녕 몹시 정당하게 죽었지만…… 그래도 그 성질머리라면 원혼이 남을 수도 있지 않을까? 아니, 무조건 남을 것 같은데?

'아니면 마족은 그냥 원혼 미신을 안 믿는 건가?'

그럴 수 있지.

그때 저택 곳곳에서 불이 켜졌다. 잠시 후 웅성거리는 소리가 점점 가까워졌다.

"방금 무슨 소리 안 들렸어요?"

"잘못 들었나, 뭐가 쿵 하고……."

"저도 들었어요. 무거운 게 떨어지는 소리였는데……."

나는 다가오는 인기척과 소란을 들으며 생각했다.

'마법이 풀렸구나.'

엘리스가 죽기 조금 전부터 그녀의 힘이 약해지면서 저택에 걸린 수면 마법이 해제된 모양이다.

"그렇죠? 나만 들은 게 아니라니까요. 분명 이상한 소리가-"

선두에 서서 가까워지던 베시가 우뚝 걸음을 멈췄다.

"……아가씨?"

"마님, 공작님."

"아니, 이게 어떻게 된……."

나는 놀라고 당황하는 얼굴들을 보며 말을 고르다가, 문득 중요한 것을 떠올렸다.

'엘리스!'

엘리스는 죽으면서 변형이 사라졌다. 날개도 뿔도 사라지고 피부색도 원래대로 돌아왔다. 문제는 그러고 나니 그녀가 무척 사람처럼 보였다는 거다. 물론 피는 여전히 검은색이었지만, 사위가 어두워서 멀리서 보면 얼핏 시체처럼…….

거기까지 생각이 미친 나는 서둘러 고개를 돌리며 입을 열었다.

"그게, 이건 말이지-"

그러나 나는 말을 잇지 못하고 곧바로 굳었다.

'뭐야?'

없다. 엘리스의 시체가 없었다.

'어디 갔어?'

그 자리에는 엘리스가 입었던 드레스만이 덩그러니 놓여 있었다. 당황하는 사이 베시가 다가가 드레스를 집어 들었다.

"이건 웬……."

베시가 설명을 요구하는 눈빛으로 나를 보았다.

'아, 그 드레스? 그거 엘리스가 입었던 옷인데. 엘리스 다네키어, 알지? 걔가 실은 사람이 아니라 마족이었거든. 그래서 싸우다 방금 죽였는데 갑자기 시체는 사라지고 옷만 지금 그 자리에…….'

나는 머릿속으로 상황을 정리한 후 침착하게 입을 열었다.

"내 옷이야."

"아가씨 옷이 왜 이런 데 떨어져 있어요?"

"……바람에 날려서. 내가 테라스로 잠시 가지고 나왔다가 바람이 불어 그만 놓쳐 버렸지 뭐야. 그러잖아도 주우러 나온 참이었어."

그럴듯한데? 즉석에서 지어낸 것치고는 말 되지 않나? 마침 엘리스가 흘린 검은 핏자국도 마치 증발한 것처럼 지워져 있었다.

'덕분에 잘 둘러대긴 했지만, 도대체…….'

"그런데 여기 가슴이랑 배 부분은 어떻게 된–"

"불량품이야! 맞아! 그 옷 버리려고 했던 거였지! 당장 버려야겠다, 지금 당장."

나는 황급히 베시에게서 드레스를 낚아챘다. 깜박했다. 에시가 검으로 뚫어놓은 흔적은 그대로구나. 식은땀이 흘렀지만, 베시는 드레스에 대해서는 그 이상 묻지 않았다. 대신 다른 것으로 눈을 돌렸다.

"그래요. 그건 그렇다고 치고…… 근데 여긴 왜 이런 거예요?"

"응?"

"대체 여기서 무슨 일이 있었기에 이렇게……."

베시는 말을 다 잇지 못하고 미간을 찡그렸다. 나는 그 말에 '여기'

가 어떤 꼴인지 점검했다. 군데군데 파여 나간 바닥. 쓰러진 나무. 박살이 난 테라스 난간…… 맙소사, 저건 언제 저랬지?

심각했다. 나는 한바탕 전쟁이라도 치렀다는 말 외에는 설명 불가능할 것 같은 주변을 살핀 후 자신 없는 목소리로 말했다.

"에시가……."

"……."

"……에시가 대련하느라?"

내가 말하면서도 어이가 없어서 끝이 의문형으로 나갔다. 그렇지만 또 아예 거짓말도 아니라고 생각하는데 베시가 물었다.

"대련이라니, 누구랑요?"

타당한 질문이군. 에라 모르겠다. 나는 게르그를 가리켰다.

"얘."

다행히 그사이 뿔은 집어넣은 모양이었다.

"어? 이분은 전에 저택에 머무르셨던 그분이네요."

"으응, 맞아. 연락도 없이 조금 전 갑자기 왔더라고. 이번에도 잠깐 머무를 거야."

"그래요? 그런데 공작님께선 그렇게 갑자기 오신 분이랑 왜 대련 같은 걸 하신 거예요?"

'그것도 이 오밤중에, 여기가 이 지경이 되도록'이라는 말이 저 뒤에 숨겨져 있는 것 같았다.

나는 머뭇거리다가 이윽고 앞서보다 더 자신 없게 대답했다.

"내가…… 대련하는 걸 보여달라고 해서……?"

"……."

"……."

'뭐야?'

그런데 여태까지 중 가장 빠르고 명확하게 수긍하는 분위기가 주변으로 퍼져 나갔다.

아니, 잠깐만. 뭔데? 왜 고개를 끄덕이는 거야? 왜 알겠다는 표정이야?

"아아."

마침내 모든 걸 이해했다는 베시의 명쾌한 탄식을 마지막으로 상황은 일단락되었다. 그 와중에 나만 어딘지 떨떠름하고 당황스러운 기분을 얻게 되었을 따름이었다.

새벽이었다. 저택은 다시 어둠과 고요로 무장되었다. 난장판을 조금이라도 정리하고 자겠다는 베시를 날이 밝으면 하라고 극구 방으로 밀어 넣고 저택의 모든 불을 끈 것이 조금 전이었다.

나는 당장 손쓸 도리 없이 엉망이 된 부부 침실 대신 다른 방에 에시와 누워 있다가 눈을 떴다.

'……잠이 안 와.'

이상하다. 뭐가 문제지? 왜 잠이 안 오지? 엘리스가 내 몸으로 깽판 쳤던 것만 생각하면 눕자마자 곯아떨어져도 이상하지 않은데.

나는 조금 더 뒤척이다가 이내 포기하고 몸을 일으켰다. 고개를 옆으로 살짝 돌리자 내 바로 옆에 누워 곤히 잠든 에시가 보였다. 나는 잠자는 숲속의 공주가 떠오를 만큼 미동조차 없이 자는 에시에게 잠시 시선을 고정했다.

……자는 것 맞지? 기절했다거나, 뭐 다른 거 아니지? 에시의 코 밑에 손가락을 가져다 댔다. 다행히 평상시 잠들었을 때처럼 고른 숨이 전해졌다. 휴.

나는 안심하고 손가락을 떼어낸 후 잠자코 에시의 얼굴을 감상하기 시작했다. 침실 안으로 새벽빛이 희미하게 들었다. 무릎을 세워 끌어안고 그 위로 턱을 괴었다. 기분이 이상했다. 돌을 맞은 수면처럼 가슴이 일렁이고, 싱숭생숭한 느낌. 심장이 평소보다 조금 빠르게 뛰는 것도 같았다.

'무서웠어.'

뒤늦게 그런 생각이 들었다. 이 얼굴을, 이 사람을 잃을지도 모른다고 생각했다. 그리고 그건 역시 상상만으로도 나를 지옥 무저갱으로 던져 버릴 수 있는 일이었다. 지금도, 무릎을 끌어안은 손끝이 희미하게 떨려올 만큼.

나는 눈앞에 있는 에시가 환상이 아니라는 걸 확인받고 싶은 사람처럼 잠든 에시의 얼굴에서 눈을 떼지 않았다. 어스름한 빛이 에시의 얼굴 위에 고요히 머물렀다. 단정한 이마, 곧은 눈썹, 눈꺼풀, 코, 입술…….

……입술.

'입술!'

나는 순간 뭔가를 깨닫고 눈을 부릅떴다.

'그러고 보니!'

엘리스가 내 몸으로 에시의 입술을 훔쳤던 것이 번개처럼 머릿속에 떠올랐다. 순간 무서움이고 싱숭생숭함이고 다 잊고 그 자리에 분노가 차올랐다.

'엘리스 이 죽일!'

이미 죽었지만 살려서 또 죽일! 어떻게, 어디서 감히! 누구 입술을!

나는 이글이글 타오르는 눈으로 에시를 응시했다. 비록 그때 엘리스가 뒤집어쓰고 있었던 건 내 몸이었지만, 엄밀히 따져 내 입술로 에시의 입술을 훔친 것이기는 했지만. 그래도 용납할 수 없다.

나는 혼자 씩씩거리다가 이윽고 몸을 숙였다.

'소독할 거야.'

그냥 넘어가나 봐라. 백 번은 넘게 소독할 거다. 아니, 천 번? 그것도 모자라다. 만 번?

단단히 다짐하며 에시의 얼굴을 향해 고개를 내렸다. 코끝이 먼저 스치고, 고개를 살짝 틀며 간격을 좁히자 다음으로 입술이 닿았다. 부드러운 감촉이 기분 좋은 감각이 되어 전신을 감쌌다.

……분노가 약간 풀리는군. 아니, 그렇지만 어디까지나 약간이다. 이걸로는 한참 부족하다. 부족하다고. 모자라! 엄청! 무지막지하게! 하지만 자는 사람을 상대로 이 이상 뭘 어떻게 할 수도 없고.

어쩔 수 없이 아쉽다는 생각이 스멀스멀 드는 그때, 갑자기 입맞춤이 깊어졌다.

"……!"

내 입술을 열고 파고든 열기가 입안을 온통 휘저었다. 갑작스럽게 얽혀드는 혀에 정신을 못 차리는 사이, 에시가 오른손으로 내 목 뒤를 단단히 받치더니 내 몸을 뒤집었다. 나는 순식간에 내 위로 올라온 에시의 또렷한 황금색 눈동자를 멍하니 쳐다보다가 말했다.

"……안 잤어?"

에시는 내 말에 바로 대답하는 대신 상의를 벗어 던졌다. 어두운 와중에도 에시의 잘 짜인 근사한 상체 근육이 눈에 들어왔다. 나도 모르게 본능적으로 침이 넘어가는 순간 에시가 다시 고개를 숙여 내게 가볍게 입 맞추며 대답했다.

"깨웠잖아. 누가."

"……나 때문에 깬 거야?"

"아니."

에시가 장난스럽게 웃었다. 아니, 지금 뭐 하자는 건데.

기가 막혀 입을 벌리는 순간 에시가 그 틈으로 혀를 밀어 넣으며 깊게 키스했다. 타액이 섞이고 넘어가며 머리로 열기가 올라 어지러워졌다. 이러다간 열 때문에 머리가 터져 버리는 것이 아닐까 하는 실없는 생각이 들 때쯤 에시가 겨우 내 입술을 놓아주었다.

"아야."

하지만 얌전히 놓아주지는 않았다. 에시는 장난치듯 내 아랫입술을 한번 깨물고는 물러났다.

나는 얼얼한 입술을 매만졌다. 어두운 와중 나를 올곧게 내려다보는 에시의 눈은 고요하고, 그러면서도 또렷한 열기를 품고 있었다.

저 열기가 뜻하는 것이 무엇인지 아는 가슴이 소란스럽게 일렁였다.

"……계속 깨어 있었어?"

"응."

"왜? 피곤하지 않아?"

나는 누구에게 하는 것인지 모를 질문을 던졌다. 이 질문을 받아야 할 사람은 에시일까, 나일까. 혹은 둘 다일 수도 있다.

에시는 대답하지 않고 내 뺨에, 코에, 턱에 차례로 입을 맞췄다. 입술만 피해서 얼굴 여기저기에 입맞춤을 퍼붓는 것이 어딘지 감질나면서 갈증을 유발했다.

그렇게 시작된 갈증이 다른 의미로 점점 심해질 때쯤 에시의 입술이 내 목을 타고 아래로 내려갔다.

"하아……."

내 몸을 감싼 얇은 잠옷 겸 드레스는 에시의 손짓 몇 번에 손쉽게 끌어 내려졌다. 맨살에 닿는 침실의 공기에 몸이 살짝 긴장하는 것이 느껴졌다. 에시의 커다란 손이 드러난 내 피부를 부드럽게 쓸었다. 매번 그렇듯 상냥하고 조심스러운 손길에도 내 몸은 기다렸다는 듯 금세 반응했다.

아랫배에 열기가 고였다. 몸이 데워져 체온이 오르는 것이 느껴졌다. 숨이 가빠지는 순간 에시가 배꼽 한 뼘 아래에서 이를 세웠다.

"앗……!"

연한 살에 이를 세워 건드리는 탓에 발가락 끝까지 힘이 들어갔다. 몇 번을 겪어도 이 자극은 너무 지나치다.

헐떡이는 내 눈가에 눈물이 살짝 맺힐 때쯤 다시 내 위로 올라와 나와 눈을 맞춘 에시가 입을 열었다.

"모르겠어. 자려고 해도 잠들지를 않네."

몹시 늦은 대답이었다.

"왜일까."

"……글쎄, 나라고 해서 이유를 알겠어?"

"그건 그렇지. 하지만 리디아."

에시의 손이 어깨에서부터 내 몸을 쓸고 아래로 내려가 조금 전까지 에시가 이를 세웠던 부근을 살살 어루만졌다.

"……하아."

"네가 재워줄 수 있을 것 같아."

"……그래?"

그렇다 이거지. 실은 나도 비슷한 생각이다. 나는 에시를, 에시는 나를 재워줄 수 있을 것 같단 느낌이 든다. 물론 그러기 위해서는 당연히 거쳐야 하는 과정이 필요하겠지만.

"리디아?"

나는 몸을 일으켰다. 내가 일어나는 것에 맞춰 상체를 뒤로 물린 에시가 의아하단 표정을 짓는 순간, 넓은 가슴을 밀어 넘어뜨리곤 올라탔다. 나는 에시 위에 올라탄 채 허벅지에 힘을 줘 단단한 몸을 조이며 씩 웃었다.

"재워달라며. 그럼 네가 누워 있어야지."

가슴이 간질거리면서 심장이 기분 좋게 쿵쿵 뛰었다. 에시와 나는 무려 신혼이다. 부부간에 긴 밤을 보낸 역사가 결코 적지 않다. 이 정도는 뭐, 이제 아무것도 아니지. 사실 아무것도 아닌 것치고는 가슴이 좀 빠르게 뛰고 있기는 하다.

나는 그 상태로 고개를 숙여 덮치듯이 에시의 입술을 훔쳤다. 에시의 손이 다리를 타고 올라와 내 허리를 단단히 움켜쥐었다. 맨살과 맨살이 맞닿은 부위에서 열감이 피어올랐다. 어느새 둘 다 몸에 걸친 천이라곤 실오라기 하나 남지 않았는데도 전혀 추위는 느낄 수 없었다.

몹시 긴 새벽이었다.

다음 날, 나는 늦은 오후가 되어서야 간신히 눈을 떴다. 시계를 확인하고는 살짝 어이가 없었다.

'여태 잔 것도 잔 거지만, 아무도 안 깨우다니…….'

간단히 세수하고 목을 축인 후 방을 나섰다. 지금 이 근육통이 과연 엘리스가 내 몸으로 날뛰었던 것 때문인지, 아니면 다른 것이 원인인지 고민하며 일 층으로 내려가던 중 베시를 발견했다.

나는 잠깐 고민하다가 그녀를 불렀다.

"베시."

"아가씨, 잘 주무셨어요? 공작님께서 피곤할 테니 깨우지 말라고 하셔서……."

"……으응, 고마워. 엄청 잘 잤어. 그보다 있잖아."

주변을 둘러보았다. 마침 인기척이 드물었다. 나는 목소리를 낮춰 신중하게 입을 열었다.

"엘리스 다네키어 말이야."

사실 기상하고서 약간 의아했던 점이 있다. 나는 오늘 아침이면 저택이 조금 소란스러울 줄 알았다.

'내가 어제 엘리스의 몸으로 다네키어 저택에서 무단 탈출했으니까.'

내가 게르그에게 공작가로 데려다 달라고 하는 것을 그때 멘디라는 하녀도 들었다. 그녀가 다네키어 남작에게 말을 전했다면, 남작은 당연히 날이 밝기 무섭게 이곳으로 사람이든 편지든 보냈어야 했다.

'남작에게 말을 전하지 않은 건가?'

입을 다물었다고? 왜? 아니면 경황이 없어서 제대로 듣지 못했나? 어쨌든 증거로 들이밀 엘리스의 시체도 사라진 마당에 나야 반길 일이긴 했지만…….

"엘리스 다네키어요?"

"아, 응. 그게 실은……."

나는 베시에게 바짝 붙어 말을 이으려고 했다. 어제는 그런대로 핑계를 대고 얼렁뚱땅 상황을 넘겼지만, 그래도 베시를 발견하는 순간 그녀에게는 진실을 말해주어야겠다는 생각이 들었다. 비록 눈으로 확인할 수 있는 것이 없어 그냥 듣기에는 너무 허황한 얘기겠지만, 베시라면 분명 의심 없이 믿어줄 것이다.

그런데 그때 베시가 고개를 갸웃했다.

"그 사람이 누군데요?"

"뭐?"

"저번에 말씀해 주신 적 있는 분이에요? 따로 들어본 기억은 없는데……."

나는 베시가 나에게 장난을 치는 것인지 잠시 고민했다. 고민의 결론은 마침 먼발치에서 모습을 드러낸 다베리 경을 소리 높여 부르는 거였다.

"다베리 경!"

"왜 그렇게 급하게 부르십니까? 무슨 일이라도……."

"엘리스 다네키어 알아요?"

"예?"
"엘리스 다네키어. 알아요, 몰라요?"
내 다급한 표정을 보고 잠깐 당황하던 다베리 경이 이내 조심스럽게 대답했다.
"……알아야 하는 이름입니까?"
나는 저 답을 듣자마자 몸을 돌렸다. 그러곤 한달음에 내 방으로 올라가 뭔가를 확인한 뒤, 다시 뛰듯이 계단을 내려왔다.
"마님……!"
경악에 찬 집사의 외침에도 그를 돌아볼 여유가 없었다. 나는 집사를 지나쳐 이번에는 식당으로 내달렸다.
"제르그!"
"깜짝이야!"
내 요란한 등장에 놀란 듯 제르그가 막 들고 있던 칠면조 다리를 떨어뜨렸다. 나는 그러거나 말거나 제르그에게 척척 다가갔다. 여기까지 뛰어오느라 가쁜 숨을 고를 새도 없이 물었다.
"어떻게 된 거야?"
"아아, 내 아까운 칠면조 다리…… 뭐가?"
"엘리스 다네키어."
나는 주변을 의식해 높아지려는 언성을 가까스로 가라앉혔다.
"……엘리스를 아무도 기억 못 해. 뭐야? 이거 왜 그런 거야?"
조금 전, 베시와 다베리 경의 반응을 마주하고서 내가 처음으로 했던 생각은 바로 이거였다. 꿈이었나? 내가 꿈을 꿨나? 실은 그 모든 것이 길고 생생한 꿈이었을 뿐이고, 엘리스 다네키어는 처음부터 존재하지 않는 인물이었나?
그러나 그럴 리가 없었다. 그 증거로 에시와 내 부부 침실은 아직 수리 중이었다. 그리고 내 방에 드레스도 그대로 남아 있었다. 엘리스가 입었던 바로 그 드레스.

어젯밤 베시 앞에서는 당장 버릴 것처럼 말했지만, 경황이 없어 우선 내 방에 가져다 놓았다. 그게 그 자리에 여전히 있었다. 그렇다면 역시 꿈은 아니다. 전부 사실이었다. 그런데 갑자기 베시와 다베리 경이 엘리스를 기억하지 못하다니?

두 사람뿐만이 아니었다. 복도를 내달리면서 혹시 몰라 붙잡고 물어본 이들 중 누구도 엘리스라는 이름을 알지 못했다.

게르그는 혼란스러워하는 나를 앞에 두고 잠시 아무런 말이 없었다. 순간 불안감이 엄습했다.

"설마 게르그, 너도……."

"하아. 이래서 정신계 애들이 짜증 나면서도 불쌍하다니까."

"뭐?"

"어제 봤지? 엘리스 시체 사라진 거."

고개를 끄덕이자 게르그가 조금 전까지 칠면조 다리를 쥐고 있던 손을 냅킨에 닦으며 이어 말했다.

"걔들, 그러니까 엘리스처럼 정신계 능력을 쓰는 일족에게 죽음은 그냥 죽음이 아니야."

"그냥 죽음이 아니라고?"

"어. 걔들한테 죽음은 완전한 소멸을 의미해."

"……완전한 소멸?"

게르그가 유리잔을 들어 그 안의 물을 한 모금 마셨다. 게르그는 덤덤하지만 한편으로 복잡함이 묻어나는 표정으로 말을 이었다.

"육체가 사라진다고 완전한 소멸일까? 그렇지 않아. 아예 처음부터 없었던 것처럼 존재가 지워지는 것. 그게 완전한 소멸이지."

"그래서 기억에서도 사라진 거라고?"

"맞아. 누구 한 명이라도 걔를 기억한다면, 그건 존재가 지워지는 게 아니니까."

계르그가 내려놓은 유리잔 안의 물이 출렁였다. 마치 지금 내 심정처럼.

"……잠깐, 그럼 나는? 나는 아직 엘리스를 기억하잖아."

"너는 엘리스와 몸이 바뀌었던 적 있잖아."

"그것 때문에?"

"아마 영향이 있겠지. 그것 말고 다른 이유는 없으니까. 그래 봐야 오래가진 않을걸. 길어야 며칠?"

계르그가 태평하게 내 기억에 시한부 선고를 내렸다. 나는 어안이 벙벙해져 말을 아끼다가 문득 물었다.

"너는? 계르그 너도 시간이 지나면 엘리스를 잊어?"

"당연하지. 다만 인간인 너희보다는 느릴 거야. 절반이긴 해도 일단은 동족이니까."

"……."

"왜? 아쉬워?"

"아쉽다기보다는……."

엘리스를 기억하지 못하는 게 아쉽냐고? 그건 아니다. 그런 기분은 아니었다. 나는 이 심란한 마음을 콕 집어서 표현할 수 있을 만한 기막힌 단어를 찾다가 포기하고 말했다.

"그냥 좀 열 받아. 어처구니없기도 하고. 어쨌든 내 기억인데 외부의 힘으로 조작당하는 거잖아."

"그건 그렇지."

계르그는 동조하더니 뒤이어 가볍게 덧붙였다.

"그래서 더 어울리는 최후일 수도 있지만."

'어울리는 최후.'

……하긴, 그런가.

타인의 기억이 조작되어 그들에게서 영영 잊히는 결말. 그건 게르그의 말처럼 세뇌라는 힘으로 남의 정신을 조작하여 멋대로 휘둘렀던 엘리스에게 가장 어울리는 끝일 수도 있다.

'맞아. 차라리 잘됐지.'

지금 사교계에는 엘리스라는 이름을 떠올리는 것만으로도 악몽에 시달릴 이가 한둘이 아니다. 그들에게는 엘리스를 잊는 것이 도리어 축복일 거다.

"무슨 생각 해?"

생각에 잠겨 침묵을 유지하는 내게 게르그가 말을 걸었다. 나는 문득 떠오른 생각을 말해주었다.

"드레스 태워야겠다는 생각."

나는 엘리스의 드레스를 천 조각 하나 남기지 않고 완전히 태워 버렸다. 곱게 버리지 않고 구태여 화형식을 행한 이유는 단순했다.

복수심? 아니다.

'멀쩡하게 버렸다간 혹시라도 나중에 내가 저걸 발견하게 될지도 모르니까…….'

그때를 상상하기만 하면 머리털이 쭈뼛 섰다. 분명 내 드레스고 내가 버리라고 했다는데, 왜 내 기억에는 없으며 가슴과 복부에는 어째서 저런 수상한 흔적이 있는 것인가– 뭐 이딴 고민을 심각하게 하고 있을 미래의 나를 상상하면 소름이 오소소 올랐다.

'미래의 나를 위해서라도 무조건 태우는 게 옳아.'

그렇게 나는 엘리스의 마지막 흔적을 정리했다. 어찌 보면 유품 정리를 마친 셈이었다.

이후 한동안 시간은 평화롭게 흘렀다. 날짜는 빠르게 바뀌었다. 그리고 그에 발맞춰 날도 금세 더워졌다. 잠자리의 이불과 잠옷이 얇아졌고, 식후에 나오는 디저트는 차가워졌다.

나는 오늘 점심 디저트로 나온 과일 셔벗을 다섯 접시째 퍼먹는 게르그를 가만 응시했다.

"……."

턱을 괴고 뚫어지게 쳐다보았더니 마침내 내 시선을 느낀 것인지 게르그가 바쁘게 움직이던 스푼을 멈추고 고개를 들었다.

"왜?"

게르그는 시선의 이유를 가늠하려는 듯 고개를 갸웃하더니 이내 알겠다는 듯 말했다.

"아, 내가 너무 잘 먹어서? 구경하는 재미가 있냐? 하긴, 전부터 내가 먹는 것 하나는……."

"너 집에 언제 가?"

나는 게르그의 말을 끊고 불쑥 물었다. 게르그가 인상을 찡그렸다.

"뭐? 내가 집이 어디 있어. 지금 놀리냐?"

"메이커한테 가야지. 탑 세우는 거 도와주러. 거기가 이젠 네 새로운 집이잖아."

"야, 누구 마음대로?"

어처구니없다는 듯 게르그가 코웃음 쳤다. 그러고는 자연스럽게 손을 들어 하녀에게 여섯 번째 셔벗을 주문하면서 말했다.

"내 집은 내가 정해. 아직 난 집 없어. 그리고 여기 있고 싶은 만큼 있으라고 한 건 너거든?"

"……."

"말 바꾸는 것만큼 치사하고 더럽고 추한 것도 없다. 알지?"

"……그래, 알지."

나는 순순히 시인했다. 동시에 한숨이 흘러나왔다.

'내가 왜 그랬지?'

저 말이 옳다. 나는 계르그에게 틀림없이 이곳에 질릴 때까지 머물러도 좋다고 말했다. 문제는 내가 왜 그런 말을 했는지 모르겠다는 거다.

'잠깐 미쳤었나?'

그뿐만 아니다. 베시와 다른 사람의 입으로 듣기로는 내가 에시에게 오밤중에 저택을 찾은 계르그와 대련하는 걸 보고 싶다고 했었다고 한다. 그래서 실제로 에시가 계르그와 대련했었다고 하고.

'진짜 미쳤나?'

아니, 애초에 계르그가 여기 오게 된 경위도 그렇다. 내가 동전으로 불러냈다는데, 그 말대로 어렴풋이 계르그를 부른 기억까지는 나는데 왜 불렀는지는 기억나지 않는다. 이상할 만큼 결과는 있는데 원인과 과정이 기억나지 않는 일투성이였다.

'몽유병인가…….'

문득 전생에서 봤던 뉴스가 생각났다. 어느 몽유병 환자가 수면 상태에서 칼부림을 벌였다는 살벌한 내용이었다. 미친 것과 몽유병. 과연 어느 쪽이 나은가. 나는 심란함을 안고 계르그를 쳐다보았다.

남의 속도 모르고 여섯 번째 셔벗을 먹방 찍듯 먹어치우는 계르그를 보니 마음이 참 복잡했다.

"내가 대체 왜 그랬을까…… 기껏 메이커한테 보내놓고……."

그때 혼잣말을 들었는지 계르그가 먹던 것도 멈추고 나를 빤히 응시했다. 나는 눈을 깜박였다.

"왜 그렇게 봐?"

"……아니다. 이럴 줄 몰랐던 것도 아니고."

뜻 모를 말을 중얼거린 계르그는 이어서 일곱 번째 셔벗을 주문했다. 살짝 기가 막혔다.

"그만 좀 먹어. 주방장 힘들어. 넌 무슨-"
"야, 인간."
"어?"
"너 나한테 여기 있는 동안 무조건 잘 먹으라고, 안 그러면 입에 깔때기 꽂아서 음식 강제로 들이붓겠다고 했던 말 기억 안 나지."
"……내가 그랬어?"
"그래. 그리고."
계르그는 다 먹은 셔벗 접시를 한쪽으로 밀어놓으며 뾰족한 눈으로 말했다.
"너 아까부터 나한테 좀 묘하게 날카로운 거 알지?"
"……."
"네가 기분 별로인 것도 알겠고, 우울하고 갑갑한 것도 알겠는데 그걸 나한테 풀지는 말지?"
순간 정곡을 찔린 나는 입을 다물었다.
그래, 저 말이 맞았다. 그의 말처럼 나는 현재 기분이 몹시 저조했고, 그걸 마침 식당에서 만난 계르그에게 대놓고는 아니어도 은연중에 풀지 않았다고 하면 거짓말이다.
"미안해."
내가 바로 순순히 사과하자 계르그는 오히려 당황한 것 같았다.
"아니, 그렇다고 사과하라고 한 말은 아니고."
"……."
"야, 야. 기운 내. 아직 한 달밖에 안 됐어. 곧 오겠지."
이제는 되레 계르그가 나를 격려하기 시작했다. 나는 대답할 의욕이 없어서 침묵했다.
한 달. 저건 에시가 저택을 비운 기간이다. 그랬다. 약 한 달 전, 에시는 잠시 다녀와야 할 곳이 생겼다는 말과 함께 내게 작별 키스만 남기곤 갑자기 저택을 떠났다. 그러고서 아직 돌아오지 않고 있었다.

'심지어 여태 기별 한 통 없었지.'

조금 오래 걸릴지 모른다는 말도 하긴 했지만……. 이건 조금이 아니다. 적어도 내 기준에선 그랬다. 연락조차 없는 한 달은 너무 길었다. 너무.

'어딜 간 건지도 모르겠고.'

더군다나 저택의 누구도 에시의 행선지를 알지 못했다.

'이럴 줄 알았으면 그때 잘 다녀오라고만 할 게 아니라 어딜 가는 거냐고 물어볼걸.'

때늦은 후회는 우울감만 부채질했다.

게르그는 내가 축 처지자 기운을 북돋아주려 이런저런 응원의 말로 노력하는 것 같더니, 나중에는 포기했는지 의자에 등을 기대며 아무렇게나 말했다.

"아, 그거 한 달 가지고 참. 누가 보면 일 년은 된 줄 알겠네."

"……."

"야, 어디에 며칠을 있든 공작이 뭐 칼 맞아 죽을 위인이냐? 알아서 잘 돌아오겠지. 유난도……."

"나도 알아. 에시에게 무슨 일이 있을 리 없다는 거."

"근데?"

"그래도 걱정돼. 어쩔 수 없잖아."

"……."

"어쩔 수 없이 불안하고, 초조하고, 걱정으로 가슴이 새카맣게 타. 왜냐면 사랑하니까!"

"또 시작이군."

"그리고 걱정되는 것 이전에 무엇보다 에시가 보고 싶어!"

"이번 주 들어서 저게 몇 번째 염병이더라."

그러더니 계르그는 정말로 손을 들어 손가락을 접어가며 숫자를 세기 시작했다. 나는 그걸 보며 미간을 좁혔다가 이내 펴곤 말했다.

"아, 그래. 너는 모르겠지. 그럼, 이해해."

"……."

"결혼도 안 한 반마족 노총각이면 당연히 모를 수 있지."

"여기서 반마족이 무슨 상관이야? 그리고 누가 노총각이야!"

"너 몇 살인데? 백 살 안 넘어?"

"그건…… 하, 인간이랑 우리 나이 기준이 같냐?"

"그건 내가 알 바 아니고. 어쨌든 그 연세면 노총각 맞으세요."

"야!"

계르그랑 유치하게 말다툼이나 주고받는 사이, 바깥에서 누가 문을 두드렸다.

"마님, 저 집사입니다. 들어가도 되겠습니까?"

"……!"

나는 냉큼 외쳤다.

"들어와!"

집사가 문을 열고 들어오는 동시에 가슴이 뛰었다. 아니, 진정해. 기대하지 말자. 멋대로 기대를 품었다가 실망한 게 근래 한두 번이 아니잖아. 하지만 그렇게 생각해도 저절로 부푸는 가슴은 어쩔 수가 없었다.

"오늘 알려 드릴 소식입니다. 다네키어 남작의 광산과 저택이 결국 경매에 넘어갔습니다."

"……아하."

부풀었던 가슴은 가까이 다가온 집사가 입을 열기 무섭게 푸시시 가라앉았다. 시작부터 전혀 관심 없는 내용이 나왔다. 나는 너무 실망하는 티를 내지 않으려 노력했다.

"다네키어 남작이 파산하게 된 원인은 전부 광산에서 발견된 하자 때문인데, 그 하자를 누군가가 인위적으로 만든 게 아니냐는 의혹이 나오는 중입니다."

"그렇구나."

알 바 아니다. 다네키어 남작이 누군가의 수작으로 망하든 말든. 애초 남작이 누군지도 잘 모르겠고.

"그리고 기혼자만 노려 접근하는 사교계 난봉꾼으로 유명한 컬터쉐 자작이 밤길에 사고를 당해 양손을 영영 쓰지 못하게 되었다고 합니다."

저런, 양손을? 저건 좀 불쌍하다. 그래도 알 바 아니지만.

나는 집사의 말이 계속될수록 시무룩한 티를 감추기 힘들었다. 바깥에 소식이 있을 때마다 뭐든 빼놓지 않고 알려달라고 한 것은 나지만, 이번에도 소득이 없을 모양이었다.

나는 밀려드는 한숨을 가까스로 참았다. 그때 집사가 말을 이었다.

"그리고…… 남부에서 드래곤이 잡혔다는 이야기가 있습니다."

"드래곤?"

뜻밖의 단어에 나는 오늘 처음으로 집사의 말에 반응다운 반응을 보였다.

"현재로써는 소문에 불과하긴 합니다."

"드래곤이 잡혔다는 건, 사냥했다는 거야? 누가?"

"그것도 현재로써는……."

드래곤. 그건 쉽게 설명하면 이 세계의 용을 뜻했다. 단단한 비늘로 무장한 집채만 한 몸. 입을 열면 브레스라고 불리는 불을 내뿜고, 등 뒤로는 한 쌍의 날개가 달린…….

'생긴 거로만 따지면 용보다는 도마뱀에 가깝나?'

이족 보행 하는 도마뱀. 어쨌든 속설에 따르면 마법을 쓴다거나 인간과 대화도 할 수 있다고 알려진 드래곤은 여러모로 전설 속 존재에 가까웠다. 다만 워낙 보기 힘드니 전설로 취급되는 것뿐 실제로 존재하기는 하는 모양이었다. 간혹 저런 식으로 목격담이나 누군가 드래곤을 사냥했다는 이야기가 들리곤 했으니 말이다.

'정말 가끔이지만.'

뭐…… 대략 오십 년에 한 번씩?

"집사는 어떻게 생각해? 정말로 드래곤이 잡혔을까?"

"솔직히 저는 헛소문이라고 생각합니다."

"그래?"

"다른 것을 떠나 드래곤은 우선 발견되는 일 자체가 극히 드무니까요."

"하긴."

"거기다 어찌어찌 발견했다고 쳐도 드래곤을 잡으려면 적어도 영지, 심할 경우 국가 단위의 무력이 움직여야 하는데…… 그랬으면 그 사실이 먼저 알려졌겠지요."

"맞는 말이야."

나는 집사의 말에 반박하지 않고 선선히 고개를 끄덕였다.

드래곤도 드래곤이지만, 드래곤 학살자를 뜻하는 드래곤 슬레이어가 말 그대로 이야기 속 칭호가 되어버린 데는 다 이유가 있었다. 드래곤을 잡기 위해서는 집사의 말처럼 어마어마한 무력이 동원되어야 했는데, 문제는 그렇게 잡아봐야 별로 남는 것이 없었다.

비늘? 뼈? 뭐, 고기? 뭐가 됐든 병사 수천, 수만의 목숨만큼 값나가지는 않는다. 몇백 년 전 과거 어느 왕국에서는 드래곤 슬레이어라는 칭호가 탐난 어느 미친 왕이 왕국 기사 절반을 희생시켜 드래곤을 잡기도 했었다고 하지만……. 그거야 정말 미친놈이 미친 짓을 저지른 것이고. 일반적으로 드래곤은 잡아도 손해, 못 잡으면 더 손해라 발견해도 구태여 사냥하려고 드는 경우가 거의 없었다.

"헛소문이네."

나는 집사의 의견에 동의한 후 금세 관심을 껐다. 오랜만에 판타지다운 이름을 들어서 잠시 반응하긴 했으나 결국 별것 아닌 주제였다. 만약 저게 헛소문이 아니라 사실이라고 하더라도 마찬가지였다.

어찌 됐든 나와는 관계없는 이야기였으니까.

"그럼, 이후 새 소식이 들어오거든 바로 전해 드리러 오겠습니다."

집사는 그렇게 알 바 아닌 소식만 전해주고는 식당에서 나가 버렸다. 나는 집사가 다녀가기 전보다 더 우울해졌다. 하아.

'이 기분은 도대체 뭐로 전환할 수 있을까.'

계르그처럼 미친 척하고 셔벗을 일곱 개쯤 먹으면 배탈로 고생하느라 우울할 정신도 없으려나. 그렇게 생각하며 계르그를 보는데 문득 그가 몹시 이상한 표정을 짓고 있는 것이 보였다.

"……계르그?"

내 부름이 들리지 않는지 한동안 계속해서 이상한 표정을 유지하던 계르그는 잠시 후 정신이 들었는지 퍼뜩 고개를 흔들었다. 그러더니 왜 그러냐고 묻기도 전에 손을 번쩍 들어 멀쩡한 일곱 개째 셔벗을 놔두고 여덟 개째 셔벗을 주문했다.

"……."

'설마 지금 동시에 두 개 먹을까 말까 고민한 거야? 아니지?'

이 이상 계르그의 이미지가 추락하지 않았으면 좋겠다. 사실 딱히 추락할 것도 없지만.

나는 별달리 할 것도 없는데 그냥 계르그가 과연 몇 개까지 셔벗을 해치울 수 있을지 구경이나 하기로 했다.

"에시!"

에시는 그로부터 보름이 더 지난 후에야 기별도 없이 돌아왔다. 깊은 새벽이었지만, 내가 소식을 듣자마자 이불을 박차고 한달음에 달려 나간 것은 말할 필요도 없는 일이었다.

"리디아."

나는 더 볼 것 없이 현관에서 에시의 몸을 끌어안았다. 에시의 냄새가 났다. 오롯이 그 냄새만. 나는 우선 안도한 후 이어서 추궁했다.

"왜 이렇게 늦었어."

"미안해."

"사과받으려고 하는 말 아니야."

"정말 미안."

연거푸 머리 위로 떨어지는 에시의 사과를 들으며 나는 입을 꾹 다물었다. 아니라거나, 괜찮다는 말 같은 건 거짓말로도 나오지 않았다. 그만큼 전혀, 조금도 괜찮지 않았으니까. 하나도.

"미워."

"미안해."

"진짜 미워."

"진짜 미안해."

에시는 내 어깨를 끌어당겨 제 품에 으스러지듯 가뒀다. 그것이 나를 달래려는 목적인지, 아니면 그만큼 자기도 내가 보고 싶었다는 의미인지는 모르겠으나, 어쨌든 그러고 있으니 격양되었던 가슴도 조금씩 가라앉았다.

"……야위었네."

에시는 한참 후 나를 품에서 떼어놓더니 엄지로 내 이마를 문지르며 그렇게 말했다. 그랬나? 내가?

확실히 근 일주일은 거의 밥도 못 먹고, 수면도 엉망이기는 했다. 하지만 겉으로 티 내지 않으려고 해서인지 베시와 집사는 내게 별말 없었는데.

"다신 이런 일 없을 거야."

맹세하듯 속삭인 에시가 내 이마에 입 맞추더니, 뒤이어 목에 뭔가를 걸어주었다. 나는 눈을 깜박였다.

"……목걸이?"

"항상 지니고 있어."

"갑자기 웬……."

"이게 있으면 언제든 내게 연락할 수 있으니까. 어디서든."

"뭐?"

나는 놀라서 목걸이를 내려다보았다. 이 목걸이가…… 전화기 같은 거라고? 아니면 호출기든가.

목걸이 가운데 달린 청록색 보석이 요요하게 빛을 뿌렸다. 묘한 색이었다. 어딘지 신비스럽다는 느낌도 있었지만, 이 와중에 에시의 눈이나 머리 색을 닮은 보석이었다면 더 좋았겠다는 생각이 드는 내가 어이없었다.

나는 다시 고개를 들어 에시를 보았다.

"설마 이것 때문에 늦은 거야?"

"거의 비슷해."

"왜 그랬어? 이게 뭐라고."

진심이다. 이게 뭐라고. 그냥 늘 그랬던 것처럼 자기가 내 곁에서 나를 지켜주면 되지. 그래도 여태 아무 일 없었는데. 이런 것까지 굳이 필요하지 않았는데, 왜. 그간의 갖은 마음고생이 떠오르며 저절로 코끝이 시큰해졌다.

에시는 훌쩍이기 시작하는 나를 재차 단단히 품에 가뒀다.

"잘못했어."

"미리 말해주든가…… 이런 마법 목걸이를 구하러 다녀오는 거라고……."

물론 이유를 듣는다고 내가 순순히 에시를 보내주었을지는 미지수지만 말이다.

에시는 나를 끌어안고 부드러운 손길로 천천히 내 머리카락을 쓸어주었다.

"그건…… 구할 수 있을 거라는 확신이 없었으니까."

이어서 한숨처럼 들려온 말에 나는 에시의 가슴팍을 눈물로 적시다 말고 눈꺼풀을 여닫았다. 의외였다.

'저런 말을 하는 건 처음 들어보는 것 같은데…….'

저렇게 자신 없어하다니. 다른 사람도 아니고 에시가. 그러고 보면 고작 목걸이 하나를 구하는 일에 에시가 직접 움직였던 것도 의아했다. 에시의 손짓 한 번이면 목숨을 바쳐서라도 목걸이를 구하러 다녀올 사람이 주변에 널렸는데.

'이게 그렇게 엄청난 목걸이인가?'

기능만 들으면 그냥 평범한 통신기 같은데 말이다. 물론 마법 목걸이 자체가 평범한 물건은 아니지만…….

나는 곧 생각을 그만두고 에시의 품으로 파고들었다. 알 게 뭐람. 어쨌든 그런 건 지금 이 순간 사소한 문제였다. 마침내 에시가 돌아왔다는 사실 앞에서는.

모처럼 느껴지는 에시의 체온 가득한 품이 너무 따뜻하고 좋아서, 나는 한참이나 그 품에서 떨어지지 않았다.

해가 뜨기 직전의 새벽은 하루 중 가장 어둡다.

제르그는 그 어둠 속에서 조용히 움직였다. 이내 희미한 빛이 새어 나오는 문 앞에 도착한 게르그는 마치 그 안으로 빨려 들어가듯 몸을 집어넣었다. 이윽고 나타난 풍경은 게르그가 예상했던 것과 한 치도 다르지 않았다.

게르그는 혀를 찼다.

"……역시."

미약한 불빛 아래에서 왼팔의 붕대를 새것으로 갈던 에시가 그 소리에 게르그를 잠시 쳐다보았다. 그러나 정말 잠시였다. 마치 게르그가 자리에 없는 것처럼 다시 붕대를 감는 작업에만 집중하는 에시를 보며 게르그는 익숙하게 입을 열었다.

"너지?"

"……."

"네가 드래곤 잡았지?"

그러더니 대답을 듣지도 않고서 확신한 목소리로 덧붙였다.

"보자마자 알겠더라. 그 목걸이 보석, 드래곤 하트 아니야?"

드래곤 하트. 표현 그대로 드래곤의 심장. 그러나 그 안에 담긴 의미는 겉으로 보이는 단순한 것만이 다가 아니었다.

"와, 너 진짜 미쳤냐?"

소수에게만 알려진 사실이었지만, 드래곤 하트를 이용한 맹약이란 것이 있다. 게르그는 마침 그 소수에 속했다.

에시는 게르그를 무시하고 하던 일에 전념했다. 게르그는 개의치 않고 떠들었다.

"내가 이 나이 되니까 살다 살다 별 희귀한 광경을 다 보네. 인간이 드래곤 잡고 심장 꺼내서 맹약을 걸어? 야, 너 정말 어디 가서 인간이라고 하지 말……."

"그래서."

상처에 새 붕대를 감는 작업을 마친 에시가 마침내 시끄러운 불청

객에게 첫마디를 뱉었다.

"너와 상관있나?"

게르그의 표정이 즉각 구겨졌다.

"있지! 너 없는 동안 저 인간을 누가 지켰는데? 네가 부탁한다며! 덕분에 할 짓 없는 심심한 놈 취급받으면서 밤낮없이 재 곁에만 붙어 있었다, 내가!"

저 인간. 재. 그건 전부 이 시각 옆방에서 아무것도 모르고 곤히 잠들어 있는 리디아를 가리켰다.

"그건 고맙게 생각해."

"그……."

"하지만 상관하지 마라."

에시는 게르그를 똑바로 응시하면서 말을 이었다.

"특히 리디아에게 말할 생각이라면……."

"안 해! 내가 미쳤냐? 안 한다고!"

게르그는 펄쩍 뛰며 빽 소리 지르듯 대답했다. 상대의 눈이 여차하면 꼭 저를 벨 것처럼 보여서는 아니었다.

'씨…… 서러워서 못 살겠네.'

반마족 체면이 대체 매번 이게 뭔지. 지금 이 꼴이 살아남은 동족에게 알려지기라도 했다간 틀림없이 천 년의 비웃음 감이다. 물론 비웃은 동족도 이 자리에 데려다 놓으면 저와 똑같은 꼴이 될 테지만 말이다.

게르그는 차오르는 자괴감을 털어내며 투덜거리듯 말했다.

"그리고 네가 그러지 않아도 어차피 말할 생각 없었거든?"

이건 진심이다. 얼핏 자존심을 세우려는 말처럼 들리지만, 게르그는 정말 처음부터 리디아에게 말할 생각이 없었다.

'이걸 뭐 하러 말해?'

리디아가 목걸이의 '진짜' 효과를 아는 순간 보일 반응은 뻔했다. 당장에 목걸이를 풀어 이걸 부숴 버리겠다고 난동을 피우겠지. 말뿐 아니라 실제 망치를 가져와 목걸이를 내려치거나 높은 곳에 가지고 올라가 떨어뜨리는 행동이 눈에 저절로 그려졌다.

'그래 봐야 소용은 없겠지만.'

모든 수단을 동원해도 목걸이에 흠집 하나 나지 않으리라는 건 부차적인 문제다. 가장 중요한 맹약은 이미 완성되었다. 에시가 리디아의 목에 목걸이를 걸어주던 바로 그 순간에.

그리고 한번 완성된 맹약은 무슨 짓을 해도 절대로 되돌리거나 취소할 수 없었다. 목걸이를 가루로 만들든, 녹이든, 그도 아니면 끝이 보이지 않는 바다에 수장하든 아무짝에도 소용없다는 이야기다. 맹약은 그런 거였다.

'저 가증스러운…….'

그런 걸 목에 걸어주면서 고작 호출 마법이나 걸린 허접한 마법 목걸이인 척하다니.

아무것도 모르고 있을 리디아가 이쯤 되면 살짝 불쌍했다.

'물론 이제 와 알아봤자 좋을 것도 없겠지만.'

그래서 입을 다물 생각이다. 계르그가 그렇게 속으로 에시를 흉보는 사이, 그런 계르그를 버려두고 에시가 몸을 일으켰다. 방에서 나가려는 움직임에 계르그는 얼른 에시를 잡았다.

"잠깐, 뭐 하나 묻자."

"……."

"너 엘리스 기억하지? ……아니, 아니다."

그러나 뱉어놓고 멍청한 질문이라는 생각이 들었는지 계르그가 바로 고개를 저었다.

"당연히 기억하지. 응, 기억하니까 이런 짓을 하지."

"……."

"나도 이제 적응했나 봐. 이거는 뭐 놀랍지도 않네."
"용건 끝인가?"
"아니, 잠깐만. 방금 건 취소하고 다른 질문 할게. 그래, 너 왼팔은 어쩌다 그랬냐?"
지금은 옷에 가려져 보이지 않는 에시의 왼팔 상처를 눈짓으로 가리키며 계르그가 말했다.
"드래곤 잡다 그랬다는 건 당연히 나도 알지. 내 말은, 무슨 공격에 당한 거야? 발톱? 꼬리 치기? 별건 아니고 그냥 궁금해서……."
"브레스."
"아하, 브레스구나. 뭐?"
아무 생각 없이 대꾸하던 계르그가 퍼뜩 놀라 되물었다. 그러나 에시는 이미 그 대답만 남기고 방에서 나가 버린 후였다.
계르그는 주인이 사라진 방에 덩그러니 남아 눈만 깜박이다가 중얼거렸다.
"미친……?"
뭐가 어째? 브레스?
"와, 씨."
계르그는 보통은 스치기만 해도 그 자리에서 녹아 없어진다는 드래곤의 유명한 필살기, 브레스를 떠올렸다. 계르그가 그것을 알고 있는 건 남들처럼 책이나 소문으로 접해서가 아니었다.
몇십 년 전, 유독 설치기 좋아하는 그의 동족이 그날은 특별히 더 설치고 싶었는지 대뜸 드래곤을 잡겠다고 나선 적이 있었다. 그래서 잘 알았다. 그날 무턱대고 드래곤에게 덤볐던 그의 동족은 그 만용의 대가로 브레스에 당해 뿔 한쪽을 영영 잃어야 했으니까. 단단하기로는 이를 데 없는 동족의 뿔이 흔적도 없이 녹아내리던 기억을 떠올린 계르그가 몸서리쳤다.

“저거 왼팔 멀쩡한 거 맞아? 어두워서 제대로 못 본 거지, 밝은 데서 붕대 풀면 안쪽에 구멍이라도 뚫려 있는 거 아냐?”

물론 그렇지 않을 거다. 공작이 그런 꼴로 리디아의 앞에 나타났을 리 만무하니까. 왼팔만이 아니라 어디든 심한 상처를 입었더라면 그걸 치료하기 전까지는 돌아오지 않았을 거다. 무슨 수를 써서든 어느 정도 환부를 회복하고 감춘 후 모습을 드러냈겠지. 처음부터 그 정도 상처는 입은 적이 없다는 것처럼.

“진짜 가증스러운…….”

머릿속으로 떠올렸던 단어가 이번에는 입 밖으로 튀어나왔다.

계르그는 공작이 나간 문을 한동안 질린다는 눈으로 바라보다가, 이어서 그러든 말든 자기가 뭘 어쩌겠냐는 기색으로 어깨를 으쓱하곤 방에서 사라졌다.

에시의 손이 리디아의 머리카락을 섬세하게 귀 뒤로 넘겼다. 며칠 잠을 설친 방증일까. 리디아는 누가 업어가도 모를 것처럼 깊게 잠들어 있었다.

에시는 침대에 앉아 리디아의 곁을 묵묵히 지켰다. 에시의 표정은 몹시 고요했지만, 머리로는 생생한 악몽으로 새겨진 지난 기억을 떠올리고 있었다.

“공작님, 마님께서 지금은 몸이 안 좋으시다고…….”

리디아의 몸을 한 엘리스를 먼발치서 처음 보았을 때. 에시는 분명 뭔가 이상함을 감지했다. 그건 위화감이었다. 전에는 느껴보지 못했던 묘하게 이질적인 기운. 그러나 정확히 그 기운의 정체를 파악할 수 없었다. 그러기에는 당장 거리가 너무 멀었고, 가까이 가니 상대가 저를 피했다.

아프다는 핑계가 나오자 에시는 일단 물러섰다. 미심쩍었지만, 급할 것은 없다고 여겼다. 어쨌든 리디아는 제 손이 닿는 곳에 있었고, 천천히 위화감의 정체를 확인한 다음 움직여도 늦지 않다고 생각했다.

……착각이었다. 그것도 그가 여태 했던 것 중 가장 끔찍한 착각. 리디아는 진작 에시의 품에서 벗어나 있었다. 에시는 그걸 테라스 문을 깨고 침실로 난입한 리디아를 마주했을 때에야 알았다.

에시는 얼어붙었다. 그는 이 끔찍한 감각을 알고 있었다. 서 있는 곳이 발치에서부터 얼어붙고, 혈관에는 날카로운 살얼음이 내달리는 기분. 그 지독한 느낌 속에서 에시는 가까스로 움직여 엘리스의 몸을 한 '진짜' 리디아를 받아냈다.

그리고 그때 깨달았다. 인간이 얼마나 나약한지. 인간을 나약하게 만드는 것은 하나였다. 바로 무지.

애초 이런 식으로 몸이 바뀔 수 있다는 것을 알았다면 어땠을까. 에시는 위화감을 느낀 순간 주저 없이 문을 부수고 엘리스와 대면해 진짜 리디아가 있는 곳을 불게 했을 것이다. 그러나 그러지 못했다.

몰랐으니까. 육신이 바뀌었을 경우를 상정하지 못해서, 머저리처럼 손을 놓고 가만히 있었다. 어쩌면, 자칫 리디아를 잃었을지도 모르는 그 몇 시간 동안.

"……."

그때를 떠올린 에시의 오른손에 저절로 힘이 들어갔다. 그 순간 리디아가 잠결에 몸을 뒤척였다. 흠칫 놀란 에시가 반사적으로 손에서 힘을 풀었다. 이윽고 그는 제 행동에 맥이 풀려 웃었다.

어차피 그때의 사건은 이제 잊어도 되는 일이다. 앞으로 다시는 그런 경험을 하게 될 일은 없을 테니까.

그날, 에시는 자신이 나약한 인간임을 뼈저리게 느꼈다. 어쩔 수 없는 일이었다. 계르그는 툭하면 에시를 두고 저게 인간이냐고 불평해대기 바빴지만, 이건 그런 것과는 달랐다. 에시는 전지전능할 수 없다. 신이 아니니까. 그가 모르는 것은 필연적으로 계속 존재할 것이고, 그게 미래에 어떤 위협이 되어 다가올지는 아무도 모른다.

그래서 에시는 방법을 찾았다. 다른 방법. 그가 전지전능하지 않아도, 고작 나약한 인간일 뿐이더라도 리디아만은 지켜낼 방법. 기적은 있었다. 어쨌든 에시는 그 방법을 찾았으니까.

에시는 고개 숙여 잠든 리디아의 이마에 조용히 입 맞췄다. 그러자 에시의 심장에 새겨진 드래곤의 피가 반응했다.

맹약. 에시는 드래곤을 잡아 그 심장을 갈라 피를 받아 마시고, 심장 가운데 핵을 가공하여 리디아의 목에 걸어주면서 맹약을 완성했다. 완성된 맹약은 최우선으로 주인의 몸을 지킬 것이다.

이제 리디아의 몸이 목숨이 위협받을 정도로 치명적인 위해에 노출될 경우, 맹약은 그 피해를 고스란히 남의 몸으로 돌릴 것이다. 바로 에시의 몸으로. 독을 마셔도, 설사 칼에 찔려도 죽지 않는다. 리디아를 대신한 에시의 숨이 다하기 전까지는.

에시는 리디아의 고른 숨소리를 들으며 눈을 감았다. 입가에 미소가 맺혔다. 그가 지었던 그 어느 것보다 만족스러운 미소였다.

여름이 물러가고 더위가 한풀 꺾였을 무렵. 계르그는 공작가를 떠났다.

리디아는 떠날 채비를 마친 계르그에게 '벌써 가?' 하고 마음에도 없는 아쉬운 소리를 했다. 계르그는 코웃음을 쳤다.

'언제는 셔벗 축내지 말고 얼른 새집으로 꺼지라더니?'

물론 그 말을 할 때 리디아의 감정 상태는 어느 모로 보나 불행이었고, 지금은 행복, 행복, 행복이니 이해하지 못할 일은 아니었다.

'동전은 이제 필요 없겠지.'

계르그는 잠깐 고민했으나 곧 돌아섰다. 비유가 아니라, 정말 이제 공작은 목숨 바쳐 리디아를 지킨다. 공작이 당해내지 못할 정도의 위험이라면 자신이 온다 해도 아무짝에 쓸모없을 거다. 자존심은 상하지 않았다. 사실이었으니까.

그렇게 계르그는 탑으로 돌아왔고, 다시금 중노동의 피해자가 되었다.

'젠장.'

계르그는 메이커라는 마법사가 공작 못지않게 미친 인간이라고 생각했다. 미친 방향이 서로 다를 뿐. 공작은 리디아에게 미쳐 있고, 이 여자는 탑을 세우는 일에 그만큼 미쳐 있다고 할까.

'왜 이렇게 미친 인간이 많아.'

내 신세야. 계르그는 익숙하게 푸념하며 지친 몸을 이끌고 잠자리에 들었다. 그리고 그날 꿈을 꿨다. 이상한 꿈이었다.

계르그의 바로 정면에 복숭아나무가 한 그루 있었는데, 그 바로 앞에 웬 뱀이 버티고 있었다. 뱀은 계르그가 복숭아나무에 접근하는 것을 막으려는 것처럼 위협적으로 혀를 날름거렸다.

'뭐야, 이거.'

계르그는 어처구니가 없었지만 일단 복숭아나무로 다가갔다. 복숭아는 그렇게 좋아하는 과일도 아니었건만 어쩐지 그래야 할 것 같았다. 그런데 문제가 있었다.

'미친, 뱀! 왜 이렇게 세!'

뱀이 너무 강했다. 이렇게 강한 뱀은 생전 처음이었다. 아무리 꿈속이라지만 말이다.

'이젠 뱀도 미쳤네!'

계르그는 결국 처절한 사투 끝에 온몸이 넝마가 되고 나서야 뱀을 상대로 승리를 거머쥐었다. 쪽팔렸다.

'젠장맞을…….'

보는 사람이 없는 꿈이라서 정말 다행이었다. 계르그는 꿈에서 한숨을 푹푹 내쉬며, 어쨌든 방해꾼이 사라진 복숭아나무로 다가갔다. 그러곤 그 나무에서 가장 눈에 띄는 크고 탐스러운 연분홍빛 복숭아를 하나 땄다.

'어어?'

한데 그러자마자 복숭아가 계르그의 손에서 눈 녹듯 사라졌다.

'내 복숭아!'

생과 사를 오가며 펼쳤던 뱀과의 혈투가 떠오르며 계르그가 눈을 부릅뜬 순간이었다. 갑자기 하늘에서 꽃비가 내렸다.

장미꽃잎이었다. 무수한 꽃잎은 마치 춤을 추듯 너울너울 사방으로 떨어지더니, 계르그의 머리와 콧잔등에도 살포시 내려앉았다.

"……?"

계르그는 잠에서 깨어나 눈을 깜박거렸다.

'뭐지?'

괴상한 꿈을 꿨다. 꿈은 도대체 뭐 어쩌라는 것인지 모를 만큼 황당한 내용이었는데, 그러면서 생생하기는 또 무척이나 생생했다.

'내일 복숭아 먹으라는 꿈인가?'

계르그는 멍하니 그렇게 생각하다가 이내 다시 드러누웠다. 기상하기엔 아직 이른 시간이었다. 그는 알 게 뭐냐는 기분으로 도로 잠을 청했다.

그로부터 약 육 주 후. 공작저 후원에서 타르트 냄새를 맡은 리디아가 난데없이 헛구역질함으로써 저택을 발칵 뒤집어놓는 사건이 있었다. 먼 땅에서 중노동에나 시달리던 계르그는 알지 못한 일이었다.

외전 2 히든

퓩! 소름 끼치는 소리가 울렸다. 아이는 어렸지만, 저 소리가 무엇을 뜻하는지 아주 잘 알았다.

"컥!"

왈칵, 검에 배를 뚫린 사람이 피를 토하고는 바닥으로 고꾸라졌다. 병사는 이미 쓰러진 사람 위로 한 번 더 칼을 꽂았다. 눈살이 찌푸려질 만큼 잔혹한 짓이었으나, 무자비한 손속을 나무라는 이는 없었다. 다들 그러고 있었으니까.

"아악!"

"살려주세요…… 악!"

"한 놈도 놓치지 마라!"

말을 탄 기사가 도망치는 여자를 쫓아 등을 베며 소리쳤다.

"영주님의 명령이다! 살아 있는 건 풀 한 포기 남겨두지 마라!"

명령을 등에 업은 병사들이 한결 더 심하게 날뛰었다.

여자, 노인, 혹은 대여섯 살 정도의 아이들. 남녀노소 가리지 않고 병사의 칼에 마구잡이로 쓰러졌다. 아이는 바로 옆에서 피를 흘리며 쓰러진 남자가 미처 눈도 감지 못한 것을 보았다. 아이, 다베리는 알 수 있었다.

이건 꿈이었다. 그것도 단지 그의 상상으로 이루어진 꿈.

그도 그럴 것이, 다베리는 자기 고향에서 일어났던 영지 전쟁을 직접 본 적이 없었다. 전쟁이 터졌을 무렵, 그는 눈도 제대로 뜨지 못한 갓난애였으니까. 훗날 머리가 좀 크고 나서야 그때의 전쟁이 전쟁보다는 학살에 가까웠다는 것을 들었다.

그래서인가. 이런 꿈을 꾸는 것은. 아무리 보아도 일방적인 살육이라는 이름이 어울리는 이 풍경이 꿈을 빌어 눈앞에 펼쳐지는 것은.

"도망쳐…… 아악!"

저 멀리서 가족을 끌고 달아나다 다리가 잘린 중년 여성의 비명이 아득하게 들렸다. 꿈속의 다베리는 하필 다섯 살이었다. 갓난애 때 고아가 된 다베리를 불쌍히 여겨 거둬 키워준 사람은 다베리가 다섯 살이 되던 해 강도에게 당해 죽었다. 다베리의 인생에서 가장 불행하던 시기였다.

'최악의 꿈이군.'

조합도 하필 이따위라니. 누구 머리에서 나왔는지는 모르겠지만…….

'아, 내 머리군.'

다베리는 매캐한 연기가 곳곳에서 피어오르는 마을 한가운데 서서 멍하니 그렇게 생각했다. 다른 마음은 들지 않았다. 단지 어서 이 꿈에서 깨고 싶을 뿐. 영양가라고는 눈을 씻고 봐도 찾아볼 수 없는 이 무가치하고 무질서한 꿈에서 말이다.

그때 어느 병사가 다섯 살 아이에 불과한 다베리를 향해 말을 몰아 돌진했다. 말이 앞다리를 들어 그대로 다베리를 덮쳤고, 다음 순간 다베리는 잠자리에서 눈을 떴다.

"……."

다베리는 상체를 일으켰다. 이불이 그의 몸을 따라 스르르 흘러내리며 아무것도 걸치지 않은 상반신이 드러났다.

누군가 보았다면 인상적이라고 했을 법한 몸이었다. 매일 같은 훈련으로 단련된 섬세하고 탄탄한 근육 때문만은 아니었다.

흉터. 세밀한 근육으로 꽉 채워진 다베리의 상반신은 그에 못지않게 자잘한 상흔으로 가득했다.

"……후."

다베리는 짧게 한숨을 뱉었다. 침실은 어두웠다. 창가로 새벽빛이 들기는 했으나 어스름한 수준이었다. 아직 아침이 되기 전이라는 말이었고, 그건 그가 악몽 때문에 본의 아니게 평소보다 이르게 기상했음을 의미했다.

별로 좋지 않았다. 하루의 시작치고는 특히. 오늘은 어쩌면 재수가 없을지도 모르겠다. 다베리는 평소보다 다소 거친 손길로 제 몸에서 이불을 걷어내며 그렇게 생각했다.

"아가씨, 몸은 좀 어떠세요? 괜찮으세요?"

베시가 물었다. 저 말이 나만 보면 나오는 인사말이 된 지는 두 달쯤 됐다. 내 답은 대체로 거의 정해져 있었다.

"응, 좋아."

"이것 좀 드세요."

베시가 내 앞으로 냉큼 김이 모락모락 나는 컵을 내밀었다. 코코아였다. 음, 코코아. 좋지. 달고, 따뜻하고. 특히 요즘처럼 날이 쌀쌀해졌을 때 마시기에는 이것만큼 제격인 것도 없다. 다만 문제가 있다면 내가 지금 담요에 파묻힌 상태라는 거다.

나는 솔직하게 현재 내 심경을 토로했다.

"더워."

"덥다고요? 잠깐만 기다리세요. 알렉스한테 말해서 불을 더 때라고 해야겠어요."

"잠깐, 베시! 나 덥다고 말했어! 춥다고 말한 거 아니야!"

베시는 그제야 정신을 차린 듯 나를 보더니 주저하다 내 어깨에서 담요를 하나 걷어냈다. 몹시 마지못한 손길이었다. 그러나 그렇게 담요를 걷어냈음에도 내 어깨에는 아직 담요가 걸쳐져 있었다. 담요를 벗었는데 또 담요가 있다는 매직. 대체 몇 개나 덮어준 거야?

내가 어깨를 움직여 나머지도 벗어버릴 것처럼 굴자 베시가 화들짝 놀랐다.

"따뜻하게 하고 계셔야 해요!"

"베시."

나는 내가 어깨에 이고 있는 이 담요 군단이 얼마나 과한 것인지 그녀에게 차분하게 피력했다.

"오늘 날씨는 약간 쌀쌀할 뿐 그렇게 춥지 않고, 내 옷은 겨울 의복을 미리 꺼내 입은 거라 꽤 두껍고, 무엇보다 여기는 바깥이 아니라 보온이 잘 되는 저택 안이야."

"따뜻하게 하고 계셔야 해요."

효과는 없었다. 나는 물러설 기미를 찾을 수 없는 베시의 얼굴을 흘긋 살피고는 포기했다.

뭐, 이럴 줄 알았지. 나는 뜨거운 코코아가 든 컵을 만지작거리다가 몸을 일으켰다. 무릎에 있던 담요가 흘러내려 떨어졌다.

"어디 가세요?"

"일 층에. 거실에서 코코아를 마시면 더 좋을 것 같아."

테라스로 나가는 건 반대할 것이 뻔하니 거실에라도 가겠다. 그렇게 생각하며 문을 열었을 때 바로 눈앞에 기대하지 않았지만 몹시 반가운 얼굴이 보였다.

"에시."

"얼굴이나 보려고 온 건데……."

에시는 누가 봐도 방에서 나가려던 나를 보며 물었다.

"어디 갈 건데?"

"거실에……."

"그래."

에시가 부드러운 손길로 내 손에서 코코아 컵을 빼앗아 베시에게 넘겼다. 그러더니 빈손이 된 나를 번쩍 안아 올렸다.

"가자."

"……."

나는 나를 안고 복도를 지나쳐 계단을 내려가는 에시를 보며 입을 다물었다. 귓가에 약간 열이 올랐다.

'어휴.'

에시에게 안기는 것에는 당연히 조금의 불만도 없지만, 그걸 떠나 상황이 민망했다.

'나도 걸을 수 있는데.'

계단도 내려갈 수 있다. 당연하다. 두 다리가 멀쩡하니까.

'이게 다 닥터 때문이야.'

나는 이 자리에 없는 사람에게서 원망할 구실을 찾았다.

지금으로부터 약 팔 주, 그러니까 두 달 전. 나는 후원에서 한가롭게 산책을 즐기던 도중 타르트 냄새를 맡고 난데없이 헛구역질했다. 나도 놀라고, 그 자리에 있던 베시와 다른 하녀도 놀라고, 타르트를 만든 주방장도 놀랐다. 이윽고 눈썹이 휘날리도록 헐레벌떡 불려온 닥터는 진찰을 마치더니 엄숙하게 말했다.

"축하드립니다."

"……!"

그곳에 있던 모두가 그 말이 무엇을 의미하는지 알았다. 당연히 나를 포함해서. 예고 없이 헛구역질이 올라왔을 때부터 설마 하긴 했지만, 그 설마가 진짜 사실이었다니. 얼떨떨했다. 막연히 언젠가는 내게도 이런 일이 있겠거니 생각했던 것과 정말 그것을 직접 현실로 마주하는 것은 하늘과 땅만큼 어마어마한 차이가 났다.

현실감이 잘 안 들어 조심히 내 아랫배에 손을 얹어보던 그때, 닥터가 이어서 당부했다.

"아마 아시겠지만, 임신 초기는 다른 시기보다 불안정하니 각별한 주의가 필요합니다."

"……."

"첫째도 안정, 둘째도 안정, 셋째도 무조건 안정입니다. 절대 무리하시면 안 됩니다. 명심하세요."

그 말이 시작이자 결정타였다. 그날 이후 나는 어디 부딪히면 반드시 깨지고 땅에 발이 닿으면 큰일 나는 저택의 공식 유리 몸이 되었다.

'아니, 아무리 그래도 그럴 리가 있냐고…… 사람 몸이…….'

부딪혀서 깨지고 땅을 밟는다고 어떻게 될 것 같으면 여태 이렇게 살아 있지도 못했다. 하지만 에시를 비롯한 저택의 인간들은 자의적인 해석을 절대 그만둘 마음이 없어 보였다.

'심지어 닥터가 말한 초기는 벌써 지났는데…….'

닥터가 말했던 임신 초기는 십이 주까지였다. 나는 이번 주로 십사

주 차에 접어들었다. 초기를 지나 진작 중기에 들어섰다는 말이다. 무리하지 않는다는 가정하에 내 발로 내키는 만큼 돌아다녀도 되는 시기다.

'하지만 아무리 말해도 씨알도 안 먹히니, 원.'

나는 대체 언제까지 살짝 치면 와장창하는 유리 몸으로 지내야 하는가……. 이 취급에 과연 끝은 있는가……. 그런 생각을 하는 사이 거실에 도착했는데, 마침 자리에 집사와 다베리 경이 있었다.

"마님, 몸은 좀 어떠십니까?"

인사말이 나왔다. 나는 익숙하게 대답했다.

"아주 좋아."

"닥터에게 듣기로는 특별히 주의해야 하는 시기도 지났고, 주방장의 말로는 입덧도 거의 없어지셨다던데요."

"맞아."

나는 대수롭지 않게 고개를 끄덕였다. 다 맞는 말이었다. 내가 베시나 집사에게 '좋다'고 대답하는 건 빈말이 아니다. 최근 내 몸 상태는 정말 좋았다. 사실 이전으로 거슬러 올라가도 특별히 힘들었던 때가 없기는 했다. 걱정했는데 생각처럼 감정 기복도 심하지 않았고, 입덧도 음식만 적당히 가렸더니 하는 둥 마는 둥 지나갔고.

'효자야.'

나는 내 배 속에 자그맣게 똬리를 틀고 있을 생명체를 두고 생각했다. 효자라고 해도 되는 거겠지? 어쨌든 아직은 엄마를 고생시키지 않고 있으니까.

"그러시다면, 마님."

내심 흐뭇해하는 그때 집사가 품에서 뭔가를 주섬주섬 꺼냈다. 나는 그가 무엇을 하려는 것인지 몰라 멀뚱히 지켜보았다.

"고르시지요."

집사가 탁자 위에 펼쳐놓은 것은 바로 지도였다.

"고르라고?"

갑자기? 뭘? 집사가 펼쳐둔 지도를 자세히 살피자 군데군데 웬 표시와 함께 글씨가 적혀 있었다.

마을 고다므. 극단 박쥐 사나이.

마을 탈룰라. 극단 맘스 네임.

마을 햄토피아. 극단 치명타.

나는 저것들이 다 뭘 뜻하는 것일까 생각해 보다가 다시 집사를 쳐다보았다.

"이게 뭔데?"

"여기서 가까운 마을들과 그 마을에서 순회공연 중인 극단을 모아 봤습니다."

"순회공연?"

"입소문이 난 것들로만 추렸지요. 기분 전환이 필요하신 때인 것 같아서 준비했습니다."

집사의 말에 귀가 쫑긋했다. 기분 전환!

'좋은 생각인네?'

확실히 짧은 여행 삼아 가까운 마을에 들러 공연도 보고, 마을 구경도 하고 온다면 그만한 기분 전환도 없을 것 같았다.

'그렇지만…….'

나는 들뜬 마음을 억누르며 에시를 응시했다. 그새 눈썹 각도가 미묘하게 달라져 있다.

아니나 다를까. 내가 내 발로 계단을 내려가는 것도 불만인 에시의 입에서 예상했던 첫마디가 흘러나왔다.

"나이가 들더니 헛수고를 다 하는군. 집사."
"헛수고라니요."
"밖이 춥다. 이 날씨에 아픈 몸을 이끌고 어디까지 가라는 거지?"
'안 아파!'
설마 했더니 정말 환자 취급이었다. 나는 아프지 않다. 얼마나 멀쩡한데. 요새 잠이 좀 늘었다뿐이지 밥도 잘 먹고 팔다리도 가볍고 이보다 건강할 수가 없는데!
내가 그렇게 항변하려는 순간 집사가 먼저 대답했다.
"본격적인 추위가 시작되려면 아직입니다. 그러니 지금 다녀오시는 것이 가장 좋지요."
"집사."
"공작님."
집사가 연륜에서 우러나는 특유의 인자한 미소를 지었다. 그러더니 아무도 묻지 않은 자기 얘기를 했다.
"제게 출가한 자식이 넷입니다."
그러나 저건 아무 의미 없는 신변잡기가 결코 아니었다. 집사가 덧붙였다.
"임신한 아내의 곁을 네 번이나 지켰다는 이야기지요."
"……."
움찔했다. 봤다. 미세하지만 분명 에시가 움찔했다.
"마님께서 각별히 주의하셔야 하는 때는 지났으니 이제 기분 전환이 필요하신 시기입니다. 그간 답답하셨을 테니 반대로 이런 것도 있어야지요."
'그렇지! 잘한다!'
"오히려 너무 외출을 삼가고 움직임을 제한하는 것도 산모의 몸에 좋지 않습니다."

'집사 최고! 멋있다, 집사!'

"듣기로는 산모의 활동량이 너무 적을 시 출산 때 고통이 배가된다고 하더군요."

'바로 그거…… 뭐?'

나는 열렬히 집사를 응원하다 멈칫했다. 출산 때…… 뭐라고?

등골이 서늘해졌다. 응원도 잊을 만큼 뭔가 대단히 충격적인 말을 들은 것 같았다. 나한테만 충격이 아니었는지 나를 안은 에시의 팔이 굳는 게 느껴졌다.

이윽고 에시가 나를 내려놓았다. 그러고는 친절하게 지도를 내 바로 앞까지 끌어다 놓으며 말했다.

"어디 갈래?"

나는 비장한 눈으로 지도를 내려다보았다.

'많이 걷는 곳.'

무조건 많이 걷는 곳. 엄청 움직이는 곳. 활동량이 많은 곳……. 진지한 시선으로 지도를 훑다가 순간 멈칫했다. 마을 게니스, 극단 우먼 포비아. 마을 론드미오, 극단 에어. 뭐 이런 정체를 알 수 없는 이름들 사이 홀로 마법처럼 내 눈을 사로잡는 글자가 있었다.

극단 전 번의 운명.

나는 망설일 것 없이 그 위치를 손가락으로 짚었다.

"여기. 여기로 할래."

나머지는 더 살펴볼 필요도 없다. 누가 이름을 지었을까? 극단 주인일까? 누군지는 몰라도 참 잘 지었다. 이름 하나로 극단이 평생 승승장구할 작명이야. 그렇게 생각하며 고개를 들었는데, 두 남자의 표정이 미묘하게 변한 것이 보였다.

'응?'

나는 그중에서 특히 표정 변화가 큰 다베리 경을 의아하게 보다가 시선을 다시 내렸다. 손가락을 슬쩍 치우자 내 손에 가려져 있던 극단 이름 옆 마을 이름이 드러났다.

마을 히든.

"어……."

순간 머릿속으로 몇 가지 정보가 빠르게 뒤섞여 지나갔다. 그러니까, 히든은 사람이 죽어나가는 불법 격투 도박장으로 유명해진 곳이고, 에시는 과거 그곳에서 다베리 경을…….

생각이 전부 정리되기도 전에 입이 열렸다.

"사실 이 옆을 말한 거였어."

손가락이 은근슬쩍 바로 옆으로 움직였다. 마을 라떼, 극단 노란 빗자루. 크읏, 이름만 봐도 벌써 재미없지만 어쩔 수 없지. 그때 다베리 경이 입을 열었다.

"아닙니다. 히든이 좋겠습니다."

"응?"

"제 입으로 말하긴 그렇지만 괜찮은 곳입니다. 생각보다 볼거리도 많고요. 도박장은 깊숙한 곳에 있으니 일부러 찾아가지 않는 이상 보실 일은 없을 겁니다."

나는 눈을 깜박거렸다. 내가 구태여 말을 번복하며 히든을 피한 건 다른 사람이 아니라 다베리 경 때문이다. 그런데 그런 다베리 경이 오히려 나서서 히든을 변호하니 의외였다.

'나쁜 기억이 아닌가?'

도박장에서 구르면서 고생했을 거라는 건 내 편견이고, 예상외로 잘 지냈던 건가? 하긴, 그럴 수 있다. 다베리 경은 에시가 인정하고 데려왔을 정도로 실력자니까. 도박장에 오르는 족족 상대가 누구든 몇 초 안에 때려눕히는 불패의 챔피언으로 군림했을 수 있지.

“경이 그렇게 말한다면…….”

나는 그런대로 납득하고 고개를 끄덕였다. 사실 이해가 안 된대도 모른 척하고 싶었다. 극단 이름이 그 정도로 마음에 들었으니까.

“여기로 가자. 이 극단의 공연을 보고 싶거든. 에시, 괜찮지?”

시선을 돌려 이번에는 에시를 보았다. 눈이 마주치는 순간 에시가 준비한 듯 답을 내놓았다.

“얼마든지.”

“너는 멍청이입니까?”

다베리는 누가 들어도 저를 놀리려는 의도로 가득한 말에 구태여 반응하지 않았다. 딜런은 상대의 무반응에도 아랑곳하지 않고, 도리어 익숙하다는 듯 그의 옆으로 따라붙으며 재차 말을 붙였다.

“아니, 거기서 그걸 왜 좋다고 추천하고 있어? 펄쩍 뛰면서 반대해도 모자랄 판에. 다베리 삭 경, 그렇게까진 안 봤는데 진짜로 머저리세요?”

“시끄럽습니다.”

다베리가 미간을 구기며 딜런이 있는 방향은 쳐다보지도 않고 대꾸했다. 딜런은 웃음을 터뜨렸다.

그녀가 이곳 공작저로 들어오게 된 지도 이제 어언 다섯 달. 어엿한 공작가의 기사이자 다베리의 악우이며 동료가 된 딜런이 웃음기를 지우지 않고 말했다.

"궁금해서 그래. 정말 왜 그런 거야?"

그녀는 진심으로 물었다. 우연히 마주친 하인으로부터 이야기를 전해 듣고 딜런은 처음에 귀를 의심했다.

"진짜 히든이 좋아서 그런 것은 아닐 테고. 하늘이 두 쪽 나고 네 머리가 어떻게 되지 않은 이상."

딜런은 다베리가 히든을 어떻게 여기는지 누구보다 잘 알았다. 다베리가 공작가의 기사가 되기 전까지 그와 함께 히든에서 구른 것이 그녀였으니 당연했다.

그런 그녀가 보기에 낮에 거실에서 다베리가 저질렀다는 행동, 즉 손수 나서서 히든을 변호하고 여행지로 추천한 것은 말 그대로 기행이나 다름없었다.

"이유가 뭐야?"

"……."

"피할 수 없으면 즐겨라? 아니, 그렇지만 마님께서 먼저 피할 기회를 주셨다고 하던데."

"……."

"그걸 걷어차고 굳이, 구우지 나서서 히든을 목적지로 만들다니, 어째서……."

"어디까지 따라올 셈입니까?"

다베리는 딜런의 집요한 질문을 무시하고 무시하다가 마침내 발을 멈추고 돌아섰다. 그럴 수밖에 없었다. 이제 여기서 한 발자국만 옮기면 바로 그의 처소였으니까.

딜런은 뻔뻔하게 다베리의 처소 문 앞에서 팔짱을 꼈다.

"네 침실."

"침실까지 드나들 정도로 우리가 친밀한 사이였습니까? 내 기억에는 아닌데요."

"친밀하지 않아도 쳐들어갈 수는 있지."
"신고할 겁니다."
"이봐요, 다베리 삭 경. 그냥 말해줘요. 뭐 대단한 이유야? 아닐 것 같은데."
딜런은 포기할 줄도, 지칠 줄도 몰랐다.
다베리는 잠시 말문이 막혔다. 끈질긴 와중에도 딜런은 날카로웠다. 저 말이 맞았다. 전혀, 조금도, 절대 대단한 이유가 아니다. 그래서 더 답해주기 어려웠다.
그러나 이대로 두면 딜런은 정말 그의 처소 안까지 막무가내로 따라붙을 기세였기에, 다베리는 실로 어쩔 수 없이 입을 열었다.
"……히든에 가는 걸 꺼리면, 정말 감춰야 하는 과거가 있는 것 같잖습니까."
"뭐?"
"됐습니까? 들었으면 이만 가세요. 씻을 겁니다."
다베리는 딜런에게 대꾸할 틈을 주지 않고 재빠르게 처소 안으로 들어가 문을 쾅, 닫았다. 이윽고 문에 등을 기댄 다베리의 얼굴이 새빨갰다.
'젠장.'
쪽팔렸다. 낯부끄럽다. 오늘 낮에 있었던 머저리 짓을 한 장본인인 그가 직접 회고하여 설명하자면, 그건 사실 도둑이 제 발 저렸던 것이나 다름없었다.
히든에 몸담았던 시절, 다베리의 별명은 개차반이었다. 다른 것도 있었다. 개자식. 개새끼. 혹은 뭐, 어쨌든 개 어쩌구.
이름 대신 그런 별명으로 불렸을 정도로 막살았다. 당연하지만 다른 사람, 특히 리디아에게는 절대로 들키고 싶지 않은 과거였다. 그리고 그 심리는 낮에 다베리의 행동을 반대로 조종했다.

"아닙니다. 히든이 좋겠습니다."

히든을 꺼리고 회피하는 반응을 보이면, 그만큼 뭔가 켕기는 것이 있는 사람처럼 보일지 모른다. 그런 생각으로 튀어나간 말이었다. 안타깝게도 지금 생각하면 일시적인 사고에 기인한 것이라 합리적인 행동과는 거리가 있었다.

다베리는 문에 등을 대고 연거푸 마른세수했다.

'다베리, 이 멍청한 놈아.'

제 무덤을 파는 것에도 정도가 있지. 누구 말대로 진짜 머저리도 아니고.

'……됐어. 괜찮아. 어차피 엄청 오래된 일이고.'

다베리는 자학하다가 곧 마음을 고쳐먹었다.

히든을 떠난 지 얼마나 되었더라. 육 년 반? 칠 년? 그 정도 세월이면 히든에 그를 알던 사람은 거의 남지 않았을 거다. 죽었든, 떠났든, 여하튼 여러 이유로 사라졌겠지. 그곳, 히든은 본래 그런 곳이었으니까.

다베리는 그렇게 생각하며 평정을 되찾았다가, 바깥에서 뒤늦게 들려온 딜런의 웃음소리에 얼굴을 와락 구겼다.

"와!"

히든에 도착한 나는 작게 탄성을 흘렸다.

마차로 몇 시간을 이동하자 나타난 구석진 마을은 마침 축제 기간이었다. 나는 양쪽으로 등이 화려하게 늘어선 길목을 감탄하며 보다가 문득 든 생각에 에시에게 손을 내밀었다.

"동생아, 손."

내 말에 에시의 표정이 미묘하게 변했지만, 그러거나 말거나 나는 십오 년 전쯤을 떠올리며 태연히 말을 이었다.

"이렇게 복잡하고 사람이 많은 곳에서는 손잡고 걸어야 하는 거야. 알지? 이 손 놓으면 안 돼."

나는 제법 의젓한 투로 신신당부하듯 말했다.

실제로 그 나이 때 나는 그랬다. 일곱 살이었나, 여덟이었나. 모처럼 부모님을 따라 축제를 구경하러 나온 날이었는데, 몸은 아이지만 정신은 성인이었던 나는 이제 서너 살 된 어린 남동생을 놓치면 안 된다는 생각이 머리에 가득 차 있었다.

애는 어른이 돌본다, 그런 마음이었을까. 다만 그날 부모님이 보시기에는 애가 애를 챙기는 격이었겠지만 말이다.

'그래서 그때 어땠더라.'

결국 종일 손을 붙잡은 채로 돌아다녔던가? 어렸던 에시는 축제를 둘러보는 내내 내게 손이 붙잡혀 있으면서도 불평 한마디 하지 않았다. 오히려 내가 다른 것에 정신이 팔려 손아귀에 힘이 조금 느슨해질라치면, 귀신처럼 알고 자기가 내 손을 더 꽉 쥐었다.

그래, 그랬지. 맞아. 그래서 나는 그때 에시를 보며 의외라고 생각했다. 장난감 칼을 진짜 칼처럼 휘두르며 목조 기둥을 박살 내곤 해도, 역시 어린아이기는 어린아이인가 보다 했다. 그때는 에시가 그토록 내 손을 꼭 쥐었던 게, 나와 떨어져 미아가 되는 게 무서워서 그런다고 짐작했으니까.

'그땐 그랬는데…….'

그런데 말입니다. 당시엔 그 가정을 믿어 의심치 않았는데, 지금 와서 생각해 보니 어쩌면 그 반대는 아니었을까? 무서웠던 건 맞는데, 그 이유가 자기가 내 손을 놓쳐 미아가 될까 봐서가 아니라, 반대로 내가 자기 손을 놓쳐서…….

"……."

이상하다. 네 살짜리 애를 상대로는 분명 터무니없는 상상이어야 하는데, 왜 이렇게 설득력 있지? 뭔데 그럴듯해?

혼란에 빠져 있는 사이 에시가 내 손을 쥐었다. 나는 추억 재해석에 골몰하느라 내가 손을 내밀었다는 것도 잊고 깜짝 놀랐다.

"왜 놀라?"

"……그러게?"

"누님 말이 맞아."

누님이라고 불렀다.

고개를 들어 에시를 올려다봤더니 다음 말이 이어졌다.

"이런 인파에서 자칫 손을 놓았다간 어떻게 될지 모르지."

"……."

"어쩌면 그대로 미아가 되어버릴지도."

"……어느 쪽이?"

내 손을 절대 놓치지 않으려 단단히 붙들던, 네 살 무렵 에시의 고사리손을 떠올리며 물었다. 에시가 부드럽게 웃으며 대답했다.

"당연히 나지."

"……그래? 왜 내가 아니고?"

"손을 놓쳐 헤어졌을 때 피해가 더 큰 쪽이 미아니까."

잠깐, 저건 그냥 넘어가기 힘든 발언이다. 반발의 여지가 있다.

"아냐. 어릴 때라면 몰라도 지금 상황에서는, 봐. 내 피해가 더 크지 않을까?"

"글쎄."

"내가 더 커. 내가 미아야."

"흠."

"혹시 물리적인 게 아니라 정신적인 피해를 말하는 거야? 그래도 내가 더 클걸?"

"흐음, 뭐."

에시는 마지막까지 모호하게 대답할 뿐 긍정하지 않았다.

포기하지 않고 그 논리라면 무조건 내가 미아라고 주장하며 걷던 와중, 문득 고소한 냄새가 코를 자극했다. 그 자리에서 쿠키 반죽을 구워 그 사이에 초콜릿과 잼을 발라주는 과자였다.

"음……."

잠시 후, 나는 에시와 맞잡지 않은 손으로 과자를 들고서 거리를 걸었다.

'맛있군.'

달짝지근하고 바삭하고 맛이 좋았다. 원래 단걸 엄청 좋아하지는 않지만, 거리에 나왔으면 이런 걸 먹어줘야지. 그럼. 한때 타르트 냄새를 맡고 헛구역질했던 것 때문에 과자 종류는 거의 피했는데, 이제 한 개 정도는 거뜬했다.

당이 들어와 준 덕분인지 걸음이 약간 힘차졌다.

다베리 경은 부지런히 걷는 내 뒤로 일정 거리를 벌린 채 따라오며 말했다.

"귀족이 많군요."

약간 의아하다는 투였다.

"귀족이 많다니?"

"말 그대로입니다. 거리에 귀족이 많아서요."

나는 그 말에 무심코 전방을 살폈다. 자진해서 이번 외출에 호위로 함께한 딜런이 말을 거들었다.

"정확히는, '나 귀족이요' 하고 돌아다니는 이들이 많아 보입니다."

"아."

이해했다. 나는 고개를 주억거렸다. 확실히 그 말처럼 지금 거리에는 귀족이 제법 보였는데, 복장도 복장이지만 하나같이 허리에 칼을 찬 호위를 주렁주렁 달고 있었다.

누가 보아도 '나는 귀족이고, 이 옆의 기사들은 내 호위요' 이렇게 말하는 것 같았다. 나도 다를 것은 없지만.

에시는 내 호위가 아니지만…… 아닌가? 뭐, 어쨌든 내 옆과 뒤로 언제든 칼을 뽑아 싸울 수 있는 사람이 셋이나 있다. 겉으로 보기엔 나도 저들과 다를 바 없게 하고 다니는 셈이었다.

"평상시 풍경은 이렇지 않은가 보죠?"

다베리 경의 목소리에 의아함이 섞여 있던 걸 기억하고 묻자 바로 답이 돌아왔다.

"제 기억으로는…… 그렇습니다."

설명은 비교적 최근까지 히든의 사정을 꿰고 있던 딜런의 몫이었다.

"본래 귀족들은 여기 와도 어지간하면 귀족이라는 티를 잘 안 내고 다닙니다. 특히 중년 남성이면 더 그렇죠. 뭐 때문에 왔는지, 목적이 눈에 보이니까요."

하긴, 돈 내고 사람이 죽어나가는 걸 보는 게 진짜 목적이라는 히든의 도박장이다. 너도나도 암암리에 즐긴다고는 해도, 어쨌든 불법이었다.

"그리고 그건 제가 알기로 최근까지도 별반 다르지 않았는데…… 오늘은 특이하긴 하네요. 축제라서 그런가? 그렇다곤 해도."

딜런이 중얼거렸다. 다베리 경과 마찬가지로 의아하다는 기색이 묻어났다. 이렇다 보니 나도 덩달아 의아해졌다.

'그러게. 왜일까?'

거리를 가만 살피니 축제를 구경하러 나온 사람 중 나 같은 귀족 여성은 거의 없었다. 호위를 잔뜩 달고 귀족티를 내느라 바쁜 이들도 대개 남자들이었다. 나이는 다양하지만.

'확실히 저 사람, 그리고 저 사람. 관상학적으로 봤을 때 축제에서 솜사탕을 들기보다는 도박장에서 판돈을 들고 있을 것 같은…….'

흠, 이건 너무 편견인가. 애초 내 관상학은 근거라곤 없는 야매니까. 그런 생각을 할 때였다. 시야 한구석에서 웬 상인이 열띤 호객 행위를 했다.

"자자, 여기 보세요! 오늘이 아니면 다시는 찾아오지 않는 기회! 이 과녁 중앙을 정확히 맞히시는 분께 오늘 단 하루, 특별한 선물을 드립니다! 정말 오늘만입니다!"

"저자의 오늘은 절대 끝나지 않겠군요. 어제도 오늘, 내일도 오늘, 내년 이맘때도 오늘."

"하하."

나는 부정할 수 없는 딜런의 말에 작게 웃었지만, 상인에게서 눈을 떼지 않았다. 뻔하지만 특별한 선물이라는 게 뭘지 살짝 궁금했기 때문이다. 그때 상인이 크게 외쳤다.

"인기 극단 '천 번의 사랑' 최신 공연 관람권! 돈이 있어도 구하기 힘들다는 바로 그 티켓을 드립니다!"

'천 번의 사랑?'

내가 내일 낮에 보러 갈 예정인 공연의 극단 이름은 '천 번의 운명'이었다. 한 끗 차이지만 저 이름도 제법 마음에 들었다. 저 공연은 어디에서 하는 거지? 호기심을 보이니 에시가 상인에게 시선을 주었다.

"관심 있어?"

"음……."

고민은 짧았다.

"응."

"그럼 가야지."

에시가 내 손을 이끌고 바로 걸음을 옮겼다. 상인은 다가오는 우리를 보더니 반색했다.

"어서 오십시오! 호…… 손님!"

'호구?'

나는 눈을 가늘게 떴다. 이 사람 너무 주둥이 관리가 안 되는 것 아닌가? 귀족 상대로 장사하려면 저렇게 속마음을 못 숨겨서는 안 될 텐데. 그렇지만 생각만 하고 말로 꺼내지는 않았다. 어차피 나는 별로 상관없었으니까. 관심 있는 건 하나였다.

"상품으로 티켓을 준다던데."

"맞습니다, 손님. 극단 '천 번의 사랑'을 아시는지요? 이 티켓으로 말할 것 같으면……."

"언제 어디서 공연하는가?"

"아, 그것은요. 가장 이른 공연이 다음 주 수도에서 있습니다."

딱 좋았다. 나는 에시가 고개를 끄덕이는 것을 확인하고 다시 상인을 보았다.

"뭘 어쩌면 되지? 과녁 중앙을 맞히라고?"

"누가 하시렵니까?"

"이쪽."

"아, 그러면 여기…… 이것으로 저기 보이는 과녁 중앙을 열 발만 정확히 맞혀주시면 되겠습니다."

상인이 에시에게 이벤트용으로 개조한 것 같은 작은 크기의 석궁을 내밀었다. 나는 에시가 석궁을 받아 드는 동안 물었다.

"총 몇 발이나 쏘는가?"

"열다섯 발, 그 안에 맞혀주시면 됩니다."

열다섯 번 중에 열 번. 확률로 따지면 육 할에서 칠 할 수준. 과녁이 꽤 멀고 중앙이 좁긴 하지만 확률이 그 정도라면 괜찮았다.

'이 정도면 할 만한데?'

의외로 양심적이라고 생각할 때 상인이 손을 비볐다.
"참, 참가비는……."
나는 금액을 듣지도 않고 품에서 금화를 하나 꺼내 던졌다. 어차피 가진 게 이것뿐이다. 이렇게 말하니 무슨 석유 부자가 된 기분인걸.
"감사합니다! 호…… 손님!"
또 저러네. 저러다 잘못 걸리면 뭔 일 나지.
속으로 혀를 차는 사이 에시가 장전한 석궁을 들어 올렸다. 한 손으로는 여전히 내 손을 잡고 있느라 석궁을 들고 조준하는 손도 한 손이었다. 상인이 깜짝 놀랐다.
"한 손으로 쏘시려고요? 그렇게 보여도 무거워서 쉽지 않을……."
콱! 상인의 말이 끝나기도 전에 석궁이 화살을 발사했다. 그리고 나는 눈을 의심했다. 화살이 과녁을 비껴가 전혀 엉뚱한 바닥에 꽂혔으니까.
"큼, 이 석궁이 보기보다 조준이 어렵습니다. 다른 석궁과 똑같이 생각하시면 안 됩니다. 제가 말씀드리는 걸 깜박했군요."
만약 석궁을 쏜 것이 나였다면 저 말을 믿었을지도 모른다. 하지만 방금 석궁을 쏜 건 다른 사람도 아니고 에시였다.
'저 사기꾼이?'
기가 막혔다. 어쩐지 우리가 이쪽으로 올 때부터 너무 좋아하더라니.
'등쳐먹을 생각에 행복했던 기였이?'
아무리 그래도 저건 심하잖아. 대체 석궁에 무슨 짓을 한 거야?
"힘은 아주 좋으십니다만, 쏴보셨으니 아시다시피 이게 힘보다는 기술이……."
그때 에시가 픽 웃었다. 마치 알겠다는 양.
예상에 없었던 반응인지 상인이 멈칫하는 사이, 석궁이 다음 화살을 발사했다. 그리고 이번에는 과녁 한가운데를 정확히 맞혔다.
"……!"

상인의 눈이 찢어질 듯 커졌다. 놀란 건 나도 마찬가지였다.

"어떻게 한 거야?"

그냥 석궁이었으면 못 맞히는 게 이상했겠지만, 뭔지 몰라도 저건 수작질을 부려놓은 석궁 아닌가?

"글쎄. 그냥?"

그때부터 에시가 쏜 화살이 과녁 중앙을 비껴가는 일은 없었다. 심지어 어떤 화살은 먼저 쏜 화살의 깃을 쪼개며 과녁에 박히기도 했다.

"끝이군."

열다섯 발을 전부 쏘기도 전에 열 발을 맞히는 과제가 끝났다. 나는 입을 살짝 벌리고 그 과정을 지켜보았다. 상인은 아예 돌처럼 굳어서는 움직일 생각도 없어 보였다. 에시가 석궁을 든 손을 늘어뜨리며 입을 열었다.

"해볼 사람."

"저."

말이 떨어지기 무섭게 다베리 경이 손을 들었다.

"도전하겠습니다."

다베리 경의 얼굴에는 조금 전까지 없었던 흥미가 역력했다.

'평범한 석궁이 아니라는 걸 알았구나.'

나는 한 발짝 물러나 다베리 경이 에시에게서 석궁을 건네받는 걸 지켜보았다. 상인은 여전히 정신을 차리지 못하고 있었다. 그래, 일 골드면 한 사람의 참가비치고는 살짝 과하지.

"어디 보자……."

석궁을 들고 표적을 가늠하는 것 같던 다베리 경이 바로 발사대를 당겼다. 콱!

"오, 과연."

기다렸다는 듯 딜런의 탄성이 뒤따랐다.

"훌륭한 솜씨군요, 다베리 경."

화살은 과녁을 왼편으로 비껴가 바닥에 박혀 있었다.

"아, 이런 거구나."

딜런의 감탄을 빙자한 야유에도 굴하지 않고 다베리 경이 곧바로 다음 화살을 쏘았다. 콱!

"백발백중이 따로 없습니다. 역시 다베리 경이에요."

"……."

이번에는 화살이 오른쪽으로 빗나가 꽂혔다. 어딘지 즐거워 보이는 딜런을 보며 나는 이쯤에서 순수한 응원을 동원해야 하나 잠시 고민했다.

"나 다음은 딜런, 당신 차례입니다."

"그래요. 알겠으니 남은 화살이나 마저 쏘세요."

딜런의 열렬한 성원(?)에 힘입었는지 힘차게 날아간 세 번째 화살이 마침내 과녁 정중앙을 꿰뚫었다. 다베리 경이 한숨을 쉬었다.

"휴."

"아직 안심하기는 일러요. 성급하기는."

"이 응원, 당신 차례 때 절대 잊지 않겠습니다. 딜런."

"고마우면 나머지도 전부 맞히고 나서 말하든가."

"……."

다베리 경이 턱에 힘이 들어간 채로 네 번째 화살을 장전하여 발사했다. 그리고 그때부터는 일사천리였다. 에시가 그랬던 것처럼, 다베리 경이 쏜 화살은 그 이후로 한 번도 표적을 빗나가지 않았다.

"후."

"쳇……."

"방금 뭡니까? 혀 차는 소리가 들린 것 같은데요."

"누가요? 이상한 소리를 들었군요. 석궁이나 이리 내요."

성공적으로 과녁에 화살 열 발을 명중시킨 다베리 경에게서 딜런이 석궁을 빼앗듯 가져갔다.

"아!"

결과는 열세 발 중 열 발 명중. 열두 번 쏴서 열 번 맞힌 다베리 경의 성적과 한 끗 차이였다.

"빌어먹을 석궁! 이거 고장 난 거 아닙니까?"

"실력이 부족한 자가 항상 도구 탓을 하는 법이죠."

"자기도 겨우겨우 운으로 한 발 일찍 맞혀놓고 큰소리는……."

"뭐라고요?"

딜런과 다베리 경이 익숙하게 푸닥거리하는 사이 나는 상인을 쳐다보았다. 그는 아직도 넋을 놓고 있었기 때문에 내가 다가가서 깨워야 했다.

"이보게."

"……헉! 이럴 리 없어! 방금 무슨 일이!"

"시끄럽고, 어서 티켓이나 내놔."

나는 손가락 세 개를 펼쳐 보인 후 손을 내밀었다. 세 명이 성공했으니 당연히 상품도 세 개를 받아야지.

'훗.'

내심 뿌듯해서 어깨에 힘이 들어갔다. 역시 내 사람들. 이게 바로 실력이지. 실력 앞에서는 사기도 소용없는 거다. 그런데 상인이 나를 보며 우물쭈물하더니 곧 실토했다.

"죄, 죄송합니다."

"뭐?"

"그게, 당연히 드려야지요. 성공하셨으니 당연히 드려야 하는데…… 그, 티켓이 하나뿐이라."

뭐라고? 나는 황당한 눈으로 상인을 응시했다. 고작 하나?

"장난하나? 여럿이 성공하면 어쩌려고 그랬는데?"

"아니, 애초에 성공할 수가 없는…… 헙."
상인이 자기 입을 재빠르게 막았다. 그러거나 말거나. 어차피 수작질이야 모르던 사실도 아니고. 나는 상인을 채근했다.
"다른 거라도 내놔."
"예, 예?"
"어쨌든 뭐라도 상품이 있어야 할 것 아니야. 티켓이 없으면 뭐 다른 거라도 내놓으라고."
이건 갈취가 아니라 합당한 요구다. 그러나 상인은 여전히 곤란하단 얼굴이었다.
"없는데……."
"뭐라고?"
"사, 사탕이나 인형이라도 드릴까요?"
상인이 서둘러 덧붙였지만 자기가 생각해도 참 쓸모없는 것이라 느꼈는지 목소리가 작았다. 나는 대꾸하는 대신 표정을 바꿨다. 상인이 그 자리에서 즉시 납작 엎드렸다.
"그, 그게…… 정말 죄송합니다! 잘못했습니다!"
"어휴."
저건 저것대로 대단한 배짱이다. 진짜 달랑 티켓 한 장만 들고서 장사를 시작했단 말이야?
나는 한숨을 쉬고 상인의 손에서 티켓 한 장만 빼앗아 들고 몸을 돌렸다. 봐준다. 어쨌든 재미있었으니까.
"살려주시는 건가요?"
딜런이 물었다. 질문이 왜 저렇게 살벌해?
"나는 원래 이런 것으론 사람 안 죽여요."
에시와 결혼했다고 내가 에시가 되는 건 아니지. 진지하게 그런 생각이나 하고 있을 때 뒤에서 조심스러운 상인의 목소리가 들렸다.

"……저어, 나리들."

죽이네 살리네 하는 말을 들었는지 호칭이 손님에서 나리로 바뀌어 있었다.

"……?"

"혹시 히든에는 어떤 용건으로 오셨습니까?"

나는 갑자기 튀어나온 질문의 의도를 이해하기 힘들어 상인을 멀뚱히 쳐다보았다.

"그게 왜 궁금한가?"

"도박장 '히든'에 볼일이 있으신 건…… 아니신 듯한데, 제 짐작이 맞습니까?"

맞지만, 그게 중요한가?

고개를 갸웃하는 사이 상인의 말이 이어졌다.

"그러시다면 모르실 수도 있을 듯하여서요."

"모르다니?"

"히든에는 지금 살인범이 돌아다닙니다."

"뭐?"

눈을 동그랗게 떴다. 저게 무슨 소리야?

"수배범이 있다는 이야긴가?"

다베리 경이 나서서 말을 받았다. 상인이 고개를 끄덕였다.

"그렇습니다."

"드문 일은 아닐 텐데?"

"그것이…… 그냥 살해범이 아닙니다."

상인이 음산하게 목소리를 낮춰 말했다.

"귀족살해범이지요."

"누가 죽었는데?"

딜런이 관심을 보였다. 전부터 느꼈지만 딜런, 은근히 삶과 죽음을 다루는 주제에 관심이 많은 것 같다. 특히 후자.

"주거도산 자작님입니다."

"주거도산 자작이면……."

상인의 대답을 들은 딜런의 얼굴이 양껏 일그러졌다. 나는 의아해져서 물었다.

"아는 이름인가요?"

"제가 이곳에 머물 때 '히든'의 유명 단골이었습니다. 경기가 있을 적마다 빠지지 않고 자리에 얼굴을 내밀었죠. 그리고……."

딜런이 이걸 말해야 하나 말아야 하나 고민하는 듯하다가 뒷말을 이었다.

"걸핏하면 도박장에 아동을 대동하곤 했는데, 나중에 듣기로 소아성애자였다고 하더군요."

"……잘 죽은 거 아닌가요?"

나도 모르게 그 말이 튀어나갔다. 죽어도 싸지 않나? 딜런은 부정하지 않고 한술 더 떴다.

"축복이죠. 살해범이 누군지는 몰라도 선행을 했네요."

"자작이 죽었는데 범인이 잡히지 않은 건가? 언제 죽었지?"

다베리 경이 물었다. 상인이 바로 대답했다.

"일주일 전입니다. '히든'에 경기가 있던 날이었죠. 관람을 마치고 돌아가던 길에 그날로……."

"범인이 아직 히든에 있다는 건 어떻게 알지?"

"범인이 예고했으니까요."

"예고?"

"쓰레기를 청소하겠다고요."

딜런이 즉각 감탄했다.

"죽일 놈이 너무 많아서 손으로 꼽기도 힘들겠군."

"딜런."

다베리 경이 나를 한번 살핀 후 딜런을 불렀지만, 나는 괜찮았다. 같은 귀족이라고 해서 소속감을 느끼거나 하진 않는다. 죽어 마땅한 놈이면 죽어야지. 다만 문제는 그 판단이 오로지 개인의 주관에 걸려 있다는 것이겠지만 말이다.

'뭐, 나랑 상관없지.'

정황을 보아서는 도박장 단골부터 하나씩 처치하겠다는 목적인 것 같은데, 그럼 상대가 어떤 잣대를 들이밀든 나와 에시에게 문제가 될 일은 없었다. 다베리 경도, 딜런도 마찬가지. 그거면 됐다.

나는 상인에게 말을 걸었다.

"이 정보는 상품 대신인가?"

"헤헤, 알아주시는군요. 어찌 좀 도움이 되셨는지……."

"별로 유용하지는 않지만 들었으니 받은 것으로 하지."

"가, 감사합니다."

나는 상인을 뒤로하고 자리에서 벗어났다.

"의문점 하나는 해소했군요."

딜런이 말했다. 나는 막 시선을 잡아끄는 노점의 과일 사탕을 바라보며 대답했다.

"그러게요. 왜 다들 호위를 주렁주렁 달고 다니는지 이제 알았네요."

"축제에 관심도 없을 텐데 굳이 나와서 돌아다니는 이유도요. 무서워서 몸을 사리는 것처럼 보이는 게 싫은 거겠죠."

음, 그렇지. 살해범이 무서울 정도로 켕기는 구석이 있으면 그냥 집에나 있을 것이지, 참 알 수 없는 심리다. 알려준다고 해도 딱히 알고 싶진 않지만.

나는 노점의 과일 사탕을 뚫어지게 노려보다가 고개를 돌렸다.

"먹을 사람? 몇 개?"

마을 '히든'은 마힐이라는 영지에 속해 있었다. 마힐의 영주, 게늠 남작은 버선발로 뛰쳐나와 방문객을 반갑게 맞이했다.

"어서 오십시오! 잘 오셨습니다!"

그는 양손으로 악수하듯 다베리 경과 딜런의 손을 잡고, 다음으로 내 손을 잡으려다가 에시에게 저지당했다.

"커흠."

남작은 순간 몹시 머쓱해 보였으나 금방 극복한 듯 다시 살가운 미소를 머금었다. 나는 오랜 사회생활로 다져진 것이 분명한 남작의 서글서글한 얼굴을 보며 말했다.

"머무는 동안 잘 부탁해요."

"저야말로 잘 부탁드립니다. 방문해 주셔서 영광입니다."

나와 에시를 비롯한 일행은 이곳 마힐의 영주성에서 오늘과 내일 이틀간 묵기로 했다. 미리 연락을 주고받은 일이었고, 살짝 덧붙이자면 긍정의 답신이 매우 열렬했다.

"집사, 이분들을 어서 머물 곳으로 안내해 드리게. 아, 두 분은 제가 모시겠습니다."

게늠 남작은 나와 에시를 데리고 손수 앞장섰다. 방 앞에 도착했을 때, 남작이 별안간 입을 열었다.

"괜찮으시다면, 두 분을 내일 오찬에 초대하고 싶습니다."

"오찬이요?"

"두 분께서 편하신 시간으로 준비하겠습니다."

나는 에시를 올려다보았다. 에시가 하고 싶은 대로 하라는 듯 가볍게 고개를 끄덕였다.

'흐음.'

영주성에서 히든까지는 무척 가깝고, 공연이 세 시에 시작이니 오찬을 먹고 출발한대도 시간이 빠듯하지는 않다.

"좋아요."

나는 흔쾌히 승낙했다. 어차피 거절할 이유도 없고, 신세도 지는 마당에 그 정도는 뭐.

"감사합니다!"

그런데 기뻐하는 남작의 반응이 생각했던 것보다 과했다. 덕분에 살짝 헷갈렸다. 내가 뭔가 대단한 제의를 수락한 건가?

"목욕물은 미리 준비해 두었습니다. 그밖에 필요하신 것이 있으면 언제든 하녀를 불러 말씀하시면 됩니다. 그럼 쉬십시오!"

더 생각해 볼 틈도 없이 남작이 속사포처럼 할 말을 쏟아내고는 사라졌다. 그게 또 마치 내가 답을 번복할까 걱정돼 도망치는 사람처럼 보이기도 해서, 나는 한결 의아해진 채로 고개를 갸웃했다.

'오찬이 대체 뭐라고?'

알 수 없는 노릇이다.

그러나 나는 금방 신경을 껐다. 평상시면 몰라도 지금은 남작의 특이한 행동을 일일이 마음에 둘 정신이 없었다. 방에 들어서기 무섭게 하품이 나왔다. 한쪽에서 대기하고 있던 하녀가 옷시중을 들러 다가왔다. 에시가 그녀를 물리고 손수 내 외투를 벗겨주며 물었다.

"피곤해?"

"약간."

나는 모호하게 시인했다.

'너무 열심히 놀았나…….'

그런 것 같기도 하고 아닌 것 같기도 하고. 지금 피곤한 게 거리에서 워낙 설치고 돌아다녔기 때문인지, 아니면 적당히 놀았는데 체력이 저하돼서 이런 건지 모르겠다.

으음, 후자는 아니었으면 좋겠는데. 그럼 또 혼자서는 계단도 못 내려가는 유리공예 신세가…….

"목욕은?"

에시의 목소리가 상념을 깨뜨렸다. 목욕? 흠. 그러고 보니 좀 전에 남작이 목욕물을 준비해 두었다고 했었나? 어떡한다. 기왕 받아놓은 물, 식기 전에 잠깐 몸을 담그면 좋을 것 같기도 하고, 피곤한데 건너뛰고 그냥 잘까 싶기도 하고…….

"같이 들어갈까?"

고민이 끝났다. 나는 짐 싸서 가출하는 피곤함을 멀리 배웅하지 않으며 하녀에게 말했다.

"부를 때까지 방 바깥에서 대기해 줘."

"네, 공작 부인."

이윽고 등 뒤로 문이 닫히는 소리가 들렸다. 나는 상기된 얼굴로 에시를 올려다보았다. 문득 내일 오찬에 참석하겠다고 하길 잘했다는 생각이 들었다. 오전에 굳이 일정이 없어도 자연스럽잖아. 그렇게 생각할 때 에시가 내 드레스 끈을 능숙하게 풀어내며 고개를 숙였다.

나는 까치발을 들어 에시의 입술을 찾았다.

다음 날, 오전 내내 자고도 잠이 약간 덜 깬 나른한 기분으로 오찬 자리에 참석했다. 그리고 얼마 안 가 번쩍 정신을 차렸다.

"빨리, 빨리."

"이쪽에 음식 덜 나왔어. 얼른 움직여!"

"여기 샴페인도 더 가져와라."

안 그래도 음식을 나르느라 바쁜 사용인들을 남작이 침착한 어투로 재촉했다.

오찬은 화려했다. 어느 정도로 화려했느냐면.

'내일이 최후의 날인가?'

인류 멸망을 앞두고 마지막으로 즐기는 호화로운 식사, 뭐 이런 게 상상될 정도였다.

"흠흠, 이거 부족하지는 않으실까 모르겠습니다."

"아뇨."

'황족도 이걸 보고 부족하다고는 안 하겠다.'

나는 합리적인 추측을 하며 물 잔으로 손을 뻗다가 멈칫했다. 물잔이 황금이다. 그뿐 아니라 겉면에는 승천하는 용이 새겨져 있고, 중앙엔 붉은 보석도 박혀 있다.

"……."

물 잔……? 나는 물 잔이 아닌 물 잔 '님'으로 불러야 할 것 같은 부담스러운 물체를 피해 그나마 멀쩡한 샴페인 잔을 집었다. 내 요청으로 준비된 알코올 없는 샴페인이었다. 청량감이 도는 반투명한 액체를 목으로 넘기며 생각했다.

'돈이 엄청 많은가.'

확실히, 저놈의 물 잔을 빼더라도 영주성은 전반적으로 화려하다는 느낌이 강했다. 자재며 장식이며, 잘 모르는 내가 보기에도 온통 고가라는 걸 알 수 있는 수준이었다.

'무슨 다이아몬드 광산이라도 있나?'

그리고 비밀은 식사 도중에 풀렸다.

"이곳에 새로 취임했을 때는, 정말 깜짝 놀랐습니다."

"새로 취임해요?"

"예. 작년에 제가 이 영지를 양도받았거든요."

물 잔 못지않게 번쩍이는 술잔을 기울이며 게늠 남작이 말했다.
"차마 사람 사는 성이라곤 보기 어려운 꼴이어서…… 지금처럼 바꾸는 데 꼬박 반년이 걸렸습니다."
"아하."
저 물 잔 주문 제작하는 데만 그 정도 걸렸겠는데.
"사실 본가와 비교하면 지금도 썩 눈에 찬다고 하기 어렵지만…… 그래도 그럭저럭 만족하고 지내야지요. 어쩌겠습니까?"
남작이 제 소탈한 마음가짐을 강조하듯 하하 웃었다. 나는 바로 이해했다.
'집안에 돈이 많군.'
더불어 남작이 왜 작년에 갑자기 이 영지에 취임하게 되었는지도 짐작이 됐다. 다른 형제가 집안을 이어받고, 그는 돈으로 적당한 작위와 영지를 사서 출가한 것이겠지. 드물지 않은 일이다. 대강 그렇게 된 것이구나 생각하는데, 별안간 딜런이 입을 열었다.
"남작님, 한 가지 질문해도 될까요?"
"음, 하시오."
"히든에 대해 어떻게 생각하십니까?"
"히든이라면, 마을……."
"마을 안에 있는 도박장이요."
딜런이 거침없이 말했다. 다베리 경이 그녀에게 잠깐 시선을 주었다가, 이내 그러든 말든 저와는 상관없다는 기색으로 썰던 고기를 마저 썰었다.
"도박장? 아아."
"그 '히든'에 대해서는 어찌 보시는지요?"
"그거라면……."
게늠 남작이 평소에 생각해 두었던 주제라 어렵지 않다는 듯 밝게 대답했다.

"히든의 명물이지요."

"……."

"히든의 명물 '히든'. 그렇지 않습니까?"

남작이 웃으며 동의를 구했지만 분위기는 썰렁했다. 딜런이 남작의 자리에선 보이지 않을 위치에서 픽 웃었다. 이 영지의 새로운 주인이 어떤 사람인지 저 대답 하나로 충분히 알았다는 얼굴이었다.

"말이 나와서인데, 두 분께서는 '히든'에 가보셨습니까?"

"관심이 없어서."

나는 샴페인 잔을 입으로 가져가며 혼잣말처럼 대꾸했다. 눈치가 있으면 주제를 바꾸라는 신호였다. 다행히 남작은 눈치가 있었다. 그는 싸해진 자리를 둘러보더니 커흠, 헛기침하곤 말을 돌렸다.

"참, 두 분께서 이리 다정히 함께 다니시는 모습을 보니 참 부럽습니다."

"그런가요?"

"저는 그러고 싶어도 그럴 수가 없으니 말입니다. 아내가 작년에 먼저 세상을 등진 탓에……."

"아, 저런."

나는 약간 당황했다. 바뀐 주제가 너무 숙연하다.

분위기를 가라앉게 만들 생각은 아니었다는 듯 남작이 과장되게 밝은 어투로 말을 이었다.

"두 분의 로맨스로 한때 수도가 떠들썩했던 것으로 압니다. 하지만 저도 나름 로맨스라면 그에 못지않았지요."

"아하, 로맨스……."

"아내를 얻기 위해 영지 전쟁까지 불사했었으니 말입니다."

"……?"

나는 남작의 태연한 얼굴을 쳐다보았다. 그가 너무 당당하게 로맨스를 언급해서, 나는 남작이 아내를 위해 참전했다는 말인가 했다.

"아내는 당시 작고 갑갑한 새장에 갇혀 있었고, 그녀를 그 안에서 꺼내주기 위해서는 전쟁 외에 달리 방법이 없었지요."

"……전쟁을 일으켰단 말인가요?"

"하하, 네."

기가 막혀서 말문도 막혔다.

'뭐라는 거야?'

아니, 무슨 로맨스? 전쟁이 로맨스? 내가 아는 전쟁은 가장 확실하고 효과적으로 무고한 사람을 왕창 죽이는 방법이다. 무슨 사연을 갖다 붙여도 로맨스로 포장될 만한 일이 아니었다.

'심지어 허구인 소설에서도 여자 때문에 전쟁을 일으키는 인물 앞에는 늘 수식어가 붙는데.'

바로 '미친'. 미친 황제, 미친 폭군 등등. 미친 남작이 분위기도 못 읽고 계속해서 떠들었다.

"뭐, 그것도 다 혈기 왕성할 때의 일이지만요. 언제더라, 한 이십오 년 전이던가……."

"남작님."

그때 다베리 경의 목소리가 처음으로 식탁을 갈랐다.

"실례지만, 어딥니까?"

"음?"

"남작님이 아내분을 위해 전쟁까지 불사해야 했다는 그 영지, 혹 어디였습니까?"

나는 다베리 경의 목소리가 평소와 다르다는 것을 알았다. 목소리뿐 아니라, 표정도.

"그 영지? 말해도 어차피 기사님은 모르실 거요. 저기 서쪽 어디쯤 있는 작은 영지라서."

"빈헨입니까?"

"응?"

"영지의 이름, 혹시 빈헨입니까?"

남작이 눈을 깜박이더니 대꾸했다.

"어떻게 아셨소?"

쨍그랑!

"경!"

나는 깜짝 놀라 벌떡 몸을 일으켰다. 유리 샴페인 잔이 산산이 깨어졌다. 다른 곳도 아닌 다베리 경의 손안에서.

"……실례했습니다."

"실례가 아니라, 경, 손! 손을 좀 봐요!"

내 다급한 목소리에 다베리 경이 피가 배어나다 못해 흐르는 자기 손을 내려다보았다. 그런데 그다음에 보여준 행동이 가관이었다. 그는 한눈에 보기에도 심각한 제 손을 가만 내려다보다가 그걸 식탁 아래로 감췄다.

나는 어이가 없어서 입을 다물지도 못했다.

'저런다고 피가 멈추나?'

아니, 눈에 안 보이면 그만이야? 뭐 하자는 거야?

다베리 경의 얼빠진 작태에 당황을 금할 길이 없었지만, 한편으로 깨달았다.

'뭔가 있구나.'

그가 저렇게 답지 않은 이상한 행동을 보일 만큼, 무언가 사정이 감추어져 있다는 걸. 그리고 그게 뭔진 몰라도 게늠 남작과 관련이 있다는 것도.

'대체 뭐지?'

하지만 뭐가 됐든 이 자리에서 확인할 만한 것은 아닐 거다. 일단 손부터 치료해야 하고. 나는 자리를 옮겨 의원을 부를 목적으로 입을 열었다. 그때였다. 와장창!

"……!"

요란한 소리가 울렸다. 동시에 언제 일어섰는지 에시가 나를 끌어당겨 제 품에 가뒀다. 덕분에 나는 소리를 듣기는 했지만 그 소리가 정확히 무엇 때문에 났는지는 제대로 확인하지 못했다.

빠직. 유리 파편 따위가 딱딱한 신발 굽에 밟혀 으스러지는 소리가 났다. 나는 그제야 알았다.

'창문.'

방금 들린 소음은 창문이 깨지는 소리였다는 걸. 그것도 아마, 바깥에서 충격을 줘 깨뜨린 소리. 내 가정을 확인하기 위해 에시의 품에서 빼꼼 고개를 내밀었다. 에시는 날 막지 않았다.

얼굴의 절반을 가린 가면을 쓴 남자가 창문이 산산이 깨어진 창가에서 유리 조각을 발로 밟은 채 입을 열었다.

"이런."

"……."

"생각보다 사람이 많네."

'누구지?'

남자는 내부를 둘러본 후, 무슨 생각이 들었는지 우리를 향해 인사했다.

"반갑습니다. 초면이지요? 저는 청소부예요."

"청소부?"

나는 유리 파편으로 완전히 엉망이 된 그의 발치를 응시했다.

……청소?

"더불어 조금 전 요란한 등장에 대해서는, 늦었지만 양해를 구합니다. 이래야 약효가 돌았는지 아닌지 금방 확인할 수 있거든요."

'약효?'

나는 저게 무슨 말인지 생각해 보다가 곧 깨달았다.

'밖이 조용해.'

이 소란이 났는데도 식당으로 들어와 보는 사람이 한 사람도 없다. 그뿐 아니라 주기적으로 드나들며 물이나 술을 채워주던 하녀도 어느 순간부터 보이지 않았다. 나는 딱딱하게 굳은 얼굴로 남자를 쳐다보았다.

설마 전부…….

"그래요. 전부 재웠죠."

'아하.'

다행이다. 나는 또 전부 죽였다는 줄. 아니, 내 상상이 언제부터 이렇게 살벌해졌지?

"그런데 이게 십 년 묵은 불면증도 한 방에 보내 버리는 약이라서요. 보통은 기절하듯 잠들어서 반나절은 절대 못 깨거든요."

"……?"

"근데 여기 계신 분은 아무도 안 주무시네."

나는 남자의 말이 무슨 뜻인지 알고 눈을 크게 떴다.

"약을 안 먹은 건지, 먹었는데 약효가 안 듣는 건지……."

우리가 먹었던 음식에도 약을 탔단 말이야? 대체 어디에? 당황해서 바로 식탁을 살폈지만, 늘어선 요리의 가짓수가 워낙 많아서 의심되는 것을 찾을 수도 없었다. 그때 가면 쓴 남자가 말했다.

"식사하면서 물을 안 마실 리는 없을 테고."

"아아, 물."

딜런이 말을 받았다. 그녀는 여차하면 검을 뽑을 것처럼 허리춤에 손을 대고 내 곁으로 이동하며 말했다.

"어쩐지 식사 중간부터 물에서 비린내가 난다 했더니. 가면, 네가 한 짓이었구나."

"역시, 안 먹은 쪽이었군요."

"비린내가 여간 심했어야지. 너 같으면 마셨을까?"

"날카로운 분들이네요."

가면 쓴 남자가 가면 바깥으로 드러난 입매를 당겨 웃었다. 나는 침묵했다. 식사 내내 부담스러운 물 잔을 피해 양호한 샴페인 잔을 집던 내 모습이 파노라마처럼 머릿속을 스쳤다.

……가만히 있어야지. 나도 그냥 왠지 모를 위화감을 느끼고 물 잔을 집지 않은 걸로 하자. 그래.

"아무튼, 그래서 지금 좀 곤란해졌는데 이걸 어쩌나……."

"네놈."

그때 게늠 남작이 입을 열었다. 물 대신 술만 마셔서 운 좋게 약을 피한 걸로 추정되는 남작이 가면 쓴 남자를 보며 말했다.

"반신반의했는데, 정말로 나타났구나."

그런데 그의 말이 좀 묘했다. 가면 쓴 남자가 저 말에 이채를 띠었다.

"내가 올 걸 알았나?"

"그래."

"어떻게?"

"흥."

게늠 남작이 품을 뒤졌다. 곧 그의 손에 웬 종이가 들려 나왔다.

"이런 걸 보내놓고, 뭐라고? 누굴 놀리는 것이냐?"

남작과 거리가 멀지 않아서 나는 종이에 적힌 글자를 볼 수 있었다.

예고장.

나는 황당해하는 것처럼 가면 쓴 남자를 돌아보았다. 그런데 가면 쓴 남자는 나보다 더 황당해 보였다.

"아니, 진짜, 뭔……."

"……?"

"저게 뭐야! 미치겠네! 아, 애가 일은 잘하는데 툭하면 이상한 것에 꽂혀서는, 아! 잡히면 죽는 건 저가 아니라 난데!"

가면 쓴 남자가 별안간 자리에서 펄쩍펄쩍 뛰었다. 당황스러웠지만, 저것만 들어도 대략 어떻게 된 것인지 알 수 있었다. 그러니까 동업자가 멋대로 보낸 예고장이라는 거군.

"내가 진짜, 하…… 돌아가면 지랄하든가 해야지……. 아, 그 예고장 나 좀 줄래? 물증이 필요해서."

"지금 나와 장난하자는 것이냐?"

게늠 남작이 종이와 인상을 함께 와락 구겼다. 그리고 나도 덩달아 미간에 약간 주름을 잡았다.

'이래서였구나.'

누가 보냈든 간에, 게늠 남작은 예고장을 통해 저 가면 쓴 남자가 이 자리에 나타나리란 걸 미리 알고 있었다. 그래서 나와 에시를 오찬에 초대하고 수락이 떨어지자 그처럼 기뻐했던 거다. 기막혔다.

'동의도 안 구하고 멋대로 이런 상황에 끌어들여?'

예고가 있었다는 걸 보면 가면 쓴 남자의 목적은 처음부터 게늠 남작 하나였다는 말이다. 우린 우리와 전혀 관련 없는 일에 본의 아니게 끼게 된 셈이었다.

'게늠 남작이 멀쩡한 성품이었다면 또 모르지만…….'

영지 전쟁 발언 이후 그를 도와주고 싶은 마음이 바닥을 찍고 있었다.

그때 게늠 남작이 돌연 우리를 돌아보며 외쳤다.

"다들, 저 흉악한 놈이 누구인지 아십니까?"

"……?"

"저자가 바로, 얼마 전 히든에서 귀족을 죽이고 도망친 극악무도한 수배범입니다!"

"뭐?"

나는 놀라 가면 쓴 남자를 다시 보았다. 시선이 몰리자 가면 쓴 남자가 가면 사이로 보이는 한쪽 눈을 찡긋했다.

"청소부입니다."

아, 이해했다. 그 청소가 그 청소였구나.

"이 악독하고 오만방자한 놈! 그런 짓을 저지르고도 뻔뻔하게 다시 얼굴을 내밀다니!"

"그런 짓?"

가면 쓴 남자가 가슴 앞으로 팔짱을 꼈다. 그는 이해할 수 없다는 듯 고개를 모로 기울였다.

"그런 짓이 뭔데?"

"발뺌할 셈이냐? 네놈이 주거도산 자작을……!"

"아, 청소? 그래. 청소부가 청소 좀 했지. 그게 뭐?"

남자가 팔짱을 풀며 걸음을 옮겼다. 그가 발을 내디딜 때마다 발치에서 빠드득, 유리 파편이 으스러지는 소리가 났다. 거리가 제법 떨어져 있었음에도 게늠 남작이 흠칫하며 주춤 뒤로 물러났다. 남작은 황급히 내 쪽, 정확히는 에시를 돌아보았다.

"각하, 부탁드립니다. 부디 저 자기 죄도 모르는 뻔뻔한 흉악범에게 철퇴를……."

"내 말을 듣고도."

가면 쓴 남자가 게늠 남작의 말을 가로챘다.

"그러고 나서도 저놈을 도와주고 싶다면 그땐 그렇게 하세요."

어차피 도와줄 마음은 처음부터 없었지만, 말해주는 건 들을 요량으로 침묵을 지켰다.

'게늠 남작을 노린다는 건 먼저 죽은 주거도산 자작처럼 남작이 죽어 마땅한 놈이라는 건데…….'

혹시 영지 전쟁이 그 이유일까?

"뭐라고? 대체 무슨 말을 하겠다는 거냐?"

"게늠 남작. 너는 약 이십오 년 전 수천 명을 죽였다."

수천 명. 저렇게 들으니 눈살이 찌푸려졌다. 그래, 역시 전쟁이란 건 그런 거다.

"작고, 힘없고, 무고한 영지를 상대로 전쟁을 일으켜서."

"그건, 아내를 위해……!"

"아내?"

가면 쓴 남자가 되물었다. 그러나 몰라서 되묻는 것이 아닌, 황당해하는 듯한 목소리였다.

"무도회에서 만나 강간하려다가 뜻대로 되지 않자 가문을 찾아가 협박하고, 협박도 안 먹히자 전쟁까지 일으켜 기어이 자기 옆자리에 앉힌, 그 열 살 어린 아내?"

생각이 멈췄다. 나는 뻣뻣하게 굳은 얼굴로 가면 쓴 남자를 응시했다.

"뭐, 뭐라고? 날조하지 마라!"

"날조라니, 무슨 섭섭한 소리를. 맞잖아. 게늠 남작, 너는 이십오 년 전 어느 무도회 테라스에서 당시 고작 열여섯이던 영애를 탐내 겁탈하려 했지만 실패했고, 이후 사과하겠다는 명목으로 영애를 찾아가 재차 겁탈하려다 또 실패했지."

"미친."

저건 딜런의 목소리다. 딜런은 순수하게 미친 사람 보는 눈빛으로 게늠 남작을 응시했다. 나도 마찬가지였다.

"거, 거짓말! 여러분, 저건 거짓말입니다!"

“정말 거짓말이면 그렇게만 외치지 말고 구체적인 반박을 해보는 건 어때? 아무튼, 그 후 너는 뻔뻔하게도 영애의 가문에 구혼장을 보냈고, 응하지 않으면 전쟁을 일으키겠다는 엄포도 함께 놓았지.”

“모함이다! 다 모함이야!”

“제정신 박힌 인간이었던 영애의 부모는 딸을 넘기라는 제안에 불응했고, 제정신과 거리가 멀었던 발정 난 개새끼는 정말로 전쟁을 일으켰다.”

“거, 거짓……!”

“할 말은 계속 그뿐인가? 그게 다야?”

“닥쳐, 닥쳐라! 이놈! 어디서 감히 간사한 날조로 사람을……!”

“그러니까 어디가 어떻게 날조인지 설명해 보라니까. 못 하잖아.”

가면 쓴 남자가 양손을 아래로 내렸다.

“더 할 말 없지?”

어느새 그의 양손에는 잘 벼려진 단검이 한 자루씩 들려 있었다.

“그럼 이제 죽자.”

가면 쓴 남자가 자리를 박찼다. 게늠 남작이 뒤로 미친 듯이 물러나다가 벽에 가로막혀 입을 벌렸다.

“잠……!”

그때 가면 쓴 남자가 우뚝 멈췄다. 그가 머리 근처까지 든 단검을 천천히 내렸다. 자신을 향해 날아든 뭔가를 단검으로 막아낸 듯 쇠붙이 떨어지는 소리가 울렸다. 남자가 에시를 응시했다.

“아. 살려주시겠다? 방금 그 사연을 듣고도?”

“각하!”

게늠 남작의 얼굴에 급격히 화색이 도는 찰나, 에시가 말했다.

“나가서 죽여.”

“뭐?”

“여기서 말고.”

순간 저게 무슨 말인가 가늠하는 것 같던 가면 쓴 남자가 곧이어 나를 보고는 표정을 바꿨다.

"……아. 아하."

그가 순순히 고개를 끄덕였다.

"그렇군. 이거 미안합니다. 하마터면 실례할 뻔했네."

나는 굳이 괜찮으니 주저 말고 게늠 남작을 끝장내라는 말은 하지 않았다. 심정은 그랬지만, 현실적으로 나는 지금 좋은 것, 예쁜 것만 봐야 할 의무가 있었으니까. 비록 살아 있는 게늠 남작도 별로 좋은 것은 아니지만…… 어쨌든 죽은 것보다는 낫지.

"청소는 모쪼록 바깥에서 부탁해요."

내가 거들었다. 남자가 바로 대답했다.

"문제없죠. 어디서든 칼로 찌르면 죽는 건 같으니까."

잠시 밝아졌던 남작의 안색이 급속도로 다시 푸르죽죽해졌다.

"자, 들었지? 남작. 도망칠 시간을 좀 줄 테니까 성심껏 달아나 봐."

"아, 아니야. 안 돼. 각하! 다시 생각해 주십시오! 각하!"

"10초, 9초, 8초……."

"각하, 부디! 공작 부인, 기사님! 기사님들!"

"6초, 5초……."

"겨, 경비병! 경비병-! 여봐라! 아무도 없느냐! 누구든 좋으니 제발 들어오란 말이다! 여봐라!"

"……2초, 1초."

가면 쓴 남자가 단검을 반대로 쥐었다.

"그냥 편하게 기절해서 나가자."

"……!"

그제야 남작이 허둥지둥 뒤돌아 달아났다. 식당 바깥으로 빠져나가는 다급한 몸을 주시하며 가면 쓴 남자가 피식 웃었다.

"옳지, 그거지. 잘한다. 그럼 나도 잡으러 가볼……."

그때 가면 쓴 남자의 발 앞에 검이 꽂혔다.

"……."

에시의 짓이었다. 남자는 자기 발을 묶으려는 목적이 명백한 칼을 가만 보다가 고개를 돌렸다.

"뭐 하자고?"

남자의 기백이 변했다. 주변 온도가 내려간 듯한 착각이 들었다. 나도 이번에는 에시가 이러는 이유를 몰라 당황하는데, 에시가 가면 쓴 남자가 아닌 다베리 경을 보며 말했다.

"다베리. 다녀와."

"……예?"

"뭐?"

가면 쓴 남자와 다베리 경이 동시에 반응했다. 에시는 담담한 눈으로 남작이 사라진 문을 가리켰다.

"누가 하든 숨만 끊어놓으면 같은 거 아닌가?"

"기다려! 그렇게 말해놓고 실은 남작을 살려주려는 건-"

"목을 잘라 내주지."

"……."

"다베리."

에시가 재차 명령했다.

"가라."

다베리 경은 그때까지 입을 꾹 다문 채 아무 말도 하지 않다가, 이내 고개를 깊이 숙였다.

"……감사합니다."

그러고는 붙잡을 새도 없이 순식간에 몸을 돌려 뛰어나갔다.

"아, 저거."

그 광경을 지켜보던 딜런이 미간을 구기며 잠시 고민하는가 싶더니, 곧 그를 따라 나갔다. 그렇게 되자 자리에 남은 것은 에시와 나, 그리고 가면 쓴 남자뿐이었다. 가면 쓴 남자는 갑자기 진행된 상황에 황당함을 금치 못하는 것 같더니 머리를 박박 긁었다.

"하……."

"……."

"목을 내주신다고요? 약속했습니다. 지키셔야 해요."

"보증하지."

나는 두 사람이 뛰쳐나간 문을 흔들리는 눈으로 응시했다. 마음 같아서는 나도 두 사람을 뒤쫓아 가고 싶은 충동이 들었지만, 그래서는 안 된다는 것을 알아서 참는 중이었다.

에시는 그런 내 심경을 안다는 듯 나를 끌어안고 어깨를 토닥여 주었다.

"쉬자."

"……응."

나 때문에 하는 말인 걸 알아서 군말 없이 고개를 끄덕였지만, 그 후에도 내 눈은 한동안 문에서 떨어지지 않았다.

더럽게 빠르군. 딜런은 다베리를 쫓아 복도를 내달리며 생각했다.

'대체 어디까지 간 거야?'

고작 잠깐 시간을 두고 나왔을 뿐인데, 그 잠깐 사이 얼마나 멀리 간 것인지 찾는 얼굴이 보이지 않았다.

"아, 진짜 어딜……."

"끄아아악!"

"……찾았다."

딜런의 표정이 바로 느슨해졌다. 그녀는 서서히 속도를 늦췄다. 달음박질이 금세 경보에서 산보가 되었다. 딜런은 산책하듯 느긋하게 걷다가 곧 어떤 구석진 방 앞에서 멈췄다.

"끄으……."

살짝 열린 문을 힘주어 밀자, 양쪽 발목의 아킬레스건이 끊어진 채 힘겹게 바닥을 기는 남작을 볼 수 있었다. 딜런은 살짝 놀랐다.

'왜 발목을 안 자르고?'

잠시 의문을 가졌던 딜런은 이내 수긍했다.

'아, 발목을 자르면 과다 출혈로 일찍 죽겠구나.'

그건 안 되지. 과연 현명한 판단이다. 순간의 분노에 이성을 잃지 않고 합리적인 결정을 하다니. 역시 옛 '히든'의 미친개.

딜런의 생각을 아는지 모르는지 다베리가 묵묵히 남작의 손등에 칼을 꽂았다.

"아아악!"

"……."

"끄윽…… 기사님. 기, 기사님. 내 말 좀 들어보시오. 내가 잘못했소. 전부 한때 젊은 혈기로 멋모르고 그런 것이오. 다신, 다신 안 그럴 테니 한 번만 봐주시오."

"……."

"그년, 아니, 아내에게도 제대로 사죄할 테니 한 번만…… 아악!"

게늠 남작이 반대편 손등을 쥐고 신음했다. 그는 부들부들 떨다가 간신히 입을 열었다.

"아, 아니면 이건 어떻소? 나는 남작이지만 내 형은 백작이라오. 그, 그것도 서쪽에 매우 큰 광산을 가지고 있는데, 원한다면 돈을 얼마든지…… 끄아악!"

"……."

"아악! 이 개자식아! 이 빌어먹을 잡놈 새끼, 네가 이러고도 정녕 무사할 줄– 아아악!"

"……."

"으흐흑…… 으흐흐흑."

애원, 회유, 욕설, 협박, 흐느낌.

"내가…… 내가 진심으로 잘못했소……."

다시 애원. 그러나 그 과정이 몇 번 반복되는 동안 다베리는 아무런 반응도 하지 않았다. 대답도, 표정 변화도 없이 그저 남작의 신체 부위를 차근차근 망가뜨릴 뿐이었다. 죽지 않을 정도로. 살려달라던 구걸은 머잖아 죽여달라는 애걸로 변했다.

딜런은 그때쯤 문득 소름이 돋았다. 그녀는 이 소름이 어디에서 오는 것인지 알았다. 향수. 차마 추억이라고 부르기 어렵지만, 어쨌든 강렬했던 과거에 대한 미묘하고 아득한 감응.

"끄, 꺽."

차마 산 사람이라고 하기 힘든 몰골을 하고 있던 남작이 피거품을 물며 경련했다. 그러더니 축 늘어졌다.

"……."

끝났군. 딜런은 담담하게 입을 열었다.

"다 했냐?"

"……."

"하긴, 이제 더 할 것도 없겠네. 뒈졌으니."

"……."

"생각보다 오래 난도질했어. 부피가 작지 않긴 했지만, 그래도 참 야무지게……."

"언제부터 있었지?"

딜런은 순간 기가 막혔다.

"뭐야. 설마 몰랐어? 내가 여기 있는 동안, 그걸 내내?"

"……."

"대충 짐작은 했지만…… 뭐 얼마나 대단한 원수를 잡은 거야? 부모의 원수라도 되나?"

다베리는 대답하지 않았고, 딜런은 굳이 더 묻지 않았다. 대신 그녀는 팔짱을 끼며 주제를 바꿨다.

"뭐, 그나저나 오래간만에 네가 칼 쥐고 설치는 걸 보니 볼만하더라."

"……."

"네가 그간 왜 그렇게 몸을 사렸는지 약간 이해도 되고…… 확실히 들키기 싫었겠어. 네가 이 정도로 미친 인간이라는 건."

"……."

"특히 마님께 들키기라도 하는 날엔, 그날로 네가 절벽에서 뛰어내린다고 해도 나름 수긍……."

딜런은 떠들다 말고 입을 다물었다. 단순히 다베리가 대답하지 않아서는 아니었다. 다베리는 생각에 잠긴 것 같았다. 주변의 어떤 소리도 들리지 않고, 누가 건드려도 모를 만큼 골똘히. 다베리가 생각을 정리하기까지 딜런은 묵묵히 기다려 줬다.

한참 후 다베리가 움직였다.

"어디 가?"

딜런의 물음에 다베리는 순순히 대답했다.

"피 냄새 지우러."

영주성을 나와서 조금 걷자 금방 연못이 모습을 드러냈다. 딜런의 표정이 미묘해졌다.

"여기 연못이 있는 건 어떻게 알았어?"

"와봤으니까."

"와봤다고?"

"예전에."

다베리는 서슴없이 상의를 벗어 던지고 입수했다.

"그땐 영주가 저놈이 아니었지."

"……아하."

"좋은 인간이었어. 그럭저럭."

그렇게 말한 다베리가 연못에 머리끝까지 잠수했다가 숨을 뱉으며 고개를 들었다.

딜런은 그 모습을 보다가 문득 헛웃음을 머금었다.

"옷을 저 지경으로 피에 절여놓고 몸만 씻는다고 해결이 되나? 영주성에는 벗고 들어가게?"

"그럴까?"

"……."

"성을 뒤지면 옷 한 벌 정도는 나올 것 같은데. 넓잖아."

"진심이야?"

다베리는 대답하는 대신 한 번 더 잠수했다. 그런 식으로 몇 번 더 잠수를 반복한 다베리가 연못에서 걸어 나왔다.

"그게 아니면…… 그냥 벗어놓은 저 옷을 다시 입어도 되고."

"뭐?"

"상관없어. 몸이 찝찝해서 씻은 것뿐이라."

딜런이 한쪽 눈을 찡그렸다. 그녀는 머리의 물기를 털고 바지의 물을 짜는 다베리에게 말했다.

"그러니까 네 말은, 단지 몸에서 나는 피비린내가 거슬려서 물로 씻은 것뿐, 피 칠갑한 몰골을 감추려는 목적은 아니다?"

"응."

"왜?"

다베리의 눈이 딜런에게 향했다.

"그 꼴을 안 감추면, 네가 남작에게 무슨 짓을 했는지 동네방네 광고하는 격일 텐데? 그래도 괜찮다고?"

"뭐 어때. 다 짐작할 텐데."

"마님은? 마님도 짐작하실까?"

침묵이 흘렀지만, 그것도 잠시뿐이었다.

"이제 짐작하시겠지."

"뭐지?"

딜런이 미간을 구겼다. 영 이상하다는 투였다.

"말이 안 되는데? 얼마 전까지만 해도 마님께 본성을 들키는 순간 자살할 것처럼 굴더니?"

"……내가 그랬다고?"

"몰랐어? 그래서 저 모자란 놈이 실연당하고도 끝끝내 정신을 못 차리는구나, 생각했지."

"……."

신랄한 평가 후 딜런이 혀를 찼다.

"왜 갑자기 마음이 바뀌었어?"

"바뀐 건 아니고, 그냥……."

"……."

"……다른 게 더 커져서?"

"다른 거?"

"충성심."

"무슨 소리야? 마님을 향한 충성심?"

"그것도 없지는 않지만, 다른 쪽."

"그쪽 충성심이 왜 갑자기 커지는……."

딜런은 말하다 말고 깨달았다. 누가 다베리를 지금 이곳으로 보내주었는지 떠올랐기 때문이다.

"……아아."

"……."

"그렇군. 그래, 그럼 그럴 수 있지. 오히려 이 상황에 계속 미련이 남으면 그게 개새끼지."

"……."

"근데 넌 개새끼면서 웬일로…… 야, 잠깐만."

다베리가 바위에 벗어둔 상의를 집으려다 말고 멈췄다. 딜런이 한숨을 쉬곤 외투를 벗어 던졌다.

"자."

"……!"

"혹시 해서 입고 나오길 잘했지. 기껏 씻어놓고 오염물 다시 주워 입으면 그게 뭐냐?"

"너무 잘해주는데."

"옛정 몰라?"

딜런은 잠시 생각하는 것 같다가 덧붙였다.

"지금도 그럭저럭…… 어쨌든 한솥밥을 먹게 된 사이에 쌓을 만한 우애는 있지."

"그렇군."

다베리는 픽, 바람 빠진 웃음소리를 내곤 외투를 걸쳤다.

"고마워."

딜런은 대답하는 대신 다베리를 물끄러미 보았다. 집요하다고 할 만한 시선에 다베리가 물었다.

"어때?"

"웃겨."

딜런이 솔직하게 평했다. 맨몸에 외투만 걸친 모습은 확실히 근사함과는 거리가 있었다. 그나마 외투 사이로 드러나는 몸이 탄탄하다는 것이 꼴사나움을 낮춰주는 요소일까. 딜런은 그렇게 생각하다가 문득 자기 상의를 들췄다.

"……뭐 해?"

"너 흉터가 많네."

"새삼스럽게. 그리고 그거랑 지금 네 행동이 무슨 상관이야?"

"아니, 네가 히든을 떠나고 나서 나도 흉터가 좀 늘었거든. 이제 널 이길 수준인가 해서."

"그런 걸 이겨서 어디에 쓰려고……?"

황당하다는 눈으로 딜런을 응시하던 다베리는 걸음을 옮겼다. 딜런을 지나쳐 몇 걸음 걸은 다베리가 뒤를 돌았다.

"딜런."

"……."

"그만하고 와요. 정 궁금하면 나중에 날 잡아서 세어보든가. 안 갈 겁니까?"

"……뭐야, 다시 존댓말?"

"이성이 좀 돌아왔거든요."

"방금까지는 나가 있었고?"

"약간."

딜런이 헛웃음을 뱉었다. 그녀는 가늘어진 눈으로 다베리를 쳐다보다가 발을 떼어냈다.

"시원해?"

"뭐가요, 벗은 상체에 외투만 걸쳐서요?"

"그것도 그렇고…… 뭐, 여러 가지로."

"네."

"……."

"시원합니다."

그럼 됐지. 딜런은 모처럼 딴지 걸지 않고 픽 웃으며 동료의 어깨에 팔을 걸쳤다.

에시의 권유로 장소를 옮겨 쉬다가 깜빡 잠이 들었다. 정신이 들어서 비몽사몽 간에 눈을 깜박이고 있자 에시가 따뜻하게 데운 우유를 건네주었다.

"……."

"왜?"

"아니야."

얼마나 잤는지는 모르겠지만, 성은 아직 조용했다. 그 말은 여전히 성의 사용인들이 깨어나지 않았다는 뜻일 텐데. 직접 주방에 들어가 손수 우유를 찾아 꺼내 따르고 데웠을 에시를 상상하니 나도 모르게 웃음이 나려 했다.

"크흠."

나는 헛기침하고 우유를 한 모금 마셨다. 따뜻한 우유가 들어가니 잠이 깨면서 정신이 드는 기분이었다.

'이 와중에 잠들다니…….'

확실히 잠이 늘긴 늘었다.

"나 얼마나 잤어?"

"얼마 안 잤어."

"정말?"

창밖을 응시했다. 해의 위치가 크게 달라지지 않은 것을 보니 거짓말은 아닌 것 같았다.

'다베리 경은…….'

지금 어쩌고 있을까. 남작을 쫓아간 일은 잘되었을까?

그때 바깥이 소란스러워졌다. 나는 우유를 들고 걸음을 옮겼다.

"……하, 진짜 옷이 있을 줄은."

"거봐요. 내가 맞았죠? 한 벌 정도는 있을 것 같다고 했잖습니까."

"아니, 그렇다고 그걸 또 찾아? 바른대로 말해요. 다베리 삭 경. 너 쉬는 날에 부업으로 빈집 털이하지?"

"남의 관찰력을 그렇게 취급하면 살림이 좀 나아집니까?"

딜런과 다베리 경은 대략 그런 대화를 나누며 복도를 걸어오다가 나를 보고 멈췄다. 대화의 내용은 이해하기 어려웠지만, 어쨌든 평소처럼 옥신각신하는 모습을 보니 마음이 놓였다.

"마님."

두 사람이 금세 가까워졌다. 나는 다베리 경의 왼손을 먼저 살폈다. 다행히 그사이 처치했는지 붕대가 감겨 있었다.

'그래도 돌아가면 닥터에게 제대로 치료받으라고 해야지.'

요새 집사가 빙의한 것 같은 닥터가 잔소리는 좀 하겠지만 그거야 내가 아니라 다베리 경의 몫이다. 나는 평소와 같은 다베리 경의 표정을 살핀 뒤 물었다.

"경, 괜찮아요?"

"저는 괜찮습니다. 마님께선 괜찮으십니까?"

"나야 당연히 멀쩡하죠. 안 그럴 이유가 없는걸요. 방금도……."

한숨 자고 일어났다고 받아치려다 문득 깨달았다. 지금, 마님이라고 하지 않았나?

"왜 그러십니까?"

"……아니, 아니에요."

나는 고개를 흔들었다. 베시와 더불어 줄곧 아가씨라는 호칭을 고수하던 다베리 경이라 그런지 잠깐 놀랐지만, 다시 생각하면 대수로울 일은 아니었다.

"아무튼, 난 기다리면서 푹 쉬었어요. 에시가 이렇게 데운 우유도 가져다줬고요."

"아, 네. 각하께서…… 우유를……."

"경은 어떻게, 그, 남작과의 일은 잘 마무리됐나요?"

나는 조심스럽게 물었다. 다베리 경은 내 손에 들린 우유와 에시를 번갈아 곁눈질하다가 멈칫했다.

곧 대답이 나왔다.

"네. 잘 해결했습니다."

"그래요?"

"적어도 제 쪽에서는요."

"다행이네요."

진심이다. 게늠 남작은 어차피 죽을 목숨이었다. 뭔지 몰라도 빚을 청산하고 떠났다면 잘됐지.

그때였다. 잠깐 어딜 갔는지 보이지 않던 가면 쓴 남자가 다시 나타났다. 그는 활짝 웃고 있었다. 가면 아래로 드러난 입이 부담스러울 정도로 호선을 그렸다.

"이야, 이것 참."

그는 다베리 경 앞에서 대뜸 쌍 엄지를 세웠다.

"대단하십니다. 아주 확실히 끝내주셨더군요."

"……?"

"의뢰인이 보면 눈물을 흘리며 기뻐하겠습니다. 아, 저대로 옮기지 못하는 것이 한이네요."

나는 금세 눈치챘다.

'게늠 남작을 이야기하나 보다.'

시체를 확인하고 온 건가? 남자가 계속 떠들었다.

"어떻게 저렇게까지, 크으…… 주방장이 주방에서 고기를 다져도 저 정도로는……."

"……."

"정말 저대로 옮기고 싶은 마음은 굴뚝 같지만, 아쉬운 대로 손가락만 몇 개 챙겼습니다. 참, 성한 거 찾느라 어려웠던 건 아시죠?"

다베리 경은 끝내 침묵했다. 이쯤 되니 나는 다베리 경이 대체 게늠 남작을 무슨 꼴로 만들어놓았다는 건지 슬쩍 궁금해졌지만, 이성이 말려서 묻지 않았다. 대신 가면 쓴 남자를 보며 다른 걸 물었다.

"의뢰인이라면……?"

"아, 이건 말씀 안 드렸군요."

가면 쓴 남자는 퍽 정중해진 태도로 말을 이었다.

"저는 고객에게 의뢰받고 청소를 진행하고, 제 이번 의뢰인은 바로 게늠 남작의 부인입니다."

"부인이 살아 있나요?"

산 사람이었어? 게늠 남작이 자기 부인이 작년에 먼저 세상을 등졌다고 말했던 것을 떠올리며 묻자, 남자가 고개를 끄덕였다.

"그럼요. 비록 건강한 상태는 아니지만……. 작년에 병에 걸려 외모가 망가지자 남작이 별장에 가두고는 죽은 사람 취급하며 찾지 않았다는군요. 하지만 그녀에겐 잘된 일이었죠. 덕분에 패물을 싹 가지고 도망쳐서 제게 의뢰하러 올 수 있었으니까요."

"아하……."

"뭐, 어쨌든 당장은 몰라도 병도 곧 좋아질 겁니다. 남작 때문에 얻은 병이니, 그놈이 뒈진 마당에 괜찮아져야죠."

가면 쓴 남자가 익살스럽게 말했다.

나는 마음 깊이 안도의 한숨을 쉬었다. 다행이다. 얼굴도 모르는 사람이지만 부디 잘 살기를. 끔찍한 비극 사이에서 그나마 한 줄기 위안을 찾은 느낌이다.

"그럼, 만나 봬서 영광이었습니다."

"……."

"혹시 다음에 청소가 필요해지시면 클리너 영지에서 클렌징 술집의 청소부를 찾아주시길!"

가면 쓴 남자는 말을 마치곤 복도 창문을 훌쩍 넘어 사라졌다. 창문은 미리 열어두었는지 열려 있었다. 나갈 때는 부수지 않고 조용히 퇴장하는군. 나는 그런 감상에 빠졌다가 이내 뒤돌았다.

"우리도 갈까요?"

반나절은 절대 깨어나지 않을 거라던 말이 사실이었는지, 가면 쓴 남자가 뿌린 약효는 우리가 영주성을 떠날 때까지 여전했다. 우리는 잠자는 숲속의 영주성을 벗어나 히든을 잠깐 걸었다.

"아쉽지 않으십니까?"

아직 축제로 시끌벅적한 거리를 구경하는데 다베리 경이 말했다.

"뭐가요?"

"공연이……."

"아, 공연."

나는 본래 오늘 볼 예정이었던 공연을 놓쳤다. 일이 다 마무리되고 성을 나왔을 때는 이미 공연 시작 시각이 지나 있었으니까.

"괜찮아요."

극단은 한 마을에 일주일간 머무르며 세 번 공연했다. 이 마을에서는 오늘이 마지막 공연이었다. 하지만 별로 아쉽지는 않았다.

"처음부터 그렇게 기대했던 건 아니니까."

공연 관람은 부가적인 거고, 사실상 멀리 놀러 나온다는 데에 진짜 의의가 있었지.

예기치 못한 사태가 터져 하루 일찍 돌아가게 된 것은 아쉽지만, 뭐 그것도 괜찮다. 히든은 내가 생각했던 것보다 더 작아서 어제 돌아본 것만으로도 볼만한 건 다 봤다는 생각이 들었기 때문이다.

"아, 그렇지. 그나저나 어제 먹었던 과일 사탕이 참 맛있었는데 말이에요."

나는 입맛을 다시며 문득 어젯밤 사기꾼을 격파하고 먹었던 과일 사탕을 떠올렸다. 재료는 특별하지 않았는데 신기하게도 맛이 꽤 좋았지. 그런 걸 두고 손맛이라고 하는 건가? 과일과 설탕 옷이 전부인 과일 사탕에 손맛이라니. 놀랍다.

어제 그 자리에 가면 그 노점이 그대로 있을까 생각 하고 있는데 길을 지나던 행인이 다베리 경과 살짝 부딪혔다.

"아, 죄송……."

사과하는 것 같던 행인이 순간 멈칫했다. 그는 다베리 경을 유심히 살피는 듯하더니 곧 외쳤다.

"개차반!"

나는 미간을 좁혔다. 갑자기 웬 욕?

"아니, 개자식……? 개새끼? 미친개?"

"이봐."

가만 듣다가 나섰다. 이 인간이 듣자 하니까.

"지금 뭐 하는 건가? 좁은 길을 지나다 보면 서로 여의치 않게 부딪히기도 하고 그러는 거지, 그걸 가지고 사람의 면전에 대고 그리 심한 욕을……."

내 기사는 내가 챙긴다는 마음으로 훈계를 늘어놓던 중이었다. 문득 눈에 들어온 딜런의 모습이 매우 이상했다.

"……?"

그녀는 필사적으로 뭔가를 참는 사람처럼 제 입을 틀어막고 몸을 부들부들 떨더니, 곧이어 견디지 못하겠다는 양 허리를 꺾었다.

"아하하하! 나 미치겠네, 푸하하하! 아, 아니, 죄송해요. 마님 때문이 아니라, 그게…… 큭, 와하하!"

딜런은 저러다 숫제 바닥에 뒹굴 것 같았다. 나는 그녀의 범상치 않은 반응을 구경하다가 고개를 돌렸다. 다베리 경이 굉장히 멋쩍은 얼굴을 하고 있었다.

"아, 그게…… 저, 별명입니다."

"응?"

"제가 히든에서 지낼 때, 큼, 알던 사람이 저를 부르던……."

"아."

나는 행인을 돌아보았다. 행인은 상황을 파악했는지 머리를 긁으며 사과했다.

"죄송합니다. 오랜만에 봐서 반가운 마음에, 설명도 없이 너무 대뜸……."

"아니, 아니야."

나는 사과하는 행인을 향해 손을 저었다. 그러면서 방금 내가 했던 말을 다시 떠올렸다.

"사람의 면전에 대고 그리 심한 욕을……."

"심한 욕을……."

"심한 욕."

"크흠."

나는 헛기침하며 다베리 경을 올려다보았다. 실제 내 표정이 어떨지는 모르겠지만 일단 나름 웃는다고 웃었다.

"별명이 참 개성 있네요. 경."

"……감사합니다."

"친근하고요. 음, 맞아. 굉장히 친근하네요."

"……네, 그것도 감사합니다."

더 할 말이 없다. 다베리 경의 머쓱한 얼굴은 변함이 없었고, 나는 그냥 말하는 걸 그만두기로 했다.

"아하하…… 으흑."

딜런은 웃다가 결국 울었다.

히든에서 돌아오고 며칠 후, 나는 연극을 보기 위해 에시와 광장으로 외출했다. 조작한 석궁으로 사기 치던 상인에게서 관람권을 얻어낸 바로 그 연극이었다. 얻어낸 관람권은 한 장이었지만, 나머지 한 장을 에시가 못 구할 이유는 없었다.

어쨌든 광장은 저택에서 가까웠으므로 느긋하게 이동해서 연극을 관람했고, 나는 여유롭게 관람을 마치고 나오면서 생각했다.

'재미없어…….'

연극은 별로였다. 재미없는 수준을 떠나 구렸다. 아니, 뭐가 저렇게 구리지? 연출도 구리고, 내용도 구리고, 무대도 구리고, 심지어는 배우의 의상도 구리고, 놀라울 만큼 모든 것이 구렸다.

단 하나.

'얼굴만 빼고.'

주연 배우의 얼굴만 그 와중에 유일하게 구리지 않았다. 나는 이 극단과 연극의 유명세가 어디에서 온 것인지 관람을 마치자마자 알 수 있었다.

'배우가 잘생겨서 유명한 연극이었다니…….'

미리 알았다면 안 봤을 텐데. 시간과 정신력만 아깝다. 잘생김 하나로 이름을 날린다는 그 배우도 에시를 보고서 보니 해산물로 보였을 뿐이고.

"……."

"왜?"

"아냐."

나는 에시의 얼굴을 빤히 보다가 고개를 돌렸다. 약간 뿌듯했다.

그렇게 재미없는 연극을 관람하고 얼마 후.

"명함? 내 앞으로?"

"네."

나는 베시에게서 작은 카드를 받아 들며 의아해했다. 명함이라고? 내 이름으로 이런 게 올 일이 있었던가? 그리고 나는 명함을 뒤집자마자 작게 입을 벌렸다.

클리너 최고의 청소부.

술집 '클렌징'에서 '청소부'를 찾아주세요. 전국 어디든 쓰레기를 청소해 드립니다. 금액은 상담 후 결정. 이 명함을 지참하신 분께는 할인 혜택을 제공합니다.

쓰레기에 지친 여러분의 의뢰를 기다립니다.

*단, 의뢰인이 쓰레기일 경우 의뢰인을 청소함.

"……아하."

들여다보던 명함을 내려놓고 피식 웃었다. 베시가 물었다.

"아가씨, 뭐 청소하실 거라도 있으셨어요?"

"음, 글쎄."

"굳이 번거롭게 사람 쓰지 마시고 저한테 시키세요. 힘쓰는 일이면 알렉스도 있고."

"그럴게."

나는 이 명함에서 말하는 청소가 어떤 청소인지 설명해 주는 대신, 조용히 명함을 치웠다. 그런데 일주일 후, 주거도산 자작과 게늠 남작을 살해한 수배범이 잡혔다는 소식이 들렸다.

"범인이 잡혀?"

나는 당황한 눈으로 집사를 쳐다보았다.

"예. 범인은 이십 대 남성으로, 증언에 따르면 평소 사회에 불만이 많았던 것으로……."

"초상화는?"

집사는 얼마 안 되어 나에게 범인의 초상화와 기타 신상명세를 가져다주었다. 나는 그걸 보자마자 한숨부터 쉬었다.

'다른 사람이군.'

깜짝 놀랐네. 내가 기억하는 가면 쓴 남자와 초상화 속 얼굴은 생김새가 완전히 달랐다. 가면은 남자의 얼굴을 절반만 가렸기에 남자의 하관 생김새는 알고 있었다. 몇 주 사이 없던 사각 턱이 생길 수는 없지. 여기 눈도 좀 다르다.

'키와 체구도 가만 보니 다르고. 그럼 이건…….'

애꿎은 인물이 누명을 쓴 것은 아닌가 찝찝하던 도중, 범인의 신상명세 한 줄이 눈길을 잡아끌었다.

전과 26범.

"……."

"사회에 불만이 대단히 많았다고 합니다."

"그건 그렇다고 치고. 전과 26범? 범죄를 스물여섯 번이나 저지르고도 멀쩡히 풀려나서 돌아다녔단 말이야?"

심지어 나이도 고작 이십 대다.

"뒤를 봐주는 귀족이 있던 것으로 보입니다. 마을 유지였겠지요."

"허."

"그마저도 이번엔 귀족을 살해하는 바람에 소용없게 된 듯합니다만……."

집사는 왜 이런 자가 귀족살해라는 죄를 저질렀을까 의아해하는 눈치였고, 나는 입을 다물었다.

'과연 청소부.'

여러모로 청소 하나는 기가 막혔다.

날씨가 제법 추워졌다. 겨울은 성큼 다가왔고, 나는 멀리까지 외출하는 일을 현저히 줄였다. 가벼운 산책 정도만 꾸준히 하며 저택에서 태교에 시간을 쏟았다.

'뭐, 태교라고는 해도…….'

책을 읽고, 또 책을 읽고. 할 일이 없으면 책을 읽고 시간이 나면 책을 읽고 잠들기 전 뭘 하지 고민하다 책을 읽는 정도였지만…….

'똑똑한 아이가 태어났으면 좋겠다.'

이건 너무 인생을 날로 먹으려는 심보인가.

아무튼, 나는 오늘도 근래 늘 하던 대로 에시의 집무실에 눌러앉아

두꺼운 책의 페이지를 넘기고 있었다. 그러다 문득 손을 멈췄다.

"아."

"……왜 그래?"

작은 목소리에 반응한 에시가 바로 펜을 놓았다.

"아니, 그게……."

나는 책상과 서류를 뒤로하고 다가오는 에시를 보며 어안이 벙벙해져 말했다.

"움직였어."

"뭐?"

"움직였어, 아기가. 그러니까 그, 여기서 이쯤으로……."

태동이다. 첫 태동. 이때쯤이면 태동이 느껴질 거라는 이야기는 미리 들었다. 하지만 역시 듣는 것과 직접 겪는 것은 천지 차이다. 나는 당황해서 말을 더듬더듬 이어나갔다.

내 말을 듣고 나만큼 당황한 것 같던 에시가 이윽고 조심스럽게 질문했다.

"……아프진 않아?"

"이게 왜 아파?"

아니, 아프기도 한가? 나는 잠시 생각하다가 고개를 저었다. 아프진 않았다. 그냥 느낌이 났고…… 놀랐다. 그래, 좀 놀랐을 뿐.

에시는 말을 아끼며 묵묵히 서 있었다. 나는 약간 굳은 것도 같은 그 모습을 보다가 에시의 팔을 잡아끌었다.

에시는 순순히 내 옆에 앉았다.

"봐."

에시의 손을 끌어다 배 위에 얹었다. 아랫배가 눈에 띄게 나온 지는 좀 됐다. 덕분에 나는 이제 어엿한 임산부 태가 나고 있었다.

"……."

"……지금은 또 조용하네."

아기는 잠잠했다. 방금은 정말, 확실하게 움직였었는데.

'내외하나.'

아빠랑도 좀 친해져야 할 텐데. 내가 벌써 그런 성급한 고민에 빠져 있는 동안에도, 에시는 내 배에서 손을 떼지 않았다. 내 아랫배를 응시하는 눈이 제법 심각했다. 나는 순간 그 표정에 웃음이 터질 것 같아서 혀를 살짝 깨물어 참았다.

배가 불러온 뒤 에시는 참 쉬워졌다. 어떤 점에서 쉬워졌냐면, 당황하거나 놀라는 얼굴을 보는 일이 전처럼 어렵지 않았다. 그뿐일까, 종종 진지하게 얼빠진 얼굴도 보여줬다. 바로 지금처럼.

나는 내 아랫배에 정신이 팔린 조각 같은 남자의 섬세한 속눈썹, 날렵한 콧날 따위를 응시하다가 입을 열었다.

"에시."

"응."

정신이 팔린 줄 알았더니 답은 또 바로 돌아왔다.

"우리 아기, 이름은 뭐라고 지을까?"

"……이름?"

"응, 이름."

생각지 못했다는 듯한 에시의 반문이 재미있었다. 그러고 보면 이곳에선 아기가 태어난 이후 이름을 지어주는 경우가 많다.

'성별을 알 수 없으니까.'

태어난 후에야 아들인지 딸인지 알 수 있고, 보통은 성별에 따라 이름이 달라지니 말이다.

'혹은 양쪽 다 상정해서 이름을 두 개 지어두는 경우도 있고.'

하지만 나는 이름을 하나만 지었으면 하는 바람이 있다. 아들이든 딸이든, 태어나는 순간 내 아이가 갖게 될 유일한 이름.

에시는 세상에서 가장 중대한 난제를 만난 것처럼 신중한 얼굴로 뜸 들였다. 그때 문득 내 눈에 조금 전까지 읽던 책의 제목이 들어왔다.

신들의 이야기.

신이 사는 곳을 배경으로 해서 벌어지는, 적당한 허구와 신화를 섞어 엮어낸 이야기. 신이 사는 곳. 신들의 세계.

"……올리."

나는 불현듯 입 밖으로 소리 내어 중얼거렸다. 에시의 황금색 눈동자가 나를 향했다.

"우리 아기 이름, 올리 어때?"

"좋아."

대답이 너무 빨랐다.

"뜻 정도는 물어봐."

"무슨 뜻인데?"

언제부터 에시가 이렇게 말 잘 듣는 기계가 됐을까. ……아니, 원래 그랬나? 어쨌든. 나는 에시의 부드러운 머리카락 사이로 손가락을 넣어 쓸며 말했다.

"하늘, 천상계…… 혹은 신들의 마을이라는 뜻."

내가 머릿속으로 떠올린 단어는 바로 올림포스(Olympus)였다. 그중 앞에서 세 개 철자만 떼서, 올리(Oly). 뜻을 들은 에시는 이번엔 나름 시간을 들여서 입을 열었다.

"좋네."

"정말?"

"응. 좋아."

내가 무슨 해괴망측한 이름을 가져와서 내밀었어도 좋다고 했을 에시라 신뢰는 안 됐지만……. 나는 아직 내 배에 올라가 있는 에시의 손 위로 내 손을 겹쳤다. 그러곤 아기에게 말을 걸듯 소곤소곤 말했다.

"너도 좋니? 올리."

그런데 그때 마치 아기가 대답하는 것처럼 배 속이 꿀렁 울렸다. 나는 깜짝 놀랐다가, 그런 나보다 더 놀란 것처럼 보이는 에시를 응시했다.

'맙소사.'

무려 에시가 저런 표정을 짓다니. 나는 이번에는 참는 걸 포기하고 그냥 웃음을 터뜨렸다.

지나간 시간을 돌이키면, 새삼스럽게 참 많은 것이 변했다.

재작년 겨울에는 어땠더라? 나는 그때 전전긍긍하고 있었다. 에시가 나를 죽일까 봐 두려움에 떨고, 당장 그보다 더한 상실감이 가슴을 저몄다.

그랬는데…… 그때부터 정확히 일 년이 지난 작년 겨울. 나는 에시의 아이를 가지고 있었고, 에시는 그런 내 곁에서 떨어지지 않으며 걸핏하면 내가 부서지기라도 할 듯 조심조심 안거나, 신기한 눈으로 내 배를 들여다봤다. 과연 이걸 과거 나에게 말해줬다면 믿었을까?

'못 믿었겠지.'

믿고 싶어 했겠지만, 결국엔 믿지 못했을 거다.

미래란 결국 그렇다. 닥치기 전까지는 알 수 없고. 누군가 미리 말해준다고 해도, 그것이 정말 현실이 되기 전까지는 쉽사리 믿을 수 없다.

그래. 마치 지금처럼.

"아악……!"

"리디아."

참지 못한 비명이 입 밖으로 새어 나가기 무섭게 에시가 내 손을 꽉 잡았다. 이마에 땀이 송골송골 맺혔다.

에시는 꼭 쥔 내 손을 놓지 않으며 산파에게 말했다.

"아직? 아직인가?"

"아직입니다. 멀었습니다. 좀 더 힘을 주셔야 합니다."

고통으로 정신없는 와중에도 냉정한 산파의 목소리가 귀에 선명하게 꽂혔다. 절망적이었다.

'말도 안 돼…… 대체…….'

믿기지 않는다. 나는 산파의 격려와 신호에 따라 이 악물고 재차 힘을 주면서 생각했다.

'다들 이러고 낳는다고?'

이런 거였나? 애를 낳는다는 건? 정말? 그 수많은 어머니가 모두 이런 격통을 견디면서 아이를 세상에 내보낸 거라고?

'어머니들……!'

"흐윽, 존경…… 아악!"

에시가 다시 내 손을 힘주어 잡았다. 안절부절못하는 기색이 맞닿은 손으로 전해졌다. 안절부절못하는 에시라니, 평상시였으면 신귀한 구경감이라고 좋아했겠지만 지금은 그 비슷한 생각을 할 여유도 없었다.

"악……!"

"리디아."

에시는 진통이 시작되었을 때부터 시종일관 내 옆자리를 비우지 않았다. 나는 연신 내 이름을 부르는 에시를 가쁜 숨을 내쉬며 응시했다. 눈물과 땀에 젖어 흐릿한 시야로도 나를 보는 에시의 황금색 눈동자만은 제대로 보였다. 얼핏 에시의 턱에 힘이 들어가는 게 보이는 것 같았다.

"빌어먹을 파충류 심장. 이 정도 고통이면 전달이 돼야……."

뭐? 저게 무슨 말이지? 정신이 없어서 단순한 말도 평소보다 해석하는 데 오래 걸렸다. 마침 이어서 밀려온 격통은 다른 생각에 신경을 빼앗기는 걸 허락하지 않았다.

나는 대강 대신 아프고 싶다는 말이겠거니 하고 받아들였다. 나도, 정말 솔직히 말하면 이걸 절반만 나눌 수 있다면 좋겠다. 많이는 안 바란다. 딱 절반만.

"아악-!"

"왜 이렇게 오래 걸리지?"

"첫 아이는 원래 이 정도 걸립니다. 특별한 일이 아닙니다."

첫 아이. 그럼 두 번째 아이 때는 이것보단 낫다는 얘긴가. 모르겠다. 생각하고 싶지 않다. 이걸 두 번 겪는다고 상상하는 것만으로도 지옥이었다.

"윽……!"

"조금만! 아가씨, 조금만 더 힘을 주세요! 조금만!"

반대쪽에서 내 손을 잡은 베시가 전전긍긍해서 외쳤다. 정말 뜬금없지만 나는 혼몽한 정신으로 내가 에시를 참 사랑하는가 보다 생각했다. 이렇게 아파 죽을 것 같은 와중에도 에시의 머리채를 잡을 생각이 안 들다니. 이건 진짜 사랑이다.

"악……!"

"아가씨, 정말 조금만! 조금만, 조금만 더……!"

에시가 내 이름을 몇 번이나 불렀는지, 베시가 그놈의 '조금만 더'를 얼마나 외쳤는지, 심호흡은 어떻게 하고, 얼마나 더 산파가 하라는 대로 밀어내듯 힘을 주었는지 기억이 잘 나지 않는다. 다만 정신을 차렸을 때는.

"……경하드립니다."

작은, 사람이라고 하기에는 너무나도 작은 생명체가, 산파의 품에 안겨 울음을 터뜨리고 있었다.

'……아.'

나는 그 모습을 마치 정지한 광경처럼 바라보았다. 실제로 잠깐 시간이 멈춘 것 같기도 했다.

멈춘 시간이 다시 흐르기 시작한 것은, 에시가 땀으로 엉망이 된 내 이마에 입을 맞췄을 때였다. 부드럽고, 조심스럽고, 한편으로 떨림이 느껴지는 입맞춤에 다시 정신이 들었다.

아기의 울음소리가 재차 귀에 들어왔다. 이번 출산 때문에 멀리서 불려온 여의가 말했다.

"건강한 따님이시네요. 정말 축하드립니다."

"딸……."

나는 의사의 말을 작은 목소리로 되풀이했다. 다 쉬어빠진 음성이 나왔다. 얼마나 쉬었는지 내 목소리에 내가 우스워 미간을 약간 찡그리며 웃었다. 심하다.

"씻겨야 합니다만, 그 전에 잠깐 안아보시겠습니까?"

산파의 제안에 나는 고개를 끄덕였다. 긴장이 풀리면서 몸에서 기력이 빠졌는지 힘이 하나도 없었지만, 그래도 저 작은 아기 정도는 안을 수 있을 것 같았다. 그렇게 생각하며 베시의 부축을 받아 몸을 일으키는데 팔이 후들거렸다. 이런 몸으로 아이를 안을 수는 있을지 잠시 고민이 되었지만.

"……."

……아냐, 역시 안아보자.

산파가 내게 다가왔다. 나는 이 침실에 들어온 이래 처음으로 에시의 손을 놓고 아기를 받았다.

'가벼워.'

천에 싸인 아기는 가벼웠다. 너무 가벼워서 분명 안고 있는 데도 안은 듯한 느낌이 들지 않았다. 기분이 이상했다. 이제 갓 태어난 아기는 비유가 아니라 정말로 핏덩이였다. 씻겨야 한다더니, 지금은 머리카락 색도 제대로 판별하기 어려워 보였다.

'아니, 하지만 은색…….'

에시의 머리 색과 비슷한 것 같은데. 그때 베시가 곁에서 울먹거렸다.

"이제 꼼짝없이 마님으로 불러 드려야겠네요……."

"……?"

"새 아가씨가 생기셨으니까요……."

아, 그게 그렇게 되는 건가. 나는 작게 웃었다. 산파가 아기를 씻기겠다며 하녀와 함께 사라졌다. 멀어지는 산파의 뒷모습에 시선을 고정하고 있으려니 문득 세심한 손길이 관자놀이에 붙은 내 머리카락을 정돈해 주었다.

"……에시."

"괜찮아?"

"응."

에시가 한숨을 쉬었다. 정말 여러모로 복잡해 보이는 숨이었다. 가장 크게 묻어나는 건 역시 안도인 것 같지만.

"에시, 우리 올리 봤어?"

올리. 나는 아이의 이름을 입에 담았다.

에시가 대답했다.

"봤어."

"그렇지만 제대로 안 봤지?"

태어난 아이가 울음을 터뜨리고, 산파가 내게 안아보라며 아이를 가져다주고, 그런 과정 속에서 에시가 오직 나에게만 시선을 고정하고 있었다는 걸 안다.

"올리가 돌아오면 너도 안아봐. 우리 올리……."

엄청 가벼워. 작고. 어차피 안아보면 알 수 있을 사실이라 목 안으로 말을 삼켰다.

"그럴게."

에시는 순순히 대답하면서 계속 내 곁에 붙어 있었다. 그러고 얼마나 있었을까. 아기를 씻기러 나갔던 산파가 돌아왔다. 산파는 어쩐지 약간 상기된 얼굴이었다.

"두 분 미모가 출중하셔서 그런지, 정말 예쁜 아기씨네요."

정말? 저 말이 진심인지 예의상 그냥 하는 말인지는 모르겠지만, 어쨌든 기분은 좋았다.

"에시, 안아봐."

나는 아이를 바로 에시에게로 넘겼다. 조금 전보다 한결 뽀송뽀송해진 아기가 천에 둘둘 말려서는 에시의 품에 안겼다. 에시는 아기를 안아 들고 아무 말도 하지 않다가, 한참 만에 겨우 한마디를 꺼냈다.

"작아."

거봐.

"그리고 가볍지? 깃털처럼."

"……응."

나는 아기의 머리카락 색을 살폈다. 씻기 전 지저분했을 때부터 미리 알아보았듯, 아기의 머리카락은 눈부신 은색이었다.

문득 눈동자는 무슨 색일까 궁금해졌지만, 아기가 눈을 뜨려면 시간이 조금 걸린다는 걸 알았다. 나는 조급해하지 않고 천천히 기다리기로 했다.

어떤 색이든, 어차피 세상 어떤 것보다 예쁠 테니까.

지친 몸이 급격히 나른해졌다. 나는 노곤한 기분으로 작디작은 내 아이와 아이를 안고 아마 인생에서 가장 얼빠진 표정을 짓고 있을 내 남자를 가만히 응시했다.

말로 표현하는 것이 성가실 만큼 완벽한 한 폭의 그림이었다. 역시, 세상의 모든 화가를 위해 이 모습도 나만 봐야겠다. 이건 독점욕이 아니다. 정말 어쩔 수 없는 것일 뿐.

나는 미소하며 몹시 작은 소리로 속삭였다.

"어서 와, 올리."

외전 3 오 년 후

비로즈 왕국의 젊은 공작, 이르단 마그지어는 성루에 올라 묵묵히 성밖을 내려다보았다. 그의 짙은 밤색 눈동자에 지난 과거를 회상하는 잔잔한 기운이 어렸다.

칠 년 전. 폭정을 일삼던 국왕과 그녀의 딸이 한꺼번에 죽고, 왕국에는 많은 변화가 있었다. 그 대부분의 변화를 만들어낸 이가 바로 그, 이르단이었다. 국왕에게 붙어 콩고물을 받아먹으며 부정부패를 저지르던 쓰레기 무리를 싹 청소하고, 무너진 왕궁 체계를 바로잡고. 가난이 원인이 된 역병을 잡고, 범죄를 소탕하고, 국고를 풀어 민생을 안정시키고. 그 외 여러 망가지고 엉망이던 것을 고치고, 정비하고, 보완하고 새로 바꿨다.

그러는 데 장장 칠 년이라는 시간이 걸렸다. 그리고 이제 드디어 마지막, 제 모습을 찾은 왕국에 새 왕을 앉히는 일만 남았다. 새로운 국왕은 이미 추대되었다. 내일은 즉위식이 있는 날이다.

이르단은 말없이 성루 아래로 눈을 고정했다.

"대장, 거기서 뭐 합니까?"

그때 이르단을 부르는 목소리가 있었다.

"사색? 뭐 그런 거 하시나?"

이르단은 익숙하게 상대의 말을 정정했다.

"여긴 전장이 아니다. 공작님이라고 부르랬지. 에단 백작."

"예예, 공작님."

에단 백작이라고 불린 젊은 남자는 성의 없게 대꾸하고는 말했다.

"그런데 정말 이런 데 서서 뭐 하시는 겁니까?"

"그냥, 생각할 것이 좀 있어서."

"생각하다가 누가 밀면 떨어져서 바로 인생 종 치겠네요."

"……일정이 넉넉하여 온 건가?"

시간이 남아돌아서 시비 걸러 왔냐는 뜻이었다. 에단 백작은 어깨를 으쓱하고는 되물었다.

"걱정되십니까?"

"……."

"뭐, 잘할 겁니다. 염려 마세요. 솔직히 그 녀석만큼 성군 기질인 사람 봤습니까? 전 못 봤습니다. 아무래도 국왕이 체질……."

"그걸 걱정하는 게 아니다."

"예?"

에단 백작이 멍청하게 눈을 깜박였다.

"그럼요?"

내일 즉위식이라 여기서 이러고 염병 떠는 게 아니었나? 에단 백작의 속마음이 표정에 드러났다. 이르단은 짧게 한숨을 쉬고 말했다.

"누가 고른 인재인데, 녀석이야 틀림없이 알아서 잘하겠지. 그런 것이 걱정되지는 않아. 다만……."

"……."

"알고 있나? 죽은 국왕에게 딸이 한 명 더 있다는 것을."

"알죠, 그럼. 모르겠습니까? 육 년 전 국왕을 잡아준 사람이 누군데요. 크으. 은인이죠, 은인."

"너는 안심되나?"

"네?"

"무려 '그' 국왕의 딸이다. 안심할 수 있나?"

"그건……."

이르단이 무슨 말을 하려는 것인지 깨달은 에단 백작의 표정이 미묘해졌다.

"당연히 좋은 사람이겠죠. 국왕을 죽였잖아요."

"그건 다르게 보면 그만큼 독한 인물이라는 말도 되지. 자길 낳아준 사람을 죽일 만큼."

"……국왕이 뭐 평범한 어미였나요? 죽어도 싼 여자였지."

"결과를 가지고 뭐라고 하려는 건 아니야. 나도 그녀가 국왕을 죽여준 건 은혜라고 생각한다."

그렇지만 이건 그것과는 별개의 이야기다. 못 박은 이르단이 말을 이었다.

"역사적으로도 피는 물보다 진했다. 그건 명백한 사실이야."

"그래서요? 그렇다고 해도 뭐 어쩌시려고요."

"내일 즉위식이 끝나면 제국으로 간다."

"예에?"

에단 백작이 깜짝 놀라 외쳤다. 이르단은 눈 한번 깜빡하지 않았다.

"내 눈으로 직접 보고 판단하겠다. 그녀가 이제야 간신히 제자리를 찾은 왕국에 해가 될 인물인지, 아닌지."

"뭐가 이렇게 갑작스럽게……."

"혼자 다녀올 테니 그리 알아."

통보였다. 에단 백작은 팽팽한 미간에 주름을 잡았다가 이내 물었다.
"……만약, 해가 될 것 같으면요? 만났는데 그런 판단이 서면?"
"그땐 어쩔 수 없겠지."
"그 말은……."
긴장 속에서 에단 백작이 심각한 얼굴로 침을 삼켰다. 그와 이르단의 입이 동시에 열렸다.
"제거……."
"왕위를 포기하겠다는 각서를 받아내야지."
"……."
"……."
두 사람의 시선이 허공에서 부딪혔다. 이르단이 먼저 입을 열었다.
"멀쩡한 사람을 왜 제거해? 에단 백작, 취미가 왜 그러나?"
"아니, 취미가 아니고! 대장이야말로 왜 그러십니까? 이 흐름에서 그 말이 왜 튀어나오는데요? 지금 장난합니까?"
"공작님."
"아, 대장이나 공작님이나!"
"흠…… 에단 백작."
이르단이 날뛰는 거구의 남자를 향해 차분히 입을 열었다.
"그녀가 제국에서 조용히 산다면 그녀의 인품 따위는 별로 상관없어. 죽은 국왕의 복제품이라고 해도 중요하지 않아."
"……."
"문제가 되는 건 그녀가 왕국으로 와서 왕위를 찾으려 드는 때다."
이르단의 목소리는 담담했다.
"왕국에는 아직 그놈의 정통성에 미련을 버리지 못한 늙은이가 많거든."
"……."

"놀랍게도 그들에겐 폭정보다도 혈통이 위다. 그녀가 왕위를 되찾으려는 순간 왕국은 필연적으로 분열할 거야."

"……그래서 그런 일이 일어나지 않게, 제국으로 가서 상대를 만나보고 여차하면 왕위 포기 각서를 받겠다?"

"그래."

"역시 장난합니까? 그게 뭐예요! 칠 년이나 지났는데 이제 와 그러는 건 둘째 치고, 국왕 판박이면 각서를 쓰겠어요? 쓴다고 해도 과연 그걸 지키겠느냐고요?"

"지키지 않으면 그때 가서 제거해야지."

에단 백작이 멈칫했다.

"각서를 받아내는 건 내 몫이다. 각서가 지켜지지 않았을 때 대상을 제거하는 것도 내 몫이고."

"……."

"이의 있나?"

에단 백작은 자기 상사의 악취미를 되새겼다. 있다고 해도 어차피 귓등으로도 안 들을 거면서 꼭 저렇게 이의 있냐고 묻는다.

그는 결국 한숨을 푹 내쉬곤 입을 열었다.

"잘 다녀오세요."

대여섯은 되었을까. 한눈에 봐도 어린 여자아이가 드레스를 펄럭이며 흙바닥 위를 뛰었다. 드레스 치마가 펄럭거릴 때마다 그 안으로 꼼꼼히 차려입은 바지 밑단이 언뜻 보였다.

"아가씨!"

"거기 서십시오, 아가씨!"

여자아이의 뒤를 장정 두 명이 헐떡이며 쫓았다. 아이는 고개를 돌려 한참 벌어진 거리를 확인하더니 혀를 쯧 찼다.

"느려."

"아가씨께서, 헉, 빠른 겁니다!"

"예, 그겁니다!"

저희가 느린 게 아닙니다!

두 사람이 필사적으로 소리치며 주장했으나, 여자아이는 냉정했다.

"아니, 내가 볼 땐 그냥 훈련 부족이야."

"……!"

"제대로 쫓아와. 여기서 더 멀어지면 아빠한테 이를 줄 알아."

"아, 안 돼!"

"그것만은 제발!"

두 남자의 안색이 새파랗게 질렸다. 여자아이는 둘을 뒤로하고 다시 뛰기 시작했다.

"……."

조금 떨어진 곳에 앉은 내가 그 모습을 묵묵히 지켜보는데 옆에서 불쑥 컵이 나타났다.

"마님."

"아, 베시."

"올리 아가씨를 보고 계신 거예요?"

베시는 나처럼 정면을 살피고는 말했다.

"오늘도 놀이에 열중하고 계시네요, 아가씨께선."

나는 말없이 컵을 입으로 가져갔다. 베시의 말대로, 내가 지금 지켜보느라 바쁜 여자아이는 바로 올리다. 눈에 넣어도 아프지 않을 내 딸 올리 위드그린. 그리고 그런 올리를 필사적으로 쫓느라 죽어나는 저 둘은 얼마 전 공작가에 들어온 기사고.

정리하면 지금 올리는 연무장에서 새로 들어온 기사 두 명과 '나 잡아봐라' 놀이를 하고 있다는 말이었다. 올리가 도망치는 쪽. 두 기사가 잡는 쪽. 연무장의 상황을 주시하던 베시가 말했다.

"흠, 저 두 사람 오늘 밤엔 앓아눕겠는데요."

"……."

"한동안 근육통 때문에 고생 좀 하겠어요. 뭐, 그래도 지난주보다는 낫지만요."

"지난주?"

"네, 그때는 올리 아가씨가 도망가는 쪽이 아니라 잡는 쪽이었고…… 결국 도망가는 쪽이었던 기사 두 명이 울었잖아요."

"음, 맞아."

그랬지. 나는 올리가 지난주 연무장에서 폭주 기관차처럼 두 명의 기사를 쫓다가 기어코 그들을 울렸던 것을 기억해 냈다. 무서우니까 제발 이제 그만하면 안 되겠냐고 눈물을 보였던 이십 대 초반의 남자 둘과 다섯 살 올리. 나는 잠자코 컵을 기울였다. 건강하기도 하지. 역시 우리 올리.

'제 아빠를 꽤 닮기도 했고.'

어딘지 새삼스러운 느낌도 들지만, 올리는 에시를 많이 닮았다. 특히 지금 보이는 것처럼 체력적인 면에서 두드러지게. 누가 상상이나 했을까? 정정한 기사들과 잡기 놀이를 하는데 전혀 잡히지 않고, 오히려 기사들을 보며 느리다고 혀를 차는 다섯 살 여자아이라니.

나도 미처 예상 못 했다. 올리는 에시의 딸이지만 내 딸이기도 했으니 말이다. 설마 저 정도일 줄은.

'뭐, 이러나저러나 건강한 건 좋은 거지.'

컵에 든 주스를 목으로 넘기며 흐뭇하게 웃었다. 하여간, 우리 올리. 어쩜 저렇게 뛰는 것마저 예쁠까? 기사들 훈련이 부족할까 봐 직접 나서서 거들어주는 저 마음씨도 참 곱기 그지없다.

이건 기사들의 의견도 들어봐야 한다는 양심의 외침이 마음 한편에서 희미하게 울렸지만, 무시하고 재차 컵을 기울였다. 근데 이거 맛있네.

"베시, 이 주스 참 맛있다. 뭐 넣은 거야?"

"당근이랑 이것저것……."

"이것저것?"

"그거 바실리스가 만든 거예요."

나는 눈을 깜박이다 되물었다.

"발이?"

여기서 한 가지 사실. 베시는 내가 올리를 낳고 얼마 후 자신의 임신 소식을 알렸다.

'알렉스가 돌을 좀 맞았지.'

왜냐면 그때 알렉스는 베시와 식을 올리기 전이었으니까. 어쨌든 그 두 사람은 바로 부부의 연을 맺었고, 베시는 이듬해 무사히 출산했다. 베시의 나이가 적지 않아 다들 약간 걱정했으나 다행히 베시도, 아이도 무척 건강했다.

태어난 아이는 아들이었고, 알렉스는 기뻐하며 아이의 이름을 바실리스라고 지었다. 어느 고대 신화에 나오는 영웅의 이름이라나?

'강인해 보이는 이름으로 짓고 싶었다고 했지.'

나중에 알게 된 것인데 알렉스는 자기 이름에 약간의 콤플렉스가 있었다. 너무 무난해서 어느 동네에 가도 꼭 한 명씩은 있을 것 같은 친근한 느낌이 불만이었다고 했나?

'확실히…….'

알렉스는 그리 크게 고민하고 지었다는 인상을 주는 이름이 아니긴 하다. 어쨌든 그래서 소원 풀이 하듯 아들 이름은 '바실리스'라는 강인하고 독특한 것으로 지어주고 알렉스가 참 기뻐했는데.

'그것도 작년까지였지만.'

안타깝게도 그의 기쁨은 작년에 그쳤다.

작년, 바야흐로 올리가 네 살이었을 때. 그때쯤 세 살이던 바실리스를 정식으로 소개해 주었는데, 몇 번 바실리스의 이름을 되풀이하던 올리는 곧 부르기 어려워서 귀찮다는 듯 멋대로 바꿔 불렀다.

"발."

……이라고. 그리고 그날 이후 올리가 즉석에서 지어준 바실리스의 애칭(?) '발'은 저택에서 선풍적인 인기를 끌었다. 가장 큰 이유는 역시 귀엽다는 거였다.

'정말 귀엽기는 해.'

발. 뭔가 부르면 부를수록 입에 착 감기고 귀엽다. 그래서 나도 바실리스를 발이라고 부르는 참이고.

이렇다 보니 현재에 이르러 공작가에서 바실리스를 본명으로 부르는 사람은 알렉스 한 사람이 유일했다. 혹은 홀로 미련을 버리지 못한 외로운 남편을 가엾게 여긴 베시가 한 번씩 바실리스라고도 언급해 주는 정도. 불쌍한 알렉스. 하지만 강인함보다 귀여움이 위인 것은 어쩔 수 없는 일이지.

나는 세상의 이치에 대해 생각하며 컵에 남은 주스를 비웠다.

"정말 발이 이걸 만들었다고?"

"정확히는 재료를 그 애가 고른 것이기는 한데요…… 어쩌다 거길 들어갔는지 주방에서 기웃거리다가 남이 하는 걸 보고 관심이 갔나 봐요."

"오호."

"자기도 따라서 해보겠다고 과일이며 채소를 골라서 가져오는 걸 주방장이 즙을 짜줬다네요."

"그 결과물이 이 주스고?"
"맞아요."
나는 신기한 눈으로 빈 컵을 내려다봤다.
바실리스는 지금 만 나이로 네 살이다. 태어난 지 사 년 된 아이에게 이런 감각이라니. 범상치 않다.
"맛이 꽤 괜찮죠? 저도 아까 맛을 보곤 놀랐어요. 뭘 집어넣었는지 자기도 기억 못 하는 게 아쉽기는 하지만……."
응. 진짜. 정말 아쉬운데.
베시의 웃음기 섞인 말에 진지하게 고개를 끄덕일 때였다.
"어머니!"
놀이를 끝낸 건지 올리가 우리 쪽으로 달려왔다. 나는 팔을 벌려 능숙하게 올리를 끌어안았다.
"잡기 놀이는 끝난 거야?"
"아니요."
올리가 고개를 돌렸다. 시선이 닿는 곳에는 기사 두 명이 숨을 헐떡이며 주저앉아 있었다.
"너무 느리고 약골이라서요. 잠깐 쉬기로 했어요."
"아하."
나는 잠시 밝아지나 싶던 기사 둘의 얼굴이 다시 검게 죽는 것을 모른 체하며 올리를 보았다. 햇빛을 받은 올리의 깨끗한 은발이 화사하게 빛났다. 나는 맑고 투명한 올리의 호박색 눈동자를 들여다보다가 입을 열었다. 전부터 궁금했다.
"올리. 난 왜 어머니야?"
"……?"
"아빠는 아빠인데, 엄마는 왜 엄마가 아닐까?"
유치하다고 해도 좋다. 하지만 내심 불만이었다. 에시는 항상 아빠라고 하면서! 나는 옹알이를 할 때만 때만 엄마였지, 올리가 제법 말을 배운 이후에 갑작스럽게 어머니로 바뀌었다. 그때의 상실감은 정말…… 나한테 빙의라도 하지 않고선 모를 거다. 흑흑.

올리는 내 질문을 받고는 주변을 슬쩍 둘러보았다. 그러더니 뭔가 비밀을 알려주는 것처럼 가까이 다가와 내 귓가에 대고 속삭였다.

"사실 아빠는요, 친해지기 좀 어려워요."

"……응?"

이게 무슨 소리야. 반대가 아니라?

올리가 자그마한 입술로 계속 말했다.

"왜냐면 아빠는 엄마만 안중에 있거든요."

"……."

"엄마밖에 몰라요. 아빠는."

"그……."

나는 당황해서 잠깐 멈췄다가 얼른 말을 이었다.

"그럴 리가, 올리. 아니야. 아빠가 올리를 얼마나 사랑하는데."

"그건 알아요. 아빠는 날 사랑해요."

"그럼……."

"그런데 나를 사랑하는 것보다 이만큼 더 엄마를 사랑하고요."

올리가 손가락 열 개를 전부 활짝 펼쳐 보였다. 순간 할 말이 없어졌다. 올리는 손가락을 접고는 히히 웃으며 내 목에 매달렸다.

"그렇지만 난 그런 아빠가 좋아요. 원래 아빠는 엄마를 세상에서 가장 사랑해야 하는 거라고 책에서 그랬거든요."

"……무슨 책?"

"있어요."

나는 앙증맞은 올리의 이목구비를 가만 뜯어보았다. 이 와중에 올리가 벌써 책을 찾아 읽는 게 무척 대견했다. 나는 올리의 발그스름한 볼을 빤히 보다가 기습적으로 입을 맞췄다. 부드럽고 말랑했다. 정말이지 찹쌀떡 같다. 이곳에는 찹쌀떡이 없어서 말해도 공감받지 못하는 것이 아쉽지만.

"그래서 올리, 아빠는 덜 친해서 아빠라고 불러주는 거야?"

끄덕끄덕.

"아버지라고 부르면 더 안 친한 느낌이라서?"

또 끄덕끄덕.

"그럼 엄마는 엄마라고 불리는 건 포기해야겠네? 엄마는 올리랑 무지무지 친하니까."

이번에도 끄덕끄덕.

"으휴."

나는 올리를 꼭 끌어안았다. 어쩔 수 없지. 내가 봐준다. 덜 친해서 아빠라고 불러준다는데 뭐. 나를 엄마라고 부르든 어머니라고 부르든 올리가 치명적으로 귀여운 건 같으니까.

나는 올리의 찹쌀떡 같은 희고 말랑한 뺨에 내 뺨을 붙이고 마구 문질렀다. 그러고 보면, 내가 어릴 때는 왜 부모님이 이런 식으로 걸핏하면 나를 붙잡고 얼굴을 비벼대는지 이해하지 못했었는데…….

'특히 아빠가 그러면 질색했지. 수염 때문에 까칠해서.'

그런데 내가 엄마가 되어보니까 알겠다. 이 행동은 놀랍게도 마음에 안식을 준다. 정말이다. 마치 마법 같달까.

한창 올리를 붙잡고 있을 때 문득 머리 위로 그늘이 졌다.

"아빠!"

고개를 든 올리가 이내 화색이 도는 얼굴로 내 품을 벗어났다. 나는 벤치에서 폴짝 뛰어내린 찹쌀떡이 곧바로 에시에게 달려가 안기는 것을 보며 눈을 부릅떴다.

'올리!'

안 친하다며……! 아니, 안 친하다는 건 아니고 덜 친하다고 했지만, 어쨌든. 이렇게 순식간에 버림받을 줄이야. 설마 뺨을 문댄 게 원인인가. 사무치는 상실감과 배신감에 시무룩해 있는 사이 올리를 번쩍 안아 올린 에시가 내게 시선을 주었다.

"뭐 하고 있었어?"

"……네가 나타나서 빼앗아 가기 전까지 올리랑 놀고 있었지."

불퉁한 답변에 낮게 웃은 에시가 올리를 보며 물었다.

"그랬어?"

"맞아요. 그런데 지금은 아빠가 왔으니까 아빠랑 놀려고요."

"그래?"

"하지만 아빠는 엄마랑 놀고 싶죠?"

"그……."

에시가 순간적으로 당한 기습에 할 말을 잃은 것처럼 잠깐 말을 멈췄다. 올리는 다 안다는 양 까르르 웃었다.

"괜찮아요. 난 나중에 놀면 되니까요. 어차피 마저 놀아줘야 하는 사람도 있고요."

그러더니 올리가 에시의 품에서 폴짝 뛰어내렸다. 한쪽에서 조마조마하게 눈치를 보며 쉬고 있던 기사 둘의 안색이 금방 새파랗게 질렸다. 나는 붙잡을 새도 주지 않고 멀어지는 작고 재빠른 몸을 보다가 에시를 올려다보았다.

"에시."

"……응."

"올리 어때?"

에시가 나를 내려다보았다. 눈이 마주치자 답지 않게 자신감 없는 대답이 흘러나왔다.

"……어려워."

'올리는 네가 어렵다던데.'

나는 그 말을 삼키고 대신 다른 말을 꺼냈다.

"그래도 사랑하지?"

"응."

"그리고 그 열 배만큼 나를 사랑하고?"

에시가 눈꺼풀을 여닫았다.

"누가 그래?"

"누가 그런지 알면, 왜?"

"칭찬해 주려고. 정확해서."

에시가 벤치 등받이를 짚고 몸을 숙였다. 입술에 입술이 내려앉듯 닿았다가 금방 떨어졌다. 나는 입술을 매만진 후 입을 벌렸다.

"장난해? 당장 이리……."

……와서 제대로 다시 하라고 말하려다 깨달았다. 여기가 어딘지.

"크흠."

지금 여긴 바깥이고, 바깥인 건 그렇다고 치더라도 나와 에시 둘만 있는 장소가 아니지. 아쉽게도. 헛기침으로 뒷말을 얼버무리고 대충 태연한 척하는 내게 에시가 속삭였다.

"들어갈까?"

어허. 어디서 유혹이야?

"아니, 난 올리를-"

지켜봐야 할 의무가 있어, 라고 단호하게 말하려는 순간 올리가 멀리서 외쳤다.

"어머니, 아빠! 조금만 더 놀고 들어갈 테니 저는 걱정하지 마세요!"

"……."

"그리고 너흰 좀 더 빨리 뛸 수 없을까?"

"아가씨!"

"최선입니다! 헉헉, 자비를……!"

나는 고민했다. 과연 올리가 방금 저 거리에서 나와 에시의 대화를 듣고 저렇게 외친 걸까?

"올리가 그렇다는데."

"에시."

"응?"

"너 저 나이 때 기억나? 혹시 저 정도 거리에서 이만한 목소리는 다 들렸어?"

"글쎄."

에시는 모호하게 대답하며 벤치에서 나를 안아 올렸다.

"그건 들어가서 얘기해 주지."

"……!"

그때 조용히 자리를 지키고 있던 베시와 눈이 마주쳤다. 베시가 웃으며 말했다.

"염려 마세요. 올리 아가씨는 제가 보고 있을게요."

"베시."

당황한 목소리로 베시를 불렀지만, 그때는 이미 에시가 나를 안고서 몸을 돌린 뒤였다.

"……."

……어휴, 내가 진짜. 어쩔 수 없지. 이건 정말 어쩔 수 없어서 그런 거다.

나는 에시의 품에 얌전히 안겨 있다가 인적이 드물어지는 순간 에시의 목에 감은 팔을 당겼다.

"누구라고?"

내 물음에 소식을 전한 하녀가 재차 입을 열었다.

"이르단 마그지어 공작님이라고 하셨어요. 비로즈 왕국에서 오셨다고……."

'비로즈 왕국.'

나는 잠시 눈꺼풀을 여닫았다. 갑작스러운 방문이었지만, 그건 중요하지 않았다. 저 이름과 비교하면.

"나를 찾아왔다고 하니?"

"네."

"그래. 가자."

심장이 살짝 뛰었다. 물론 안 좋은 쪽으로.

'왜 온 걸까?'

나와 비로즈 왕국 간 인연은 그리 좋은 것이 못 된다. 나는 그곳에서 태어났지만, 그곳은 내 고향이 아니다. 죽은 '전' 국왕도 마찬가지였다. 그녀는 나를 낳았으나 내 어머니라고는 할 수 없었다.

'절대.'

올리를 낳고, 키워보니 더 알겠다. 그녀는 절대로 어머니가 아니었다. 적어도 나에겐.

'그냥 나를 죽이려고 든 원수였지. 그리고…….'

그 원수가 죽은 것도 이제 약 칠 년 전 일이다. 그 말은 내가 국왕을 잡아 반란군에게 넘기고, 반란군이 그녀의 목을 벤 지 칠 년이 흘렀다는 말이었다.

'이제 와 왜 나를…….'

새 국왕이 추대되었다는 소식은 얼마 전에 들었다. 그 정도는 굳이 알려고 하지 않아도 귀에 들어왔다. 비로즈 왕국은 이웃 나라였으니까.

'축하라도 받으러 왔나?'

아니면, 벌써 칠 년 전 일이긴 하지만 이제라도 헌 국왕을 치워줘서 고맙단 인사를 하러?

'모르겠네.'

어느 쪽이든 바로 수궁이 갈 만한 이유는 아니었다.

'심지어 이르단 마그지어라면…….'

생각하는 사이 응접실에 도착했다. 하녀가 응접실의 문을 열자 그 안으로 의자에 앉지 않고 꼿꼿이 선 남자가 보였다.

'반란군의 수장이잖아.'

칠 년 전. 아마 내가 넘겨준 국왕의 목을 손수 베었을 남자. 짙은 밤색 눈이 인상적인 젊은 남자가 나를 향해 예를 올렸다.

"처음 뵙겠습니다. 비로즈 왕국의 이르단 마그지어입니다."

"……만나서 반가워요, 공. 우선 앉으세요."

이르단 마그지어는 앉으라는 내 말에도 요지부동이었다. 나는 목석 같은 그를 보다가 설마 싶어 내가 먼저 의자에 앉았다. 그제야 이르단도 내 맞은편에 착석했다.

'흠.'

초면이지만 지금 이 행동만으로도 어느 정도는 알겠다. 이 인간, 꽉 막혔군.

"마그지어 공."

"이르단이라고 불러주셔도 됩니다."

"마그지어 공이면 충분해요."

꽉 막혀 보여서는 이름은 쉽게 허락하다니. 하지만 친근하게 이름을 부르면 큰일 나는 건 내가 아니라 바로 쟤다. 내 배려심을 아는지 모르는지 이르단 마그지어가 묵묵히 고개를 끄덕였다.

"알겠습니다. 그럼 저는 공작 부인으로 불러 드리면 되겠습니까?"

"다른 게 있나요?"

"그건……."

"공작 부인으로 부르세요. 허락하지도 않은 이름을 부를 생각이 아니라면."

"그러겠습니다. 공작 부인."

나는 이르단 마그지어를 유심히 살폈다.

'원한다면 공주님으로 불러주기라도 할 셈이었나?'

정말 무슨 생각인지 모르겠다. 여긴 대체 왜 온 건지도. 나는 더 고민하지 않고 바로 본론을 꺼냈다.

"단도직입적으로 물을게요. 마그지어 공, 여긴 무슨 일로 오셨죠?"

"우선은 감사드립니다."

이르단 마그지어는 내가 뭘 어쩔 새도 없이 자리에서 벌떡 일어나 바닥에 한쪽 무릎을 꿇고 앉았다.

"……?"

나는 1차로 당황했다.

"칠 년 전, 그때는 경황이 없어서 제대로 인사드리지 못했습니다. 늦었지만 이제라도 인사 올립니다. 진심으로 감사합니다."

"……아니, 뭐. 그래요. 내가 그때 큰일을 한 건 사실이니까. 그 인사 받을게요. 그럼 이제 일어—"

"그리고 한 가지 부탁이 있습니다."

"부탁?"

"이곳에서 보름만 머물게 해주십시오."

나는 2차로 당황했다.

"뭐라고요?"

"부탁드립니다."

"……공이 그런 부탁을 하는 이유를 잘 모르겠는데요."

"부탁을 들어주시면, 비로즈 왕국은 영원히 위드그린 공작가의 우방으로 머무를 겁니다."

"……."

"이름을 걸고 약속드립니다."

일개 공작의 이름이 어떻게 그런 것을 약속할 수 있냐는 질문은 하지 않았다. 그가 일개 공작이 아니라는 건 잘 알고 있었다. 나는 고개를 숙인 채 들지 않는 이르단을 가만 바라보다 입을 열었다.

"사흘."

"열흘, 그 정도는……."

"닷새."

"일주일! 그 미만은 안 됩니다."

이르단이 다급히 외쳤다. 나는 작게 한숨을 쉬었다.

"그래요. 일주일. 딱 일주일로 해요."

"……!"

"단 기한이 지나면 억지로라도 쫓아낼 거예요."

"물론입니다. 충분합니다."

"그럼 이제 일어나세요."

이르단이 그제야 순순히 몸을 일으켰다.

"오늘부터 머물 건가요?"

"부탁드립니다."

나는 줄을 당겨 응접실 바깥의 사람을 불렀다. 손님용 빈방은 항상 준비되어 있어서 방을 내주는 것이 어려운 일은 아니었다.

"일주일간 저택에서 머무를 손님이야. 안내해 드리렴."

이르단은 내게 고개를 숙여 보이곤 하녀를 따라 나갔다. 뒷모습만 보는데도 걸음걸이가 굉장히 단정했다. 기사의 걸음걸이라고 할지, 군인의 걸음에 가깝다고 할지. 어쨌거나 걷는 모습도 꽉 막혀 보인다.

나는 이르단에 대한 평가를 서슴지 않으며 응접실 문이 닫힐 때까지 시선을 고정했다.

'으음.'

잠시 후 베시가 응접실에 나타났다.

"마님! 저 사람은 대체……."

"공작이래. 비로즈 왕국에서 온 이르단 마그지어 공작."

"공작이라고요? 그런 분이 여기까진 무슨 일로 왔대요?"

"그게……."

나는 목소리를 착 내리깔았다.

"아무래도 시험할 생각으로 온 것 같아."

"시험이요?"

"응. 나를."

"예? 마님을 시험한다고요?"

"그런 눈으로 보고 갔어. 나를 ……."

조금 전, 응접실에서 나가기 직전 이르단이 나를 돌아보았다. 그때 눈이 마주쳤다. 그 눈. 그 밤색 눈동자를 떠올리자 미약하게 등줄기에 소름이 돋았다. 잊히지 않는다. 눈이 마주친 건 아주 잠깐이었는데도 나를 샅샅이 꿰뚫어 보던 눈빛. 집요하게 탐색하고 또 탐색하던 눈. 그건 분명…….

"며느리 보듯이."

"네?"

"시어머니가 며느리 보는 눈으로 날 보더라. 확실해."

나는 팔뚝을 삭삭 문질렀다. 으, 진짜 소름 돋는다.

내 말에 베시의 표정도 나빠졌다.

"그런…… 끔찍한 눈으로 마님을 보고 갔다고요?"

"응."

"맙소사, 정신 나간 사람 아니에요?"

"내 말이. 그렇지?"

"정말 그런가 봐요. 어머, 어머. 겉보기엔 멀쩡해서는. 어디서 눈을 그렇게 떠?"

나는 베시와 함께 실컷 이르단 마그지어의 흉을 보았다. 비로즈 왕국까지 언급하며 부탁하기에 일단 머무는 것까지는 허락했지만…….

'시어머니라니.'

그것도 꽉 막힌 시어머니라니! 정말 좋지 않다.

나는 일주일이 화살처럼 빠르게 지나가길 바라며 고개를 흔들었다.

에시는 이르단 마그지어가 저택에 머무르는 것을 별말 없이 묵인해 주었다. 다만 당사자 모르게 조용히 신원 확인 과정이 있었고, 이르단 본인이 확실하다는 결과를 얻었다.

나는 이르단 마그지어가 저택에 묵는 동안 나와 마주치는 일이 거의 없기를 바랐다. 과한 바람이었다.

"좋은 오전입니다. 공작 부인."

이튿날 오전, 후원에 나와 화단에 물을 주고 있는데 이르단 마그지어가 나타났다.

결국…… 이렇게 되고 말았나. 주변을 살폈다. 자리를 피하고 싶어도 당장 피할 명분이 없었다. 그리고 또 막상 피하자니 자존심이 상했다.

그래, 어디 해보자. 나는 물러서지 않기로 하고 이르단의 밤색 눈을 똑바로 마주 보았다.

"공작저에서 보낸 하루는 어땠나요, 마그지어 공?"

"무척 좋았습니다. 배려에 감사드립니다."

"잠자리가 편안했다니 다행이네요."

평이한 인사말을 주고받고 잠시 정적이 흘렀다.

"공작 부인께서는……."

'왔군.'

이르단의 입이 열리자 긴장이 고조되었다. 시작인가. 이르단은 물뿌리개를 쥐고 있는 내 손을 보며 말을 이었다.

"화단에 손수 물을 주시는군요."

"종종 해요."

"취미이신가요?"

'첫 번째는 취미 점검?'

머리가 바쁘게 돌았다. 며느리의 덕목 중 '얼마나 부지런한가'를 따지는 건가? 좋아. 시작은 어렵지 않군. 나는 손에 든 물뿌리개를 능숙하게 기울이며 말을 받았다.

"맞아요. 취미예요."

"……."

"이렇게 일찍 나와서 화단에 물을 주고 있으면…… 신기하게도 마음이 안정되거든요. 특히 이른 아침이나 새벽에는 더 그렇죠."

들었니? 지금도 이만하면 꽤 이른 시간이지만, 다른 날에는 무려 이것보다 더 이른 아침에도! 혹은 새벽에도! 화단에 물을 주러 나온다! 딱히 거짓말도 아니었다. 정말 어쩌다 한 번씩은 그러는 날도 있었으니까. 정말 어쩌다 한 번이지만.

'어떠냐.'

이 정도 답변이면 통과인가? 가슴이 두근거렸다. 어제도 느꼈지만 이르단 마그지어는 표정 변화가 별로 없어서 속내를 읽기가 힘들었다. 그는 내 말을 묵묵히 곱씹는 것 같다가 고개를 끄덕였다.

"그렇군요."

'합격?'

며느리의 여러 덕목 중 '부지런함'은 이렇게 패스? 속을 읽을 수 없으니 결과도 짐작하기가 어렵다. 그때 이르단이 이어서 입을 열었다.

"어제 보니 어린 공녀님이 계시더군요."

'올리를 말하나.'

나는 문득 올리를 떠올렸다. 올리는 저택에선 아가씨로 불리지만, 바깥에 나가면 공녀님으로 통했다. 결혼 전 나를 부르던 호칭이 이제는 올리를 가리키는 말이 되었다는 게 약간 기분이 묘했다.

"혹 공녀님은 지금 무얼 하고 계십니까?"

"자요."

생각에 잠겨 있느라 대수롭지 않게 바로 대답했다. 그러고 보면, 우리 올리는 자는 얼굴도 예쁘다. 그뿐일까? 한 번씩 같이 자도 되냐고 베개를 들고 침실로 찾아올 때면 그 모습이 얼마나 사랑스러운지 모른다. 비록 그건 필연적으로 부부의 긴 밤을 방해하는 행위가 되곤 하지만, 그래도 괜찮다. 올리니까.

하아, 우리 올리. 대체 누가 낳고 키웠는지는 모르겠지만 너무 예뻐. 머리부터 발끝까지 사랑스러워. 완벽한 올리. 올리 보고 싶다.

"아직 말입니까?"

"네."

"……늦은 시각이 아닙니까?"

이르단의 목소리에 올리를 상상하며 속으로 실컷 주접떨던 것을 멈췄다.

"늦은 시각이요?"

"기상하기에 알맞은 시각은 지난 듯해서요."

"올리는 다섯 살이에요."

서른다섯쯤 된 것 같은 본인이랑 비교하면 안 되지. 그보단 덜 됐을까. 뭐 어쨌든.

"아이는 원래 많이 자는 거고요."

특히 올리는 잠이 많이 필요할 거다. 종일 뛰어다니니까. 내 판단에 의하면 올리는 하루의 절반쯤 잠으로 채워도 된다. 응, 그래도 되지. 올리는 무조건 돼.

그런데 내 대답에 한동안 이르단에게서 말이 없었다. 나는 화단에서 눈을 떼고 흘긋 이르단을 보았다.

"……?"

저게 무슨 표정일까. 내 답을 의외라고 생각하는 것 같기도 하고, 무슨 고민 빠진 것 같기도 하다.

'가만, 설마 방금 그것도 며느리의 덕목?'

덕목 중에서 뭐 '애들 훈육' 이런 건가? 그렇지만 대답을 바꿀 생각은 없다. 올리는 자고 싶은 만큼 자야 한다. 그렇게 생각할 때 마침내 이르단의 입이 열렸다.

"오늘……."

"……."

"괜찮으시다면 식사에 함께하고 싶습니다. 저녁 정찬에 초대받을 수 있겠습니까?"

저 말은 아무래도 그 뜻인가? 며느리로서 나의 식사 예절이 얼마나 잘 갖추어져 있는지 확인하겠다는 얘기? 답은 정해져 있었다. 나는 생판 남이지만 시어머니의 눈을 한 남자를 보며 말했다.

"아니요."

……라고 말은 했지만, 손님으로 머무는 마당에 식당에서 내쫓을 수도 없었으므로 이르단은 우리와 함께 식사했다. 여기서 우리란 나

와 에시, 그리고 올리다.

"올리. 당근 싫어?"

"……당근 좋아요."

"그런데 왜 안 먹고 이렇게나 남겼을까?"

"좋아하니까 아껴뒀다가 나중에 먹으려고요."

거짓말. 하여간 애들이 채소를 남기면서 대는 핑계는 다 똑같다. 올리는 평소에는 놀라울 만큼 조숙하면서 이럴 때만 평범한 아이 같았다.

'귀여워.'

입꼬리가 씰룩거렸다. 편식하는 올리도 귀엽다. 하지만 그래도 당근은 먹어야지. 몸에 좋으니까. 하고 싶은 거 다 해도 되지만 당근은 먹어야 한다.

나는 삶은 당근을 다지듯 잘게 조각내어 올리가 좋아하는 고기에 조금씩 섞어주었다. 올리는 잠시 고기에 섞인 당근 조각을 노려보다가 적을 해치우는 장군처럼 포크로 고기를 찍어 용감하게 먹어치웠다.

"옳지."

잘 먹네. 나는 올리가 앙증맞은 볼을 우물거리는 걸 흐뭇하게 구경했다. 괜히 큰 조각을 억지로 삼키게 했다가 얹히기라도 하면 큰일이다. 다음에도 이렇게 조금씩 잘라서 줘야지.

그나저나 이 나이 대 애들은 왜 하나같이 당근을 싫어할까. 사 세에서 칠 세 무렵 아이의 몸속에는 당근과 시금치를 싫어하는 호르몬 같은 게 흐르는 건가?

아이들이 싫어하는 음식 양대산맥에 대해 생각하고 있는데 에시가 잘 바른 생선구이를 내 접시 위에 얹어주었다. 나는 그걸 능숙하게 절반으로 갈라 반은 내가 먹고 반은 올리의 입에 쏙 넣어주었다.

그러고 있으니 문득 시선이 느껴졌다. 고개를 들자 손을 멈춘 채 미묘한 표정으로 이쪽을 응시하는 이르단 마그지어가 보였다. 언제부터 저러고 있었는지는 모르겠지만, 접시 위의 요리가 거의 줄지 않았다는 건 알겠다.

"음식이 입에 맞지 않나요?"

예의상 던진 말에 이르단이 퍼뜩 정신을 차린 듯 대꾸했다.

"아닙니다. 요리 맛이 무척 훌륭합니다. 주방장 솜씨가 좋군요."

"주방장이 그 말을 들으면 기뻐하겠네요."

그 전에 사실상 처음 상태 그대로인 접시 위의 요리를 어떻게 하는 게 좋겠지만 말이다. 이르단은 뒤늦게 그 사실을 눈치챘는지 멈춘 칼을 움직여 열심히 고기를 썰기 시작했다. 나는 그에게 잠시 새삼스러운 눈길을 주었다.

이르단 마그지어는 걱정했던 것과는 달리 식사 내내 조용했다. 이후 메인 요리 식사가 끝날 때까지 마찬가지였다. 또 며느리의 어떤 덕목을 시험하는 질문이 나올까 긴장하고 있었는데 의외다.

"올리. 후식으로 오렌지 먹을래? 아니면 포도?"

"어머니는요?"

"엄마는 올리가 좋아하는 거."

"올리는 어머니가 좋아하는 거 먹고 싶은데요……."

"올리!"

나는 밥을 먹다 말고 올리를 꼬옥 안아주었다. 모녀의 대화를 예상했는지 주방장이 알아서 후식으로 오렌지와 포도 둘 다 내왔을 즈음, 나는 조용한 이르단의 존재를 아예 잊었다. 그래서 올리를 붙잡고 말랑한 뺨에 뽀뽀를 퍼부었을 때 이르단의 얼굴이 어땠는지는 당연히 확인할 수 없었다.

이후로도 이르단은 걸핏하면 내 주변에 출몰했다.

"혹시 지금 무얼 하러 가시는지 여쭈어도 되겠습니까?"

그는 곧잘 내게 저런 질문을 했고, 나는 대개 답해주었다.

"공녀의 유모를 새로 구해야 해서 면접 보러 가요."
"자기 전 공녀에게 읽어줄 책을 고르러 서재에 가죠."
"공녀가 먹고 싶다는 디저트가 있어서 주방장에게 전하려고요."

여기서 공녀는 당연히 올리다. 그리고 저 사이에 종종 '남편에게 간다'는 답을 할 때도 있었다. 이르단은 내게서 답을 듣고 나면 항상 군소리 없이 물러났다. 귀찮게 가는 길에 따라붙는다거나, 그 이상 꼬치꼬치 다른 것을 캐묻는다거나 하는 일은 없었다.

'대체 무슨 생각일까.'

도무지 이르단의 속내를 짐작할 수가 없었다. 지금도 마찬가지.

"공작 부인, 좋은 오후입니다. 혹 지금 어디 가십니까?"

나는 바구니를 들고 베시와 복도를 걷다가 이르단과 마주쳤다. 귀찮았지만 슬슬 익숙해졌다. 나는 편안하게 말했다.

"정원에 나가려고요."

"정원에요?"

"날이 좋으니 올리와 간식이라도 먹을까 해서."

그런데 보통은 여기서 고개를 끄덕이고 물러나던 이르단이 오늘은 웬일로 물었다.

"저도 함께 가도 되겠습니까?"

"……?"

갑자기? 나는 이르단의 무뚝뚝한 얼굴을 의아하게 살폈다. 여전히 얻을 수 있는 건 딱히 없었지만 말이다.

"상관은 없지만…… 공의 몫으로 내어 줄 간식은 없어요."

"괜찮습니다."

가볍게 농담을 던지곤 이르단을 달고 정원으로 향했다.

'이르단이 이곳에 머물 날이 얼마나 남았더라?'

오늘로 나흘째니 앞으로 사흘이면 끝인가? 그때는 꼭 물어봐야겠다. 왜 나를 며느리 보는 시어머니 눈빛으로 본 것이며, 지금껏 보인 행동들의 의미는 대체 무엇인지.

"어머니!"

"올리."

나는 올리와 함께 정원을 뒤져 적당히 볕이 들고 나무 그늘이 진 장소를 찾았다. 깔개를 깔고 그 위에서 간식을 꺼내 먹고 수다를 떨었다. 그러고 나니 어느덧 꾸벅꾸벅 졸기 시작한 올리가 손수건을 베고 그대로 잠들었다. 베시가 담요를 가져오겠다며 자리를 비웠다.

낮잠이 든 올리를 묵묵히 지켜보는데 이르단이 말을 걸었다.

"무슨 생각 하십니까?"

이젠 별걸 다 묻네. 황당해서 한숨이 나오려 했지만 그냥 순순히 대답해 주었다. 어차피 사흘 후면 떠날 사람.

"행복하다고 생각해요."

"행복이요?"

"사랑하는 사람을 지켜보고 있으면 누구나 할 법한 생각이죠."

"……그렇습니까."

"마그지어 공은 그렇지 않나요? 꼭 자식이 아니어도 사랑하는 사람은 있을 테니까요."

이르단 마그지어는 부정도, 긍정도 하지 않았다. 나도 별로 답을 들으려고 한 말은 아니었다. 그렇게 얼마나 더 있었을까. 올리가 비몽사몽 눈을 비비며 머리를 일으켰다.

"어머니……?"

"응, 올리. 엄마 여기 있어."

잠결이라 그런지 일어나서 다가오는 걸음이 위태위태했다. 아니나 다를까, 걷는 도중 올리가 발을 헛디뎠다. 나는 재빠르게 올리가 넘어지는 지점으로 손을 뻗었다. 다행히 올리는 무사히 내 손을 쿠션 삼아 바닥에 주저앉았다.

"……올리, 괜찮아?"

"어머니, 나 꿈꿨어요."

"무슨 꿈?"

올리는 넘어진 몸을 일으켜 바로 내 품에 안겼다. 나는 올리를 품에 안아 토닥이며 오른손을 등 뒤로 감췄다. 올리가 넘어지던 자리에 하필이면 뭐가 있었다.

유리 조각인가? 이런 게 있었는데 아까는 왜 못 봤는지 모르겠다. 작아서 미처 발견을 못 했나.

'다행이다.'

내 손이 빨라서 다행이었다. 손바닥이 쓰라리긴 했지만, 조각이 작았으니 별로 큰 상처는 아닐 것이다. 안심하며 왼손으로 올리의 머리를 쓰다듬다 시선이 느껴져서 고개를 들었다. 미동도 하지 않고 이쪽을 바라보는 이르단의 얼굴은 완전히 굳어 있었다.

손바닥에 난 상처는 정말로 작았다. 그래서 어떻게 잘 감춰보려고 했지만, 결국 에시에게 들키고 말았다. 에시는 말없이 신관과 마법사를 저택으로 불러들였고, 내 상처는 만 하루도 되지 않아 원래 없었던 것처럼 깨끗이 나았다. 그리고 정원에 대대적인 청소가 행해졌다.

'저게 청소인지, 공사인지.'

이튿날, 정원이 아예 뒤엎어지는 광경을 복도 창문으로 보고 있는데 이르단이 나타났다.

"정원 청소하는 걸 보고 있어요."

뭐 하냐고 질문할 걸 예상하고 미리 대답했는데, 이르단은 생각지도 못한 말을 했다.

"떠나겠습니다."

"응?"

속으로 날짜를 세어보곤 입을 열었다.

"지금요?"

"예."

"오늘은 닷새째인데요."

약속한 기한까지 아직 이틀이 남았다. 그러나 이르단은 마음을 정한 듯 단호했다.

"중요한 것은 이미 확인했으니까요."

나야 반기지 않을 이유가 없기는 하지만…….

"그 중요한 것이 뭔지 물어도 될까요?"

그럼 묵혔던 궁금증이나 지금 해결해야겠다.

이르단은 잠시 침묵하더니 이윽고 대뜸 사과했다.

"……죄송합니다."

'뭐가 죄송해?'

설마 내 질문에 답해줄 수 없어서 미안하다는 건가? 곧 이르단이 깊숙이 숙였던 고개를 들고 말했다.

"주제넘게 공작 부인을 의심했습니다."

"의심이요?"

"실은……."

잠시 후, 이르단의 설명이 끝나고 나는 어안이 벙벙해졌다.

"……그런 거였다고요?"

내가 만약 죽은 국왕과 똑같은 사람이라 훗날 비로즈 왕국이 부흥했을 때 왕위를 탐내면 어쩌나 걱정되어, 그걸 미리 확인하려고 온 거였다고?

'그럼 그 시어머니 눈빛이 전부…….'

황당했다. 이르단이 그런 이유로 이곳에 머물렀다는 것도 황당하고 그걸 또 곧이곧대로 말하고 있는 건 더 황당하다.

"그걸 왜 말해주나요?"

실토할 게 아니라 그냥 얼버무리고 대충 고국으로 떠나면 될걸.

"멋대로 의심한 것이니 솔직하게 말씀드리고 용서를 구하는 것이 옳다고 생각했습니다."

"그래요……."

뭘 용서까지나.

'하여간 정말 꽉 막혔어.'

나는 이르단의 단정하면서 딱딱해 보이는 얼굴을 요모조모 뜯어보았다. 가만 보면 성격이랑 참 비슷하게 생겨먹었다. 짧게 한숨 쉬곤 어깨를 가볍게 으쓱했다.

"그래서 닷새 동안 나를 지켜보니 전 국왕과는 전혀 다른 사람이라는 판단이 서던가요?"

"네."

"어떤 점에서요?"

물론 나도 내가 생모인 전 국왕과 별로 닮은 구석이 없다고 생각하고는 있다. 다만 남이 보기에 정확히 어떤 면에서 그렇게 느낀 것인지 궁금했다. 이르단은 말을 고르는 기색 없이 입을 열었다.

"죽은 국왕은…… 자기애가 강한 사람이었습니다."

"……?"

"그게 무척 강해서, 타인에게 나눠 줄 애정이 없었죠."

"아."

"그 타인이 피를 나눈 가족이라고 해도요."

이르단이 무슨 말을 하고 싶은 건지 알겠다.

"내가 올리를, 그러니까 공녀를 대하는 걸 보고 생각이 많았겠네요."

"솔직히 그랬습니다. 특히 정원에서는……."

정원이라면, 역시 내가 넘어지는 올리를 감싸느라 손바닥을 다친 일을 말하는 건가. 이르단은 그때를 회상하는 것처럼 아득한 얼굴을 했다가 말했다.

"놀랐습니다. 공작 부인을 의심한 스스로가 부끄러웠고요."

"……."

"다시 한번 사과드립니다."

"됐어요."

'며느리 취급받는 줄 알고 한때 마음 졸였던 건 억울하지만.'

그 정도는 봐준다. 그리고 올리를 향한 내 사랑이 의심을 벗는 데 결정적으로 작용했다고 하니 한편으론 꽤 뿌듯하기도 했다. 맞아. 국왕은 그 점에서 나와는 비교조차 할 수 없다. 그녀는 단지 아이를 낳았을 뿐인 미친 여자였고, 나는 엄마니까.

"약속은 지키겠습니다."

"……."

"비로즈 왕국은 앞으로 어떤 상황에서든 위드그린 공작가의 우방에 설 겁니다."

"그 약속 말인데요."

마침 생각났다. 나는 이르단에게 질문했다.

"만약 내가 우려한 대로 국왕과 닮았으면 어쩌려고 했어요?"

이르단은 단지 이곳에 일주일간 머무는 것을 허락해 주는 조건으로 저런 약속을 했다. 하지만 만일 내가 국왕 판박이였으면, 모르긴 몰라도 이르단이 날 가만뒀을 것 같지는 않은데. 나를 건드리면, 그건 결국 공작가의 우방으로 남겠다는 약속을 깨뜨리는 셈 아닌가?

"……그때는, 제가 더는 마그지어 공작이 아니게 되었겠죠."

"비로즈 왕국과는 관계없이 이르단 개인으로서 움직였을 거라는 말인가요?"

"예."

"말장난이었다는 거네요."

콧방귀를 뀌었더니 이르단이 변명하듯 다급히 덧붙였다.

"아닙니다. 약속은 진심이었습니다. 다만 제가…… 정말 만일의 경우에는 고국도, 작위도 버릴 각오를 하고 있었던 것뿐입니다. 혹은 목숨까지도."

"……."

"어차피 이제 그럴 일은 존재하지 않겠지만요."

그래. 봐줬다. 어차피 이미 봐주기로 한 거 한 번 봐주나 두 번 봐주나 그게 그거지.

나는 쩔쩔매는 이르단 마그지어의 얼굴을 보며 마지막으로 가볍게 말했다.

"비로즈 왕국에 돌아가면, 그곳 사람들에게 이렇게 전해줘요."

"……?"

"위드그린 공작가의 공작 부인이 딸을 너무 사랑해서, 하루라도 딸을 껴안고 뺨에 키스하지 않으면 병이 나는 사람이었다고."

밝아진 안색으로 이르단이 바로 대답했다.

"알겠습니다."

그렇게 이르단은 바로 공작가를 떠나 왕국으로 돌아갔다.

……라고 당연히 전개될 줄 알았더니만, 과연 한 치 앞도 모르는 것이 인생. 이르단은 그 후로도 이틀을 더 머물다가 약속한 일주일을 꽉 채워서야 겨우 이곳을 떠났다. 이유는 단순했다.

"처음 본 순간 운명을 느꼈습니다."

"……?"

"부디 저와 교제해 주십시오!"

"엥?"

그날 영지에서의 일을 마치고 저택에 복귀한 딜런에게, 이르단이 한눈에 반해 버린 것이다! 그리고 나는 그때 두 가지 부분에서 놀랐다.

하나.

'솔로였어?'

당연히 이르단에게 약혼자나 배우자, 기타 평생을 약속한 사람이 있을 줄 알았다. 이건 작위와 나이를 보고 내가 품은 편견이 맞다. 그래, 인정한다.

둘.

'……왜 다베리 경의 기분이 나빠 보이지?'

딜런이 하루아침에 이르단에게 고백받은 후, 다베리 경은 심기가 제법 불편해 보였다. 숨기려고 하는 것 같긴 했으나 솔직히 티 났다.

'뭐야, 뭐?'

딜런이 고백받았는데 다베리 경이 기분이 나빠지다니?

'두 사람 설마…….'

저절로 온갖 합당한 의심이 머리를 어지럽히며 가슴이 두근거렸다. 하지만 나는 구태여 두 사람에게서 사실을 확인하겠다고 나서지는 않았다. 이런 일에는 원래 끼어드는 것이 아니다. 가만히 있는 거지. 나는 그저 나서지 않고 잠자코 있다가, 나중에 청첩장을 받으면 그때 웃으면서 축하를……. 너무 앞서가나?

뭐, 어쨌든. 이르단이 결국 떠났다는 부분에서 짐작이 되겠지만, 딜런은 이르단을 거절했다. 그것도 꽤 단호하게, 단칼에 거절함으로써 여지를 전혀 남기지 않았다는 말을 들었다.

'그래서 그랬군.'

나는 떠나던 날, 이르단이 보여준 처음이자 마지막인 선명한 표정을 기억했다. 시무룩한 표정.

"흐음……."

먼 길 건너온 제국에서의 마지막 기억이 실연이라니. 조금 불쌍하긴 하다.

"무슨 생각 해?"

그때, 언제 왔는지 에시가 뒤에서 나를 끌어안았다. 나는 쥐고 있던 테라스 난간을 놓고 나를 끌어안은 에시의 손에 내 손을 겹쳤다.

"올리는?"

"자. 마빈이 보고 있고."

마빈은 새로 뽑은 올리의 유모다. 전에 있던 유모는 해고했다. 어처구니없게도 올리가 너무 조숙해서 징그럽다고 뒤에서 흉본 사실을 알았거든. 고마운 일이었다. 덕분에 그녀가 머리가 이상하고 눈도 어떻게 된 사람이라는 걸 알 수 있었으니 말이다. 올리의 곁에 아픈 사람을 둘 수는 없었으므로 나는 그녀를 곧바로 해고했다.

그리고 다른 가문에도 전부 말을 전해두었다. 그런 사람이 다른 곳에서 아이를 맡게 된다면 그건 그것대로 큰일이었으니까.

"에시."

나는 묵묵히 나를 안은 에시의 품을 느끼다 말했다.

"응."

"무슨 생각 하냐고 물었지?"

난간 바깥에 놓아둔 시선을 거두지 않으며 입을 열었다.

"운이 좋다고 생각했어."

"운?"

"응. 여러모로……."

눈을 느리게 깜박였다. 벌어진 입에서는 절로 진심이 새어 나갔다.

"내가 행운아인 것 같다고."

나는 그렇게 말한 후 잠시 정면을 쳐다보다가 몸을 돌려 에시를 응시했다. 에시는 뭐라고 받아치는 대신 나를 빤히 보고 있었다.

"왜 그렇게 봐?"

"키스하고 싶어서."

"……갑자기?"

당황해서 되묻자 에시가 말없이 웃었다. 그 미소를 보는데 돌연 깨달았다.

아, 그렇지. 언제는 갑작스럽지 않았던 적이 있었나. 나는 새삼스럽게 자각하며 조용히 눈을 감았다. 곧 기꺼운 온기가 약간 성급하게 입술을 찾았다.

예고 없는 손님은 이르단으로 끝난 줄 알았다. 아니었다.

"인간!"

"……계르그?"

나는 황당하게 눈을 깜박였다. 대체 이게 얼마 만이지? 계르그는 예전에, 그러니까 내가 올리를 가지기도 전에 저택에서 잠시 머문 이후로는 코빼기도 비치지 않았다.

'육 년 만인가?'

그런데 그런 계르그가 굉장히 다급한 얼굴로 난데없이 공작저에 나타났다. 더 난데없는 것은 계르그가 혼자가 아니라는 거였다.

"안녕하세요!"

계르그의 옆에 선 웬 소녀가 앞으로 나와 밝게 인사했다.

"계르그 선생님의 제자예요."

"……계르그 선생님?"

이게 무슨 해괴한 단어지?

그때 계르그가 내 드레스에 붙어 있던 올리를 뒤늦게 발견하고는 깜짝 놀랐다. 계르그는 해괴한 것을 마주한 양 나보다 더 놀라워하며 눈을 부릅떴다.

"뭐, 뭐야. 이 공작을 닮은 작은 건? 무섭게!"

"무섭다고?"

나는 그냥 넘어갈 수 없는 계르그의 발언에 눈을 가늘게 떴다.

"우리 올리한테 그게 무슨 망발이야. 쫓겨나고 싶어?"

오자마자 그대로 다시 돌아가게 해줘?

내 진심 어린 목소리에 멈칫한 계르그가 이어서 나와 올리를 번갈아 쳐다보았다. 그러더니 조금 전보다 한결 더 충격받은 얼굴을 했다.

"미친! 설마 네 애야?"

"올리 앞에서 욕하지 마. 죽을래?"

가만. '죽을래'도 욕인가? 고민하는 사이 계르그가 부산스럽게 눈을 감았다 뜨며 연신 혼자 중얼거렸다.

"와. 이건 무슨…… 와, 그래서 공작을…… 와."

"반응이 왜 그래?"

'와'를 대체 몇 번이나 하는 건지 모르겠다. 놀라는 건 그럴 수 있다지만 저 정도 반응은 예상외였다. 육 년 만에 만난 부부한테 애가 있는 게 뭐 그리 이상하다고? 게르그는 잠시 침묵하며 올리를 뚫어지게 보다가, 뒤이어 내게 슬쩍 질문했다.

"그래서 이 애는 태어난 지 얼마나 된 건데? 육 개월?"

"장난해?"

이 반마족이 오는 길에 머리라도 부딪혔나. 황당해하는데 올리가 먼저 나서서 정정했다.

"다섯 살이에요. 이름은 올리 위드그린이고요."

올리가 또랑또랑한 눈으로 게르그를 보며 말했다.

"우리 올리."

나는 그런 올리가 대견스러워서 몸을 숙여 끌어안고 뺨에 쪽 입을 맞췄다. 그러고 나서 다시 본 게르그는 또 저 혼자 충격받고 있었다.

"……다섯 살? 그럼 네가 애를 낳은 지 오 년이나 됐다는 말이야?"

"육 년 만에 나타나 놓고 뭘 그렇게 놀라?"

"육 년? 내가 여기에 온 게 육 년 만이라고?"

"너 진짜 치매야?"

머리를 부딪친 게 아니라 그냥 내부에서 자체적인 문제가 생긴 것이 아닐까. 게르그는 내 합당한 의심의 눈초리에 한숨을 푹 쉬고는 말했다.

"정말 몰랐지, 나는. 한 일 년이나 지났나 했네."

"고작?"

"인간이랑 나는 수명이 다르잖아. 피부로 느껴지는 세월도 당연히 차이가 나지."

그러면서 게르그는 여전히 묘한 눈으로 올리를 응시했다. 잠깐(?) 안 본 사이에 내게 이만큼 큰 애가 생겼다는 것이 못내 신기한 눈치였다.

'하긴.'

나는 게르그가 저 얼굴로 몇 살이나 먹었는지를 떠올리며 고개를 끄덕였다. 그러다 멈칫했다. 게르그 지척에 묵묵히 서 있는 소녀가 재차 눈에 들어왔기 때문이다.

"게르그, 그런데 이 사람은……."

누구지? 무려 게르그를 선생님으로 칭하며 자길 제자라고 소개하다니. 절대 평범한 인물은 아니었다. 더구나 게르그가 조금 전 수명 어쩌고 편하게 운운한 것을 봐서는 게르그의 정체도 알고 있는 것 같은데…….

"아, 안 그래도 그것 때문에 온 건데."

게르그가 자기 뒷머리를 벅벅 헤집었다.

"얘 설득 좀 해줘. 포기하라고."

"포기라니? 뭘?"

"나."

"뭐?"

눈썹을 찡그리는 순간 게르그가 한숨처럼 말했다.

"나랑 결혼하는 거."

여자의 이름은 베르체. 이 제국 출신이 아니며, 나이는 스물일곱이었다.

'열일곱처럼 보였는데.'

소녀라고 생각했으나 소녀가 아니었다. 다만 놀라울 정도로 동안이었을 뿐. 덕분에 마음 한구석에 있던 제르그를 향한 혐오가 조금 열어졌다.

"크흠. 베르체?"

"네."

베르체가 기다렸다는 듯 냉큼 대답했다.

나는 마주 앉은 그녀를 꼼꼼히 뜯어보았다. 어깨를 지나 흘러내리는 풍성한 분홍색 머리카락. 여름 하늘을 본떠 그려놓은 것 같은 깨끗한 하늘색 눈동자. 혼란스러웠다.

'이런 사람이 왜 제르그를?'

베르체는 미인이었다. 눈을 사로잡는 독특한 머리 색과 눈 색을 빼놓고 봐도, 이목구비 자체에 흠잡을 구석이 없었다. 이만한 미인이 제르그에게 결혼하자고 염불을 외며 쫓아다니고 있다고? 그것도 수개월째? 사실 나를 깜짝 놀라게 하려는 두 사람, 아니, 한 반마족과 한 사람의 몰래카메라는 아닐까.

나는 믿을 수 없는 현실에 심란해져서 잠자코 찻잔을 들어 올리며 말했다.

"제르그와 결혼하고 싶다고요."

"네. 진심으로요."

"제르그 어디가 좋아요?"

상투적이지만 도무지 이 질문을 안 하고 지나칠 수가 없다.

베르체는 수줍은 기색으로 답했다.

"전부 다요."

"……."

"새카만 머리도, 붉은색 눈동자도 좋고요. 약간 까무잡잡한 피부나, 조금만 답답하면 뒷머리를 마구 헤집어서 툭하면 머리가 엉망이 되는 것도 좋아요."

"……."

"잘생긴 외모도 물론 좋고요."

"쿨럭."

"괜찮으세요?"

찻잔을 내려놓으며 고개를 숙였다. 걱정스럽게 묻는 베르체에게 괜찮다는 표시로 손을 내저었다.

'계르그가 잘생겼나?'

모르겠다. 생각해 본 적이 없어서. 애초에 계르그의 외모를 평가한다는 것 자체가 나로서는 쉬운 발상이 아니었다.

'잘생겼다고…….'

뭐가 어쨌든 제 눈에 안경이다. 베르체의 눈에 잘생겼다면 다른 사람의 평가는 필요 없지.

나는 헛기침하며 놀란 속을 다스리곤 입을 열었다.

"그래요. 어디가 좋은지는 알겠어요. 그런데, 음, 계르그가 사람이 아니라는 것은 알죠?"

베르체가 고개를 끄덕였다.

"겉보기는 저래도 나이가 백 살이 넘었고요."

또 끄덕인다.

"그래도 좋아요?"

"네."

베르체는 황급히 대답했다. 그러지 않으면 누군가가 그녀에게서 계르그를 좋아할 자격을 빼앗기라도 할 것처럼.

"좋아요. 다른 건 뭐든 상관없어요. 제게 선생님은 그저 선생님이고, 저는 제가 아는 선생님을 그 누구보다 좋아해요."

"……."

"정말 좋아요. 정말……."

베르체는 몹시 결연한 눈을 했다가 이어서 꿈꾸듯이 행복한 표정을 지었다. 나는 그런 베르체의 얼굴을 가만 보다가 물었다.

"어쩌다 좋아하게 됐어요?"

원래 이런 것을 묻는 건 계획에 없었다. 왜 좋아하게 되었는지 이유를 하나하나 듣다 보면 어느새 상대에게 공감하게 되고, 공감하고 나면 그 마음 접으라고 뜯어말리기가 무척 어려워지니까. 그러나 내 입은 이미 멋대로 지껄인 뒤였다. 반가운 주제였는지 베르체의 얼굴에 화색이 돌았다.

예뻤다. 정말로.

"삼 년 전이었는데요. 처음엔 마법을 배우러 메이커 님의 제자로 들어갔는데……."

계르그는 후원 한구석에 자리를 깔고 아무렇게나 앉아 있었다. 안으로 들어오라는 걸 왜 구태여 거절하고 저러고 있는지는 모르겠지만, 나는 어쨌든 계르그에게 척척 다가가 말했다.

"그냥 결혼해."

계르그가 자리에서 튕기듯이 일어났다.

"뭐? 미쳤어?"

"미친 건 너고."

나는 기가 막혀서 가슴을 내밀고 팔짱을 꼈다.

"베르체한테 다 들었어."

"뭘―"

"너 베르체 목숨을 일곱 번이나 구해줬다며?"

계르그가 내게 따지려던 자세 그대로 굳었다.

"장난해? 일곱 번이나 죽을 뻔한 베르체도 베르체지만, 너는 그걸 또 족족 구해주고 있어? 한 번만 위기에서 건져내도 마음이 싹트는 거 몰라? 아예 사랑에 빠지라고 치성을 드리지 그랬니?"

"야! 그럼 눈앞에서 죽을 뻔하는데 그걸 그냥 놔둬? 인간 너, 그렇게 안 봤는데 사람이……."

"왜 눈앞이야?"

"뭐라고?"

"왜 베르체가 매번 네 눈앞에서 죽을 뻔한 건데?"

베르체의 이야기를 들으면서도 긴가민가했지만, 계르그의 얼굴을 보니 확신이 섰다.

"네가 베르체 주변에서 얼쩡거린 거잖아. 항상."

"……."

"내 말 틀려?"

"그건, 툭하면 죽을 뻔하니까 단순히 도의 차원에서……."

"정말 그런 거였으면 메이커한테 말했겠지. 네 제자인데 호위라도 옆에 붙여서 챙기라고."

베르체가 메이커가 아닌 계르그를 선생님으로 부르기 시작한 건 계르그에게 세 번 목숨을 빚지고 나서부터다. 좋아하니까 결혼하자고 쫓아다니기 시작한 건 다섯 번째로 목숨을 빚진 후부터고.

"바른대로 말해. 너 베르체 좋아하지. 첫눈에 반했니?"

"아니-"

"아니라고 할 생각 마. 안 믿을 거니까."

계르그가 당황한 얼굴로 나를 보며 입을 벌렸다. 그러거나 말거나 나는 팔짱을 낀 채 말을 이어나갔다.

"한시도 눈에서 못 뗄 정도로 좋아죽으면서 왜 결혼하자는 건 밀어

내는 거야? 이유가 뭔데?"

"누가 좋아죽는다는……."

"나이 차 때문이야? 확실히 나도 나이 차가 팔십 살이나 나는 건 좀 끔찍하다고 생각해."

"야! 애초에 종족이 다른데 그게 왜 끔찍- 아니, 아니."

게르그는 저도 모르게 발끈해서 받아치다가 고개를 흔들었다. 이내 땅이 꺼질 듯 깊은 한숨이 흘러나왔다.

"……그래, 네 말이 다 맞아."

"……."

"나 베르체 좋아해. 처음 봤을 때부터 좋아했어."

"파렴치한."

"뭐?"

아, 겉보기론 열입곱 살 정도밖에 안 되어 보이는 베르체를 생각하니 나도 모르게.

"아무것도 아니야. 계속 말해. 그래서, 좋아하면서 지금까지 청혼을 거절하는 이유가 뭐라고?"

속으로 한 가지 가정이 세워지긴 했다.

'역시 수명인가.'

팔십 살 나이 차는 말장난이다. 요는 그런 차이가 생길 만큼 둘의 수명이 크게 다르다는 거다. 한쪽이 죽으면, 남은 한쪽은 필연적으로 억겁에 가깝게 느껴질 시간을 혼자 보내야만 한다. 그렇게 생각할 때 게르그가 말을 이었다.

"……인간, 네 생각에는 반마족과 인간이 아이를 낳으면 그 아이는 뭐가 될 것 같냐?"

"반반마족?"

"……."

"왜, 뭔데?"

"……그냥 인간으로 태어나. 마족의 특징이 아무것도 섞이지 않은 평범한 인간."

"좋은 거 아냐?"

왜 갑자기 저런 이야길 꺼내나 하는데 다음 말이 이어졌다.

"당장은 그렇게 보여. 하지만 마족의 피 자체가 사라지는 건 아니거든. 피는 계속 남아서 대를 거쳐 이어지고 이어지다가……."

"……."

"어느 날 돌연변이를 만들지."

"돌연변이?"

머릿속에 저절로 눈이 하나라거나 다리가 세 개라거나 하는 형상이 그려졌다. 게르그가 그런 내 머릿속을 들여다본 것처럼 말했다.

"생긴 건 멀쩡해. 아니, 인간의 기준으로 보면 오히려 누구보다 아름답게 태어날 거야."

"아름답게?"

"그래. 가령……."

게르그는 혀가 썩을 것 같지만 내 이해를 위해 어쩔 수 없이 덧붙여 준다는 듯 말했다.

"네 남편, 공작처럼."

"아."

나는 단박에 수긍했다.

"확실히…… 그 정도면 돌연변이로 여겨질 만도 하지."

"외모만 가지고 돌연변이라고 하는 게 아니야."

"그럼?"

"아름다운 외모는 단지 마족의 여러 특징 중 하나일 뿐이고—"

"뭐?"

나도 모르게 반문하자 게르그가 한 점 양심의 가책 없는 깨끗한 얼굴로 나를 보았다.

"왜?"

나는 게르그 말고 다른 마족의 생김새를 떠올리려 해봤지만, 불행히도 아는 마족이 없었다.

"아냐, 계속해."

"……진짜는 힘이야."

"힘?"

"보통 인간은 꿈조차 꾸지 못할 막대한 힘."

그렇게 말했다가 잠시 주춤한 게르그가 덧붙였다.

"네 남편은 제외하고."

"어, 그래."

"아무튼, 돌연변이는 마족의 특성을 가장 강하게 지니고 태어나. 그게 바로 외모와 강한 힘에서 드러나는 거고."

"좋은 거잖아?"

아무리 들어봐도 축복인데. 그때 게르그가 한층 낮아진 목소리로 말했다.

"그리고 그건 주변에 본능적으로 공포와 거부감을 안겨주지."

"……."

"예언할까? 부모는 낳자마자 애를 버릴 거야."

"뭐?"

당황해서 되묻는 내게 게르그는 덤덤히 설명했다.

"무서울 거거든. 이유는 몰라도 본능이 느끼는 거야. 평범한 애가 아니라는 걸."

"……."

"어쩌면 버리는 데서 그치지 않고 죽이려 들 수도 있지. 쓸데없는 짓이겠지만. 갓 태어난 아기라도 평범한 인간보단 강하거든."

계르그가 재미있는 농담이라도 하는 것처럼 웃었다. 별로 웃음이 나지는 않았다.

나는 짧지만 무거운 침묵을 흘려보낸 뒤 물었다.

"그래서야? 베르체와 결혼하지 않으려는 게. 후에 태어날 돌연변이가 안쓰러워서?"

"응."

"……먼 후손의 일이라며."

"그래서 더 문제야. 차라리 바로 내 자식 대에서 벌어지는 일이면 내가 품으면 그만이지만."

"……."

"돌연변이는 언제 태어나는지 알 수가 없으니까. 몇백 년 후일지, 혹은 천 년은 되어서일지."

"그때까지 못 살아?"

반마족 수명이 그 정도는 안 되느냐는 질문에 계르그가 차분히 대답했다.

"마음을 준 상대가 죽으면 나도 앓다가 죽어. 한 십 년 안에."

"……."

"나약하지?"

"……어. 믿을 수가 없어. 마족이 그렇게 로맨틱한 종족이었다니."

이 사실이 세간에 알려지면 마족을 주인공으로 한 로맨스 소설이 천 권은 나올 거다.

"로맨틱은 무슨. 나약하고 효율 나쁜 거지. 한쪽이 죽으면 따라 죽는다니, 무슨 저승에 사은품 딸려 보내는 것도 아니고."

계르그는 신랄하게 받아쳤지만 그런 것치고 기분이 별로 나빠 보이지는 않았다. 내 착각인지는 몰라도 오히려…… 안도하는 것 같기도 했다. 사랑하는 사람이 죽은 후, 영겁에 가까운 시간을 홀로 견디지 않아도 않아도 된다는 사실에.

"아무튼, 베르체랑 결혼하는 일은 없어. 그렇게 알아."

"……."

"앞으로는 베르체의 목숨을 구해주는 일도 없을 거야. 네 말이 맞아. 그것부터 그만해야지."

"죽든 말든 놔두겠다고?"

"메이커가 알아서 하겠지. 원래 자기 제자니까."

"그러다 삐끗해서 진짜 죽기라도 하면? 베르체가 죽으면 너도 죽는다면서."

"그땐 죽는 거지."

계르그가 산뜻하게 말했다.

너무 산뜻해서 마치 연극을 보는 것 같았다. 극에 오른 배우가 거짓을 사실처럼 흉내 내는 연극.

"칠십 년 후에 죽나 십 년 후에 죽나 나한테는 그게 그거야."

"……."

"베르체 좀 설득해 줘. 부탁할게. 내 말은 영 안 먹혀서 같은 인간인 너한테 온 거거든."

목이 깁스라도 한 듯 뻣뻣하게 느껴졌지만, 나는 마지못해 고개를 끄덕였다.

베르체를 설득하려면 시간이 좀 걸릴 것 같으니 이곳에서 며칠 머무르라는 리디아의 말에, 계르그는 선선히 그러기로 했다. 어차피 그에겐 별달리 선택지도 없었다.

실내에만 있으면 이상할 만큼 속이 갑갑했다. 게르그는 정원으로 나와 대충 고른 나무에 등을 대고 주저앉았다.

그러고 얼마나 있었을까. 별안간 인기척이 느껴졌다.

"……."

"아저씨."

자기 키만 한 수풀을 헤치고 작은 인영이 불쑥 나타났다. 다른 색이 조금도 섞이지 않은 순수한 은발. 호박색 눈. 게르그는 공작에 리디아를 조금 섞어 성별을 바꾸고 크기를 줄여놓은 것 같은 아이를 가만 쳐다보다가 말했다.

"언제 봤다고 아저씨야?"

살가운 말투와는 거리가 있었으나 올리는 개의치 않는 기색으로 간격을 좁혔다.

"어제 봤잖아요."

"……."

"아저씨는 그새 까먹었어요? 난 아닌데."

게르그의 입에서 헛웃음이 흘렀다. 누구와 누구 딸 아니랄까 봐. 게르그의 절반은 될까 말까 한 주제에 겁도 없이 맹랑했다. 게르그는 나무에 기댄 몸을 움직이지 않으며 말했다.

"너 내가 누군지는 알고 이렇게 막 말 거는 거야?"

"알아요."

"누군데?"

"엄마 친구요."

"뭐?"

"엄마가 그랬어요. 아저씨는 엄마 친구라고. 아저씨가 지금 여기 있는 것도 그래서라고 했어요. 친구는 서로 돕는 거라고."

올리는 할 말이 달아난 게르그가 대답을 멈춘 틈에 말을 이었다.

"아저씨."
"……왜?"
"나는 아빠가 좋아요."
물어본 적 없었지만, 일단 듣는 입장에서 계르그는 대꾸했다.
"왜 좋은데. 아빠라서?"
"아저씨는 어른이면서 생각이 단순하네요."
"……."
방금 애한테 면박 들은 건가? 계르그가 도망치려는 얼을 겨우 붙잡아 제자리에 욱여넣는 사이 올리가 계속해서 말했다.
"아빠는 말이에요, 보고 있으면 반짝반짝 빛이 나요."
"빛?"
'이 조그만 게 벌써 사람 외모도 따진단 말이야?'
"특히 엄마랑 있을 때요."
"……."
"아빠 눈이 엄청 빛나요. 그래서 아빠가 좋아요. 얼마나 예쁜데요. 보고 있으면 나도 같이 반짝반짝해지는 것 같아요."
"……그래."
네 아빠가 엄마한테 좀 유난이기는 하지. 계르그는 그렇게 받아칠까 말까 고민했다.
"그런데 아저씨도 그래요."
"어?"
"반짝반짝."
올리가 손을 들어 엄지와 검지를 살짝 띄워 보였다.
"이만큼이긴 하지만."
"……."
"그런데 그건 아저씨가 그 언니를 일부러 안 쳐다보려고 해서 그런 것 같고요."

아저씨와 언니. 호칭에서 극명한 차이가 났지만 계르그는 굳이 지적하지 않았다.

"아저씨가 그 언니를 안 피하고 쳐다보면 아저씨 눈도 훨씬 반짝반짝 빛날 것 같아요."

"……."

"그렇죠?"

계르그는 허탈하게 웃었다. 거짓말로 부정할 의욕도 생기지 않았다. 이 작고 맹랑한, 그렇지만 순수한 얼굴 앞에서는.

"맞아."

"……."

"깜짝 놀랄걸? 이 아저씨가 마음먹고 그 언니를 쳐다보면 말이야. 아저씨 눈이 너무 반짝거려서 네 눈이 아플지도 몰라."

"그 정도는 아니에요."

"그 정도 맞아."

유치하게 대꾸하는 계르그를 물끄러미 보다가 올리가 물었다.

"그럼 아저씨는, 그 언니랑 우리 엄마 아빠처럼 되고 싶어요?"

"엄청."

"……."

"미친 듯이. 죽을 만큼."

"그럼 그렇게 하면 되잖아요."

"안 돼."

"왜요?"

"안 되는 이유가 있어."

계르그를 베르체를 사랑했다. 베르체의, 베르체로 인한 모든 것을 사랑한다. 베르체를 사랑하는 만큼, 그녀의 아이도 사랑할 것이다.

그 아이의 아이도. 그 아이의 아이의 아이도. 그렇게 언젠가는 세상에 태어날, 탄생과 동시에 버림받게 될 돌연변이도.

그렇기에 베르체와 결혼하여 아이를 낳는 건, 결국 사랑하는 누군가를 불행 속에 처넣는 일이다. 그럴 바에는 차라리 결혼도 하지 않고, 아이도 낳지 않는 것이 낫다. 계르그는 그렇게 생각했다.

"다섯 살 먹은 너 같은 어린애는 몰라도 되는 이유야."

계르그는 일부러 얄밉게 사족을 달았다. 조금 전 올리가 그에게 면박 주었던 것에 대한 소소한 복수였다. 그러나 올리는 발끈하지 않았다. 그저 알겠다는 듯 고개를 끄덕이고는 쌩하니 정원에서 나가 버려, 남겨진 계르그를 조금 당황하게 했을 뿐이었다.

"어때?"

나는 내게 뛰어드는 올리를 꼭 껴안았다. 올리가 내 품에 얼굴을 묻고 대답했다.

"아저씨는 그 언니 없으면 못 산대요."

"그래?"

'그렇다는 거지.'

딱히 계르그가 내게 했던 말을 의심하는 건 아니지만, 한 번 더 확인이 필요했다. 베르체를 향한 계르그의 마음에 대한 확인. 정말 그녀가 죽으면 따라 죽을 만큼 사랑하는데, 단지 돌연변이 때문에 주저하고 있는 건지.

'됐어.'

베르체를 사랑한다는 사실, 그게 틀리지 않았다면 충분하다. 나는 올리의 희고 맑은 이마에 쪽 입 맞췄다.

"잘했어. 우리 올리."

"헤헤."

맡은 일을 훌륭히 해낸 꼬마 공작원, 올리가 해맑게 웃었다.

"그런데 올리, 아저씨한테 뭐라고 물어본 거야?"

문득 궁금해져서 물었다.

올리에게 미리 게르그의 본심을 캐낼 질문을 정해주려고 했지만, 올리는 씩씩하게 자기가 알아서 하겠다고 했다. 당당한 얼굴이라 알겠다고는 했지만 보내놓고도 내심 의아했던 것이 사실이다. 아무리 생각해도 다섯 살 올리가 화려한 말솜씨로 게르그의 마음을 떠본다는 건 잘 상상되지 않았으니까.

올리는 내 질문에 꼭 자기 나이처럼 깜찍하게 웃었다. 그러고는 말했다.

"비밀이에요."

바람이 불었다. 높은 곳에 오를수록 바람은 점점 매서워졌다. 저택 꼭대기에 선 베르체가 매서운 칼바람을 맞으며 외쳤다.

"이 멍청-! 등-! 모사란! -인 반마속!"

바람 때문에 베르체가 뭐라고 외치는지 정확히 들리지 않았지만, 나는 대강 짐작했다. 저건 게르그 욕이다.

"뭐, 뭐야?"

게르그가 당황으로 하얗게 질려 나를 돌아보았다.

"저거 뭔데? 걔는 왜 저기 올라가 있어? 나한테 욕은 왜 하고?"

'욕이 맞았군.'

나는 태연자약한 얼굴로 대꾸했다.

"다 말해줬어. 베르체한테."

"뭐?"

"베르체도 모든 걸 알고 선택할 권리가 있잖아."

"야!"

"고작 그거였어요?"

잠깐 바람이 잠잠해진 사이에 베르체가 재차 외쳤다. 펄쩍 뛰며 나에게 따지려던 계르그의 얼굴이 곧장 베르체를 향해 돌아갔다.

"정말 그래요? 단지 그 이유였다고요? 나와는 절대 결혼할 수 없다고 거절했던 게, 내가 싫어서가 아니라 그런 것 때문이었어요?"

베르체의 분홍색 머리카락이 다시 불어온 세찬 바람에 사정없이 날렸다. 계르그가 신음처럼 내뱉었다.

"……베르체."

"멍청-! 이 멍-! 소인배!"

느낌상 계르그의 욕이 틀림없는 말을 외치던 베르체가 바람 탓인지 순간 휘청였다.

"……!"

눈에 보일 만큼 흠칫 놀란 계르그가 다급하게 허공에 대고 손을 움직이는 것이 보였다. 뭘 어떻게 했는지 계르그가 손을 움직이자마자 바람이 멈췄다.

뭐야, 신기한데?

"일단…… 알았으니까 일단은 거기서 내려와. 내려와서 얘기해."

"싫어요."

"위험한 거 몰라? 떨어져서 죽고 싶어?"

"무슨 상관이에요?"

"뭐?"

"내가 여기서 떨어져 죽든 말든 선생님이 무슨 상관이냐고요? 어차피 앞으로는 내가 위험해져도 안 구해줄 거라면서요!"

바람이 멎어서 그런지 베르체가 외치는 말이 똑똑히 들렸다. 게르그가 바람 소리가 날 만큼 빠르게 나를 돌아보았다.

"너, 너 대체 어디까지 말한 거야?"

"얘기했잖아. 다라고."

토씨 하나 안 빼놓고 전달했다. 게르그가 기가 막혀 입을 벙긋거리는 사이 베르체가 다시 말했다.

"미리 말하는데 나한테 손대지 마세요. 마법으로 날 여기서 끌어내릴 생각도 하지 마세요!"

"너……."

"선생님은 진짜 멍청이예요."

베르체의 목소리에 울먹임이 섞이기 시작했다. 보기만 해도 아찔한 꼭대기에서 어찌어찌 계속 균형을 잡고 선 채 베르체가 말을 이었다.

"먼 훗날 태어날 후손이 안쓰럽다고요? 돌연변이라 태어나자마자 버림받고 불행해질 테니까요?"

"……."

"그걸 선생님이 어떻게 아는데요?"

"그건 반마족의 피가 어쩔 수 없이……."

"그저 말고요! 돌연변이가 불행할 거라고요? 어떻게 알아요? 불행할지 아닐지!"

"뭐?"

"부모에게 버림받는다고요? 그래서요!"

베르체가 숨 돌릴 틈도 없이 바로 이어서 외쳤다.

"나도 태어나자마자 친부모에게 버림받았어요! 그뿐인 줄 알아요? 양육비를 타 먹으려고 날 거둔 양부모는 나라에서 더는 돈이 안 나오자 나를 산속에 버렸고요!"

"뭐, 뭐라고?"

나는 전날 그녀에게 미리 들은 이야기라 담담했지만, 계르그는 처음 듣는 이야기인 듯 얼굴 전체가 경악으로 물들었다.

"어, 어떻게 너처럼 사랑스러운 애한테 그런 짓을…… 아, 아니. 하지만 여태 나한테 그런 이야기는 한 번도-"

"할 필요가 없었으니까요."

"……."

"그게 뭐가 중요한데요? 어차피 나는 지금 행복한데. 선생님을 만나서 매 순간이 기쁘고, 아름답고, 태어나서 감사한데."

베르체는 거침없이 말했다. 서 있는 장소나 모습은 다소 위태위태했지만, 그녀의 목소리엔 흔들림이 없었다.

"선생님은요? 선생님, 반마족이라 폐쇄적인 마계에서 차별받는 게 일상이었다면서요. 그래서 불행해요? 지금 살아 있는 거, 후회해요?"

"……."

"나를 만나지 말고, 차라리 태어나지 말 걸 그랬다 싶어요?"

"아니……."

계르그가 저도 모르게 입을 열어 부정하는 순간, 베르체가 환하게 웃었다. 멀어서 정확하지는 않지만, 아마 그런 것 같았다.

"거봐요."

"……."

"선생님은 이기적이고 성급해요. 훗날 태어날 돌연변이가 불행할 거라고 왜 멋대로 판단하는데요?"

내가 이 자리를 지키고 있는 이유는 상황을 봐서 베르체의 말을 거들 생각이었기 때문이다. 친모가 제 손으로 나를 버리고, 그것도 모자라 죽이라고 명령했던 내 탄생이 얼마나 비참했는지. 그러나 지금 내가 얼마나 행복한지. 그걸 말해주려고 했다.

하지만 그 말은 굳이 필요하지 않을 것 같았다. 게르그의 표정을 보면 말이다.

"선생님이 아무리 잘생기고, 멋지고, 치명적이고, 매력적이고, 똑똑하고, 모르는 게 없어도!"

"어머……."

나는 나도 모르게 입을 가렸다. 게르그의 얼굴이 시뻘겋게 달아올랐다.

"야, 야. 베르체."

"그래도 미래는 알 수 없어요."

"……."

"돌연변이가 태어나서 불행할지, 아니면 우리처럼 운명을 만나 행복할지는 아무도 모른다고요."

"……."

"선생님의 결정은 배려가 아니라 이기적인 독단이에요. 그 아이가 태어나서 행복해질 기회조차 빼앗는 거라고요. 내 말 알아들었으면-"

그때, 베르체가 말하던 도중 발을 헛디뎌 꼭대기에서 추락했다.

"베르체!"

비명처럼 외친 게르그가 그대로 몸을 날려 공중에서 떨어지는 베르체를 낚아챘다. 베르체를 안은 게르그가 마법으로 천천히 바닥에 착지했다.

나는 그 둘에게 다가갔다. 십년감수한 얼굴을 하고 있던 게르그가 나를 사납게 노려보았다.

"인간, 너! 베르체가 이러다 정말 잘못됐으면……."

"저기 봐."

"뭐?"

"저쪽이나 보라고."

첫 만남 이후로 처음 겪는 것 같은 게르그의 적대적인 눈빛이 새롭기는 하지만, 어쨌든 오해는 풀 필요가 있다. 나는 손가락을 세워 저택 아래 부근을 가리켰다. 왼쪽에 세 사람. 오른쪽에 세 사람.

"보여?"

베르체가 서 있던 저택 지붕의 처마 아래로는 마법사가 무려 여섯이나 대기하고 있었다. 말할 필요도 없이 베르체가 떨어지면 마법으로 그녀를 받으려고 준비하고 있던 사람들이었다.

사족을 달자면 제도를 쥐 잡듯 털어 데려왔다. 저 인원이면 저택 지붕이 떨어져도 받을 수 있단다.

"너 여기 온 이후로 저 중 한 명이라도 발견했어?"

마법사들은 딱히 숨어 있지도 않았다. 오히려 언제든 마법을 쓸 수 있게 만반의 준비를 하고 존재감을 드러내고 있었다. 하지만 게르그는 내가 말하기 전까지 그들의 존재 자체도 모르고 있었던 눈치였다. 그만큼 베르체에게 신경이란 신경은 다 쏠려 주변을 돌아볼 정신이 없었다는 거겠지.

나는 당황한 표정의 게르그를 보며 허리에 손을 얹고 말했다.

"결혼해. 둘이."

"……."

"주례도 구해줄 테니까 필요하면 말하고."

혹시 모르니까 신관에겐 주례를 맡기지 않는 게 좋겠지? 게르그가 정체를 숨기긴 하겠지만…….

베르체가 기다렸다는 듯 게르그의 목을 끌어안고 매달렸다. 게르그는 복잡한 얼굴이었지만, 결국 베르체를 밀어내지 않았다.

나는 작게 한숨 쉬고 허리에서 손을 풀었다.

베르체가 구태여 저택 꼭대기로 올라가 계르그와 담판을 벌였던 이유는 간단했다.

"극적이잖아요."

확실히 극적이기는 했지만…….

'저래서 그동안 일곱 번이나 죽을 뻔했던 거 아닐까?'

으음. 뭐, 지금 살아 있으니 된 거지.

계르그는 공작가에 더 머무르지 않고 베르체와 함께 바로 돌아가기로 했다. 나는 떠나는 계르그를 보다가 문득 질문했다.

"너 어쩌다 베르체한테 반마족이라는 걸 들킨 거야?"

내가 알기로 계르그는 평상시 뿔을 꼬박꼬박 감추고 다녔다. 뿔만 숨기면 아무리 봐도 영락없이 사람인데.

"그거? 뿔 씻다가."

"뭐?"

"자기 전에 뿔 꺼내서 씻는데 베르체가 방 착각해서 갑자기 들이닥치는 바람에……."

"……."

지적할 부분이 너무 많아서 대체 어디서부터 지적해야 하나 고민하다, 그냥 조용히 계르그를 배웅했다.

"잘 살아."

"인간, 너도."

"정말 감사했어요."

베르체가 고개를 꾸벅 숙여 인사했다.

'다음에는 둘이 아니라 셋이 오는 걸까.'

계르그가 다시 이곳에 올 일이 생긴다면 말이지만.

"행복하게 지내요."

베르체가 화답하듯 눈부시게 웃었다.

두 사람, 정확히 한 반마족과 한 사람을 배웅하고 나니 약간 이른 오후였다. 이번 일에 공작원으로서 혁혁한 공을 세운 올리에게 뭔가 원하는 것이 있냐고 물으니, 기다렸다는 듯 답이 돌아왔다.

"호수에 가고 싶어요."

"호수?"

그러고 보면 올리가 좋아하는 물놀이를 다녀온 지 좀 되기는 했지. 오늘은 햇빛이 제법 따사로운 날이었다. 나는 잠시 생각해 보다 고개를 끄덕였다.

"좋아, 준비하자."

"와아!"

귀여워라. 올리가 아이처럼 폴짝폴짝 뛰며 기뻐했다. 아이 맞지만.

가까운 호수까지는 마차로 얼마 걸리지 않았다. 올리는 마차에서 내내 꾸벅꾸벅 졸더니 호숫가에 내리자마자 활기를 되찾았다.

"아빠, 아빠!"

폴짝거리던 올리가 에시의 앞에 서서 두 팔을 활짝 벌리고 발을 동동 굴렀다. 바라는 것이 있는 것처럼. 에시가 알겠다는 듯 상의를 벗어 한쪽에 놓아두고는 올리를 안고 호수 안으로 들어갔다.

허리춤까지 물이 차는 높이에서 에시가 올리를 번쩍 들어 올렸다. 올리의 발이 수면에 살짝 닿았다. 마치 물 위에 서 있는 듯이. 그 상태로 발장구를 치며 올리가 까르르 웃었다. 그러다 발이 닿지 않는 곳까지 높이 들어주자 한결 웃음이 커졌다.

나는 조금 떨어져 서서 그 모습을 팔짱을 끼고 지켜보았다. 머리 위로 햇빛이 들었다.

참 이상한 일이다. 내겐 분명 햇빛 알레르기 같은 건 없는데, 왜 이렇게 자꾸 간지러운 기분이 드는지. 영문을 알 수 없는 웃음이 멋대로 튀어나오려고 해서, 나는 혀끝을 아프지 않을 만큼 깨물었다. 별로 효과는 볼 수 없었다.

외전 4 어느 액자의 그림자

"귀신 들린 액자?"

"네. 들어본 적 없으세요?"

나는 따뜻하게 김이 오르는 코코아 컵을 받아 들며 고개를 모로 기울였다.

"처음 들어."

"요새 그것 때문에 여기저기서 꽤 떠들썩해요."

"그래?"

귀신 들린 액자라니. 확실히 이름만 들어도 벌써 어딘지 오싹해지고 흥미가 생기는 자극적인 주제이긴 하다.

"정확히 그게 뭔데?"

베시는 내가 질문하기만 기다렸다는 듯 술술 설명을 읊겼다.

"지난달 보세 백작가에서 있었던 전시회에서 처음 공개된 액자인데요. 그 액자에 귀신이 붙어 있다고 지금 소문이 자자해요."

"그림이 아니라 액자에 귀신이?"

보통 저런 소문의 주인공은 으레 그림이게 마련이다. 하지만 이번에는 웬일로 배역 사정이 다른 모양인지 베시가 고개를 끄덕이며 말했다.

"처음엔 다들 그림에 뭐가 씐 것이 아니냐고 했죠. 그런데 아니더라고요. 그림을 바꿔 걸어도 계속 이상 현상이 일어났으니까요."

"이상 현상?"

"아무도 건드리지 않았는데 액자의 위치가 조금씩 바뀌어 있다든지……."

"흠."

정석적이군.

"액자만 보면 흐느끼는 소리가 들린다는 사람도 있고요. 그리고 무엇보다, 액자에 손을 대거나 가까이 갔다가 혼절한 사람이 여럿이에요."

"혼절?"

나는 평화롭게 베시의 이야기를 듣다가 깜짝 놀라 눈을 동그랗게 떴다.

"그것도 젊은 여자만 골라서 쓰러졌다고 하니…… 확실히 저 액자에는 뭐가 있구나, 생각할 수밖에 없는 거죠."

"단순 어지럼증이나 빈혈은 아니었대?"

젊은 여성이라는 점에서 나는 새로운 가능성에 주목했다. 아니면 정신 나간 옷 디자인 때문에 혈액순환에 이상이 왔던 것일지도. 이 세계 귀족 여사들이 연회 때마다 얼마나 허리를 졸라매는가 생각해 보면 충분히 있을 법한 이야기다.

그러나 내 의혹에 대한 베시의 반응은 미적지근했다.

"글쎄요……. 아, 한 가지 더 있어요. 쓰러진 젊은 여자분들이 전부 기혼이었대요."

"……그래?"

하나같이 젊고 결혼한 여자라.

"우연치곤 좀 묘하긴 하네. 께름칙하고."

"그렇죠?"

"뭐, 어차피 내가 그 액자를 보게 될 일은 없겠지만."

액자는 보세 백작가의 전시회에서 공개되었다고 했다. 나는 보세 백작과 사적인 친분이 없고 그의 저택까지 전시회를 보러 갈 이유 또한 전혀 없으니, 소문의 액자를 보게 될 일 또한 당연히 없는 셈이다.

그러나 나는 인지했어야 한다. 내 마지막 대사는 없을 일도 만들어 내는 주문과 같은 한마디였다는 걸.

"……이게 뭐라고요?"

"귀신 들린 액자요!"

에이린이 내 앞에서 몹시 해맑게 웃었다. 나는 그녀의 티끌 한 점 없는 맑고 순수한 얼굴과 그녀의 옆에 자리한 액자를 번갈아 쳐다보았다.

"소문의 그…… 액자?"

"네!"

"그게 왜 여기에 있는데요?"

"제가 샀으니까요."

에이린의 두 눈이 초롱초롱 빛났다. 나는 할 말을 잊고 말았다.

'깜박했다.'

몇 년이 지나서도 여전히 나와 친분을 유지하고 있는 아이작 백작가의 영양, 에이린은 나중에 알게 된 사실이지만 귀신이나 유령 같은 것에 매우 관심이 많았다. 그러니까, 그걸 오컬트라고 하나?

재작년쯤 우연히 취미가 같은 사람과 사랑에 빠져 결혼해 린든 자작 부인이 된 그녀는 얼마 전부터 취미 생활에 한결 몰두해 으스스한 소문이 도는 골동품을 모으고 있다고 했다.

'저 액자가 골동품이었다니…….'

아니, 사실 그런 건 상관없겠지. 어쨌든 으스스한 소문으론 근래 저 액자를 따라갈 것이 없었으니 말이다.

나는 심란한 기분으로 액자를 응시했다. 이렇게 만나게 될 줄은 몰랐다.

'겉보기에는 그냥 평범한 액자 같은데.'

그때 에이린이 액자를 건드리며 푸념처럼 이야기했다.

"그런데 소문과는 달리 제 앞에선 딱히 아무런 일도 안 일어나더라고요."

"응?"

"왜, 소문은 굉장하잖아요. 보기만 해도 웬 여자 우는 소리가 들린다느니, 손을 대면 그 자리에서 바로 기절한다느니. 그렇지만 봐요."

에이린이 액자에 손을 대는 수준을 넘어 액자를 양손으로 들고 이리저리 흔들었다.

"이래도 아무 일도 안 일어나잖아요."

확실히, 쌩쌩한 에이린은 어딜 봐도 곧 쓰러질 사람처럼은 보이지 않았다.

'그냥 우연의 일치일 뿐이었나.'

의견을 보태자면 처음부터 그럴 가능성이 크다고 생각하긴 했다. 괴담이란 보통 그런 것이 아닌가. 그럴싸한 우연이 여러 사람의 입을 거치며 부풀리고 부풀려져 완성되는 거지.

이 액자도 그와 다를 것 없었던 모양이다.

'모양은 예쁜데…….'

직사각형의 액자는 온통 백색의 테두리에 모서리에만 포인트로 금장식이 되어 있었다. 누가 만들었는지는 몰라도 단정한 디자인이 제법 예뻤다. 하긴, 그러니 보세 백작도 이런 소문이 생겨날 줄 꿈에도 모르고 이 액자에 그림을 걸어서 전시했겠지.

살짝 주저하다 액자 테두리로 손을 가져갔다. 갑자기 머리가 어지러워지거나 의식이 수면 아래로 가라앉거나, 그런 전개가 펼쳐질까 봐 조금 긴장했으나 역시 전부 기우였다.

나는 액자에서 손을 거뒀다.

"정말 아무 일도 안 일어나네요."

"그렇죠?"

에이린은 시무룩했다가 금세 다시 활력을 찾았다.

"뭐, 괜찮아요. 소문 같은 효과가 없는 건 아쉽지만 어쨌든 액자만 놓고 봐도 예쁘니까요. 부부 초상화를 새로 그리면 이 액자에 끼워서 걸어둬야겠어요."

"좋은 생각인데요. 아, 에이린. 초상화 말이 나와서 그런데…… 전에 에이린이 소개해 준 화가 말이에요."

"네?"

"실은 오늘 그 화가를 소개해 줘서 고맙다고 말하러 왔어요."

"어머, 정말요?"

"에이린이 추천한 대로 솜씨가 정말 좋더군요. 특히……."

"어린아이를 굉장히 잘 그리죠?"

바로 그렇다. 나는 고개를 끄덕였다. 아주 솔직하게 털어놓으면, 나는 이 자리에 그 화가가 그린 올리의 초상화를 자랑하려고 왔다.

내 손짓에 대기 중이던 하인이 흰 천으로 덮은 커다란 액자를 가지고 나타났다. 하인이 천을 벗겨내자 에이린의 눈이 휘둥그레 변했다.

"세상에, 올리 공녀님이랑 정말 똑같네요!"

액자에 끼워진 그림을 본 에이린의 순수한 감탄에 내 어깨에 저절로 힘이 들어갔다. 초상화 속 올리는 정말이지 살아 움직이는 것 같았다. 세상에 인생 초상화라는 게 있다면 올리에겐 아마 이 초상화가 그에 해당하지 않을까.

"화가가 생각보다 잘 그려줬어요. 물론 실물과 비교하면 아무래도 그림이니만큼 아쉬운 점이 아예 없다고는 말 못 하지만, 그래도 이 초상화 정도면 나름대로 비슷하게……."

나는 올리의 초상화를 두고 팔불출처럼 떠들다가 순간 멈칫했다.

'……잘못 봤나?'

아니, 아니다. 지금 분명 에이린 옆에 놓인 저 액자가…….

[찾았다.]

액자가 흔들린다고 느꼈던 것은 착각이 아니었다. 뒤이어 그 액자에서 웬 희끄무레한 형체가 튀어나와 나를 물끄러미 내려다보았다.

[찾았어. 이번엔 틀림없어. 드디어 찾았다!]

"무슨……."

갑자기 보이는 이상한 것에 대한 의문을 입 밖으로 낼 틈도 없었다. 희끄무레한 형체는 다짜고짜 내게로 달려들었고, 환희에 가득 찬 목소리를 듣는 것을 마지막으로 나는 까무룩 정신을 잃었다.

액자는 신중했다. 정확하게 말하면, 액자에 갇힌 귀신은 신중했다. 귀신은 이번에야말로 이 지긋지긋한 액자에서 빠져나와 성불하고 싶었다. 그러기 위해선 자신의 염을 이뤄줄 사람을 찾아야만 했다.

귀신은 하루에도 몇 번씩 액자 앞을 지나는 사람들을 놓치지 않고 꼼꼼히 살폈다. 누구 한 사람 허투루 여기고 대충 보는 법이 없었다.

'없어.'

그러나 그러한 노력에도 불구하고 귀신의 기준을 충족하는 사람을 좀처럼 찾을 수 없었다.

'없어, 없다고! 왜 없는데! 왜!'

귀신이 원하는 조건은 아래와 같았다.

첫 번째, 기혼일 것. 두 번째, 남편의 외모가 출중할 것. 세 번째, 남편의 정력이 훌륭할 것.

'이 세 가지만 만족하면 되는데, 왜 이걸 못 해? 어째서 이 간단한 걸 못 하냐고!'

너무 오래 액자에 갇혀 지내 세상 물정에 어두운 탓일까. 첫 번째는 간단하지만 두 번째와 세 번째는 전혀 간단하지 않다는 걸 귀신은 몰랐다. 따로따로 떼어놓고 봐도 어려운 것을 한 번에 충족하려고 하니 어려움은 배가되었다. 안타까운 일이었다.

자신의 조건이 얼마나 까다로운 것인지 몰랐던 귀신은 처음에는 단순하게 생각했다. 젊고 아름다운 여자의 남편이라면 당연히 젊고 잘생겼을 거라고 판단한 것이다. 그래서 액자에 가까이 다가오거나 손을 대는 젊고 예쁜 귀부인이 있으면 무작정 빙의했다.

그런데 그렇게 빙의하고 봤더니 남편들의 얼굴 상태가 말이 아니었다.

물론 사람 자체만 놓고 보면 좋은 사람도 많았다. 각자 장점이 하나씩 있었다. 돈이 많거나, 성격이 매우 자상하거나, 혹은 뭐…… 정력이 매우 뛰어나거나. 그러나 앞서 말했다시피 귀신의 조건은 개별적으로 충족되어선 안 되고 한꺼번에 충족되어야 했다.

귀신은 뼈아픈 실패를 몇 번 겪고 난 뒤부터 여자가 미인이라고 무작정 빙의하는 섣부른 짓은 하지 않기로 했다. 그러자 놀라울 만큼 귀신의 눈에 드는 사람이 나타나지 않았다.

'미남…… 미남을 내놔……. 유부남 미남…….'

귀신의 염원은 시간이 흐를수록 강해졌다. 그러던 어느 날 액자의 주인이 바뀌었다. 젊다 못해 어린 귀부인이었다. 액자는 일말의 희망을 품고 귀부인의 남편을 살폈다.

'에이…….'

나쁘지 않았지만 딱 거기까지였다. 귀신의 해묵은 한은 크고 깊었으며, 그걸 풀기 위해서는 그럭저럭 괜찮게 생긴 얼굴로는 역부족이었다. 무조건 미남. 그것도 엄청난 미남. 눈이 번쩍 뜨이는 외모!

그러던 와중 액자의 새 주인이 된 귀부인이 손님을 맞이했다. 허리까지 구불거리며 내려오는 탐스러운 붉은 머리카락이 인상적인 젊은 여자였다. 미인이었고, 공작 부인이라고 불리는 것을 보니 결혼한 듯했다.

'그러면 뭐 해.'

귀신은 처음엔 기대하지 않았다. 저런 미인의 남편이 막상 보니 배불뚝이 아저씨거나, 추남이거나, 더러는 살날이 얼마 남지 않은 노인이거나…… 이런 경우를 몇 번 겪고 난 귀신의 기대치는 자연히 낮아졌다. 좌절과 체념을 학습한 귀신은 얌전히 있었다.

그런데 그때 갑자기 공작 부인이라는 여자가 웬 초상화를 꺼내 자랑했다. 분위기를 보아 딸인 것 같았다. 그런데 세상에. 귀신은 자기 눈을 의심했다.

'딸이 저 정도라면……!'

초상화 속 딸은 새하얀 은발을 지니고 있었다. 엄마가 적발이니 아빠를 닮은 것일 테다.

'엄마와 아빠를 대략 반씩 닮았다고 가정한 아이의 외모가 저 정도라고?'

그렇다면 아빠의 외모는.

[찾았다!]

이건 진짜다. 이번에야말로 진실한 광명이 찾아왔다. 귀신은 더 생각할 것도 없이 액자에서 빠져나와 무턱대고 공작 부인의 몸으로 돌진했다.

나는 기가 막혀 잠시 말을 아꼈다.

"……그런 이유로 내게 들어온 거라고?"

[네, 그렇습니다.]

머릿속에서 귀신이 고분고분하게 대답했다.

황당하기 짝이 없었다. 내가 에이린 앞에서 기절한 것은 아주 잠깐이었다. 에이린이 호들갑을 떨며 사람을 불러오기 전에 다시 깨어났다. 놀란 에이린을 달래고 무사히 저택으로 돌아오는 그때, 머릿속에서 갑자기 귀신이 말을 걸었다.

나는 그 바람에 액자에 붙어 있던 귀신이 내 몸에 들어왔다는 것을 알 수 있었다.

'귀신 들린 액자라는 게 정말이었다니…….'

그리고 그 귀신이 하필이면 나한테 빙의했다니.

하지만 귀신은 내 몸에 들어왔을 뿐 몸을 차지하거나 행동을 조종할 수는 없는 모양이었다. 머릿속으로 말을 건 후 당황하는 내게 상황을 설명하고, 공손한 말투로 자신이 한을 풀게 도와달라고 협조를 구하는 이 상황을 보면 말이다.

"내가 뭘 하면 네 염원이 이뤄지는 건데?"

[그건…….]

그때 에시가 침실로 들어왔다. 잘 준비를 마친 에시는 상당히 가벼운 차림을 하고 있었다. 순간 머릿속을 울리던 귀신의 목소리가 뚝 끊기며 조용해지는가 싶더니 이어서 거친 숨소리가 들려왔다.

'거슬려…….'

내가 귀신 목소리로도 모자라서 귀신 숨소리까지 듣고 있어야 하나. 여러모로 어처구니가 사라질 때쯤 정신을 차렸는지 귀신이 말을 이어나갔다.

그 말을 듣고 있다가 나도 모르게 입을 벌렸다.

"미쳤어!"

"리디아?"

에시가 갑작스럽게 큰 소리를 낸 나를 의아하게 응시하며 다가왔다. 나는 입을 합 다물었다.

"왜 그래?"

"……아무것도 아니야. 올리는?"

"재웠어."

"그래. 나도 좀 피곤한 것 같아. 얼른 자자."

당황한 것을 감추려 말을 돌리며 에시를 침대로 이끌었다. 에시는 내가 이끄는 대로 순순히 침대로 자리를 옮겨 누웠다. 습관처럼 에시의 입에 굿나잇 키스를 하고 나도 에시의 옆자리에 몸을 눕혔다.

그러나 피곤하다고 말한 것과는 달리 나는 바로 잠들지 않았다. 잠들 수가 없었다.

'귀신, 들려? 너 내 생각 읽을 수 있어?'

에시는 내가 아는 사람 중에서 가장 귀가 밝다. 나는 목소리를 내는 것을 포기하고 머릿속으로 귀신에게 말을 걸듯 생각했다. 그러나 귀신은 내 생각까지 읽을 수 없는 모양인지 잠잠했다. 아니, 정확히는 대납해 줄 수 없는 말만 계속해서 혼자 주절거리고 있었다.

'후, 당장은 어쩔 수 없지.'

나는 내일을 기약하며 우선 눈을 감았다.

밤을 꼬박 지새운 탓에 눈이 피로했다. 나는 눈두덩이를 꾹꾹 누르며 입을 열었다.

"너 때문에 밤새 한숨도 못 잤는데. 이거에 대해서 어떻게 생각해, 귀신?"

[그건 네가 밤새 내 말을 계속 무시해서 그런 거잖아!]

하룻밤 새 귀신의 언사는 매우 불손해졌다. 물론 중요한 것은 아니다. 머릿속에서 남의 목소리가 들리는 판에 그게 반말이든 존댓말이든 뭐가 중요할까. 기분이 이상한 건 똑같은데.

문제는 다른 데 있었다. 나는 방에 아무도 없는 것을 확인하고 목소리를 높였다.

"그래, 좋아. 어제 네가 했던 말에 이제 대답할게. 너 미쳤어?"

[미쳤냐니, 내가 왜? 내가 왜 미쳤는데?]

"염원을 이루는 방법이 왜 그 모양이야?"

어젯밤, 귀신의 염원과 그걸 이룰 방법을 듣고 나는 기함을 참지 못했다. 그럴 수밖에 없는 내용이었다.

그러나 정작 귀신은 문제점을 인식하지 못했는지 머릿속에서 울리는 목소리가 무척 뻔뻔했다.

[그게 왜? 부부면 그 정도는 다 하는 거 아냐?]

"안 해!"

이게 부부를 무슨 19금 관능 소설 속에서만 만났나? 기가 막혀 버럭 외쳤다가 단단히 닫힌 문을 다시 확인했다. 후, 이 방이 방음이 잘 되어서 다행이다.

[나는 하려고 했는데…….]

그때 머릿속으로 시무룩한 목소리가 들렸다.

[난 결혼하면 다 하려고 했어. 잘생기고 정력 좋은 남자랑. 그래서 얼마나 기대하고 또 기다렸는데…….]

이어진 귀신의 사연은 기구했다.

귀신은 마음에 든 남자와 결혼을 앞둔 부잣집 딸이었다. 그런데 결혼식 전날 그만 재산을 노린 강도에게 납치되고, 운이 없게도 그 과정에서 마차 사고가 일어나 죽어버리고 말았다.

사고 난 마차에는 강도가 다른 곳에서 훔친 장물인 액자가 실려 있었다. 육신은 죽었지만, 이승에 남은 염과 한이 너무 강했던 나머지 귀신이 되어 액자에 그대로 씌게 되었다.

[내가 그 액자에 얼마나 오래 갇혀 있었는지 알아? 지금도 네 몸에서 빠져나가면 다시 그 액자로 돌아가게 될 거야. 지긋지긋해. 나도 성불하고 싶어. 하지만 성불하려면 내 미련을 푸는 것밖에 방법이 없는데 어떡해.]

"그래, 그래서 네 미련이……."

[결혼해서 하려고 했던 이런 거 저런 거 다 해보는 거.]

"……하."

양손을 모아 얼굴을 쓸었다. 귀신의 사정은 안타까웠다. 불쌍하긴 한데, 그렇다고 해서 내 몸으로 그 미련을 대신 풀어주는 것은 다른 문제다.

"그러니까, 네가 하고 싶었던 그 이런 것 저런 것을 지금 나한테 하라는 거지?"

[그래! 나는 네 몸에서 감각을 공유하며 대리 만족할 테니까! 그거면 충분해. 틀림없이 성불할 수 있을 거야. 제발 부탁할게, 응? 남편 외모 봤어. 정말 엄청나더라. 죽기 전 나도 심혈을 기울여 남편감을 골랐지만 네 남편과 비교하면 발가락에도 못 따라가. 그 얼굴과 몸이면 나는 반드시, 기필코, 분명히 성불…….]

"미안하지만 안 해. 아니, 못 해."

[뭐?]

흥분한 귀신의 목소리가 뚝 끊겼다. 나는 그 참에 얼른 말을 이었다.

"네 사연과 미련은 안타깝게 생각해. 하지만 역시 난 네가 바라는 그런…… 것들은 못 해주겠어. 네가 바란다면 액자를 사람이 많이 다니는 곳에 전시해 줄 테니까, 거기서 다시 다른 사람을 찾아봐."

[뭐, 뭐라고? 안 돼! 너 내가 얼마나 많은 실패를 겪었는지 알면서 그런 소릴 하는 거야? 액자에서 오래 묵으면서 내 한은 엄청 커졌어! 보통 미남으론 이제 해결이 안 된다고! 나보고 어딜 가서 네 남편 같은 얼굴을 찾으라는 거야? 진심이야? 양심이 있기는 해?]

정색하고 따지는 것을 듣고 있자니 어쩐지 낯부끄러워졌다. 에시가 잘생긴 건…… 그래, 사실이긴 하지.

[아니면 설마, 못 하는 다른 이유가 있다거나…….]

"그건 아냐. 네가 뭘 생각하든 그건 아니…… 아무튼, 뭐라고 하든 내 결정은 변함없어. 그것만 알아."

나는 더 이상 귀신의 말을 듣지 않겠다는 의사 표현으로 귀를 틀어막았다. 물론 귀신은 내 머릿속에서 떠들었으므로 실제로 귀신의 목소리를 차단하는 효과는 없었다.

귀신은 내 행동에 씩씩거리더니 이어서 외쳤다.

[두고 봐!]

……두고 보자던 귀신의 말은 그냥 넘길 헛소리가 아니었다. 정확히 이틀 후, 나는 수면 부족으로 퀭해진 눈 밑을 거울로 확인하며 이를 갈았다.

귀신에게 실체가 있다면 당장 눈앞으로 불러내 목을 쥐고 짤짤 흔들고 싶은 기분이다. 나는 때릴 곳이 없어 허전함으로 떨리는 주먹을 화장대 위에 올려두고 말을 한 자 한 자 끊어 뱉었다.

"……이러기야?"

[네가 내 염원을 이뤄주겠다고 하기 전까진 절대 안 멈출 거야. 계속 네 머릿속에서 노래 부르고 소리 지를 거라고!]

귀신이 선택한 방법은 단순하면서도 효과가 매우 좋았다. 귀신은 내 머릿속에서 말 그대로 쉴 틈 없이 종일 소음을 만들어냈다. 그냥 떠들기만 하는 거면 모를까, 고함을 지르고 노래를 꽥꽥 불러대니 나는 그 소음 속에서 도무지 잠을 청할 수가 없었다.

'노래는 또 왜 이렇게 못 불러…….'

못 부르는 걸 아니까 그렇게 불러대는 건가. 영악한 귀신. 진짜 미쳐 버리겠다.

"네가 이런다고 내가……."

귀신에게 한마디 해주려는 순간 누군가 똑똑 문을 두드렸다.

"어머니."

올리였다. 곧바로 문가로 다가가 직접 문을 열었다. 문을 열자마자 화사한 은발과 조막만 한 얼굴이 눈에 들어왔다. 나는 무릎을 굽혀 올리와 눈높이를 맞췄다.

"어쩐 일이야, 올리?"

"이거……."

올리는 웬 컵이 놓인 쟁반을 들고 있었다.

"피로를 푸는 데 좋대요."

달콤한 꿀 냄새가 올라왔다. 꿀물이군. 누가 올리에게 줘서 들려 보냈는지 훤했다. 나는 베시의 변함없는 꿀물 사랑에 감탄하기 전에 올리의 부드러운 은발을 쓰다듬었다.

"이거 주려고 온 거야?"

"네."

"엄마가 피곤해 보여서?"

"……."

올리는 대답하지 않았지만, 표정만 봐도 생각이 읽혔다. 나는 부인할 수 없었다. 내가 올리에게 걱정을 끼쳤다는 걸.

'하긴, 삼 일째 거의 잠을 못 잤으니.'

아무리 멀쩡한 척하려고 해도 삼 일을 못 잤으니 티가 안 날 수가 없다. 나는 올리의 얼굴에서 숨길 수 없는 걱정의 빛을 읽고 깨달았다. 에시도 알겠구나.

'어쩐지 어제부터 약제사로 보이는 사람이 저택을 그렇게 드나들더라니…….'

그뿐일까. 오늘 아침 닥터가 난데없이 찾아와 맥을 살피겠다면서 나를 진찰했다. 누구 명령을 받고 왔는지 매우 심각한 얼굴이었다. 내가 불면증이라도 앓는다고 생각했던 걸까. 하기야 나라도 그런 생각이 들 것 같긴 하다.

내가 가장 사랑하는 두 사람이 나 때문에 속을 태우고 있었다. 나는 잠시 생각하다가 몸을 일으켰다. 그러곤 올리가 들고 있던 쟁반을 가까운 테이블에 옮겨놓고 올리의 손을 단단히 잡았다.

"올리, 오늘 엄마랑 잠깐 외출할까?"

'지긋지긋한 귀신.'

크게 기대하진 않았지만, 신전에 다녀온 일은 역시 별다른 성과가 없었다. 신전에 찾아가 대신관까지 만나봤지만 내 몸에 귀신이 들어 있다는 사실을 전혀 알아차리지 못했고, 귀신이나 유령을 퇴치하는 법도 몰랐다.

'보통 악귀 퇴치는 신전 몫 아니냐고.'

내 마지막 희망은 그렇게 저물었다. 나는 마차 멀미를 한 탓인지 피곤해하는 올리를 일찍 재우고 방을 나섰다. 복도를 걷다가 인적이 드물어졌을 때 입을 열었다.

"귀신."

[왜? 왜 불러? 노래가 좀 지겹니? 오늘은 노래를 바꿔서 들려줄까?]

"……네가 바라는 것만 해주면, 정말 얌전히 없어질 거지?"

아주 잠깐 조용해지는가 싶던 머릿속이 이내 직전보다 배는 시끄러워졌다.

[당연하지! 맹세해! 네가 해주기만 하면 무조건, 무조건 난 성불할 수 있을 거야.]

"만에 하나 성불 못 하면? 그땐?"

[성불 못 할 리가 없다니까. 장담하는데…….]

"만에 하나라고 했잖아."

[그럼…….]

귀신은 고민하는 것 같더니 결심한 듯 말을 이었다.

[네 몸을 떠나 액자로 다시 돌아갈게. 약속해.]

"정말?"

[신께 맹세할게. 참고로 나 죽기 전에 신전에 매주 아침기도 다녔어. 그 신전에 잘생긴 신관이 유독 많아서이기도 했지만……. 너 아침기도 다녀봤어? 그래도 그게 다 신앙이 있으니까 가능했던 거다?]

"믿는다."

이차피 믿을 수밖에 없는 상황이긴 하나. 귀신이 이대로 내 머릿속에서 계속 소음을 만들어냈다간 수면 부족은 물론이고 노이로제에 걸릴지도 몰랐다.

올리와 에시에게 그 정도로 힘들어하는 모습을 보여줄 수는 없다. 반대로 생각해서 내가 지켜보는 입장이라면 얼마나 괴로울지 훤히 상상되니까.

"조건이 하나 있어."

[뭐? 뭔데?]

"네가 바라는 걸…… 해주는 동안에 아무 소리도 내지 마. 추임새는 당연히 안 되고, 숨소리도 안 돼. 머릿속에서 시끄럽게 했다간 너 죽고 나 죽자는 심정으로 다 내팽개치고 그냥 도망갈 거야. 알겠어?"

[알았어, 알았어. 조용히 할게.]

귀신에게서 재차 다짐을 받아낸 후 나는 에시의 서재로 향했다.

닫힌 서재의 문틈으로 불빛이 새어 나왔다. 나는 마른침을 삼키곤 노크 없이 문을 열었다.

"……리디아?"

서재 책상에 앉아 종이를 넘기던 에시가 나를 발견하곤 몸을 일으켰다. 나는 다가오는 에시를 보며 등 뒤의 문을 닫고 문고리를 조용히 걸어 잠갔다.

심장 뛰는 소리가 귀까지 전달되는 것 같았다. 나는 심호흡을 한번 하곤 가까이 다가온 에시의 목에 팔을 걸어 그대로 에시에게 내 입술을 겹쳤다. 순간 멈칫하나 싶던 에시가 곧바로 눈을 감고 내 키스를 받아들였다. 나는 입술을 떼지 않은 채 에시를 조금씩 밀어 책상까지 이동했다.

책상 가장자리에 에시의 몸이 닿았을 때 나와 에시의 위치를 바꿨다. 허리까지 오는 책상에 올라앉으려고 발꿈치를 들자 에시가 내 몸을 번쩍 들어 나를 책상 위에 앉혔다.

"……하아."

입술을 떼고 잠시 숨을 몰아쉬었다. 에시가 그새 색이 짙어진 눈으로 나를 내려다보았다.

"무슨 일이야?"

"무슨 일은 아니고…… 그냥."

마른침이 또 넘어갔다. 이제부터 시작이었다. 나는 긴장되어 떨리는 손으로 에시의 옷깃을 당겼다. 순순히 끌려온 에시가 내게 다시 입을 맞췄다.

입맞춤을 나누면서 에시의 셔츠 안으로 슬쩍 손을 집어넣었다. 에시는 갑자기 자기 맨살을 더듬기 시작하는 내 손을 제지하는 대신 입술을 살짝 떼곤 물었다.

"침실로 갈까?"

그리고 바로 그 순간, 내겐 어마어마한 용기가 필요했다.

약속한 대로 귀신이 아무 소리도 내지 않고 침묵을 지키고 있어서 다행이었다. 안 그랬으면 지금 그 대답을 뱉을 용기가 결단코 나지 않았을 테니까.

"……아니."

차마 놀라는 에시의 얼굴을 볼 자신이 없어서 눈을 질끈 감고 재차 에시의 입술을 훔쳤다. 잠시 아무런 반응이 없던 에시가 이내 손을 들어 내 목 뒤부터 등까지 천천히 쓸어내렸다.

긴장한 탓일까. 별것 아닌 손동작인데 몸이 오싹했다. 발끝에 저절로 힘이 들어가는 순간 입맞춤을 멈춘 에시가 내 아랫입술을 아주 약하게 깨물었다. 아프기는커녕 깨물렸다는 느낌도 겨우 날 정도였는데, 이상할 만큼 자극적이었다.

움찔 떨리는 허리를 한 손으로 단단히 받친 에시가 내 눈을 가만 응시했다.

"……리디아."

"……."

"만약 내가 잘못 해석하는 거라면……."

"아니야."

착각이거나 기분 탓이거나, 그런 거 아니니까 시간 끌지 말고 얼른 다음을 진행해 줬으면 좋겠다. 시간 끌면 끌수록 내 용기가 닳아서 바닥날 것 같은 기분이니까.

나는 에시의 목에 팔을 걸고 끌어당겼다. 에시가 이번에는 내 목덜미에 얼굴을 묻었다.

"앗……."

내 숨소리는 점점 거칠어졌고, 나는 시간이 흐를수록 점차 귀신에 대해서는 떠올릴 수도 없게 되었다. 머리에 열이 올라 당장 지금을 받아들이는 것으로도 벅찼다.

딱딱한 책상의 감촉, 맨살에 닿는 차가운 원목의 느낌이 아주 잠깐 내 머리를 깨웠다가 다시금 열에 잡아먹혔다. 책상 위에 있던 것이 바닥에 떨어지며 요란한 소리를 낸 것 같았지만 나도 에시도 전혀 신경 쓰지 않았다.

"아……!"

어쩐지 평소보다 성급하고 여유 없게 밀려드는 에시의 단단한 몸에 나는 헐떡이며 고개를 젖혔다. 중간중간, 물기 때문에 흐려진 시야로 굳게 닫힌 서재의 문이 보일 때마다 반사적으로 가슴이 두근거렸다.

늦은 시각이고 분명 제대로 잠가두었으니 누가 들어올 일은 없을 텐데도, 기이한 불안감과 아슬아슬함이 명치를 짓눌렀다.

나는 밭은 숨을 뱉으며 에시에게 매달렸다. 머리가 어지럽고, 가슴이 쿵쿵 뛰는 상태에서 계단을 오른 것처럼 숨이 가빴다. 그 계단은 평소보다 높고 가팔랐으며, 한 칸 한 칸 오를수록 내 몸에선 힘이 빠지고 머릿속은 온통 열기로 헤집어졌다. 나는 에시를 꼭 붙들고 마지막 계단을 밟았다.

그런 후 마치 기절하듯 잠들었다.

부족했던 잠을 채우고 나자 이성이 조금 돌아왔다. 나는 결국 에시에게 귀신과 얽힌 내 상황을 전부 털어놓았다.

만약 에이린의 집에서 액자를 가져와 부숴 버리겠다고 하면 액자가 문제가 아니니 소용없을 거라고 말리려고 했는데, 에시는 의외로 그런 말 없이 순순히 귀신의 미련을 해결하는 데 협조해 주기로 했다.

순조로워서 다행이긴 한데…… 뭐, 어쨌든. 나는 귀신의 여러 바람 중 가장 엄두가 나지 않았던 것을 마지막의 마지막으로 미뤘다. 하지만 아무리 미뤄도 때는 찾아오는 법.

나는 힘이 바짝 들어간 손으로 천을 쥐고서 침대에 앉은 에시를 내려다보았다.

"……묶는다."

"……그래."

심호흡이 한 번이 아니라 세 번쯤은 필요했다. 나는 연달아 숨을 크게 들이마시고 내뱉어 떨리는 마음을 진정시킨 후 에시의 얼굴로 손을 뻗었다.

희고 가는 천으로 에시의 눈을 가린 후 머리 뒤로 매듭을 묶었다. 벌써 고통스러웠지만 안타깝게도 여기서 끝이 아니었다. 나는 다른 천을 가져와 에시의 양손도 움직이지 못하도록 단단히 묶었다. 여러 번에 걸쳐 매듭을 만들고 조이는 내 손이 자괴감으로 떨렸다.

제발. 나는 아주 평범하고 윤리적인 사람이다. 이런 건 상상해 본 적도 없다. 상상 속에서도 안 해봤는데 다짜고짜 현실에서 해야 한다니. 눈물이 앞을 가렸다.

"……어때, 안 보여?"

"응."

"손은?"

"쓰기 힘들어."

후우. 나는 마지막으로 재차 심호흡하고 상체를 일으켰다. 침대 머리에 기대듯 앉아 눈은 가려지고 손이 묶인 에시를 내려다보는데 당황스러울 만큼 심장이 빨리 뛰었다.

이건…… 그렇지, 죄책감 때문이다. 뭔가 범죄 비슷한 것을 저지르고 있는 것만 같은 죄악감. 보편적인 윤리를 저버린 것에 대한 민망함, 자괴감…… 그런 것 때문이다. 틀림없다.

나는 시끄러운 심장 소리를 무시하며 고개를 숙였다. 침대 등받이를 잡고 고개를 내려 에시의 입술을 훔치는데, 기분이 굉장히 묘했다.

에시도 이런 기분이었을까?

참고로 전날에는 내가 이 상태로 묶였었다. 그때를 상기하자 얼굴에 열이 올랐다. 상상하지 마. 떠, 떠올리지 말자.

나는 속으로 되뇌며 입술을 조금씩 아래로 미끄러뜨렸다. 반듯한 목선을 타고 내려가는데 기분이 이상했다. 얼마나 이상하냐면, 고작 이상하다는 말로 표현하는 것이 너무 부족하게 느껴질 만큼 이상했다.

침대 등받이를 쥐고 있던 손을 떼서 에시의 어깨와 가슴을 쓰다듬었다. 저항하지 않는 에시의 탄탄한 몸을 옷 바깥에서 어루만지는데 내 온몸의 솜털이 곤두서는 느낌이었다.

침을 꿀꺽 삼키고 단추를 풀었다. 절반 정도 풀어헤친 셔츠 안으로 손을 넣고 재차 에시의 입술을 훔쳤다.

"……하."

고작 키스만 했는데 자꾸만 몸을 지탱할 힘조차 풀렸다. 나는 에시의 한쪽 허벅지 위에 아예 주저앉았다.

그 상태로 다시 에시의 목덜미를 깨물고 지분거리다가 셔츠 단추를 마저 풀어서 벗겨내고…… 아차, 손. 손이 묶여 있는데 이걸 어떻게 벗기지? 처음부터 상의는 벗긴 채로 손을 묶었어야 했나?

그런 고민에 사로잡혀 에시의 허벅지에 앉은 채 꼼지락거리는데 다음 순간 내 몸이 돌연 확 뒤로 넘어갔다.

"……!"

정신을 차려보니 에시가 어느새 매듭을 풀어버린 손으로 내 손목을 쥐고 내 위에 올라타 있었다.

"뭐, 뭐야? 너 그거 어떻게 풀었어?"

"글쎄. 지금 그게 중요한가?"

"중요하…… 읍."

눈을 가린 천마저 벗어버린 에시가 내 입을 입술로 틀어막았다. 이후로는, 음, 간단히 이야기하자면 내가 용기 내 에시의 목덜미에 흔적을 남기고 몸을 어루만졌던 건 전부 장난에 불과했다는 걸 알게 되었다.

도중에 에시가 묶인 손을 멋대로 풀어버렸던 것 때문에 혹여 말짱 도루묵이 되면 어쩌나 걱정했는데, 다행히 귀신은 매우 마음에 들었던 것 같았다.

[내 인생…… 아니, 귀신으로서 보낸 생을 포함해서 최고로 행복한 며칠이었어.]

귀신은 내 머릿속에서 훌쩍훌쩍 울더니 곧 작별 인사를 했다.

[난 이제 성불할 것 같아. 전부 네 덕분이야. 정말 고마워. 앞으로도 너희 사랑은 영원해야 해.]

작별 인사를 끝으로 머릿속에서 들리던 목소리는 완전히 사라졌다. 혹시나 해서 아무도 없는 곳에서 귀신을 불러보기도 했지만, 대답은 돌아오지 않았다. 속이 시원했지만 한편으론 미묘하게 섭섭하기도 한 어중간한 기분이다.

"어머니!"

그때 올리가 술래잡기 놀이를 마쳤는지 멀리서 나를 부르며 달려왔다.

나는 올리의 해맑은 미소에 귀신에 대한 것은 금세 잊고 환하게 웃으며 양팔을 벌렸다.

아그리타 그레이스는 자애롭고 민생에 관심이 많은 황후였다. 그녀는 정무에 바쁜 남편 대신 어린 아들인 황태자와 함께 전시회에 참석했다. 참석한 사람들의 기부금을 모아 어려운 백성의 삶을 돕는, 모 귀족이 개최한 일종의 자선 행사였다.

전시회에 걸린 그림을 찬찬히 둘러보던 아그리타가 어느 그림 앞에서 발을 멈췄다. 그녀의 발을 묶은 것은 정확히 말하면 그림이 아니었다. 액자였다.

"황태자. 이 액자를 만든 이가 누군지는 모르겠으나 솜씨가 꽤 빼어난 듯합니다. 그렇지 않은가요?"

나이는 어리지만 부모로부터 좋은 유전자만 쏙쏙 물려받아 미적 감각이 뛰어난 황태자가 고개를 끄덕였다.

"제 생각도 그러합니다, 어마마마."

아그리타는 빙긋 웃고는 다음 그림을 보러 아들과 함께 걸음을 옮겼다. 그런 아그리타의 뒤로 웬 희끄무레한 형체가 스멀스멀 모습을 드러냈다.

[찾았다!]

〈외전 완결〉

작가 후기

마지막 장으로 인사드리는 건 몇 번을 해도 늘 감회가 새롭습니다.

이렇게 제 네 번째 이야기도 마무리를 짓게 되었네요.

후기란에 와서 말씀드리는 거지만, '악당의 누나는 오늘도 고통받고'(이하 악누고)는 제 취향을 가득 담고 또 담은 이야기입니다.

저는 사랑에 장애물이 있는 것을 좋아합니다. 하지만 외부적, 환경적인 장애물이어서는 안 됩니다. 단지 주인공들의 '너를 사랑해' 한마디면 마법처럼 풀리는 그런 장애물을 선호합니다. 가령 이런 것이겠네요. '나는 A라는 사람을 좋아해. 하지만 내 가족은 과거 A에게 나쁜 짓을 했어! A에게 나는 원수의 딸일 뿐이겠지…… 내 마음을 알면 날 경멸할 거야…… 사랑하지만 내 마음을 감추겠어!' 그러나 당연하게도 로맨스 소설의 법칙상 A는 주인공을 전혀 경멸하지 않습니다. 내심 사랑하고 있다면 모를까. 모든 것은 주인공의 착각. 거기에서 오는 사랑의 장애물. 네, 쉽게 말해 삽질이네요.

저는 삽질을 좋아합니다. 그런고로 악누고는 삽질을 가득 담은 이야기였습니다. 입양아, 피가 섞이지 않은 남매라는 설정도 삽질을 위해 탄생했습니다. '남들을 개미만도 못하게 여기는 사이코패스가 나한테만 잘해줘! 내가 누나이기 때문이겠지! 누나가 아니라는 걸 알면 날 죽이겠지! 흑흑!'라는 리디아의 착각 삽질…….

쓰면서 정말 좋았습니다. 사실상 리디아의 삽질 하나로 이야기를 끌고 나가야 했기 때문에 쓰면서 힘든 점도 많았지만, 또 그만큼 즐거웠습니다. 사실 악누고에서 제일 좋아하는 부분은 리디아가 도망치는 부분과 에시의 독백 파트입니다. 독자님들은 어떠셨을지 모르겠네요.

아, 올리가 나오는 부분도 좋아합니다. 귀여운 올리^–^

추가로 갑작스럽지만 가장 좋아하는 조연은 외전에 등장했던 엘리스입니다. (다베리, 베시 기타 등등: ???) 이유는…… 너무 나빠서……? 심지어 사람도 아닌 그녀. 소름 끼치는 엘리스.

고백하자면 많이 좋아했습니다. 기회가 된다면 다음 작품에선 외전이 아닌 본편에 엘리스 같은 악역을 등장시키고 싶습니다. 엘리스야, 외전에서 고생 많았다.

여러모로 악누고는 마침표를 찍고 나서 만감이 교차했던 이야기입니다. 쓰면서 유난히 힘든 일이 많았는데 어쩐지 힘든 와중에도 글을 놓고 싶지는 않아서 느리지만 꾸역꾸역 써나갔습니다. 지금 와서 작품을 돌아보면 아쉬운 점도 있지만 그래도 매 순간에는 최선을 다했었단 느낌이네요.

힘들기도 하고 기쁘기도 했던 이번 작품이 부디 제게 성장이라는 값진 선물을 주었기를 바랍니다. 사람으로서도, 작가로서도 더 나아진 모습으로 독자님들을 다시 뵐 수 있길 바라며.

감사합니다.